LAURENT BINET

EROBERUNG

Roman

Aus dem Französischen
von Kristian Wachinger

Rowohlt
Taschenbuch Verlag

Die Originalausgabe erschien 2019 unter dem Titel «Civilizations»
bei Les Editions Grasset & Fasquelle, Paris.

Veröffentlicht im Rowohlt Taschenbuch Verlag, Hamburg, Juli 2022
Copyright © 2020 by Rowohlt Verlag GmbH, Hamburg
«Civilizations» Copyright © 2019 by Les Editions Grasset & Fasquelle, Paris
Covergestaltung any.way, Barbara Hanke / Cordula Schmidt,
nach einem Entwurf von Anzinger und Rasp, München
Coverabbildung Miriam Bröckel
Satz aus der Mercury bei Dörlemann Satz, Lemförde
Druck und Bindung GGP Media GmbH, Pößneck, Germany
ISBN 978-3-499-00346-2

Die Rowohlt Verlage haben sich zu einer nachhaltigen Buchproduktion
verpflichtet. Gemeinsam mit unseren Partnern und Lieferanten setzen wir
uns für eine klimaneutrale Buchproduktion ein, die den Erwerb von Klimazertifikaten zur Kompensation des CO_2-Ausstoßes einschließt.
www.klimaneutralerverlag.de

«Die Kunst erweckt zum Leben,
was die Geschichte ermordet hat.»

CARLOS FUENTES,
Cervantes o la critica de la lectura (1976)

«Wegen der Verworrenheit, in der sie lebten,
ohne jede Einigkeit untereinander,
war es sehr leicht, sie zu erobern.»

INCA GARCILASO DE LA VEGA,
Comentarios Reales de los Incas (1609)

ERSTER TEIL

DIE SAGA VON FREYDIS ERIKSDOTTIR

1. ERIK

Es war einmal eine Königin, Aud die Tiefsinnige, die Tochter von Ketil Plattnase. Nach dem Tod ihres Gemahls Olaf des Weißen, eines königlichen Kriegers aus Irland, war die Witwe über die Hebriden bis nach Schottland gelangt, wo ihr Sohn Thorstein der Rote König wurde. Doch die Schotten verrieten ihn, und er kam in einer Schlacht ums Leben. Als Aud vom Tod ihres Sohnes erfuhr, schiffte sie sich mit zwanzig freien Männern nach Island ein und siedelte dort zwischen dem Mittagsfluss und dem Skraumawasserfall. Mit ihr kamen viele Adelige, die man bei den Wikingerfeldzügen im Westen gefangen genommen und zu Sklaven gemacht hatte.

Es war einmal ein Bauer, Erik der Rote, Sohn von Thorvald. Er hatte wegen mehrerer Totschläge Norwegen verlassen müssen. Eyjolf Vogeldreck, ein Nachbar, hatte einige von Eriks Knechten erschlagen, weil sie einen Erdrutsch ausgelöst hatten. Erik hatte Eyjolf Vogeldreck und Hrafn den Zweikämpfer erschlagen. Daraufhin war er verbannt worden.

Erik siedelte auf der Bulleninsel vor Island. Er lieh seinem Nachbarn seine Hochsitzpfähle, doch als er sie auf dem Thorsnes-Thing zurückverlangte, bekam er sie nicht wieder. Es gab Streit, und mehrere Männer kamen im Kampf ums Leben. Er wurde erneut verbannt. In Island konnte er nicht bleiben, nach Norwegen konnte nicht zurück. So entschied er sich, zu dem Land zu segeln, das der Sohn von Ulf Krähe entdeckt hatte, als er von Island westwärts übers Meer getrieben wurde. Er hatte dieses Land Grönland getauft, denn, so meinte er, das Land würde mehr Leute anlocken, wenn es einen schönen Namen trüge.

Erik nahm sich Thjodhild zum Weibe, die Enkeltochter von Thörbjorg Brustschild von Knorr, und hatte mehrere Söhne mit ihr. Doch er hatte auch eine Tochter, von einer anderen Frau. Sie hieß Freydis.

2. FREYDIS

Über die Mutter von Freydis wissen wir nichts. Doch von ihrem Vater Erik hatte Freydis, nicht anders als ihre Brüder, die Reiselust geerbt. So bestieg sie das Schiff, das ihr Halbbruder Leif mit der glücklichen Hand dem Thorfinn Mannesspross geliehen hatte, um sich auf den Weg nach Weinland zu begeben.

Sie fuhren nach Westen. Sie machten Station auf Markland, dann kamen sie nach Weinland und stießen auf das Lager, das Leif Eriksson hinterlassen hatte.

Sie fanden das Land schön, es war waldbewachsen, und zwischen Wald und Meer lag ein schmaler weißer Sandstreifen. Viele Inseln gab es dort und viele Untiefen. Tag und Nacht waren ausgeglichener als in Grönland und Island.

Aber es gab auch Skrälinger, die wie kleine Kobolde aussahen, allerdings waren sie keine Einfüßler, wie man ihnen erzählt hatte. Sie hatten eine dunkle Haut und waren ganz versessen auf rotes Tuch. Die Grönländer tauschten, was sie hatten, gegen Tierfelle ein. Es wurde Handel getrieben. Doch eines Tages entkam einer von Thorfinns Stieren brüllend aus seinem Gehege und erschreckte die Skrälinger. Sie griffen das Lager an, und die Männer von Thorfinn wären in die Flucht geschlagen worden, hätte nicht Freydis, die wütend wurde, als sie sie weglaufen sah, ein Schwert genommen und sich damit den Angreifern entgegengestellt. Sie riss sich das Hemd vom Leibe und schlug sich mit dem flachen Schwert auf die Brüste, während sie die Skrälinger laut beschimpfte. Sie war außer sich vor Wut und verfluchte ihre Gefährten wegen ihrer Feigheit. Da schämten sich die Grönländer und machten kehrt, und die Skrälinger, erschrocken über den Anblick dieses üppigen Geschöpfs, das ganz außer sich war, zogen den Schwanz ein.

Freydis war schwanger und übelst gelaunt. Sie überwarf sich mit ihren Verbündeten, zwei Brüdern. Als sie deren Schiff in ihren Besitz bringen wollte, das größer als ihr eigenes war, befahl sie ihrem Gemahl Thorvard, die beiden mitsamt ihren Männern umzubringen, und so geschah es. Eigenhändig tötete sie dann noch mit dem Beil deren Frauen.

Der Winter war vergangen, es nahte der Sommer. Doch Freydis wagte Grönland nicht wieder zu betreten, denn sie fürchtete den Zorn ihres Bruders Leif, wenn er erführe, dass sie sich des Mordens schuldig gemacht hatte. Gleichzeitig spürte sie, dass man ihr seither misstraute und dass sie auch im Lager nicht mehr gern gesehen war. Sie rüstete das Schiff der beiden Brüder und ging mit ihrem Gemahl, ein paar Männern, Weidevieh und Pferden an Bord. Die in der kleinen Siedlung in Weinland zurückblieben, waren erleichtert, dass sie abreiste. Doch ehe sie in See stach, rief sie ihnen zu: «Ich, Freydis Eriksdottir, schwöre euch, ich werde wiederkommen.»

Sie nahmen Kurs nach Süden.

3. DER SÜDEN

Die breitbauchige Knorr segelte an den Küsten entlang. Ein Sturm zog auf, und Freydis betete zu Thor. Das Schiff wäre beinahe an Felsklippen zerschellt. Die Tiere an Bord waren von Panik ergriffen und schlugen so wild aus, dass die Mannschaft kurz davor war, sich ihrer zu entledigen aus Angst, sie könnten das Schiff zum Kentern bringen. Doch schließlich beruhigte sich der Zorn des Gottes wieder.

Man hatte nicht damit gerechnet, dass die Reise so lange dauern würde. Es fand sich keine Stelle zum Festmachen, denn die Klippen waren zu hoch, und als man endlich einen Strand sichtete, standen dort Skrälinger, die mit Pfeil und Bogen drohten und mit Steinen nach ihnen warfen. Es war zu spät, um Kurs nach Osten zu nehmen, und kehrtmachen wollte Freydis nicht. So fingen die Männer Fische, und manche, die Meerwasser tranken, wurden krank.

Inmitten der Ruderer, zwischen zwei Bänken, an einem Tag, wo ihnen kein Nordwind zu Hilfe kam und die Segel blähte, kam Freydis mit einem totgeborenen Kind nieder, das sie nach seinem Großvater Erik nennen wollte und sogleich dem Meer übergab.

Endlich fanden sie eine Felsnische, wo sie festmachen konnten.

4. DAS LAND DER MORGENRÖTE

Das Wasser war hier so flach, dass sie zu Fuß den Sandstrand erreichen konnten. Sie hatten allerlei Vieh mitgebracht. Das Land war schön. Ihr einziges Ziel war, dieses Land auszukundschaften.

Da waren Wiesen und lichte Wälder. Es gab reichlich Wild, und in den Gewässern Fisch im Überfluss. Freydis und ihre Gefährten beschlossen, nah am Wasser im Windschatten ein

Lager aufzuschlagen. An Essen herrschte kein Mangel, und so gedachten sie, hier zu überwintern, denn sie vermuteten, dass die Winter sanfter oder zumindest kürzer sein mussten als in ihrer Heimat. Die Jüngsten unter ihnen waren in Grönland geboren, die anderen kamen aus Island oder, wie Freydis' Vater, aus Norwegen.

Doch eines Tages, nachdem sie etwas weiter ins Landesinnere vorgedrungen waren, entdeckten sie ein bebautes Feld. Es war bestellt mit gerade gezogenen Reihen von Pflanzen, einer Art goldgelber Ähren mit knackigen und saftigen Körnern. So wurde ihnen bewusst, dass sie hier nicht allein waren.

Nun wollten auch sie das knackige Getreide anbauen, aber sie wussten nicht, wie sie das anstellen sollten.

Ein paar Wochen später tauchten auf dem Hügel oberhalb ihres Lagers Skrälinger auf. Sie waren großgewachsen und ansehnlich, ihre Haut glänzte, ihre Gesichter waren von langen schwarzen Strichen durchzogen, was die Grönländer erschreckte, doch unter Freydis' Blicken wagte diesmal niemand zurückzuweichen, aus Angst, für einen Feigling gehalten zu werden. Auch wirkten die Skrälinger weniger feindselig als vielmehr neugierig. Einer der Grönländer wollte ihnen ein kleines Beil geben, um sie zu beschwichtigen, doch Freydis verbot es ihm und schenkte ihnen stattdessen eine Perlenkette und eine Anstecknadel aus Eisen.

Dieses Geschenk schien den Skrälingern ausnehmend gut zu gefallen, sie ließen den Gegenstand von Hand zu Hand gehen und stritten sich darum, und dann wurde Freydis und ihren Gefährten klar, dass sie sie in ihr Dorf einladen wollten. Freydis nahm die Einladung als Einzige an. Ihr Gemahl und alle anderen blieben im Lager, nicht etwa, weil sie die Berührung durch Unbekanntes gefürchtet hätten, sondern ganz im

Gegenteil, weil sie zuvor in ähnlicher Lage beinahe ums Leben gekommen waren. So erklärten sie Freydis zu ihrer Abgesandten und Abgeordneten, worüber sie lachen musste, denn sie hatte sehr wohl begriffen, dass keiner von ihnen den Mut hatte, mit ihr zu gehen. Wieder verhöhnte sie sie, doch diesmal hatte der Hohn keinerlei Auswirkung. So ging sie allein mit den Skrälingern, die ihr die helle Haut und das rote Haar mit Bärenfett salbten und sie danach in einem Boot aus einem ausgehöhlten Baumstamm in die Sumpflandschaft mitnahmen. Man konnte in diesem Boot leicht zu zehnt Platz finden, so dick waren die Bäume in diesem Land. Das Boot entfernte sich, und Freydis verschwand mit den Skrälingern.

Drei Tage und drei Nächte warteten sie auf ihre Rückkehr, aber niemand machte sich auf die Suche nach ihr. Nicht einmal ihr Gemahl Thorvard hätte den Mut gehabt, sich in die Sümpfe vorzuwagen.

Am vierten Tag schließlich kam sie wieder, zusammen mit einem Skrälingerhäuptling, der an Hals und Ohren Schmuck und Edelsteine in leuchtenden Farben trug. Er hatte langes Haar, das nur an einer Seite rasiert war, eine eindrucksvollere Erscheinung war kaum vorstellbar.

Freydis sagte ihren Gefährten, dass sie hier im Land der Morgenröte seien und dass die Skrälinger «Volk des ersten Lichts» hießen. Sie ständen im Krieg mit einem anderen Volk, das weiter westlich lebte, und Freydis war der Meinung, man müsse ihnen helfen. Und als sie gefragt wurde, wie sie deren Sprache verstanden habe, lachte sie und erwiderte: «Na ja, vielleicht bin ich auch eine Völva.» Sie rief den Mann, der sein Beil den Skrälingern hatte schenken wollen, und diesmal hieß sie ihn, es dem Sachem (so hießen hier die Häuptlinge), der mit ihr gekommen war, auszuhändigen. Nach neun Monaten würde sie niederkommen mit einem Mädchen, das sie Gudrid nannte, wie ihre vormalige Schwägerin, die Frau von Thorfinn, die Witwe von Thorstein Erikson, die sie nie hatte leiden können (aber wir brauchen nicht über all die Leute zu reden, die in dieser Saga nicht vorkommen).

Das Völkchen siedelte sich in der Nachbarschaft des Skrälingerdorfes an, und die beiden Gruppen lebten nicht nur ungestört zusammen, sondern halfen einander auch gegenseitig. Die Grönländer brachten den Skrälingern bei, im Torf Eisen zu finden und daraus Beile, Lanzen und Pfeilspitzen herzustellen. So konnten sich die Skrälinger wirksam bewaffnen und ihre Feinde loswerden. Sie wiederum brachten den Grönländern bei, wie man das knackige Getreide anbaute, nämlich indem man die Körner in kleine Erdhügel steckte, zusammen mit Bohnen und Kürbissen, deren Pflanzen sich um die langen Stängel schlingen konnten. So würden sie Vorräte für den Winter anlegen können, wenn ihnen das Wildfleisch ausginge. Die Grönländer wollten am liebsten in diesem Land bleiben. Als Freundschaftsgabe schenkten sie den Skrälingern eine Kuh.

Nun trug es sich zu, dass die Skrälinger krank wurden. Einer von ihnen bekam Fieber und starb. Es dauerte nicht lange, da starben die Leute einer nach dem anderen. Da bekamen die Grönländer Angst und wollten abreisen, doch Freydis war dagegen. Sosehr ihre Gefährten ihr auch klarmachten, dass die Seuche früher oder später bis zu ihnen gelangen werde, weigerte sie sich doch, das Dorf, das sie erbaut hatten, zu verlassen, und machte geltend, dass sie hier fruchtbaren Boden gefunden hatten und es keinerlei Gewähr dafür gab, anderswo Skrälingern zu begegnen, mit denen sie gut auskämen.

Doch auch der breitschultrige Sachem wurde von der Seuche erfasst. Als er in sein Haus zurückkehrte, eine Kuppel aus gebogenen Pfählen, die mit Bändern aus Baumrinde bedeckt waren, hatte er die Vision, es lägen unbekannte Tote auf seiner Türschwelle, und auf einer riesenhaften Woge würden sein Dorf und das der Grönländer fortgetragen. Sobald das Gesicht verschwunden war, legte er sich nieder, glühend vom Fieber, und verlangte, dass man Freydis hole. Als sie an sein Bett kam, flüsterte er ihr ganz leise ein paar Worte ins Ohr, damit nur sie allein sie höre, doch dann erklärte er laut, damit es alle hören konnten, selig seien, die überall auf Erden zu Hause sind, und man werde den Reisenden das Geschenk des Eisens, das sie seinem Volk gemacht hatten, nie vergessen. Er sprach mit ihr über ihre Lage und dass sie zu Großem bestimmt sei, genauso wie ihr Kind. Dann sackte er in sich zusammen. Freydis hielt die ganze Nacht Wache bei ihm, und am Morgen war er kalt. Da kehrte sie zu ihren Gefährten zurück und sagt: «Nun, es ist Zeit, das Vieh auf die Knorr zu laden.»

5. KUBA

Freydis hatte immer noch nichts anderes im Sinn, als weiter nach Süden hinunterzufahren. Viele Wochen segelten sie an den Küsten entlang, sodass sie zuletzt keinerlei Vorräte mehr an Bord hatten und sich nur von Fischen ernährten und Regenwasser tranken. Aber nirgends, wo ihnen das Land geeignet erschien, wollte Freydis festmachen, was bei ihren Gefährten zuerst Unruhe, dann Misstrauen und schließlich Zorn hervorrief. Freydis fragte sie: «Wollt ihr denn wieder in Lebensgefahr geraten? Wollt ihr, dass euch ein Einfüßler mit dem Pfeil den Leib durchbohrt?» (Denn so war ihr Halbbruder

Thorvald Erikssohn zu Tode gekommen, und sie wusste, dass sich alle an dieses Verhängnis erinnerten.) «Wir setzen unsere Reise fort bis zum Ziel, oder wir sterben auf dem Meer, wenn es dem Meergott Njörd gefällt oder wenn die Totengöttin Hel es wünscht.» Aber niemand kannte das Ziel, von dem Freydis sprach.

Schließlich sichteten sie Land, vielleicht eine Insel. Freydis, die spürte, dass sie die Gefährten in ihrer Ungeduld nicht mehr länger hinhalten konnte, war einverstanden, dort anzulegen.

Die Knorr bog in einen herrlichen Fluss ein. Auf dem ganzen Weg landeinwärts fanden sie besonders wunderbares klares Wasser.

Ein so schönes Land hatten sie noch nie gesehen. Ganz nah am Fluss waren nur lauter grüne Bäume, jeder voller unterschiedlicher Blüten und Früchte von herrlichstem Duft. Große und kleine Vögel sangen sanft. Die Bäume trugen Blätter, mit denen man ganze Häuser decken konnte. Der Boden war eben.

Freydis sprang an Land. Sie gelangte zu Häusern, die sie für Fischerhäuser hielt, doch deren Bewohner flüchteten voller Entsetzen. In einem Haus traf sie auf einen Hund, der nicht bellte.

Die Grönländer ließen die Tiere an Land gehen, und die Skrälinger, durch die Pferde neugierig geworden, kamen wieder hervor. Sie waren nackt und kleingewachsen, aber wohlgestalt; ihre Haut war dunkel und sie hatten schwarzes Haar. Freydis wagte sich vor, denn sie dachte, eine schwangere Frau werde sie vielleicht besänftigen. Sie bot einem an, aufs Pferd zu steigen, und machte mit ihm, die Zügel in der Hand, eine Runde durchs Dorf. Die Skrälinger freuten sich darüber und staunten. Sie gaben ihren Gästen zu essen und luden sie in ihre

Häuser ein. Sie boten ihnen auch gerollte Blätter an, die sie anzündeten und an den Mund führten, um den Rauch einzuatmen.

So ließen sich Freydis und ihre Gefährten bei ihnen nieder, und das Skrälingerdorf wurde auch ihr Dorf. Sie bauten sich eigene Häuser in der Bauweise ihrer Gastgeber: rund und mit Stroh gedeckt. Sie bauten auch einen Tempel zu Ehren Thors, mit Holzpfählen und -balken. Die Skrälinger zeigten ihnen, wie man Wasser aus den dicken Nüssen herausbekam, die an großblättrigen Bäumen wuchsen, und dieses Wasser schmeckte köstlich. Sie lehrten sie die Namen der Dinge: Das knackige Getreide etwa hieß in ihrer Sprache *Mais*. Sie zeigten ihnen, wie man in zwischen zwei Bäumen aufgespannten Netzen schläft, die sie *Hamacs* nannten. Das ganze Jahr über war es so warm, dass sie keinen Schnee kannten.

Hier kam Freydis nieder. Ihr Gemahl Thorvard behandelte Gudrid wie seine eigene Tochter, und Freydis war gerührt davon. Sie begann, Thorvard weniger hart zu beurteilen als zuvor.

Die Skrälinger wurden gute Reiter und lernten, Eisen zu schmieden. Die Grönländer lernten, mit dem Bogen zu schießen, und sie machten Bekanntschaft mit neuen Tieren. Schildkröten gab es und allerlei Schlangen, Echsen mit steinharten Schuppen und länglichem Gebiss. Am Himmel flogen Rotkopfgeier.

Die beiden Gruppen mischten sich so gut, dass anders aussehende Kinder zur Welt kamen. Manche hatten schwarzes, andere blondes oder rötliches Haar. Sie sprachen die beiden Sprachen ihrer Eltern.

Aber wieder wurden Skrälinger vom Fieber befallen und starben. Da die Grönländer auch diesmal davon verschont blieben, begriffen sie, dass sie von der Seuche nichts zu befürchten hatten, aber dass sie es waren, die sie eingeschleppt hatten. Sie selber waren die Seuche. Die Nordmänner bereiteten den Verstorbenen Grabstätten, in die sie Runen eingravierten. Sie beteten zu Thor und Odin. Doch immer mehr Skrälinger wurden krank. Die Grönländer dachten, wenn sie noch länger blieben, würden die Gastgeber alle sterben, und sie würden allein übrig bleiben. Sie hatten Mitleid mit ihnen. Schweren Herzens beschlossen sie, das Land wieder zu verlassen. Sie bauten den Thor-Tempel ab, um ihn mitzunehmen, aber sie ließen den Skrälingern ein paar Tiere als Abschiedsgabe.

Nach ihrer Abfahrt hörte das Fieber nicht auf. Die Skrälinger starben weiter, fast bis zur Auslöschung. Die Überlebenden verteilten sich mit ihren Tieren über die ganze Insel.

6. CHICHÉN ITZÁ (MEXIKO)

Von Freydis ist zu berichten, dass sie sich nach Westen aufmachte und, zusammen mit ihrer Tochter Gudrid sowie ihrem Gemahl Thorvard und ihren Gefährten, an der Küste entlangfuhr. Sie fanden heraus, dass das Land, das sie hinter sich ließen, tatsächlich eine Insel war. Und dann wollte Freydis wieder einmal Kurs nach Süden nehmen. Doch ihre Gefährten weigerten sich, auch nur einen einzigen Tag länger zu segeln, solange sie nicht wussten, wohin die Reise ging. Da schlug ihnen Freydis vor, die Balken des Thor-Tempels ins Meer zu werfen, damit sie ihnen den Weg wiesen. Sie erklärte, man würde dort an Land gehen, wo Thor die Balken ans Ufer trieb. Kaum waren sie über Bord, wurden die Balken gegen das am weitesten westlich gelegene Land getrieben, und den Männern vom Schiff schien es, dass sie sich schneller als erwartet entfernten. Dann kam eine Brise auf; vor dem Kap einer Insel, die sie Fraueninsel nannten, setzten sie Segel gen Westen. Sie sichteten ein großes Land, das sie für das Festland hielten, und fuhren in einen Fjord. Sie sahen, dass er riesig war, breit und tief, und rundherum von hohen Bergen gesäumt. Freydis benannte diesen Fjord nach ihrer Tochter. Danach kundschafteten sie die Umgebung aus und entdeckten, dass Thor mit den Balken einen Felsvorsprung am nördlichen Ende einer Bucht getroffen hatte.

Es gab einen Fluss voller Untiefen, in den die Knorr aber wegen ihres geringen Tiefgangs einfahren konnte. Sie fuhren flussaufwärts und gelangten zu einem Dorf. Es war schon spät, die Sonne war kurz vor dem Untergehen, und so führte Freydis ihre Leute zu Sandbänken am gegenüberliegenden Ufer. Am nächsten Tag kamen mehrere Skrälinger mit Booten; sie brachten ihnen Hühner mit roten Köpfen und etwas Mais, kaum ausreichend, um ein paar Mann satt zu machen. Sie erklärten ihnen, sie sollten die Lebensmittel nehmen und verschwinden. Nun wollten die Grönländer aber gerne bleiben, schließlich hatte Thor ihnen diesen Ort gewiesen. So kamen die Skrälinger wieder, diesmal im Kriegsgewand, bewaffnet mit Pfeil und Bogen, mit Lanzen und Schilden. Den Grönländern, die zu erschöpft waren, um zu fliehen, blieb nur die Wahl, zu kämpfen. Doch bald wurden sie von der Überzahl der Skrälinger überwältigt, die zehn von ihnen verletzten und sie alle gefangen nahmen.

Sie hätten sie wohl auf der Stelle dahingemetzelt, hätte sich nicht vor ihren Augen ein unerwartetes Schauspiel zugetragen. Einer der Grönländer, der beritten kämpfte, fiel vom Pferd, und das erschreckte die Skrälinger zutiefst, sie stießen wilde Schreie aus. Sie hatten tatsächlich gedacht, Ross und Reiter seien eins. Sie hielten Rat, und dann stellten sie die Grönländer in einer Reihe auf, fesselten sie aneinander und führten sie ab. Auch ihre Tiere und Waffen nahmen sie mit.

In drückender Hitze durchquerten sie Wälder und Sumpflandschaften. Die Luft war so feucht, dass sich die Nordmänner fühlten wie Schnee, der im Feuer schmilzt. Schließlich kamen sie in eine Stadt, wie sie noch keine zuvor gesehen hatten. Aus Stein gebaute Tempel gab es da und mehrgeschossige Pyramiden und Kriegerstandbilder, in einem Säulengang aufgereiht, sowie beeindruckende Skulpturen von Schlangenköpfen, die an den Bug von Knorren und Langschiffen erinnerten, außer, dass diese Schlangen gefiedert waren.

Sie wurden in eine H-förmige Arena geführt, wo gerade ein Ballspiel stattfand. Zwei Mannschaften standen einander gegenüber, jede auf ihrer Hälfte des Feldes, und spielten sich eine dicke Kugel zu, die aus einem eigenartigen Stoff bestand, zugleich weich und hart, und beim Abprallen sehr hoch sprang. Ziel des Spiels, soweit sie verstanden, war, diese Kugel ins gegnerische Gelände zu bugsieren und in der Luft zu halten, ohne dazu Hände oder Füße zu benutzen, sondern nur Hüften, Ellbogen, Knie, Gesäß und Unterarm. Wo die beiden Hälften des Feldes aneinanderstießen, schlossen sich zwei Steinringe an die Mauer um die Grube an, aber die Grönländer kamen noch nicht dahinter, was es mit denen auf sich hatte. Tribünen erlaubten einem großen Publikum, dem Spiel zuzusehen. Als die Partie zu Ende war, wurden ein paar Spieler geopfert, indem man ihnen den Kopf abschnitt.

Zwölf Grönländer, darunter Freydis und ihr Gemahl Thorvard, wurden in die Grube geworfen. Am anderen Ende des Feldes standen ihnen zwölf Skrälinger gegenüber, die nur Knie- und Ellbogenschutz trugen. Die Partie wurde angepfiffen, und die Grönländer, die das Spiel nie zuvor gespielt hatten, mussten hinnehmen, dass der Ball auf ihrem Feld zu Boden fiel und sie ihn nicht zurückspielen konnten oder dass sie, wenn es doch einmal gelang, dabei Fehler machten, indem sie die Regeln eines Spiels verletzten, von dem sie überhaupt keine Ahnung hatten. Je mehr sie verloren, desto größer wurde die Furcht, die sie überkam, denn sie begriffen, dass sie im Fall einer Niederlage geopfert würden. Da streifte der Ball einen der Steinringe, allerdings ohne hineinzufallen, und daraufhin war in den Rängen der Zuschauer ein Raunen zu hören. Sogleich hielt Freydis ihre Mitspieler dazu an, auf den Ring zu zielen. Ihrem Gemahl Thorvard gelang mit Hilfe seines Knies ein glücklicher Schuss, sodass sich die Kugel in die Lüfte erhob und in hohem Bogen – unter dem begeisterten Geschrei des Publikums – durch den Ring fiel. Unmittelbar danach war die Partie zu Ende und die Grönländer wurden zu Siegern erklärt. Der gegnerische Mannschaftskapitän wurde geköpft. Doch was die Grönländer nicht wussten, war, dass in gewissen Ausnahmefällen auch der beste Spieler der siegreichen Mannschaft hingerichtet wurde, was er als besondere Auszeichnung zu betrachten hatte. So wurde Thorvard, dem Gemahl von Freydis, der Kopf abgetrennt vor den Augen seiner Frau und der in den Armen ihrer Mutter weinenden Adoptivtochter Gudrid. Dann sagte Freydis zu ihren Gefährten: «Wir sind auf Gedeih und Verderb in der Hand von Skrälingern, die viel wilder sind als Trolle, und wenn wir überleben wollen, müssen wir uns bei ihnen beliebt machen, indem wir alles tun, was sie von uns fordern.» Dann sang sie ein Lied:

Hört, was ich über Thorvard vernahm
Sein Leben im Süden ans Ende kam

*Wie grausam die Norne, dass Odin erwählt
Weit vor der Zeit den Klingenheld*

Und nachdem ihr Gesang sich in die Lüfte erhoben hatte, fiel er zum großen Erstaunen der Skrälinger am Ende wieder herab wie ein Pfeil:

*So halt mich nicht für wutgenarrt,
Auf bessern Augenblick ich wart'.*

Thorvards Leiche wurde feierlich in einem See tief in einer Schlucht versenkt. Die anderen Grönländer blieben verschont, wurden aber als Sklaven behandelt. Manche arbeiteten im Salztagebau oder in Baumwollplantagen, so wie es die Schweden damals aus Myklagård berichtet hatten, und dies waren die schwersten Arbeiten. Andere arbeiteten als Hausbedienstete oder bei Kultritualen für die Skrälingergötter, vornedran die gefiederte Schlange Kukulkán und der Regengott Chac.

Eines Tages kam Freydis in die Nähe einer Skulptur, die einen mit angewinkelten Knien liegenden Mann darstellte, der sich auf die Ellbogen stützte und das gekrönte Haupt zur Seite drehte. Der Skrälingerfürst, in dessen Diensten Freydis nun stand, erläuterte mit Zeichensprache, dass es sich um den Regengott Chac handelte. Da ging sie einen Hammer holen und legte ihn der Skulptur auf den Bauch. Zum Fürsten sagte sie, sie kenne diesen Gott sehr wohl, unter dem Namen Thor. Ein paar Tage später ging ein heftiges Unwetter über der Stadt nieder. Nun hatte die lange Dürrezeit ein Ende.

Ein anderes Mal vergnügte sich Freydis' Tochter Gudrid mit einem Skrälingerspielzeug, das kleine Räder hatte. Freydis wunderte sich, dass die Skrälinger außer diesem Spielzeug keinen Karren und auch keinen Pflug hatten. Sie aber zeigten kein Interesse an solch großen Fahrzeugen, die zu schwer waren, um von Menschenhand gezogen oder geschoben zu werden. So trug Freydis ihren Gefährten auf, einen Karren zu bauen, und schickte nach einer Stute, die sie davorspannte. Die Skrälinger waren sehr froh über diese Entdeckung, und sie wurden es noch viel mehr, als ihnen klar wurde, dass ein Karren mit eiserner Pflugschar, der von einem Pferd oder Rind gezogen wurde, im Ackerbau eine große Erleichterung war und auch den Ertrag des Baumwollanbaus steigern konnte. So trug Freydis zum Gedeihen der Stadt bei, denn diese ertauschte mit ihrer Baumwolle bei den benachbarten Städten Mais und Edelsteine.

Zum Zeichen der Dankbarkeit gewährten sie Freydis und ihren Gefährten das Recht, Schokolade zu trinken, ein schäumendes Getränk, auf das sie viel Wert legten, das Freydis jedoch bitter fand.

So waren die Grönländer bald keine Sklaven mehr, sondern wurden wie Gäste behandelt. Man erlaubte ihnen, bei den Ballspielen dabei zu sein und an der Zeremonie um heilige Brunnen teilzunehmen. Die Skrälinger brachten ihnen Sternkunde bei und Grundkenntnisse ihrer Schrift, deren Zeichen wie Runen aussahen, aber sehr viel ausgefeilter wirkten.

Für eine Weile konnten sie glauben, dass die Todesgöttin Hel sie endlich vergessen habe. Doch so unachtsam war Lokis Tochter nicht. Die ersten Skrälinger wurden krank. Man gab ihnen viel Schokolade zu trinken, aber am Ende starben sie doch. Freydis wusste, sie würden in Bälde dahinterkommen, dass die Fremden ihnen die Seuche gebracht hatten. Eilends bereitete sie die Flucht ihrer Leute vor. In einer mondlosen Nacht stahlen sie sich mitsamt ihrem Vieh aus der Stadt hinaus auf die Straße, die zur Küste führte, um zu ihrem Schiff zu gelangen. Die Stute, die den Wagen zog, war trächtig und fiel zurück, aber sie wollten sie nicht alleinlassen. Am Morgen hörten sie das Geschrei aus der Stadt und wussten, dass die Skrälinger begonnen hatten, nach ihnen zu suchen. Sie beschleunigten ihren Schritt, so gut es ging. Die Knorr erwartete sie da, wo sie sie zurückgelassen hatten.

Doch die Skrälinger des Nachbardorfes hatten mitbekommen, dass sie wieder da waren, und setzten sich in den Kopf, sie aufzuhalten. Daher eilten die Grönländer so rasch wie möglich an Bord. Nun war die trächtige Stute zurückgeblieben, und als alle an Bord waren, fehlte nur noch sie. Mühevoll kam sie am Strand voran. Schon waren Skrälinger mit Kriegsgeheul hinter ihr her. Die Grönländer feuerten die erschöpfte Stute an, denn es waren nur noch ein paar Schritt bis zum Steg. Doch die Knorr, die bis zum letzten Augenblick gewartet hatte, musste schließlich die Trossen lösen, um nicht von den Angreifern eingenommen zu werden. Die Grönländer sahen noch, wie die Skrälinger die Stute am Halskamm packten, genau wie sie es sich bei ihnen abgeschaut hatten.

Ohne ein Wort zu verlieren, nahmen sie Kurs nach Süden.

7. PANAMA

Wer weiß, wie viele Seemeilen die Knorr zurücklegte? Wenn man bei aufgewühlter See die Segel nicht setzen konnte, ohne Schiffbruch zu riskieren, ruderten die Grönländer, den Blick zu Boden gerichtet. Tag folgte auf Nacht, Nacht folgte auf Tag. Nur das Blöken und Muhen des Viehs und das Schreien der Neugeborenen deuteten auf Leben an Bord.

Bei strömendem Regen legten sie an. Sie waren verdreckt, unrasiert und ausgehungert. Vor ihnen erstreckte sich eine Landschaft, die sie, obgleich alles grünte, als feindselig empfanden. Viele verschiedenste bunte Vögel flogen am Himmel; mit Pfeil und Bogen erlegten sie ein paar davon. Die Mehrheit wollte sich nicht vorwagen, die Gegend auszukundschaften, denn sie fürchteten, sie sei auch wieder von Skrälingern bewohnt, vielleicht noch wilderen als den vorigen. Eher neigten sie dazu, sich mit Nahrung zu versorgen und so lange zu lagern, bis sie wieder bei Kräften waren, um dann Kurs nach Norden zu nehmen und nach Hause zurückzukehren. Freydis widersetzte sich mit Leidenschaft, doch einer ihrer Gefährten sprach zu ihr die folgenden Worte: «Wir alle wissen, warum du es ablehnst, nach Grönland zurückzukehren. Du hast Angst, dass dein Bruder Leif dich für die Verbrechen bestrafen will, die du in Weinland begangen hast. Ich kann dir versprechen, dass keiner von uns etwas sagen wird, doch wenn Leif trotzdem erführe, was du getan hast, dann müsstest du dich seinem Rechtsspruch oder dem Urteil des Things unterwerfen.»

Freydis sagte kein Wort. Doch am nächsten Morgen fanden ihre Gefährten die Knorr zur Seite gekippt und halb voll Wasser. Das war ein Tiefschlag für die Schar. Niemand wagte es, sie offen zu beschuldigen, das Schiff zerstört zu haben, aber jeder dachte genau dies. Sie aber ergriff das Wort und sprach also: «Jetzt seht ihr, dass der Weg übers Meer versperrt ist. Keiner von euch wird nach Grönland zurückkehren. Mein Vater hatte dieses Land so benannt, um Isländer wie euch anzulocken und so seine Ansiedelung zu stärken. In Wahrheit war das Land nicht grün, sondern die meiste Zeit des Jahres weiß. Dieses angeblich grüne Land war längst nicht so gastlich wie dieses hier. Seht nur die Vögel am Himmel. Seht nur die Früchte an den

Bäumen. Hier brauchen wir uns nicht mit Tierfellen zu kleiden, hier brauchen wir kein Feuer zu machen, um uns zu wärmen, hier brauchen wir keine Häuser aus Eis, um uns gegen den Wind zu schützen. Wir werden dieses Land nun auskundschaften, bis wir den besten Platz gefunden haben, um unsere Ansiedelung zu gründen. Denn das richtige Grönland ist hier. Hier vollenden wir das Werk Eriks des Roten.»

Manche applaudierten, andere blieben schweigsam und bedrückt, denn sie hatten Angst vor dem, was dieses Land noch für sie bereithalten mochte.

8. LAMBAYEQUE

Sie durchquerten Sumpfgebiete, Wälder dicht wie Wollfilz, tiefverschneite Berge. Wieder begegneten sie dem Frost, doch niemand zog Freydis' Befehle in Zweifel, ganz so, als hätte der Verlust der Knorr, womit ihnen die Hoffnung auf Rückkehr genommen war, auch ihren Willen gebrochen.

Hier und da begegneten ihnen Skrälinger, die ankamen, um ihnen gegen Gold- und Messingschmuck Eisennägel oder eine Schale frischer Milch abzutauschen. Im Westen entdeckten sie ein Meer. Sie bauten Flöße. Je näher sie ans Ufer kamen, desto feiner gearbeitet waren die Schmuckgegenstände, die man ihnen anbot. Einmal schenkte ein Skrälinger Gudrid Ohrringe, die einen Opferdiener zeigten, der einen abgetrennten Kopf hielt – das gefiel ihrer Mutter. Freydis entschied, dass es richtig sei, sich bei einem Volk von Goldschmieden niederzulassen. Außerdem bebauten diese Skrälinger unabsehbare Weiten von Feldern. Kanäle durchzogen die Ebene. Sie brachte in Erfahrung, dass dieses Land Lambayeque hieß.

Die Skrälinger nahmen das Eisen und das Vieh an wie Geschenke der Vorsehung. Sie sahen in den Besuchern Abgesandte ihres mythischen Königs Naymlap. Also wurde Freydis wie eine Hohepriesterin verehrt, mit Gold überhäuft und mit großer Machtbefugnis ausgestattet. Mit ihren sichelförmigen Ritualmessern, deren Griff ein Naymlapbild zierte, opferten die Gastfreunde Freydis zu Ehren Gefangene. Es war ein Volk von Bauern, die sehr geschickt in der Metallbearbeitung waren. Schon bald nach der Ankunft der Grönländer konnten sie Eisenhämmer in voller Größe schmieden. Sie waren bezaubert von Freydis mit ihrem roten Haar.

Freydis aber wusste, was kommen würde, und prophezeite ihnen, dass eine Seuche sie heimsuchen werde. Als sie dann tatsächlich krank wurden und immer mehr von ihnen starben, wurde Freydis' Ansehen noch größer. Sie brachte sie dazu, noch mehr Gefangene zu opfern und die Ernten weiter zu steigern. Die Grönländer mit ihrem Vieh und ihren Kenntnissen im Schmieden von Eisen erwarben sich herausgehobene gesellschaftliche Stellungen bei diesem Volk. Weil sie außerdem von der Krankheit verschont blieben, festigte sich bei den Skrälingern die Vorstellung, sie seien göttlichen Ursprungs.

Dann geschah es, dass ein Skrälinger am Fieber erkrankte, es aber überlebte und wieder zu Kräften kam. Einem anderen ging es ebenso, und nach und nach verlor das von den Fremden eingeschleppte Übel an Schrecken. Da wussten die Grönländer, dass sie am Ziel ihrer Reise angekommen waren.

9. FREYDIS' TOD

Winterlose Jahre gingen ins Land. Die Grönländer lernten Kanäle ziehen und unbekanntes Gemüse anbauen, rotes, gelbes, violettes, manches saftig, manches mehlig. Freydis wurde Königin. Sie heiratete den Häuptling eines benachbarten Dorfes namens Cajamarca, und zur Besiegelung dieses Ehebundes wurde ein großartiges Festmahl aufgetischt. Das Chicha, ein Bier auf Maisbasis, floss in Strömen, und dazu reichte man gegrillten Fisch, Alpaka, eine Art in die Höhe gewachsenes Schaf, sowie Cuy am Spieß, Riesenmeerschweinchen, die wie flaumige Hasen mit kleinen Ohren aussahen und deren Fleisch zart und schmackhaft war.

Freydis bekam noch mehrere Kinder und starb mit Ehrungen überhäuft. Sie wurde zusammen mit ihren Bediensteten, ihrem Schmuck und ihrem Geschirr begraben. Ein goldenes Diadem umkränzte ihre Stirn. Ein Collier mit achtzehn Reihen roter Perlen bedeckte ihre Brust. In der einen Hand hielt sie einen Eisenhammer, in der anderen ein sichelförmiges Messer.

Gudrid war herangewachsen, und obwohl sie nicht das rote Haar ihrer Mutter hatte, war es ihr gelungen, eine herausragende Stellung bei den Lambayequern zu erlangen. Sie war es, die, als die Gegend von wüsten Unwettern heimgesucht wurde und jedermann über die verlorene Ernte und die überschwemmten Felder klagte, die Skrälinger davon überzeugte, dass Thor ihnen damit etwas sagen wollte. Für sie bestand kein Zweifel daran, dass man das Land verlassen musste, und als gute Tochter ihrer Mutter zog sie nach Süden mit einem großen Tross von Skrälingern und Grönländern, die von da an ein geeintes Volk waren. Man erzählt sich, sie hätten einen großen See gefunden, doch diese Sage hat keine weitere Bedeutung, denn niemand weiß mit Gewissheit, was danach geschah.

ZWEITER TEIL

✲

FRAGMENTE AUS DEM TAGEBUCH DES CHRISTOPH KOLUMBUS

Freitag, den 3. August

Am 3. August 1492 verließen wir um acht Uhr die Bank von Saltes und machten bis Sonnenuntergang, von einem frischen Winde gegen Süden getrieben, mehr als 15 Seemeilen. Wir steuerten darauf südwestlich, dann südsüdwestlich, welches die Richtung nach den Kanarischen Inseln war.

Montag, den 17. September

Ich hoffe sehr, dass Gott der Allerhöchste, in dessen Händen jeder Sieg liegt, uns bald Land schenken wird.

Mittwoch, den 19. September

Das Wetter ist günstig; gefällt es Gott, werden wir alles andere bei der Rückfahrt sehen.

Dienstag, den 2. Oktober

Das Meer ist immer noch ruhig und brav. Gott sei es tausendmal gedankt!

Montag, den 8. Oktober

Gott sei Lob und Dank, die Lüfte so mild wie in Sevilla im April, welch Vergnügen, in ihnen zu atmen, so duftend sind sie.

Dienstag, den 9. Oktober

Man hörte die ganze Nacht hindurch Vögel vorüberziehen.

Donnerstag, den 11. Oktober

Um zwei Uhr nach Mitternacht Land in Sicht in zwei Seemeilen Entfernung.

Freitag, den 12. Oktober
Wir kamen an einer Insel an, welche die Indios in ihrer Sprache Guanahani nannten. Man sah alsbald ganz unbekleidete Menschen, und ich begab mich an Land mit Martín Alonso Pinzón, dem Kapitän der *Pinta,* und dessen Bruder Vicente Yáñez, Kapitän der *Niña.*
Kaum hatte ich Boden unter den Füßen, ergriff ich im Namen Euer Königlicher Hoheiten Besitz von der Insel.
Alsbald versammelten sich viele Inselbewohner. Damit sie Freundschaft mit uns halten möchten und weil ich wohl wusste, dass dies Volk sich viel eher durch Milde und Überredung als durch Gewalt zu unserem heiligen Glauben bekehren würde, gab ich einigen von ihnen rote Mützen, Glasperlen, welche sie sich um den Hals hängten, und eine Menge anderer Kleinigkeiten, welche ihnen große Freude bereiteten, und wir wurden so gute Freunde, dass es zum Verwundern war.
Mir schien aber, dass sie arme Leute seien. Sie gingen alle nackt, wie ihre Mutter sie geboren, auch die Frauen.
Wenn es unserem Herrn gefällt, werde ich bei unserer Abreise von hier sechs von ihnen für Euer Königliche Hoheiten mitnehmen, damit sie sprechen lernen. Auf dieser Insel habe ich kein Tier irgendeiner Art gesehen, außer Papageien.

Samstag, den 13. Oktober
Seit Tagesanbruch sahen wir am Strande eine Menge von diesen Männern, alle jung und von schlanker hoher Gestalt; sehr schöne Leute. Ihr Haar ist nicht kraus, sondern schlicht wie eine Rossmähne.
Sie kamen an mein Schiff in Kanus, aus einem Baumstamme gemachte lange Barken, einige sehr groß, sodass vierzig Personen hineinpassten.

Sie gaben alles, was sie besaßen, ganz gleich, was wir dafür
boten. Ich war sehr aufmerksam und gab mir viele Mühe
zu erfahren, ob Gold vorhanden sei. Durch Zeichen erfuhr ich
von ihnen, dass, wenn ich mich gen Süden wendete, dort ein
König sei, welcher große Gefäße voll davon habe.
So entschloss ich mich, nach Südwest zu segeln, um dort Gold
und Edelsteine zu holen ...

Freitag, den 19. Oktober
Ich will so viel neue Länder als mir immer möglich sehen und
entdecken und im Monat April, wenn es dem Herrn gefällt,
zurück bei Euer Königlichen Hoheiten sein.

Sonntag, den 21. Oktober
Schwärme von Papageien verdunkeln die Sonne.
Ich gedenke nach der anderen großen Insel zu segeln, welche
ich nach dem, was mir meine Indios sagen, für die Insel
Cipango halten muss; sie selbst nennen sie Kolba.

Dienstag, den 23. Oktober
Ich wollte heute zu der Insel Kuba segeln, welche Cipango
sein muss, nach dem, was mir die Leute hier über deren
Ausdehnung und Reichtum gesagt haben. Ich will hier nicht
länger verweilen, da ich sehe, dass es keine Goldminen gibt.

Mittwoch, den 24. Oktober
Diese Nacht ließ ich die Anker um Mitternacht lichten, um
in Richtung der Insel Kuba zu fahren, die, wie ich von meinen Indios höre, sehr ausgedehnt ist, wo viel Handel getrieben wird und wo es Gold, Gewürz, Schiffe und Seefahrer
gibt. Nach den Zeichen, die sie mir machen, denn ihre Spra-

che verstehe ich nicht, ist es die Insel Cipango, von der man Wunderdinge erzählt, und auf den Sphären und Weltkarten, welche ich gesehen, liegt sie in diesen Gegenden.

Sonntag, den 28. Oktober
Das Gras steht so hoch wie in Andalusien im Monat April. Ich meine, diese Insel ist die schönste, die meine Augen je gesehen, voller schöner und hoher Berge, wenn auch nicht sehr ausgedehnt. Die Erhebung des Gebirges ähnelt der Erhebung Siziliens.
Die Indios versicherten, dass es auf dieser Insel Goldminen und Perlen gebe. Ich fand eine Stelle, die der Ausbildung von Perlen zuträglich ist, worauf die Muscheln dort hindeuten. Ich war der Meinung, dass die Schiffe des Großkhans hierher zur Perlenfischerei fahren und dass das Festland nur zehn Tagesreisen entfernt sei.

Montag, den 29. Oktober
Um Bekanntschaft zu schließen, schickte ich zwei Boote flussaufwärts zu einer Niederlassung am Ufer. Bei unserer Ankunft flohen Männer, Frauen und Kinder aus dem Dorf und ließen Hof und Hausrat zurück. Ich befahl, dass nicht daran gerührt werde. Die Häuser hatten die Form von Lagerzelten, waren aber groß wie königliche Zelte. Es fehlte die gerade Richtung der Straßen. Sie lagen zerstreut hier und dort, doch waren sie im Innern sehr rein und gut möbliert. All diese Häuser sind mit Palmenblättern gedeckt, außer einem besonders langgestreckten, dessen Dach mit Erde bedeckt und mit Gras bewachsen ist. Wir fanden darin viele Frauen-Statuen und Köpfe in Form von Masken, sehr gut gearbeitet. Ich weiß nicht, ob dergleichen zur Verzierung oder zum Gottesdienst

dient. In den Häusern waren auch Hunde, die nie bellten, und kleine zahme Wildvögel.
Im Innern des Landes muss es auch Rinderherden geben, denn ich glaubte, in einem Schädel, den ich fand, den einer Kuh zu erkennen.

Sonntag, den 4. November
Die Leute hier sind friedliebend und schüchtern, wie gesagt, nackt und ohne Waffen und Gesetze. Die Erde ist sehr fruchtbar.

Montag, den 5. November
Im Morgengrauen befahl ich, erst mein Schiff an Land zu ziehen, dann die anderen, aber nicht alle, damit zur Sicherheit noch zwei vor Anker lagen, allerdings sind die Leute sehr zuverlässig, und man könnte bedenkenlos alle Schiffe aufdocken.

Montag, den 12. November
Gestern machte ein Kanu an unserem Schiff fest, und sechs junge Indios kamen an Bord, von denen ich fünf zurückbehielt, die ich mitbringen werde. Ich schickte nach einer Behausung an der Westküste, von wo man mir sieben Frauen brachte, ganz junge, erwachsene und drei Kinder. Ich tat dies in der Erwartung, dass meine Indios sich in Spanien besser aufführen, wenn sie Frauen ihres Landes bei sich haben, als wenn sie ohne sie reisen.
Diese Nacht kam der Mann einer Indiofrau, welcher zugleich der Vater dreier Kinder ist, eines Knaben und zweier Mädchen, an Bord und bat mich zu erlauben, dass er mitkommen dürfe. Dies gestattete ich gern, und nun sind sie alle zufrie-

dengestellt, woraus ich schließe, dass sie alle verwandt sind. Der Mann ist schon vierzig oder fünfundvierzig.

Freitag, den 16. November
Meine Indios waren damit beschäftigt, große Seemuscheln zu fischen, also veranlasste ich sie, ins Wasser zu gehen, um Perlenmuscheln zu suchen. Sie fanden in der Tat eine Menge solcher Muscheln, allerdings ohne Perlen.

Samstag, den 17. November
Von den sechs jungen Leuten, welche wir von dem Rio de Mares mitgenommen hatten, gelang es heute zweien, von Bord der Karavelle *Niña* zu entkommen.

Sonntag, den 18. November
Ich bin noch einmal, zusammen mit vielen Männern, mit zwei Booten losgefahren, um das große Kreuz, das ich aus zwei Holzbalken hatte zimmern lassen, auf einer freien Anhöhe ohne Baumbestand aufzurichten. Es war sehr hoch und sehr schön anzusehen.

Dienstag, den 20. November
Ich möchte nicht, dass mir die Indios entkommen, die ich auf Guanahani aufgenommen habe, denn ich brauche diese Leute, um sie nach Kastilien zu bringen. Sie glauben fest daran, dass ich sie nach Hause zurückkehren lasse, sobald Gold gefunden wurde.

Mittwoch, den 21. November
Kapitän Martín Alonso Pinzón fuhr heute mit seiner Karavelle *Pinta* davon, ungehorsam und gegen meinen Willen. Er tat es

aus Habsucht, in der Annahme, der Indio, den ich ihm auf die Karavelle geschickt hatte, werde ihm zu viel Gold verhelfen. So fuhr er los, ohne zu warten, ohne durch einen Sturm dazu genötigt zu sein, sondern nur, weil es ihm beliebte.
Dieser Mann hat mir noch vieles andere angetan.

Freitag, den 23. November
Ich steuerte bei schwachem Wind in südlicher Richtung dem Lande zu. Hinter dem Vorgebirge erschien ein Land, von dem die Indios sagten, es gebe dort Einwohner mit einem Auge mitten auf der Stirn und andere, die sie Kannibalen nannten und vor denen sie große Furcht zeigten.

Sonntag, den 25. November
Vor Sonnenaufgang bestieg ich ein Boot und machte mich auf zu dem Vorgebirge, denn mir schien, dass es dort einen guten Fluss geben musste. Tatsächlich sah ich zwei Schussweit hinter der Spitze einen mächtigen Sturzbach von hellstem Wasser unter großem Getöse den Berg herunterkommen. Ich begab mich dorthin und sah im Wasser mit goldfarbenen Flecken besetzte Steine schimmern. Da fiel mir ein, dass man in der Nähe der Mündung des Tajo am Meer Gold gefunden hatte, und es scheint mir gewiss, dass es auch hier Gold geben müsse. Ich habe mehrere dieser Steine aufsammeln lassen, um sie Euer Königlichen Hoheiten mitzubringen. Als ich zu den Bergen blickte, sah ich Pinien, so hoch, so wundervoll, dass es mir die Sprache verschlug, unermesslich lange schlanke Stangen. Mir scheint, es wird uns nun nie mehr an Schiffbauholz fehlen, um Rümpfe und Masten für die größten Schiffe Spaniens zu bauen. Es gibt dort auch Eichen und Erdbeerbäume, einen richtigen Fluss

und ein Gelände, auf dem sich eine Schneidemühle errichten ließe.

Am Ufer habe ich viele vom Fluss angeschwemmte eisen- und andersfarbene Steine gesehen, die, wie man mir sagt, von Silberadern stammen.

Niemand, der es nicht selbst gesehen hat, wird glauben können, was ich hier gesehen habe. Und doch kann ich meine königlichen Gebieter versichern, dass ich nicht im allermindesten übertreibe.

Ich fuhr weiter, immer an der Küste entlang, um mir alles genau anzusehen. Das ganze Land ist voller sehr hoher und sehr schöner Berge, keineswegs trocken oder felsig, sondern gut begehbar und von herrlichen Tälern durchzogen. Wie die Berge selbst, sind auch die Täler von hohen und grünenden Bäumen bestanden, dass es eine Freude ist, sie anzusehen.

Dienstag, den 27. November
An der Südküste fand ich einen schön gelegenen Hafen, den die Indios Baracoa nennen, und auf der Südostseite wunderschöne Landstriche, sanft geschwungene Ebenen zwischen den hohen Bergen. Man erblickt eine Menge Feuer, zahlreiche Niederlassungen und vollständig bebaute Ländereien. Daher entschied ich, hier an Land zu gehen und mich mit den Einwohnern auf irgendeine Weise zu verständigen. Wir ankerten, und ich bestieg ein Boot, um den Hafen zu erkunden, und fand die Mündung eines Flusses, welcher hinreichende Tiefe hatte für eine Galeere. Ich war aufs Neue entzückt von der Frische des Klimas, der Schönheit der Pinien, dem kristallhellen Wasser nebst dem Gesang der Vögel, die den Aufenthalt so bezaubernd machten, dass ich glaubte, nie mehr von hier wegzuwollen.

Euer Königliche Hoheiten werden hier Städte und Festungen anlegen, und das ganze Land wird bald zu unserem Glauben bekehrt sein.

Zu diesem Land und zu allen ferneren Entdeckungen, denn ich gedenke vor meiner Rückkehr nach Kastilien noch manches zu entdecken, wird die ganze Christenheit beste Handelsverbindungen haben, vor allem natürlich Spanien, dem alles unterstellt sein muss.

Mittwoch, den 28. November
Ich zog es vor, im Hafen liegen zu bleiben, denn es regnet und der Himmel hängt tief. Die Mannschaften sind an Land gegangen, und manche sind weiter landeinwärts gezogen, um ihre Hemden zu waschen. Sie fanden große Ansiedelungen, aber die Hütten sind verlassen, denn die Einwohner sind geflüchtet. Auf ihrem Rückweg folgten sie einem anderen Flusslauf, und beim Appell fehlte ein Schiffsjunge. Niemand weiß, was ihm zugestoßen ist. Vielleicht hat ihn ein Krokodil oder ein Kaiman geholt, von denen die Insel voll ist.

Donnerstag, den 29. November
Da es noch immer regnet und der Himmel tief hängt, habe ich den Hafen nicht verlassen.

Freitag, den 30. November
Ungünstiger Wind von Osten her verhinderte die Abfahrt.

Samstag, den 1. Dezember
Immer noch Ostwind und Regen.
Auf einem bewachsenen Felsen am Eingange des Hafens ließ ich ein Kreuz errichten.

Sonntag, den 2. Dezember
Der Wind ist immer noch ungünstig und verhindert unsere Abfahrt. Ein Schiffsjunge hat an der Mündung des Flusses Steine gefunden, welche Gold zu enthalten scheinen.

Montag, den 3. Dezember
Da die Witterung immer noch widrig war, entschied ich, mit Booten und bewaffneter Mannschaft ein schön gelegenes Vorgebirge zu besuchen. Ich fuhr in die Mündung eines Flusses ein und weiter stromaufwärts. Hier fand ich in einer kleinen Bucht fünf von den Kähnen, welche die Indios Kanus nennen. Wir stiegen aus und folgten einem Fußpfad, der uns zu einem gut überdachten Schiffbauplatz führte. Geschützt lag ein Kanu, ebenso wie die anderen aus einem Stamme gezimmert, das die Größe von einem Boot mit siebzehn Bänken hatte. Es gab dort auch eine kleine Eisenhütte, die das Erz aus dem Torf gewann, und zu Füßen des Ofens standen Körbe mit Pfeilspitzen und Haken.
Wir bestiegen einen Berg, auf dessen Anhöhe sich ein Dorf befand. Sobald die Bewohner mich mit meinen Mannen kommen sahen, ergriffen sie die Flucht. Da ich sah, dass sie weder Gold noch andere Kostbarkeiten besaßen, hielt ich es für angemessen, umzukehren.
Doch als wir dorthin kamen, wo wir unsere Boote zurückgelassen hatten, mussten wir zu unserem Erstaunen und Missfallen sehen, dass sie nicht mehr da waren. Auch die Kanus waren weg. Das überraschte mich sehr, denn die Leute von hier hatten bisher keinen so vorwitzigen Eindruck auf uns gemacht. Im Gegenteil, sie waren so zaghaft und furchtsam, dass sie fast immer flüchteten, wenn wir kamen, oder, wenn sie uns herankommen ließen, uns gutwillig alles, was sie

hatten, hergaben für jedes, was man ihnen anbot. Sie schienen mir gar nichts von Eigentum zu wissen und außerstande zum Diebstahl zu sein, denn wenn man sie um etwas bat, das sie besaßen, sagten sie niemals nein.

Derweilen ließen sich die Indios blicken. Sie waren alle rot bemalt, nackt, wie ihre Mutter sie in die Welt gesetzt, einige mit Federbüschen auf dem Kopfe, alle mit einem Bündel Speere in der Hand. Sie blieben in einigem Abstand, hoben aber von Zeit zu Zeit die Hände gen Himmel und stießen dazu laute Schreie aus. Mit Zeichen fragte ich sie, ob sie ihr Gebet verrichteten. Nein, gaben sie mir zu verstehen. Ich sagte ihnen, dass sie unsere Boote zurückgeben müssten. Die Indios schienen nicht zu verstehen. Ich fragte sie, wo ihre Kanus seien, in der Hoffnung, sie ihnen abnehmen und damit den Fluss hinab wieder zu unserem Schiff gelangen zu können. Da ereignete sich etwas Eigenartiges. Ein Wiehern zerriss die Lüfte. Die Indios flohen.

Ich schickte vier Mann auf dem Landweg zu den Unseren, damit sie sie vor dieser Widrigkeit warnten. Doch zugleich entschied ich, mit den verbleibenden Männern in die Richtung zu gehen, aus der das Wiehern gekommen war.

Wir gelangten zu einer Lichtung, die mir ein Friedhof zu sein schien, denn sie war übersät mit aufrecht stehenden Steinen mit eingravierten Inschriften aus einem unbekannten Alphabet, das aus Strichen wie kleinen Stäbchen zusammengesetzt war, die teils senkrecht, teils geneigt verliefen.

Da es Nacht wurde, befahl ich meinen Leuten, ein Lager aufzuschlagen, denn es wäre zu gefährlich gewesen, im Dunkeln unseren Weg zurück zu suchen, zumal wir ja, da wir mit Booten gekommen waren, keine Pferde bei uns hatten. Ich hielt es auch für ein Gebot der Vorsicht, bei unserem Lager-

platz kein Feuer zu machen. So legten wir uns, ich und meine Leute, zwischen die Gräber, ohne dass uns kalt wurde, denn der Erdboden war wärmer als je zuvor.
Die ganze Nacht hindurch hörten wir das Wiehern, das die Luft zerriss.

Dienstag, den 4. Dezember
Als es tagte, ließ ich zwischen den Steinen ein Kreuz aus einem rüsterähnlichen Weichholz errichten. Meine Leute wollten unter den Stelen graben und nachsehen, ob dort Gold sei, aber ich hielt es für klüger, unverzüglich zu unserem Schiff zurückzukehren.
Ich folgte mit meinen Mannen dem Flusslauf, doch der Weg war steil, und an manchen Stellen mussten wir bis zu den Hüften ins Wasser, um das Dickicht zu umgehen. Rotkopfgeier flogen über uns hinweg. Das Wiehern hinter uns hielt weiter an, wovon meine Leute reizbar wurden, denn es erinnerte sie daran, in was für einer Lage wir waren ohne Pferde. Ich versuchte, sie abzulenken, indem ich ihnen Steine zeigte, die im Wasser schimmerten, und sagte ihnen, es gebe gewiss von diesem Fluss angeschwemmtes Gold, wovon ich tatsächlich ziemlich überzeugt bin. Ich habe mir vorgenommen, noch einmal hierher zurückzukehren, um Euer Königlichen Hoheiten Gewissheit zu geben.
Nun traf, während wir uns mühsam vorarbeiteten, einen der Unseren ein Pfeil, und er starb auf der Stelle. Das sorgte für Aufregung in unserem Trupp, und ich musste meine ganze Autorität einsetzen, um wieder Ruhe herzustellen. Ich setze Euch davon in Kenntnis, denn nichts ist so schlimm wie Feiglinge, die nie Aug in Aug ihr Leben riskieren, und damit Euch bewusst ist, dass es nicht überraschend wäre, wenn

die Indios, falls sie einen oder zwei Einzelne fänden, diese
töteten. Der Pfeil hatte eine Eisenspitze. Wir hielten uns also
in Deckung, und ich befahl, dass jeder seinen Helm zu tragen
habe, und überprüfte eigenhändig, dass jeder einzelne Brustharnisch straff geschnürt war.

Mittwoch, den 5. Dezember
Da ich keinerlei Gefahr laufen wollte, haben wir uns vorsichtig den Weg durch das Gebüsch gebahnt, das im Wasser
wächst und das die Eingeborenen *Mangrove* nennen. (So
zumindest hat es mich ein Indio gelehrt, den ich auf der Insel
Guanahani aufgenommen hatte und dem wir Kastellanisch
beibrachten, damit er uns als Dolmetsch diente, denn sie
scheinen dort alle dieselbe Sprache zu sprechen.) Im Schlick
kommen wir nur langsam voran, aber es sind keine weiteren
Zwischenfälle zu vermerken. Auf dem Fluss sahen wir die
Leiche eines christlich gekleideten Mannes, doch wir kamen
nicht bis zu ihm hin und ließen ihn mit der Strömung vor-
beitreiben.
Morgen, wenn die Gnade des Herrn, der stets über uns wacht,
es will, werden wir den Hafen erreichen, wo wir unser Schiff
und die *Niña* und den Rest der Mannschaft zurückgelassen
haben.
Das Wiehern jedoch hält noch immer an.

Donnerstag, den 6. Dezember
Vor Sonnenaufgang haben wir uns auf den Weg gemacht,
denn die Männer waren unruhig und ungeduldig. Als wir ans
Ufer kamen, war alles ruhig, eine leichte Brise strich über
die Bucht, die Rotkopfgeier zogen ihre Bahnen am Himmel,
das Wiehern hatte aufgehört.

Unser Schiff lag noch vor Anker, aber die *Niña* war nicht mehr da.

Wir sahen ein Kanu mit einem einzelnen Indio vorbeikommen und gerieten sehr in Erstaunen darüber, wie sich der Mann bei so heftigem Winde auf dem Wasser halten könne. Wir riefen ihm zu, aber er weigerte sich, näher zu kommen, und wir hatten ohne unsere Boote keine Möglichkeit, zu ihm zu gelangen.

Dann schickte ich zwei Mann los, sie sollten zu unserem Schiff hinüberschwimmen. Sie hatten noch kein Drittel der Strecke zurückgelegt, die unser Schiff vom Ufer entfernt lag, da wurden Boote zu Wasser gelassen, die auf uns zukamen, und es waren die Boote, die uns weggenommen worden waren. Wir sahen, dass Indios darauf waren, und sie schienen mir aufgeweckter und verständiger zu sein als alle anderen, die wir bisher angetroffen hatten. Sie bedeuteten uns, sie würden uns zum Schiff bringen. Ich bestieg mit meinen Leuten eines der Boote. Diese Indios haben Beile mit Metallklingen. Zurück auf unserem Schiff, wurde ich dort von einem Indio empfangen, den die anderen *Kazike* nannten und den ich für den Häuptling dieser Gegend halte angesichts der großen Ehrfurcht, die alle vor ihm hatten, auch wenn sie ihm ganz nackt gegenübertraten. Eigenartigerweise fand ich keine Spur von meiner Besatzung. Der Kazike forderte mich auf, fürs Abendessen unter dem Achterkastell Platz zu nehmen. Als ich an meinem gewohnten Platz bei Tisch saß, gab er seinen Leuten ein Zeichen mit der Hand, dass sie draußen bleiben sollten. Sie gehorchten diesem Befehl eilfertig und mit der größten Ehrfurchtsbezeigung. Sie setzten sich an Deck nieder, mit Ausnahme von zwei Männern reiferen Alters, wohl seine Berater, die sich zu seinen Füßen niederließen. Man reichte mir ein von ihnen bereitetes Gericht, ganz so, als wäre ich ihr Gast auf meinem eigenen Schiff.

Ich kam aus dem Staunen nicht heraus, ließ mir aber nichts anmerken, ganz darauf bedacht, Euer Königliche Hoheiten würdig zu vertreten. Ich kostete von jedem Gericht, um meinen Gastgebern Respekt zu erweisen, und trank ein wenig von dem Wein, den sie aus meinem Vorrat genommen hatten. Ich versuchte zu erfahren, wohin der Rest meiner Mannschaft geraten und warum die *Niña* in See gestochen war. Der Kazike sprach wenig, aber seine Berater versicherten mir, man werde mich am morgigen Tage zu unserer Karavelle bringen. Zumindest begriff ich es so, denn zum großen Schaden verstehen wir ihre Sprache immer noch nicht. Ich fragte auch, ob er Stellen kenne, wo es Gold gibt, denn ich glaube, sie sammeln dieses Metall hier recht wenig, obwohl ich weiß, dass es in ihrer Gegend entsteht und reichlich vorhanden ist. Er erwähnte einen mächtigen König namens Cahonaboa auf einer Insel, die meiner Meinung nach in der Nähe von Cipango liegt. Ich sah, dass ihm der Behang über meinem Bett gut gefiel, und schenkte ihn ihm, außerdem eine Bernsteinkette, die ich um den Hals trug, ein Paar rote Schuhe und ein Fläschchen Orangenblütenwasser. Es war wunderbar, seine Freude mit anzusehen. Ihm und seinen Beratern war es ein großer Schmerz, dass sie mich nicht verstanden und ich sie nicht verstand. Immerhin begriff ich, dass sie mir sagten, am morgigen Tage werde ich meine Mannen und mein Schiff wiederbekommen.

«Was für großartige Herrschaften müssen Euer Königliche Hoheiten sein», sagte der Kazike zu einem seiner Berater, «dass sie mich ohne Furcht von so weit her und bis hierher reisen lassen.» Sie sprachen noch viel untereinander, was ich nicht verstand, aber ich sah, dass er unaufhörlich lächelte. Es war schon spät, als er und seine Leute sich mit den Dingen, die ich ihm geschenkt hatte, zurückzogen; er ließ mich in meinem eigenen Bett schlafen.

Freitag, den 7. Dezember
Unserem Herrn, der da ist das Licht und die Kraft aller, die auf dem rechten Wege sind, hat es gefallen, seinem und Euer Königlichen Hoheiten gehorsamstem Diener eine Probe aufzuerlegen.
Bei Sonnenaufgang ist der Indio wiedergekommen, zusammen mit siebzig Mann. Mit wilden Gesten und Vorführungen hat er mir angeboten, uns den Weg zur *Niña* zu weisen. Da er mit dem Zeigefinger nach Osten wies, setzte ich die Segel und fuhr mit meiner verbliebenen Mannschaft die Küste entlang in diese Richtung, begleitet von den Kanus. Die Indios, die zu uns an Bord gekommen waren, beobachteten uns genau, und ich konnte ahnen, dass sie die Art und Weise bewunderten, wie wir ein Schiff lenkten von einer Größe, wie sie es noch nie gesehen hatten, dabei waren wir kaum ausreichend an der Zahl, das Schiff zu steuern. Damals wussten sie noch nicht, dass wir mit diesem Schiff an einem Tag mehr Strecke machen können als sie in einer Woche. Ich selbst war zu diesem Zeitpunkt weit davon entfernt, etwas von ihrer Doppelzüngigkeit zu ahnen.
Der Kazike geleitete uns bis zu einem Dorf nah an der Küste, sechzehn Meilen von dort, wo ich einen guten Ankergrund fand. Gleich benachbart am Strand lag die *Niña*, die an Land gezogen worden war, was mich und meine Mannen neugierig machte. Doch als wir an den Strand übersetzen und die Karavelle aufsuchen wollten, weigerten sich der Kazike und seine

Leute, unser Schiff zu verlassen. Mir lag daran, keine Zeit mit
müßigen Wortwechseln zu verlieren, und so entschied ich,
drei Mann an Bord zu lassen, die darauf achten sollten, dass
die Indios dort nichts wegnahmen oder beschädigten.

Kaum waren wir am Strand an Land gegangen, liefen sogleich
mehr als fünfhundert Indios herbei, nackt, bunt bemalt, mit
Beilen und Lanzen bewaffnet. Diese Indios schienen nicht zu
handeln wie die anderen, die, von Neugier angetrieben, bereit
waren, ihre Schätze gegen Nichtigkeiten zu tauschen. Im
Gegenteil, präzise wie ein Regiment Landsknechte verteilten
sie sich und kesselten uns ein. Wir standen mit dem Rücken
zur See, den Weg zu unserem Schiff abgeschnitten von Kanus,
und das Schiff selbst in den Händen des Kaziken und seiner
Leute, die wir an Bord gelassen hatten.

Weitere Indios kamen herbei, ohne Sattel auf kleinen Pferden
reitend und mit Lanzen bewaffnet, die den König umgaben,
dessen Pferd einen goldenen Harnisch trug und so stolz ein-
herschritt, dass an Fähigkeiten und Würde seines Reiters kein
Zweifel bestehen konnte.

Dieser König, im Strahlenglanz des Ansehens, das erst Jahre
der Erfahrung der angeborenen Würde hinzufügen können,
heißt Behechio, und er beansprucht, verwandt zu sein mit
dem Großen König von Cahonaboa, von dem uns alle Welt
erzählt. (Ich nehme an, es handelt sich um den Großkhan.)
Ich wollte weder Beunruhigung noch Schwäche zeigen, auch
wenn es für uns in diesem Augenblick nicht zum Besten zu
stehen schien, und so trat ich vor, wandte mich an den König
und gab ihm in feierlichsten Worten zu verstehen, dass ich
von den Herrschern des mächtigsten Königreichs auf Erden,
jenseits des Ozeans, gesandt sei; dem brauche er nur seinen
Treueid zu leisten, und alsobald werde auch er seinen Nutzen

ziehen von dessen Schutz und Gnade. Aber ich glaube, der Indio, der mich als Dolmetsch begleitete, schilderte ihm, wie die Christen vom Himmel kamen und wie sie auf die Suche nach Gold gingen, denn diese Ansprache hielt er bei jeder unserer Begegnungen mit Einheimischen, da er sich nicht von dieser Auffassung lösen konnte, die uns im Übrigen bis dato eher hilfreich gewesen war.

Dann fragte ich, wo meine Leute seien. Sogleich hieß man auf ein Zeichen des Königs meine Mannschaft antreten (gleichwohl sah ich, dass welche fehlten) und die Mannschaft der *Niña*, allesamt in einem erbärmlichen Zustand. Ich war lebhaft entrüstet darüber, dass Christenmenschen offenkundig so schlecht behandelt worden waren, und ich drohte Behechio mit den schlimmsten Vergeltungsmaßnahmen und versicherte ihm, meine Herrschaften würden solch einen Übergriff keinesfalls dulden können. Ich weiß nicht, was der König davon verstand, jedenfalls antwortete er mit erhobener Stimme. Wenn ich dem Dolmetsch glauben darf, warf er den Christen vor, mehrere Indios gegen ihren Willen verschleppt, aus ihren Familien herausgerissen und ihre Frauen geschändet zu haben.

Ich erklärte ihm, es sei zu ihrem Besten, dass wir sie mitgenommen hatten, und wir hätten alles in unserer Macht Stehende getan, um keine Familien zu trennen, und falls Christen Frauen des Landes geschändet hätten, so sei dies ohne meine Billigung geschehen, und sie müssten streng gezüchtigt werden. Nach diesen Worten, von denen ich nicht weiß, wie sie von meinem Dolmetsch übersetzt und wie sie von Behechio verstanden wurden, ließ dieser alle Christen, die er schon hatte gefangen nehmen lassen, einsperren, die von der *Niña* und auch diejenigen von unserem Schiff, die ich nicht bei mir

gehabt hatte. In aller Öffentlichkeit wurden sie gefesselt.
Und mitten auf dem Dorfplatz, vor aller Augen, band man sie
an eigens dafür eingerammte Pfähle und schnitt ihnen die
Ohren ab.
Ich musste dieser grausamen Marterszene zusehen, vollkommen hilflos, denn die Indios waren so zahlreich und so gut
bewaffnet, dass, ganz gleich, was wir versucht hätten, dies
unser sicheres Ende in einem Massaker bedeutet hätte.
Schließlich gab Behechio mir und den Leuten, mit denen ich
gekommen war, ein Zeichen, dass wir nun gehen sollten. Ich
erwiderte von oben herab, wir würden niemals Christenmenschen in so schlechter Verfassung in den Händen von Heiden
zurücklassen, die keine Ahnung vom Heil und von der Heiligen Dreieinigkeit haben. Er gestand uns zu, unsere unglücklichen Brüder loszubinden, doch als wir unsere Schiffe wieder
in Besitz nehmen wollten, versperrten uns seine Wachen den
Zugang zum Meer und zur Karavelle an Land. Mit Zeichen
gab er mir zu verstehen, dass es, um in den Himmel zurückzukehren, wo wir herkamen, wohl keiner Schiffe bedürfe.
So blieb uns keine andere Wahl, als uns mit unseren Verwundeten und ohne Pferde in die Tiefen der Wälder zurückzuziehen.
Wir sind noch neununddreißig.

Sonntag, den 16. Dezember
Der Herr, die fleischgewordene Weisheit und Barmherzigkeit,
hat uns eine Prüfung auferlegt, aber er hat es nicht für recht
befunden, uns im Stich zu lassen.
Nachdem wir lange durch die Wälder geirrt waren, fanden
wir andere Siedlungen, fast ausnahmslos verlassen von den
Indios, die eigentlich feige sind und uns nur in großer Furcht

die Stirn bieten. Zu unserer Rettung gab es dort Lebensmittel in Hülle und Fülle, die sie zurückgelassen hatten, und außerdem runde Häuser, in denen wir unsere Verletzten versorgen konnten.
Vicente Yáñez, der Kapitän der *Niña*, leidet schwer unter seinen Verletzungen am Ohr, die anderen Verletzten nicht weniger. Ihre Wunden werden schwarz, und manche sind schon daran gestorben.
Sie haben erfahren, dass Behechio aus demselben Land kam wie Cahonaboa und dass er von den hiesigen Bewohnern gerufen worden war, um uns zu vertreiben. Ich weiß nicht, warum sie uns hassen, denn wir haben ihnen kein Unrecht getan und ich habe immer darüber gewacht, dass sie gut behandelt werden.
Die Indios haben sich mit Hilfe der Boote, die sie uns gestohlen haben, arglistig zu Herren über unser Schiff gemacht, indem sie Männer aus der Besatzung töteten oder gefangen nahmen. Die vier Mann, die ich losgeschickt hatte, um die Leute auf dem Schiff zu warnen, sind dort nie angekommen. Die Überlebenden des Angriffs auf das Schiff haben mir versichert, dass die Indios bis an die Zähne bewaffnet waren. In Anbetracht dessen und aus Angst, sein Schiff werde gleich geentert, hatte der von einem Schwarm Kanus umzingelte Kapitän der *Niña* die Flucht ergriffen und sich in Sicherheit gebracht in jenem Hafen, zu dem uns später der Kazike brachte, war aber dort von Dorfbewohnern überwältigt worden. Wer hätte derlei Heimtücke von Menschen erwartet, die nackt herumliefen?
Nun befahl ich, mit größter Sorgfalt einen Turm und ein Fort zu errichten mit einem tiefen Graben darum herum. Vicente Yáñez und andere stimmen ein Klagelied an und meinen, wir

würden wohl in diesem Leben Spanien nicht mehr wiedersehen. Ich hingegen halte es für gewiss, dass ich, so es uns gelingt, unsere Kräfte zu sammeln und unsere Waffen wiederzubekommen, mit den verbleibenden Männern und der Verstärkung durch Martín Alonso Pinzón, falls er sich darauf zu besinnen geruht, dass er mir Gehorsam schuldig ist und von seinem Alleingang zurückkehrt – dass ich alsdann die gesamte Insel unterwerfen könnte, die, glaube ich, größer als Portugal ist und doppelt so viele Einwohner hat, mögen diese auch nackt und, außer dem Heer dieses Behechio, von großer Feigheit sein. Deshalb habe ich die Absicht, Behechio durch eine List gefangen zu nehmen, um unsere Boote, Waffen und Vorräte wiederzuerlangen.

In der Zwischenzeit ist es ratsam, diesen Turm nach allen Regeln der Befestigungskunst fertigzubauen, denn gegenwärtig haben wir nur unsere Schwerter, ein paar Donnerbüchsen und etwas Schießpulver.

Mittwoch, den 25. Dezember, Weihnachten

Ein schreckliches Unglück hat sich zugetragen.

Unser Schiff dümpelte immer noch im Hafen des Dorfes, wo unsere unglücklichen Gefährten gemartert worden waren. Nun trat heute früh einer meiner Leute, die ich auf die Jagd nach Nahrung für unser Lager geschickt hatte, vor mich hin und teilte mir aufgeregt mit, er habe aus der Ferne gesehen, wie sich das Schiff in Bewegung setzte. Die Nachricht versetzte meine Mannen in großen Aufruhr, denn sie hatten sich in der Hoffnung gewiegt, das Schiff und das andere, das an Land lag, wiederzubekommen, um nach Kastilien zurückzusegeln. Drei Mann hatte ich an Bord zurückgelassen bei unserer Auseinandersetzung mit König Behechio, und wenn sie nicht

getötet worden waren, hatten sie sich vielleicht befreien und das Schiff in ihre Gewalt bringen können. Oder wollten die Indios sich darin versuchen, das Schiff zu steuern?
Um Gewissheit darüber zu bekommen, stiegen wir auf eine Felsklippe, von der aus wir freien Blick über den Hafen hatten.
Tatsächlich hatte sich das Schiff in Bewegung gesetzt und schien aus der Bucht herausfahren zu wollen, doch es näherte sich auf gefährliche Weise einer felsigen Untiefe. Wer immer am Steuer stand, es wollte ihm nicht gelingen, das Schiff auf Kurs zu bringen.
Unerbittlich trieb es auf die Felsbank zu. Bestürzt über dieses jämmerliche Schauspiel stießen wir laute Entsetzensschreie aus. Als das Schiff schließlich auf die Bank auflief und wir das Krachen der Spanten zu hören glaubten, entrang sich unserer Brust ein einhelliges Klagen.
Das Schiff war zerschellt, und selbst wenn Martín Pinzón mit der *Pinta* unerwartet wiederkäme, wäre nicht genug von unseren beiden Karavellen übrig, um damit nach Hause zu gelangen.
Unser Herr erlegt mir eine schwere Prüfung auf am Tag der Wiederkehr seiner Geburt. Ich darf nicht in Zweifel geraten darob, was er mit mir vorhat, und halte es für gewiss, dass er, da keiner von sich behaupten kann, so eifrig im Dienst von unser aller Herrn gewesen zu sein wie ich, mich nicht im Stiche lassen wird.

Mittwoch, den 26. Dezember

Krank vor Schmerz und wütend über den Verlust unseres Schiffes begaben sich meine Mannen, ohne dass ich sie mit Worten oder Taten dazu bringen konnte, ihre Wut in Zaum zu halten, zum Ort des Schiffbruchs. Da sie in der Umgebung des Wracks niemanden fanden, gingen sie in die Vorratskammern und nahmen so viel Schießpulver und Wein mit, wie sie tragen konnten. Aufgewühlt vom trostlosen Anblick des zertrümmerten Schiffs gelangten sie ans Ufer, wo die Karavelle lag, mit der festen Absicht, um sie zu kämpfen. Doch Behechios Truppe war nicht mehr da; so überließen sie sich ganz ihrer Raserei und metzelten alle Bewohner des Dorfes bis zum letzten Mann nieder, Männer, Frauen und Kinder, und schrien dazu «Santiago! Santiago!», dann plünderten und verbrannten sie das Dorf. Ein verwerflicher Akt war das, den sie da begangen hatten, aber zu ihrer Verteidigung will ich doch anführen, dass der Anblick des Ortes die Erinnerung an ihre Marter erneut wachgerufen hatte.

Nachdem sie ihren Zorn gestillt hatten, entluden sie, so viel sie konnten, aus den Kammern der *Niña*; zu Wasser ließen sie sie jedoch nicht, denn das hätte zu viel Zeit und Kraft erfordert, und sie fürchteten, dass Behechio wiederkäme. Die Waffen und vor allem die Weinfässer, die sie zurückerobert hatten, wurden mit Vivat-Rufen gefeiert. Pferde hingegen haben wir immer noch nicht.

Gegen Abend wurde ein Festschmaus bereitet, mit dem der Sieg gefeiert werden sollte, denn ein Sieg war es, dass unsere Lage, die gestern nach dem Verlust des Schiffs schon aussichtslos erschienen war, sich doch ein wenig entspannt hatte, unserem Herrn sei Dank.

Montag, den 31. Dezember
Sechs von meinen Mannen, die die Festung verlassen hatten, um Wasser- und Holzvorräte zu besorgen, sind in einen Hinterhalt geraten und allesamt ums Leben gekommen. Ein Indio

kam bis ans Tor der Festung geritten und stellte dort Körbe
mit den Häuptern dieser unglücklichen Christen ab.
Ich habe befohlen, unsere Befestigung zu verstärken, denn ich
halte es für gewiss, dass Behechio eines Tages kommt.

Dienstag, den 1. Januar 1493
Drei Mann, die Rhabarber pflücken sollten, den ich Euer
Königlichen Hoheiten mitzubringen gedachte, wurden von
Reitern angegriffen. Wie durch ein Wunder konnte sich
einer von ihnen in die Berge retten an eine Stelle, die die
Pferde nicht erreichten und wo er sich versteckte.
Meine Leute sind unruhig, denn sie fürchten sich davor, dass
Behechio wiederkommt – mir ergeht es nicht anders.

Mittwoch, den 2. Januar
Keiner wagt sich mehr aus der Festung, alle haben Angst davor, in einen Hinterhalt zu geraten oder aufgefressen zu werden, denn meine Leute haben die fixe Idee, die Indios seien
Menschenfresser. In der Tat sind sie von äußerster Grausamkeit, wenn sie ihre Feinde besiegen; sie schneiden den Frauen
und sogar den Kindern die Beine ab.
Ich wache Tag und Nacht und finde kaum Schlaf; die vergangenen dreißig Tage habe ich nicht mehr als fünf Stunden geschlafen, und die letzten acht Tage nur so lange, wie der Sand
dreimal durch das Halbstundenglas rinnt, sodass ich jetzt
beinahe und zu manchen Tageszeiten vollständig blind bin.
Zum Glück haben wir Saatgut und Vieh, beide haben sich
gut an den hiesigen Boden gewöhnt. Quer durch den Gemüsegarten ist das Wachstum üppig, ja es gibt sogar Sorten, die
zweifach Frucht tragen, was für jegliches Angebaute oder
Wildwachsende zutrifft: So günstig ist die Witterung und so

fruchtbar der Boden. Milch-, Fleisch- und Federvieh gedeihen auf das Wunderbarste, und wunderbar ist es zuzusehen, wie die Hühner heranwachsen: Nach zwei Monaten kommen die Küken, und nach zehn oder zwölf Tagen kann man sie verzehren. Von den Schweinen, die den dreizehn Sauen entsprossen sind, die ich mitgebracht habe, gibt es so viele, dass sie frei in den Wäldern umherlaufen und sich mit denen von hier mischen, aber davon haben wir nichts mehr, denn die Indios streifen überall draußen herum.
Unser letzter Dolmetsch ist verschwunden.

Donnerstag, den 3. Januar
Die Belagerung hat begonnen. Heute Morgen ist Behechio mit seinem Trupp erschienen, er selbst auf einem Pferd mit goldenem Harnisch reitend.
An der Verhaltensweise dieses Indios ist für jedermann ersichtlich, dass er sich wie ein großer Kriegsherr beträgt und dass er ein starkes Heer hinter sich hat, das mit ebenso viel Sinn und Verstand aufgestellt ist, wie es in Kastilien oder Frankreich wäre.

Freitag, den 4. Januar
Wir haben ausreichend Wasser und Nahrung, um eine Belagerung zu überdauern, aber meine Mannen wissen, dass die Festung nicht stark genug gebaut ist, um einem Angriff standzuhalten.
Möge Gott in seiner Barmherzigkeit Mitleid mit uns haben.

Samstag, den 5. Januar
Vom Turm aus kann man Behechios Heer bei seinen Manövern beobachten. Wenn man sieht, wie sich seine Berittenen

und sein Fußvolk in Schlachtordnung aufstellen, bleibt kein Zweifel mehr, dass der Angriff bevorsteht.
Doch Gott, der uns nie verlassen hat, hat uns ein Wunder gesandt, in Person von Martín Alonso Pinzón, denn von ebenjenem Turm aus haben meine Leute die *Pinta* am Horizont auftauchen sehen.
Diese wunderbare Erscheinung hat uns außerordentlich viel Kraft und Trost gespendet. Morgen in aller Frühe werden wir einen Fluchtversuch unternehmen, und mit Gottes Hilfe wollen wir entweder ans Ufer zu Martín Pinzón und zur *Pinta* gelangen oder aber im Kampf sterben.
Mir bleibt nur noch, unsere Seelen dem Ewigen Gott, unserm Herrn anzubefehlen, dass er mit denen sein möge, die allen offenkundigen Widrigkeiten zum Trotz auf Seinem Wege wandeln.

Sonntag, den 6. Januar
Frühmorgens sind wir in geschlossenen Reihen ausgerückt, die Männer mit Armbrüsten und Donnerbüchsen voraneweg, die Verletzten ganz am Ende, mit einem Falkonett, das meine Mannen aus unserem Schiff geborgen hatten, als einzigem Geschütz. Wir waren kaum dreißig einsatzfähige Männer, aber entschlossen, bis zum letzten Atemzug zu kämpfen. Draußen erwarteten uns mehr als tausend Indios, vornedran die Reiter, dahinter und an den Seitenflügeln das Fußvolk; alle trugen Pfeile bei sich, die sie mit ihrer Schleuder viel schneller abschossen, als es mit einem Bogen möglich gewesen wäre. Sie waren schwarz geschminkt und bunt bemalt, trugen Flöten und Masken und Spiegel aus Messing und Gold auf dem Kopf und stießen, wie gewohnt, in regelmäßigen Abständen schreckliche Schreie aus. Behechio auf seinem goldenen

Pferd hatte sein Lager auf einer breiten Anhöhe zwei Schussweit von uns entfernt aufgeschlagen, von wo aus er sein Heer befehligte.

Ein Teil der Unseren bekam die Aufgabe, die Berittenen auf freiem Feld abzupassen und die Reiter am Bein zu packen und herunterzureißen, denn sie ritten ohne Sattel und Steigbügel, doch dies war ein sehr gefährliches Unterfangen, und obwohl sie dieses Vorgehen selbst vorgeschlagen hatten, wurden die meisten von ihnen getötet.

Hingegen wurde ein Teil der Berittenen von unseren Büchsen niedergemäht, und mit dem Falkonett gelang es uns, eine Bresche in ihre Reihen zu schlagen. Wir verloren Männer, die von ihren Pfeilen durchbohrt und von ihren Pferden zermalmt wurden, doch wir machten auch viele Tote unter den Heiden, und auch wenn wir unsere Feuerwaffen nicht zum ersten Mal auf dieser Insel einsetzten, sorgte das Donnern des Falkonetts und der Büchsenschüsse im gegnerischen Lager für Verwirrung, was uns eine rettende Atempause verschaffte, in der wir rasch den Weg zum Ufer hinunter (denn wir hatten die Festung auf einer Anhöhe errichtet) laufen konnten.

Mehr tot als lebendig, dabei rennend, dass wir ganz außer Atem waren, kamen wir, vom Kriegsgeheul der Feinde verfolgt wie von Flammen aus der Hölle selbst, an den Strand, wo die *Pinta* ankerte, und als wir schon bis zu den Knien im Wasser standen und kurz davor waren, die paar Fuß, die uns noch von unserer Rettung – wie wir jedenfalls glaubten – trennten, schwimmend zurückzulegen, erschien an Deck der *Pinta*, begleitet von Martín Alonso Pinzón, steif wie eine Salzsäule und bleich wie ein Gespenst, ein Mann, den ein Kopfschmuck aus Papageienfedern und Goldpailletten krönte, das Gesicht hinter einer holzgeschnitzten Maske verborgen, mit ebenfalls goldverzierten Augen, Nasenlöchern und Mund, dessen hochaufragende Gestalt und hochfahrendes Betragen keinen Zweifel zuließen und uns jeglicher Hoffnung beraubten: Es war Cahonaboa, der König von Cipango.

Ich habe geschrieben, dass Behechio beeindruckend war und dass man an seiner feinen Art, einer Überlegenheit ohne Anmaßung, sofort seine Eigenschaft als Königliche Hoheiten erkannte – doch all das war nichtig neben dem neu Angekommenen, den der alte König in größter Ehrerbietung grüßte, mit Kniefall und den Boden vor ihm küssend.

Cahonaboa ist zusammen mit seiner Gemahlin gekommen, Königin Anacaona, der Schwester von Behechio, deren Schönheit und Anmut ihresgleichen suchen unter den Indios, unter denen sich nicht eben wenige Schönheiten befinden.

Wir armen Christen aber wurden entwaffnet und eingesperrt, unsere Verwundeten getötet.

Mit Rücksicht auf unseren jeweiligen Rang als Kapitän und Admiral wurden Martín Alonso und ich von unseren Männern getrennt und in das Zelt des Königs eingeladen. Hätte er die Schlacht überlebt, wäre Vicente Yáñez, der Kapitän der *Niña* und Bruder von Martín Alonso, bei uns gewesen.

Cahonaboa macht uns, genau wie Behechio, den Vorwurf, wir hätten Indios ihres Stammes gefangen genommen und Frauen missbraucht, was er für ein großes Verbrechen hält. Auch wenn ich immer befohlen hatte, die Leute hier rücksichtsvoll zu behandeln, wurde ich als Admiral und Leiter dieser Expedition für alle Vergehen verantwortlich gemacht, die Martín Alonso und andere Rebellen begangen haben mochten.

Ich selbst habe nie etwas Böses getan und bin nie grausam zu jemandem gewesen.

Was immer der Schöpfer des Universums für seinen untertänigsten Diener bereithalten mag, ich werde nicht mehr die böswilligen Schmähungen von Ehrlosen dulden, die dreist ihren Willen durchsetzen gegen den, der sich ihnen gegenüber so anständig erwiesen hat.

Sobald Martín Alonso mit seinen Männern auf der Juana (diesen Namen habe ich der Insel Kuba gegeben) benachbarten Insel, bei der es sich wohl um Cipango handelt, an Land gegangen waren, hatten diese auf der Suche nach Hinweisen auf Goldvorkommen vier erwachsene Indios und zwei junge Mädchen in ihre Gewalt gebracht. Sie waren dann jedoch alsbald in die Hände von Cahonaboas Heer gefallen, sodass die Christen unverzüglich unterworfen und die meisten von ihnen auf der Stelle getötet wurden. So straft Gott Hoffart und Unvernunft. Martín Alonso und sechs von seinen ursprünglich fünfundzwanzig Leuten jedoch wurden verschont. Von den siebenundsiebzig Christen, die seinerzeit in Palos aufgebrochen waren, sind, außer Martín Alonso, nur noch zwölf Seelen übrig.

Mittwoch, den 9. Januar
Seit drei Tagen tanzen nun die Indios schon zu Flötenklängen, Trommeln und Gesang. Diese Feierlichkeiten scheinen kein Ende nehmen zu wollen, während wir Christen in tiefste Betrübnis gestürzt sind, denn ohne jede Frage feiern die Indios gerade unsere Niederlage. Vor allem ein Schauspiel hat unseren Schmerz neu entfacht: Zur Unterhaltung des königlichen Paares hat Behechio gewünscht, ihnen eine Nachstellung der Schlacht zu präsentieren, in der wir Festungsbewohner besiegt wurden. Für diese Inszenierung hat uns der Kazike unsere Gewänder abnehmen und die Indios sich damit kleiden

lassen, die nun unsere Rolle spielten, mit der Folge, dass wir seitdem nackt sind wie die hiesigen Einwohner. Wir mussten ihnen auch beibringen, wie man mit der Büchse schießt, und auch wenn der Knall sie anfangs noch ein wenig erschreckte, hatten sie doch großes Vergnügen an dem Gedonner, das sie mit unseren Waffen auslösen konnten. Reiter gruppierten sich um die als Christen gekleideten Indios, und während diese so taten, als hätten sie Angst, und dabei in die Luft schossen, vollführten die Indios zu Pferde immer reichere und anmutigere Kunststücke. Dann traten diejenigen, die die Christen spielten, den ungeordneten Rückzug an, während die Berittenen sie verfolgten und so taten, als würden sie sie mit dem Schwert niedermetzeln.

Unser einziger Trost kommt von Königin Anacaona, die Gedichte vorträgt, und wenn uns auch deren Sinn vollkommen unverständlich bleibt, ist doch keiner unter uns Christen, der nicht von ihrer Schönheit und ihrer Stimme hingerissen wäre. Wie gesagt, die Gemahlin von Cahonaboa ist die Schwester von Behechio, und sie scheint bei den Indios ein ganz außerordentliches Ansehen zu genießen, nicht nur wegen ihres königlichen Geblüts und ihrer Schönheit, sondern auch wegen ihrer allbekannten und allseits bewunderten dichterischen Gaben.

Ihr königlicher Gemahl ist bei allen Darbietungen zugegen und ergötzt sich sichtlich daran, aber doch nie so sehr, wie wenn Anacaona auf der Bühne steht.

In der Hoffnung, dass uns seine gute Laune von Vorteil wäre, flehten wir ihn an, uns unsere Gewänder wiederzugeben oder aber uns zu töten, doch er wies unsere Bitten zurück, die eine wie die andere.

Donnerstag, den 10. Januar
König Cahonaboa möchte mehr über das Land erfahren, aus dem die Christen kommen, und deshalb wünschte er ein Gespräch mit mir zu führen, in Gegenwart der Königin Anacaona und des Kaziken Behechio. Um mich zu verstehen, hatte er einen Dolmetsch bei sich, den er Martín Alonso weggenommen hatte. Er empfing mich bekleidet mit einem Hemd, einem Gürtel, einem Umhang und einer Mütze, die mir gehören; ich dagegen bin immer noch nackt.
So konnte ich zu ihnen von Euer Allerdurchlauchtigsten Königlichen Hoheiten an der Spitze des größten Königreichs auf Erden sprechen und von der wahren Religion des einzig wahren Gottes, unseres Herrn, der da ist im Himmel. Es war mir ein Anliegen, ihnen das Wunder der Heiligen Dreieinigkeit darzulegen, und ich konnte beobachten, dass mir die Königin und ihr Bruder mit großer Aufmerksamkeit zuhörten.
Ich habe ihnen geschworen, dass einem auf Erden keine größere Ehre widerfahren kann, als Herrschern wie Euer Königlichen Hoheiten dienen zu dürfen, dass die Taufe sie vor Höllenqualen nach ihrem Wandel auf Erden schütze und dass der einzig wahre Glaube ihnen das ewige Leben schenke.
Ich habe ihnen angeboten, mit uns nach Kastilien zu kommen, um sich Euer Königlichen Hoheiten zu Füßen zu werfen in aller Euerm Stand geziemenden Form. Cahonaboa interessierte sich vor allem für unsere Festungsanlagen, unsere Schiffe und unsere Bewaffnung, aber ich konnte sehen, dass seine schöne Gemahlin von meinen Vorschlägen angetan war.

Freitag, den 11. Januar
Cahonaboa hat sich mit seinem Heer zurückgezogen, seine Frau und seinen Bruder hat er dagelassen, damit sie über uns

und über die Umgebung wachen. Das ist eine gute Nachricht, denn ich glaube, die beiden sind leichter davon zu überzeugen als er, uns freizulassen und unserem Glauben beizutreten. Martín Alonso ist anderer Ansicht als ich und möchte sich zusammen mit unseren Mannen davonstehlen und mit der *Pinta*, die noch in der Bucht ankert, in See stechen.

Samstag, den 12. Januar
Heute habe ich die Königin lange mit Geschichten von unserem Herrn Jesus Christus unterhalten, und sie hat sich bereiterklärt, auf dem Dorfplatz vor unserer Bleibe ein Kreuz zu errichten. Ihr Bruder hat mir angeboten, mit ihm seine *Cohiba* zu teilen – so nennen sie diese getrockneten Blätter, die sie in Rohrstöckchen anzünden, um den Rauch einzuatmen. Martín Alonso ist krank.

Sonntag, den 13. Januar
Ich habe der Königin – schließlich ist sie eine Frau – die Juwelen und die Kleider geschildert, die man im Königreich Kastilien bei Hofe trägt, und ich habe die Begehrlichkeit in ihren Augen aufblitzen sehen wie bei einem Kind.
Wir habend ausreichend Nahrung und schlafen in Hängematten, doch Martín Alonso klagt über Schmerzen am ganzen Leib. Er sagt, er wolle nicht hier sterben, und hat nichts anderes im Sinn, als sein Schiff wiederzubekommen.

Montag, den 14. Januar
Martín Alonso glüht so sehr von einem bösartigen Fieber, dass man um sein Leben fürchtet. Da ich ihn ja gut kenne, halte ich es für sehr wahrscheinlich, dass er sich dieses Übel vom Verkehr mit den Indiofrauen zugezogen hat. Er ist ganz

verzweifelt darüber, wohl nie mehr christlichen Boden zu betreten.
Nachdem ihr Name in ihrer Sprache «Goldblume» bedeutet, habe ich Anacaona vorgeschlagen, Doña Margarita zu werden.

Dienstag, den 15. Januar
Der Kapitän ist an Leib und Seele vom Teufel besessen.
Als wir beide, wie jeden Tag, bei Behechio zum Mittagsmahl eingeladen waren (bis jetzt hat er uns nicht den geringsten Anlass zur Klage gegeben, außer der Tatsache, dass wir gleich ihm nackt herumlaufen mussten), bemächtigte sich Martín Alonso, schwer vom Fieber gezeichnet, eines Messers und tötete den alten Kaziken, indem er ihm mit einem Streich die Gurgel durchschnitt. Dann zwang er die Königin mit gezückter Klinge, unsere Gefährten freizulassen, ließ jedem von ihnen ein Pferd geben und floh zusammen mit all jenen, die zu reiten imstande waren. Der arme Irre hofft, auf diese Weise wieder auf sein Schiff zu gelangen. Mir aber ist bewusst, dass er mit dieser Tat uns alle in die Verdammnis gerissen hat.

Mittwoch, den 16. Januar
Die Indios beweinen ihren toten König. Die Königin, in tiefer Trauer um ihren Bruder, denkt an nichts weniger als an Taufe, sondern spricht nur noch von Vergeltung. Das Kreuz, das sie hat errichten lassen, wurde abgenommen und verbrannt.
Ich für mein Teil lege hiermit das Gelübde ab, dass ich das Kleid der Minderbrüder tragen will, sollte ich durch ein Wunder eines Tages Kastilien wiedersehen – doch angesichts dieser Abfolge von Unglücksfällen scheint mir offenkundig, dass der Herr im Himmel ein anderes Los für mich vorgesehen hat. Gleichwohl erflehe ich demütig von Euer Königlichen Hohei-

ten, dass es Euch recht ist, wenn ich – sollte es Gott gefallen, mich hier herauszuholen – nach Rom und anderswohin pilgere. Die Heilige Dreieinigkeit möge Euch ein langes Leben geben und Eure Macht mehren.

Montag, der 4. März
Jetzt kann ich mit Sicherheit sagen, dass er mir nichts mehr antun wird.
Cahonaboa ist wiedergekommen, mit den Köpfen von Martín Alonso und allen Christen, die ihm in seinem verrückten Ausbruchsversuch gefolgt waren. So geraten sie ins Verderben, die Männer mit dem schlechten Lebenswandel.
Die *Pinta* ist auf Befehl des Königs an Land gezogen worden. Die Bucht, in der sie gestern noch ankerte, habe ich «Bucht des verirrten Pilgers» getauft, in Ansehung meiner gegenwärtigen Lage und meines unheilvollen Schicksals.
Es gibt nicht mehr die geringste Aussicht für mich, nach Spanien zurückzukehren, und Euer Königlichen Hoheiten bleibt nichts anderes übrig, als den armen Dummkopf zu vergessen, der ihnen Indien versprochen hatte.

Undatiert
Vom vielen Ausschauhalten, in der sinnlosen Hoffnung, am Horizont ein Segel auftauchen zu sehen, schmerzen mir die Augen ganz furchtbar, und ich verliere allmählich das Augenlicht. Ich lebe in der Zuversicht, dass meine Niederlage Euer Königliche Hoheiten in der Annahme, ich sei in den Fluten versunken, in Zukunft davon abhalten wird, noch jemanden auf den Ozean hinauszuschicken.

Undatiert
Ein weiterer Schmerz will mir schier das Herz zerreißen. Es ist der Gedanke daran, dass Don Diego, mein Sohn, den ich in Spanien zurückgelassen habe, nun ein Waisenkind ist, meines guten Leumunds und meines Eigentums beraubt, während ich für gewiss erachte, dass die gerechten und dankbaren Fürsten ihm alles ersetzt und darüber hinaus vergütet hätten, wenn ich nur mit dem hundertsten Teil vom Überfluss dieses an Schätzen reichen Landes von meiner Fahrt hätte heimkehren können.

Undatiert
Die Insel Juana oder Kuba, die etwa so lang ist wie die Entfernung zwischen Valladolid und Rom, wird heute fast zur Gänze von Cahonaboa beherrscht. Ihm und der Güte seiner Frau sei Dank, dass ich hier bleiben kann und zu essen bekomme, gemeinsam mit den Einwohnern, über die ich erfahren habe, dass sie sich untereinander als Taínos bezeichnen; ihr König aber gehört nicht diesem Stamm an, denn er ist von den Karibischen Inseln gekommen, was gewiss seine robustere Konstitution, seine Bereitschaft zum Herrschen und seinen Heldenmut im Kampf erklärt.

Undatiert
Die wenigen mir noch gebliebenen Leute waren schwer von Krankheit gezeichnet, und wir alle waren voller Trübsal. Heute Morgen ist nun der letzte gestorben und hat mich ganz allein unter den Wilden zurückgelassen. Welcher Sterbliche außer Hiob wäre ihnen nicht aus Verzweiflung nachgefolgt? Ich wüsste gern, warum der Herr meinem erbärmlichen Dasein kein Ende macht.

Nackt und fast blind laufe ich umher wie ein herrenloser
Hund, ohne dass irgendjemand meiner achtet. Einzig Anacaonas Tochter zeigt etwas von dem Interesse für mich, wie
es bisweilen Kinder einem Greis entgegenbringen, der ihnen
Geschichten erzählt. Tag für Tag besucht sie mich, damit
ich ihr von der Größe des Königreichs Kastilien und seinen
ruhmbekränzten Herrschern berichte.

Undatiert
Es grenzt an ein Wunder, wie schnell die kleine Higuenamota
Kastellanisch lernt, sie versteht sehr gut und kann schon
viele Wendungen nachsprechen, zur größten Freude ihrer
Mutter.
In den Augen der Königin bin ich nichts als ein Hofnarr,
gerade dazu gut, ihrer Tochter ein wenig Abwechslung zu
bieten.

Undatiert
Anstelle von Euer Königlichen Hoheiten, die dazu nicht die
Gelegenheit bekommen werden, denn der Herr über alles
Irdische hat anders entschieden, flehe ich unseren Himmlischen Vater an, er möchte alles, was ich niedergeschrieben
habe, bewahren, damit mein tragisches Los eines Tages
kundwerde und wie ich gekommen bin, diesen Herrschaften
aus so großer Ferne zu dienen, während ich Frau und Kinder
zurückließ und sie nie wiedersah, und wie ich jetzt, am Ende
meines Lebens, schuldlos, ohne Urteil und ohne Erbarmen,
aller Ehren und Güter ledig bin. Ich sage «Erbarmen», doch
das soll niemand auf Euer Königliche Hoheiten beziehen,
denn es ist nicht ihr Verschulden, auch nicht Verschulden
des Herrn, sondern allein das Verschulden bösartiger Leute,

mit denen mich zu umgeben ich das Unglück hatte und die mich mit sich ins Verderben gezogen haben, mitten in diesen gottverlassenen Gegenden.

Undatiert
Die Stunde kommt heran, da meine Seele zu Gott gerufen werden soll, und wenn ich auch am anderen Ende des Ozeans wohl schon vergessen bin, so weiß ich doch, dass es auf Erden zumindest ein Menschenwesen gibt, das sich um den verwahrlosten Admiral sorgt, und dass die kleine Higuenamota, die dereinst Königin sein wird, mein einziger Trost hienieden, bei mir sein wird, um mir die Augen zuzudrücken. Wolle Gott, dass sie, für ihr Seelenheil, im Gedenken an mich unseren Glauben annehme.

Undatiert
Mir ist genauso elend zumute, wie ich es sage. Bis zum heutigen Tag habe ich die vergangenen Tage bedauert; möge mich der Himmel nun gnädig aufnehmen, möge die Erde mich beweinen. Materiell gesehen habe ich keinen Groschen, um auch nur das Totengebet lesen zu lassen. Ideell aber bleibt mir, dass ich bis nach Indien gekommen bin, so wie ich es vorhatte. Allein in meinem Schmerz, krank, tagtäglich den Tod erwartend, umgeben von einer Million Wilder voller Grausamkeit, die uns feindlich gesinnt sind, bin ich so weit weg von den Sakramenten unserer Heiligen Kirche, dass meine Seele vergessen werden wird, wenn sie sich hier von meinem Körper zu lösen hat. Wer von Nächsten-, Wahrheits- und Gerechtigkeitsliebe durchdrungen ist, möge mich beweinen. Ich habe diese Fahrt nicht angetreten, um Ehren und Reichtum anzuhäufen; das ist die Wahrheit, denn meine Hoffnung

darauf war bereits zunichte. Ich bin zu Euer Königlichen Hoheiten gekommen mit reiner Absicht und tiefem Pflichtgefühl, und das ist nicht gelogen.

DRITTER TEIL

DIE ATAHUALPA-CHRONIKEN

1. DER KONDOR STÜRZT AB

Uns, die wir aus großem Abstand zurückblicken, wenn die Weltgeschichte längst ihr Urteil gesprochen hat, erscheinen die Vorzeichen von unerbittlicher Klarheit. Doch die Gegenwart – egal wie brennend, brüllend, lebenspraller sie sich darbietet – ist oft verworrener als die Vergangenheit, ja manchmal sogar als die Zukunft.

Man feierte das prunkvolle Sonnenfest, und Huayna Cápac, der elfte Sapa Inka des Reichs der Vier Teile, konnte zufrieden sein. Von den wilden Provinzen Araukaniens bis zum Hochland um Quito, das er zu seinem bevorzugten Aufenthalt (außerhalb der Hauptstadt, denn das Herz seines Reichs war Cuzco, und daran sollte sich auch nichts ändern) erkoren hatte, hatte er seine Macht so weit ausgedehnt wie überhaupt möglich (so schien es ihm), aufgehalten nur von den Schlingpflanzen des Urwalds und den dichten Wolkenbänken am Himmel. Die Eingeweide aufgeschlitzter Lamas pulsierten noch, herausgerissene Lungen blähten sich, wenn die Priester in die Luftröhren bliesen. Die Körper der Opfertiere wurden vor den Augen der Festgäste am Spieß gebraten, und man war gerade dabei, gemäß der Festordnung Trinksprüche auszubringen, da erschien am Himmel ein Kondor, verfolgt von einer Schar kleinerer Raubvögel – Falken, Harpyien, Wiesenweihen –, die ihn unausgesetzt bedrängten. Und der Kondor, am Ende seiner Kräfte, brach unter den Schnabelhieben seiner Verfolger zusammen und ließ sich mitten auf den Festplatz der Opferzeremonie fallen, was den Anwesenden einen tiefen Eindruck machte. Huayna Cápac erhob sich von seinem Thron und befahl, man solle den Vogel untersuchen. Rasch erkannte man, dass er krank war, und zwar nicht nur wegen des Überlebenskampfes und der Verletzungen, die ihm seine Verfolger zugefügt hatten, sondern er war räudig, hatte am ganzen Leib die Federn verloren und war mit Eiterbläschen übersät.

Der Inka und die Seinen erachteten dieses Ereignis als ein gutes Vorzeichen: Die Wahrsager, die man sogleich herbeigerufen hatte, sahen darin das Omen einer bevorstehenden Eroberung eines großen Reiches in fernen Gegenden. Und so setzte sich Huayna Cápac, sobald das neun Tage währende Sonnenfest zu Ende war, wieder an die Spitze seines Heeres und zog nach Norden, auf der Suche nach neuen Landen, die sich erobern ließen.

Er kam durch Tumipampa, kam durch Quito und unterwarf ein paar neue Stämme in Tahuantinsuyo, dem Reich der Vier Teile.

Doch es geht die Sage, dass er, als er eines Tages mit seinem Gefolge des Weges zog, einem einsamen Wandersmann mit rotem Haarschopf begegnete, dem er von oben herab befahl, er solle zur Seite treten und ihn vorbeilassen. Es heißt, sein Ton habe dem Wandersmann missfallen, und so habe sich der, nicht wissend, wer sein Gegenüber war, geweigert. Der Streit wurde heftiger, der Rothaarige schlug ihm mit seinem Stock an den Kopf, der Kaiser stürzte, tödlich verwundet. Sein ältester Sohn Ninan Cuyochi, der ihm beispringen wollte, wurde auf die gleiche Weise getötet. Es wird behauptet, der rothaarige Wandersmann sei ein Sohn des Inka, den dieser mit einer Priesterin aus Pachacámac hatte, doch es war nie wieder die Rede von ihm.

So fiel das Reich einem anderen seiner Söhne zu mit Namen Huascar. Doch ehe er starb, hatte Huayna Cápac den Wunsch ausgesprochen, dass Huascar ihm zwar auf dem Thron von Cuzco nachfolgen, die nördlichen Provinzen jedoch von seinem Halbbruder Atahualpa regieren lassen solle, dem Sohn, den er mit einer Prinzessin aus Quito habe und der ihm sehr am Herzen liege.

Also teilten sich Huascar und Atahualpa das Reich Tahuantinsuyo mehrere Erntejahre lang. Huascar hatte allerdings ein besitzergreifendes, habgieriges und cholerisches Temperament. Hinzu kam, dass gewisse Honoratioren in Cuzco gegen ihn intrigierten, denn er wollte den Mumienkult abschaffen, den er für allzu kostspielig hielt. Huascar erklärte Atahualpa unter einem Vorwand den Krieg: Er sei nicht angereist, um ihm seine Ehrerbietung darzubringen, und das sei ein Zeichen von mangelndem Respekt. Um ihn weiter zu demütigen, schickte er ihm Frauenkleider und Schminke. Da rüstete Atahualpa, den die Generäle seines Vaters schätzten, ein Heer und zog gegen die Stadt Cuzco.

Huascars Heer war in der Überzahl, aber das von Atahualpa wurde von hochkarätigen Feldherren geführt, die gut ausgebildete Leute befehligten. General Quizquiz, General Chalcuchímac und General Rumiñahui gewannen blutige Schlachten und gelangten so vor die Tore von Cuzco. Durch die Kavallerie wurde der Krieg rascher und heftiger. Im feindlichen Lager hatte Huascar sich selbst an die Spitze des Heeres setzen müssen, um diesen fast unüberwindlichen Vorsprung wettzumachen. Tatsächlich konnte er das Heer des Bruders am Ufer des Apurimac-Flusses aufhalten, es gab dort ein großes Gemetzel. Atahualpas Heer flüchtete in die Provinz Cotabambas, wo eine große Anzahl Soldaten eingekesselt, umzingelt und bei lebendigem Leibe verbrannt wurden. Die Überlebenden traten den Rückzug an.

Und nun begann die lange Verfolgungsjagd in Richtung Norden.

2. DER RÜCKZUG

Anfangs zögerte Huascar. Aber nicht lange. Zuerst, als das Waffenglück ihm weniger gewogen war, hatte er daran gedacht, seinen Bruder in den Ebenen von Quipaipan zu erwarten und dort vernichtend zu schlagen, denn auch er hatte schwere Verluste erlitten, und seine Mannen, obzwar siegreich, waren ermüdet. Er wollte Zeit gewinnen, um die Schlachtordnung wieder aufzustellen. Und auch die Nähe zu Cuzco wirkte wohl beruhigend auf ihn. Die Hauptstadt des Reichs, der Nabel der Welt hielt einen schützenden Schirm über die rechtmäßige der beiden Parteien. Doch Cuzco war auch der Wunschtraum der Leute von Atahualpa, der Ruf der Stadt als duftendes Paradies weckte bei ihnen Begehrlichkeiten, und Huascar befürchtete, diese gefährliche Versuchung könnte in den Herzen der unterlegenen Soldaten, nur wenige Pfeilschussweiten entfernt, wieder aufkeimen. Er wollte dem gegnerischen Heer nicht die Gelegenheit geben, wieder zu Kräften zu kommen. Und er verfügte noch über eine einsatzbereite Kavallerie, die von Túpac Hualpa, einem seiner fünfhundert Halbbrüder angeführt wurde. Also sammelte er seine Truppen und hetzte sie den Rebellen auf die Fersen, fest entschlossen, sie zu vernichten. Er ging sogar so weit, die Sacsayhuamán-Garde von seiner Festung abzuziehen, woran der Grad seiner Entschlossenheit abzulesen ist: Er war bereit, diese Männer von ihrer heiligen Aufgabe zu entbinden, damit ihre Elitetruppe dem kaiserlichen Heer als Verstärkung dienen konnte.

Atahualpa brauchte seine Generäle Rumiñahui Steinauge, Quizquiz Barbier und Chalcuchímac gar nicht zu befragen; er wusste auch so, dass sie einem weiteren Angriff nicht standhalten würden. Wie zwei hinkende Pumas setzten sich die beiden Heere, eines nach dem anderen, in Bewegung.

Mehrere Flüsse waren auf Hängebrücken zu überqueren, mitsamt vor Angst wiehernden Pferden, Kühen und Lamas, Käfigen mit Cuys und Papageien, der Feldküche, dem umfangreichen Gefolge des Inka (aber welches der beiden?), seinen Sklaven, seinen Gespielinnen, seinem Geschirr aus Gold und Silber, den Alpakaschafen, die ihm die täglich Kleidung liefern mussten, und schließlich den Verletzten, die man wie ihren Herrn in Sänften trug.

Langsam arbeitete sich der Tross des Kaisers voran. So weit das Auge reichte, Berge, die von Mais- und Kartoffelfeldern fein gezeichnet waren, doch die ermatteten Soldaten ließen die Köpfe hängen und hatten keinen Blick für diese Terrassen, die doch der ganze Stolz des Reiches waren. Die Papageien in ihren Käfigen krächzten düstere Weissagungen, und die kleinen Nagetiere, die ihnen Gesellschaft leisteten, stießen armselige Fieptöne aus. Nur die Orchideenhunde mit ihrem weißen Haarschopf liefen wie Schäferhunde an den Reihen der Soldaten entlang und munterten den langen Zug mit ihrem Gebell auf.

Verkaufsstände entlang der Inkastraße versorgten die Truppen des Illegitimen, doch dann sahen die für den Nachschub aus den Lagerhäusern Zuständigen zu ihrem großen Erstaunen, dass ein zweites Heer kam, und versorgten es ebenso, ohne mit der Wimper zu zucken. Sie erkannten schon die Wappen des Herrschers von Cuzco, während in der Ferne noch eine Staubwolke von Atahualpas Nachhut zeugte.

Huascar schickte Boten zu seinem Halbbruder. Die Chaskis waren flinke Läufer und das System der Relaisstationen so dicht, dass wenige Tage ausreichten, bis der Inka über die kleinsten Nachrichten aus den hintersten Winkeln des Reichs im Bilde war. Die Soldaten beachteten die eleganten Läufer nicht, die wie Jaguare dahinflitzten, und schneller als Pachamáma ein Erdbeben in Gang setzt, flüsterte einer von ihnen Atahualpa etwas ins Ohr, der gab eine geflüsterte Antwort, und unverzüglich stürzte der junge Mann wieder von dannen und rief die Nachricht, sobald er seinen Kollegen in Hörweite fand, ihm zu, der seinerseits auf dem Sprung war, und die Antwort erreichte Huascar nach einigen Staffelübergaben. So konnten die beiden Kaiser sich fast ungehindert austauschen, während das Cuzco-Heer dem Quito-Heer auf den Fersen war.

«Bruder, ergib dich.»

«Niemals, Bruder.»

«Bei deinem Vater Huayna Cápac, hör auf mit dem Wahnsinn.»

«Bei deinem Vater Huayna Cápac, lass ab von deiner Rache.»

Die beiden Heere waren einander so nah, dass die Bauern, die Mais anbauten und sie von ihren Terrassen aus vorbeiziehen sahen, beinahe glauben konnten, es sei ein einziges Heer.

3. DER NORDEN

Derweil beschleunigte das Nordheer seinen Marsch und gelangte nach Cajamarca. Atahualpa wusste, dass er auf die Garnison zählen konnte, die er in der kürzlich besetzten Stadt zurückgelassen hatte. Das üppiggrüne Tal bot den entkräfteten Männern das zweideutige Schauspiel der Dampfsäulen, die aus den heißen Quellen aufsteigen, dem Wahrzeichen der Gegend. Hierher war Atahualpa, wie schon seine Ahnen, gerne mit seinem Vater zum Baden gekommen. Hier zu entspannen würde die Stimmung bei seinen Leuten verbessern und den geschundenen Leibern guttun, bevor man die Überquerung des gefürchteten Gebirgszuges der Kordilleren in Angriff nahm, der ihn noch von seiner Hauptstadt und seinem Wohnsitz Quito trennte. Das zumindest war seine Überlegung gewesen für den Fall, dass er den Abstand zu den Verfolgern hätte vergrößern können. Nun aber spürte er immer noch den Atem von Cuzco im Nacken. Das Heer seines Bruders hatte sein Lager vor der Stadt aufgeschlagen, am Hang, und seine Zelte standen so dicht, dass sie wie ein über den Berg gebreitetes Laken wirkten. Die Dampfwölkchen, die die Erde ausstieß, trugen noch das Ihre bei zu diesem mondseligen Szenario.

Atahualpa war aus seiner Sänfte gestiegen und schlurfte in Sandalen über den Stadtplatz von Cajamarca. Rings um ihn her tränkten die Männer die Pferde, befreiten die Lamas von ihrer Last und bereiteten Lagerstätten vor. Plötzlich fühlte er einen Angstschwall in sich aufsteigen, der ihm die Kehle zuschnürte. Er entschied, noch vor der Morgendämmerung wieder aufzubrechen.

So fanden Huascars Späher am nächsten Morgen Cajamarca verwaist. Menschen und Tiere des Nordheeres hatten bereits mit dem endlos langen Aufstieg begonnen. Der Pfad war schmal, die Schlucht ein Abgrund, die Luft eisig. Kondore im Gleitflug. Ungerührt widersetzten sich die Anden der Überquerung, doch die Nordsoldaten kannten den Weg, denn sie waren ihn oft gegangen, und so gelang es ihnen endlich, ein wenig Vorsprung zu gewinnen. Sie kamen an den Goldminen vorbei, an den engen Schluchten, den Felsspalten und den Tannenwäldern. Sie kamen an den Festungen vorbei, die die Baukunst der Inkas im stabilen Gleichgewicht auf die nackten Felsen gesetzt hatte. Als der Kamm überschritten war, zog es sie wie magnetisch nach Quito. Zu Hause würden sie in Sicherheit sein, dachten sie.

Was waren schon die Gemetzel, die sie an den nördlichen Volksstämmen verübt hatten, an den Chimús, den Caraguis und vor allem den Kañaris, für die Atahualpa der grausame Tyrann war, der den Befehl gegeben hatte, sie auszurotten. Er hatte doch das glanzvolle Tumipampa schleifen lassen, das von seinem Vater gegründet worden war, sich dann aber auf die Seite Huascars schlug. Die Überlebenden sahen die Wiederkehr ihrer Schlächter wie ein Geschenk des Himmels. Sie sollten gerächt werden. Es begann ein Zermürbungskrieg. Die Quiteños, geschwächt wie sie waren, erlitten Verluste, die die Verstärkung aus Cajamarca zunichtemachten. Die Kraftanstrengung gegen den Ansturm der Kañaris verlangsamte ihren Marsch, und so wurden sie schließlich doch vom Cuzco-Heer eingeholt. Die Nachhut unter Führung von Quizquiz wurde fast vollständig aufgerieben von der Kavallerie unter Huascars (und also auch Atahualpas, allerdings aus Cuzco gebürtigem) Bruder Túpac Hualpa.

Es war schon spät, als Atahualpas Heer endlich das Quito-Tal erreichte. Sie hatten so große Verluste erlitten, dass sie viele Monde für eine Neuaufstellung benötigt hätten, und so viel Zeit blieb ihnen nicht. Deshalb gab Atahualpa seinem besten General Rumiñahui Steinauge den Befehl, seine Stadt in Flammen zu setzen, und er selbst bestieg den höchsten Berg, das «Herz des Gebirges», wie ihn die Quiteños nennen, um der Feuersbrunst zuzusehen. Wenn Huascar demnächst Quito einnehmen wollte, würde er nur noch Schutt und Asche vorfinden.

Atahualpa vergoss nicht eine Träne. Er machte sich davon, noch weiter nach Norden, hinter die Reichsgrenze. Die versprengten Reste seines Heeres stürzten sich in einen dichten Wald, in dem giftige Schlangen lebten. Er hatte gehofft, Huascar halte sich dort auf. Doch er hatte die Verbohrtheit, ja den Hass seines Bruders unterschätzt. Ihm war angst und bange vor der Kavallerie Túpac Hualpas. Bald würde das große Heer von Chinchaysuyo, dem Nordreich, nur noch ein räudiger und von Flöhen geplagter Hund sein.

Unterdessen drang der gescheiterte König noch tiefer in den tropischen Dschungel ein. An die Stelle des eisig beißenden Klimas der Anden trat eine drückend feuchte Hitze. Keiner der Soldaten, die noch bei Kräften waren, wagte gegen ihn aufzubegehren, doch seine Spitzel hinterbrachten ihm, dass sie begannen, den Tag ihrer Geburt zu verfluchen und sich als letzten Abschluss den Tod herbeizuwünschen. Einer nach dem anderen wurden sie erhört.

Quizquiz allerdings hatte die Angriffe von Túpac überlebt. Er war jetzt auf einer Höhe mit der königlichen Sänfte und bot ihr Geleitschutz. Atahualpas Generäle hatten ihn nicht im Stich gelassen. Bis ans Ende der Welt würden sie ihn begleiten.

Eines Morgens glaubten sie, ihre Verfolger hätten aufgegeben. Doch bald schon war durch den Morgendunst ein Kriegsgeheul zu hören:

Wir trinken aus dem Schädel des Verräters,
Seine Zähne werden Schmuck um unsern Hals,
Seine Knochen werden Flöten, eine Trommel seine Haut,
Und dann tanzen, tanzen, tanzen wir dazu.

Vielleicht hörte Atahualpa das, aber er ließ sich nichts anmerken. Unter keinen Umständen vernachlässigte er seine Herrscherwürde.

Der Rückzug hatte etwas von einem befremdlichen Traum. Da und dort kamen sie durch einfache Siedlungen, wo ängstliche oder neugierige nackte Menschen hausten. Manche gaben ihnen zu essen und zu trinken. Andere waren eher feindselig, doch ihre Bewaffnung bestand nur aus Pfeil und Bogen und Lanzen mit Eisenspitze, und so waren sie rasch unterworfen. Die Pferde wurden ihnen abgenommen und ihr Vieh getötet. Es wurde geplündert nach Strich und Faden. So konnten die verlorenen Vorräte wieder aufgefüllt werden. Das Schlimmste aber war, dass es keinen richtigen Weg gab. Bald zwei Dutzend Mal versackten Mensch und Tier in insektenverseuchten Sümpfen. Erst wurde ein Sklave, dann ein Rind von Krokodilen gefressen.

Der Hofstaat von Quito, der sein sicheres Ende in einem Gemetzel gefunden hätte, falls er zurückblieb, hielt sich nun dicht beim Heer und verlieh dem zerlumpten Tross ein noch bunteres Erscheinungsbild.

Schließlich kamen sie an den Isthmus von Panama, an dessen östlichem Ufer das mythische Meer beginnt, von dessen Bestehen nur alte Sagen, wie durch ein Wunder gerettete Karawanen oder die versprengten Vertreter ferner Volksstämme zeugten. Es gehörte also durchaus nicht ins Reich der Sagen, und einige unter ihnen empfanden in all ihrer Verzweiflung so etwas wie Entdeckerstolz. Andere fühlten sich an die alten Geschichten von der Roten Königin, der Tochter des Donnergottes, die von der Sonne geschickt war, erinnert und erhoben die Hände ehrfürchtig zum Himmel. Atahualpa jedoch verfiel nicht dem Aberglauben. Er durchquerte den Isthmus, schob die Nordgrenze der bekannten Welt mit einer letzten Anstrengung noch ein wenig weiter hinaus und machte erst halt, als sich ihm nicht mehr schlecht bewaffnete Stämme in den Weg stellten, sondern mächtige Krieger, denen ein Ruf vorauseilte, der an ihrem Kampfgeist und ihrer Bereitschaft zu Menschenopfern keinen Zweifel ließ. Atahualpa war mit seinen Mannen, seinen Frauen, seinem Gold, seinen Tieren und seinem Hofstaat nach einem langen Rückzug völlig erledigt auf einer langen Sandbank gestrandet, hatte die Anden, die Sümpfe und den Isthmus vom Ende der Welt hinter sich gebracht und war weiter nach Norden gelangt, als irgendeiner seiner Inka-Vorfahren auch nur zu träumen gewagt hätte, weder sein Vater Huayna Cápac noch der große Reformer Pachacútec; nun erwartete er die Ankunft Huascars und die Besiegelung seines Schicksals, die sich nur noch hinauszögern, jedoch nicht mehr verhindern ließ.

Doch während der Herrscher melancholisch über die Umstände sinnierte, unter denen er bald in die Unterwelt eingehen würde, kam General Rumiñahui und bat ihn um eine Audienz. Seiner Lage zum Trotz und obwohl Atahualpa – eben seiner Sänfte entstiegen, mit dem Gesicht zum Meer stehend, weniger duftend als gewöhnlich, schmutziges Haar und in einem Umhang, den er schon bald einen halben Tag nicht mehr gewechselt hatte – nicht mehr die seinem Rang geschuldete Form wahrte, wohl weil ihn die Aussicht, seine Leiche werde nicht einbalsamiert, beunruhigte, trat der große General dennoch barfuß und gesenkten Hauptes vor ihn hin, mit den förmlichsten Gebärden der Unterwürfigkeit. Immerhin trug Atahualpa noch die königliche Krone auf der Stirn mit ihren Flechten, von denen ein Band mit den roten Troddeln herabhing und über dem sich ein Reif aus Falkenfedern befand – das reichte dem ehemaligen Soldaten seines Vaters völlig aus.

«Sapa Inka, siehst du die Schiffe dort draußen auf dem Meer?»

Ohne aufzublicken, wies er mit dem Finger auf kleine Pünktchen, die auf dem Meer schwammen, dann klatschte er in die Hände, woraufhin ein nackter Mann erschien, den zwei Sklaven an der Leine führten; er hieß ihn sich zwischen seinen Beinen hinknien und stützte sich auf seine Schultern.

«Den haben wir heute früh gefangen genommen; wenn es stimmt, was er erzählt, dann gibt es ein paar Schiffstagesreisen von hier große Inseln, deren Einwohner bis hierher kommen, um zu fischen und Handel zu treiben. Sie kommen in ausgehöhlten Baumstämmen, die sie *canoas* nennen. Wenn man nach den Fruchtladungen urteilen will, die wir bei dem Gefangenen sichergestellt haben, handelt es sich um üppig gedeihende Länder, die nur darauf warten, uns in Empfang zu nehmen.»

Atahualpa war gut gebaut, aber sein General, ein Hüne, war noch einen Kopf größer als er, sogar, wenn er sich vor ihm verneigte. Weil er es seinem Amt schuldig war, ließ der König nicht erkennen, ob er dem Vorschlag verachtungsvoll oder wohlwollend gegenüberstand.

«Wir haben kein Schiff», sagte er nur.

«Aber wir haben den Wald», erwiderte der General.

Ab da bereiteten sie die Aussiedelung vor. Der wackere Quizquiz übernahm wieder die Führung seiner Leute, um den Strand unter Kontrolle zu bekommen. Rumiñahui setzte die letzten verbliebenen helfenden Hände ein, um Bäume zu schlagen und herbeizuschaffen, und am Strand übernahm es Chalcuchímac, mitten im Sand Schiffe zu bauen. Die Männer wurden in eilends zurechtgeschnitzte Kanus, die Tiere und Goldkisten auf Flöße verladen, für die man Baumstämmen mit Lamawollfäden zusammengebunden und mit Segeln aus zerschnittenen Zeltbahnen bestückt hatte. Die Adeligen, die sich ihr Lebtag nicht einmal ein Glas Wasser selbst eingeschenkt, geschweige denn sich selbst angekleidet oder auch nur gewaschen hatten, halfen ungeschickt beim Aushöhlen, beim Zusammenbauen und Beladen der Schiffe. Währenddessen hielten Quizquiz' Soldaten heldenhaft die angriffslustigen Cuzco-Truppen auf Abstand, und das Waffenklirren, die Schreie, das Pferdegetümmel am Waldrand mischten sich ins Rauschen der Wellen.

Die Aussiedelung fand statt. Quizquiz bestieg unter einem Hagel von Pfeilen und Verwünschungen als Letzter das Schiff und ließ einen mit Leichen übersäten Strand zurück, zwischen denen die letzten Pferde umherirrten, die auf den Flößen keinen Platz mehr gefunden hatten. Ein paar Schildkröten, die im Sand nisteten, hatten sich während der gesamten Schlacht nicht von der Stelle gerührt.

4. KUBA

Das Meer war ruhig, die kleine Flotte blieb zusammen, und es gab fast keine Verluste.

Sie landeten an einem weißen Sandstrand, den verwelkte Palmen säumten. Die Schreie der Papageien erfüllten die Luft. Rosa Schweine tollten herum, und das erschien ihnen als ein gutes Vorzeichen. Schön war dieses Land und sanft das Klima. Die Müdigkeit verflog. Leichtfüßig erklommen sie Berge ohne Schnee und sangen dabei. Friedliche Flüsse waren mühelos zu durchwaten, die Fische darin ließen sich mit bloßen Händen fangen. Aus dem Herzen der an Tieren reichen Wälder kamen manchmal ein paar Wilde, von Neugier getrieben. Sie waren nackt und wohlgestalt, und vor allem schienen sie frei von jeglicher Feindseligkeit. Von einem Händler aus Popayán, der vorgab, er verstehe ihre Sprache, erfuhr Atahualpa, dass eine alte Königin über den Archipel herrschte, der aus drei großen Inseln: Kuba, Haiti und Jamaika bestand und zahllosen kleinen wie zum Beispiel der Schildkröteninsel. Sie zogen nach Norden, ohne zu wissen, warum, es sei denn schlicht aus Freude daran, die Schönheiten dieses Landes zu entdecken, oder vielleicht aus Gewohnheit, denn der Norden war immer ihr Bezirk im Reich der Vier Teile Tahuantinsuyo gewesen. Abends brieten sie Schweine am Spieß und kosteten vom Fleisch der Eidechsen. Glaubte Atahualpa, sie könnten hier den Krieg vergessen? Vielleicht. Aber war er friedlichen Zeiten überhaupt gewachsen? Die Abfolge von Ereignissen, die sein Schicksal bisher bestimmt hatten, macht die Antwort schwierig. Sagen wir so: Friede war ihm nicht an der Wiege gesungen.

Unterdessen bekam, in dem Maße, wie die Angst aus den Herzen wich, das Hofzeremoniell wieder Einfluss auf den Tross: Die Besenmänner in gescheckem Umhang fegten den Weg frei, nach ihnen kamen die Gaukler und Barden, auf die wiederum die goldgerüsteten Ritter folgten, sodann der König auf seinem Thron sitzend, umgeben von seiner Garde von Leibeigenen, seinen Generälen zu Pferde, den Würdenträgern bei Hofe, deren bedeutendste ebenfalls in einer Sänfte getragen wurden, seine Schwester und Gattin Coya Asarpay, seine Kusine und zukünftige Gattin, die sehr junge Cusi Rimay, seine nicht weniger jugendliche Schwester, die kleine Quispe Sisa, seine Nebenfrauen und Konkubinen, die Sonnenpriesterinnen, die Diener, die Fußsoldaten und zuletzt, schier endlos, der Strom der geflüchteten Quiteños. Quizquiz und seine Mannen bildeten den Schluss.

Eines Tages wurde der Zug plötzlich aufgehalten. Die Männer der Vorhut traten zur Seite, um die Sänfte mit dem Inka vorbeizulassen. Vor ihnen hatten sich vierzig nackte Reiter aufgebaut, mit Federbüschen bekränzt, in Kriegsbemalung und voll bewaffnet. Einer, der ihr Häuptling zu sein schien, trug einen hölzernen Stab mit Eisenbeschlägen über der Schulter. Da er nicht bereit schien, diesen Trupp von Fremdlingen weiter in sein Land eindringen zu lassen, musste verhandelt werden. Er hieß Hatuey und diente der Königin Anacaona. Da er mit den Bräuchen nicht vertraut war, wandte er sich direkt an den Inka, sah ihm in die Augen, beugte mitnichten das Knie, ja stieg nicht einmal vom Pferd. Atahualpa ließ ihm durch Chalcuchímac antworten. Ohnehin verstand keiner die Sprache des anderen. Aber es wurde eine Begegnung mit der Königin verabredet an einem Ort namens Baracoa. Wahrscheinlich zögerte Atahualpa, auf der Stelle die Leute niederzumetzeln, die ihm den Weg versperrten. Ebenso wahrscheinlich spürte Hatuey dieses Zögern, denn er deutete mit seinem Stab zum Himmel und tötete mit einem lauten Donnerschlag einen Rotkopfgeier, was die Quiteños in Panik ausbrechen ließ. Alte Sagen kamen ihnen wieder in den Sinn. Thor-Rufe waren zu hören. Selbst der Hüne Rumiñahui hatte den Kopf eingezogen, als wollte der Himmel einstürzen. Nur Atahualpa war ungerührt geblieben. Der Sohn der Sonne fürchtete doch nicht den Blitz. Gleichwohl schien es ihm ratsam, Hatuey ungeschoren von dannen ziehen zu lassen.

Unter anderen Umständen hätte er alle hinrichten lassen, die gezittert hatten, bis zum letzten Mann; doch der König war so tief gesunken, dass er es sich nicht leisten konnte, Menschen zu vergeuden, und überdies hatte er nicht die Absicht, seines besten Generals verlustig zu gehen.

5. BARACOA

Sie gelangten ans Meer und fanden heraus, dass die Insel ein schmales Band war, das sich in wenigen Tagen durchqueren ließ. Sie hatten dieses Land nicht als Eroberer, sondern als Flüchtlinge betreten, und das war gewiss nicht ohne Auswirkung auf das weitere Schicksal Kubas und der Welt. Atahualpa schickte Botschafter mit Geschenken vor: Geschirr aus echtem Gold, edle Gewänder, bunte Vögel. Im Gegenzug empfing ihn die Königin wie einen alten Verbündeten, mit Trommelklängen, gerahmt von Spiel, Tanz und Blütenregen. Den Tross begrüßten Diener mit Palmwedeln und Blumensträußen. Das Dorf war herausgeputzt. Laubgirlanden waren an den frischgetünchten Hütten angebracht worden. Atahualpas Generäle sahen längliche Häuser mit bewachsenem Dach und eine Eisenhütte, deren Betrieb ruhte, aus der aber noch ein wenig weißer Rauch entwich. Am Strand lagen zwischen frei umherlaufendem Vieh zwei riesige an Land gezogene Schiffsrümpfe. Ein Festmahl stand bereit. Die Königin forderte den Inka auf, neben ihr Platz zu nehmen. Atahualpa, der noch immer nicht so hochfahrend sein konnte wie sein Bruder, hielt es für klug, sie als ebenbürtig zu behandeln, und kostete selbst von den Gerichten, die man ihm reichte. Ihm gefiel die Anmut dieser Frau in ihrer welkenden Schönheit.

Die Festlichkeiten zogen sich bis tief in die Nacht und setzten sich am nächsten Morgen fort. Die Quiteños waren entzückt. Inmitten von Spiel und Gesang aber ließ Anacaona ihnen eine Nachricht zukommen: Hatuey, ihr Neffe, der über diesen Teil der Insel gebot, wollte das Schauspiel einer nachgestellten Schlacht bieten. Nackte Reiter jagten Männer in weißen Umhängen, die sich mit ihren langen, eisenbeschlagenen Stäben zur Wehr setzten. Die Stäbe wiesen gen Himmel, und wieder erschreckte der Donnerhall die Quiteños, doch am Ende siegten die Reiter und, wichtiges Detail, sammelten die Feuerwaffen ein. Atahualpa beobachtete seine Generäle, die ihre Beunruhigung zu verbergen suchten, und erkannte, dass die Botschaft angekommen war. Er verstand, dass vor fast vierzig Erntejahren Fremde übers Meer gekommen waren, deren Schiffe hier auf Grund gelaufen waren, und dass man sie besiegt hatte. Higuenamota, die Tochter der Königin, hatte Freude daran, ihm diese Geschichte zu erzählen. Dann legte der Inka den Schwur ab, dass er nicht in kriegerischer Absicht gekommen war, sondern als Vertriebener, der Zuflucht suchte. Die Quiteños erbaten unterwürfigst Asyl bei den Taínos: So hieß Anacaonas Volk. Übrigens huldigten auch sie Thor, dieser Nebengottheit, deren Herkunft im Dunkeln lag.

6. HUASCAR

Niemand weiß, wie lange der Inka diese Gastfreundschaft hätte in Anspruch nehmen können. Die Untätigkeit schien ihn kaum zu bedrücken, denn der Umgang mit der Königin war ihm angenehm. Kaum zu glauben, was sie über die Fremden aus dem Osten zu erzählen hatte. Er erfuhr, dass die Feuerrohre ein bestimmtes Pulver benötigten, um Donner zu speien, dass es auf der Insel nichts oder fast nichts davon gab, sodass der Gebrauch streng eingeschränkt war und besonderen Gelegenheiten vorbehalten blieb, und eine davon war ohne Zweifel die Ankunft der neuen Fremden. Er erfuhr auch, dass die damaligen Fremden von zwei Dingen besessen waren: von ihrem Gott und vom Gold. Dauernd wollten sie Kreuze errichten. Sie waren alle tot, bis auf den letzten Mann.

Die Quiteños ließen es sich gutgehen in Baracoa. Sie vermischten sich so sehr mit ihren Gastgebern, dass manche von ihnen ihre Kleider ablegten und nackt herumliefen, während die Taínos Spaß daran hatten, ihre Umhänge anzuziehen. Die Prüfungen der Vergangenheit verblassten, man ließ die Gegenwart wie Sand zwischen den Fingern verrinnen.

Doch die für eine Weile ausgeblendeten Zeitläufte holten sie wieder ein.

Anacaonas Späher berichteten, dass andere Fremde auf der Nachbarinsel Jamaika gelandet waren. Sie ähnelten den Quiteños, nur waren es viel mehr. Atahualpa musste der Königin mitteilen, dass das sein Bruder war, der hinter ihm her war in keineswegs friedlicher Absicht. Ein Rat versammelte sich um Anacaona, ihre Tochter und ihr Neffe standen ihr bei, dazu geladen wurden Atahualpa, seine Generäle und seine Schwester-Gattin Coya Asarpay.

Was wollte Huascar? Was bedeutete diese Verbohrtheit? Musste er befürchten, sein Bruder könnte zurückkehren, und war das Grund genug, sich so weit und so lange von Cuzco weg zu wagen? Diese Fragen interessierten die Taínos nicht; sie hatten schlicht Angst vor den Folgen dieses Bruderkriegs. Wütend sagte Hatuey zum Inkafürsten: «Hau ab, in die Berge, aufs Meer, wohin du willst!»

Wieder flüchten, aber wohin? Die Quiteños wussten nicht weiter. Atahualpa sah seine Generäle ratlos die Augen verdrehen. Higuenamota wies aufs Meer: «Die Antwort liegt vor euch.» Nach Osten, aber wie? Wo waren diese Länder? Wie weit war es? Man musste ihnen Karten zeigen, die man in den Schiffen gefunden hatte. Atahualpa und seine Leute betrachteten verständnislos die Darstellung einer Welt, auf der Cuzco nicht vorkommt. Es gelang ihnen nicht, die kleinen Zeichen auf dem Papier zu entziffern. Higuenamota hatte als Kind die Sprache der Eindringlinge gelernt, nicht aber das System ihrer Schriftzeichen. Gleichwohl: Hätten sie gewusst, wie fehlerhaft diese Karten waren, sie hätten diesen Sprung ins Ungewisse wohl nie gewagt.

Doch wie sollte man übers Meer kommen? Wieder war es Higuenamota, die sie auf die Idee brachte: Was die am Strand verlassenen Schiffe in der einen Richtung geleistet hatten, würden sie in der Gegenrichtung auch schaffen. Zwar war das Holz verfault, sie waren nicht mehr seetüchtig, und die reisefähigen Quiteños waren zu viele selbst für zwei außergewöhnlich große Schiffe. Doch im Gefolge Atahualpas befanden sich auch die besten Zimmerleute des Reiches, und so wurde der Befehl gegeben, die Schiffe auszubessern und ein drittes, noch größeres, zu bauen. Chalcuchímac setzte seine Ingenieure daran, Pläne für eine Riesenkonstruktion zu zeichnen, die sich an der Bauweise orientierte, die sie vor Augen hatten, während sie Anacaona und ihrer Tochter zuhörten. Die beschrieben das große Schiff, das einst an den Felsen zerschellt war und das die Fluten bis zur letzten Planke davongetragen hatten.

Währenddessen überwachten Anacaonas Späher Huascar. Das Cuzco-Heer war noch auf Jamaika, und die Quiteños hatten das Glück, dass die anderen nicht wussten, wo sie nach ihnen suchen sollten. An die Bewohner des Inselreichs wurde die Weisung ausgegeben, sie mit allen Mitteln in die Irre zu führen. Irgendwann würde Huascar die Spuren seines Bruders finden, würde aber lange in dem Gelände umherirren, und jeder Tag, den er damit verbrächte, die falsche Insel auszukundschaften, kam den Handwerkern Atahualpas zugute. Notfalls würde man ihn nach Haiti leiten, von wo Anacaona stammte, um noch ein wenig Zeit zu gewinnen.

Atahualpas Männer sägten Holz zurecht und schnitten Bretter. Die Frauen nähten bunte Segel. Die Taínos schmiedeten Tausende von Nägeln und tauchten sie in Öl, um sie gegen Rost zu schützen. In die Schiffsrümpfe kam Leben, ähnlich einer Wiedergeburt oder dem Häuten einer Schlange. Dieses allmähliche Erwachen gab den beiden Völkern die Hoffnung wieder: Man hatte sich für eine Weile gerne gemocht und würde in Freundschaft auseinandergehen. Gewiss, mit der Abreise der Quiteños war noch nicht aller Tage Abend, es war keineswegs sicher, dass die Schiffe dorthin würden zurückkehren können, von wo sie gekommen waren, auch nicht, ob Huascar, aus Verdruss darüber, dass ihm seine Beute wieder entkommen war, sich nicht bei den Taínos schadlos halten würde. Doch dank den Holzfällern, den Zimmerleuten, den Näherinnen und den Schmieden mussten sie nicht mehr mit dem Schlimmsten rechnen.

Aber nicht alles kam wieder in Ordnung, das musste man eben auch in Kauf nehmen. War die Erdachse nicht gerade dabei, auszuscheren? Coya Asarpay, die Schwester-Gattin, wollte nicht weg, und ihre Angst wurde von vielen geteilt, trotz deren Arbeitseifer. «Bruder, was soll dieser Wahnsinn?», sagte sie. In ihr widerstritt die Angst vor dem Unbekannten und die Furcht vor dem Bekannten. Es ängstigte sie das Wissen, dass Huascars Soldaten herumstreunten, doch der Blick bis zum Horizont ließ sie nicht weniger erschauern. Wie sollte man sich vorstellen, was hinter dem Meer lag? Atahualpa fand die richtigen Worte: «Schwester, lass uns sehen, wo die Sonne herkommt.» Und da ihm bewusst war, dass seine Leute einen Anführer brauchten, wandte er sich ohne weitere Rücksicht auf die protokollarischen Erfordernisse an alle mit den folgenden Worten: «Die Zeit des Reichs der Vier Teile ist vorbei. Wir segeln zu einer neuen Welt, nicht weniger reich als die unsere, voller Land. Mit eurer Hilfe wird euer König der Viracocha der neuen Zeit, und die Ehre, Atahualpa gedient zu haben, wird ihren Glanz auf die Gemeinschaften eurer Familien und eurer Ayllus ergießen bis ins dritte und vierte Glied. Und sollten wir untergehen, nun, dann soll es eben sein. Dann finden wir Pachacámac am Meeresgrund. Wenn wir aber hinüberkommen ... Was für eine Reise! Auf geht's in den Fünften Reichsteil!»

Die drei Schiffe konnten nicht alle aufnehmen, und Atahualpa war nicht geneigt, seinen Tross zu verkleinern. Geschirr und Kleidung mussten verladen werden, Vieh, Cuys zum Verzehr und andere Lebensmittel. Und nach dem, was er von Anacaona gelernt hatte, erschien es ihm ratsam, viel Gold mitzunehmen. So wählte er höchstselbst die Kandidaten für die Reise aus, gemäß ihrem Rang und ihrer Nützlichkeit: Adel, Soldaten, Reichsbeamte (Buchhalter, Archivare, Wahrsager), Handwerker, Frauen ... Insgesamt waren es keine zweihundert, und auch so waren die Schiffe überladen. Schließlich brauchte man ein paar Pferde und Lamas, und Atahualpa war weder bereit, sich von seinem Puma zu trennen, noch von seinen Papageien.

Ein paar Tage vor der Abreise kam Higuenamota zu Atahualpa und sagte: «Lass mich mit Euch fahren.» Er begriff, dass sie ihr ganzes Leben lang nicht aufgehört hatte, an das wundersame Land zu denken, aus dem die blasshäutigen Männer damals gekommen waren. Er erkannte, dass er mit ihr einen Trumpf in der Hand hielt, der ihm nützlich werden konnte.

Endlich war der Abreisetag da. Die Quiteños, die nicht mitdurften, weinten am Strand. Anacaona gab ihrer Tochter den Abschiedskuss. Atahualpa, umgeben von seinen Generälen, grüßte ein letztes Mal die Insel, die ihn aufgenommen hatte, in dem Gefühl, dass er sie so bald nicht wiedersehen würde.

7. LISSABON

Sie segelten und segelten und segelten.

Während der Überfahrt wurde Higuenamota die Geliebte Atahualpas. Der junge König liebte diese Frau, die vom Alter her seine Mutter sein konnte und die aus freien Stücken ihr Heimatland verlassen hatte wegen Sagen, die sie in ihrer Kindheit gehört und nie vergessen hatte.

Sie beugten sich zusammen über die alten Karten, die man an Bord gefunden hatte, und versuchten sie zu entziffern. Atahualpas Gelehrte hatten herausgefunden, wie man ein Instrument benutzte, das es einem erlaubte, mit Hilfe der Sterne seinen Standort zu bestimmen, sodass die Schiffe Kurs halten konnten und nicht von ihrer Route abkamen.

An einem Morgen suchte Rumiñahui König Atahualpa in seiner Kabine auf, er trank gerade mit seiner Freundin Chicha. Draußen kreisten weiße Vögel, ein Zeichen dafür, dass es in der Nähe Land gab. Als es endlich am Horizont in Sicht kam, hatte Anacaonas Tochter nach wochenlangem vertrauten Umgang mit Atahualpa eine beachtliche Kenntnis der Quechua-Sprache erlangt, der Sprache, derer er sich, wenn auch mit Quito-Färbung, lieber bediente als des Aymara.

Sie fuhren an der Küste dieser neuen Länder entlang. Eines Nachts, vor dem Morgendämmern, ereignete sich ein Naturwunder, das die Mannschaft in Angst versetzte: Das Meer geriet in Wallung, ohne dass es den leisesten Windhauch gegeben hätte. Es war wie ein stummer Orkan, und es fehlte nicht viel, und die drei Schiffe wären mit voller Wucht aneinander zerschellt. Grauenvoll wäre es gewesen, kaum mehr als einen Steinwurf vom Festland entfernt den Tod zu finden, wo gerade alles darauf hindeutete, dass sie das Ziel ihrer Überfahrt erreicht hatten. Die Geschicklichkeit der Steuermänner bewahrte sie vor solch tragischer Ironie des Schicksals.

Sie fuhren in die Mündung eines breiten Flusses ein. Ein mächtiger Turm aus Stein ragte vor ihnen auf, wie aus den Fluten erstanden, um das Tor zum Meer zu bewachen. Rechter Hand ließen grünende Hügel eine gastliche Landschaft ahnen. Zu ihrer Linken aber erweckte eine überschwemmte Fläche den Eindruck, dass ein Fluss in Wallung geraten und über die Ufer getreten war. Ein langgestrecktes Bauwerk aus hellem Stein, das sich in seiner Länge nur mit den größten Palästen von Cuzco messen konnte, säumte das Ufer. Die Vögel hatten aufgehört zu singen. Die Neuankömmlinge waren besorgt wegen der Stille, brachten aber selber auch kein Wort hervor.

Atahualpa gab Befehl, sich dem Turm zu nähern. Seine Mauern waren mit Skulpturen unbekannter Tiere verziert. Besondere Neugier erweckte bei der Mannschaft ein Tapirkopf mit einem Horn auf der Schnauze. Aber es gab auch in den Stein gemeißelte Kreuze, die Higuenamota als das Wahrzeichen der Fremden von damals wiedererkannte. So erfuhren sie, dass sie am Ziel waren.

Die Schiffe fuhren weiter am Flussufer entlang. Ein höchst eigenartiges Schauspiel bot sich ihnen dar. Die Steinhäuser waren eingestürzt. An den Hängen brannten Feuer. Leichen lagen verstreut auf der Erde. Männer, Frauen und Hunde irrten in den Trümmern umher. Die ersten Laute, die die Quiteños von der Neuen Welt vernahmen, waren Hundegebell und das Weinen von Kindern.

Der Fluss wurde breiter, fast wie ein See. Die Steuermänner mussten zwischen Resten von halbversunkenen Schiffen hindurchfinden. Schließlich entdeckten sie einen Platz, so groß wie die Gesamtfläche der Sacsayhuamán-Festung, auf dem wie hingeworfen Schiffe unterschiedlichster Größe lagen, mit zerborstenem Kiel, gebrochenem Rumpf und herausgerissenem Mast. Ein prachtvoller Palast mit einem spitz zulaufenden Turm auf der linken Seite des Platzes schien in sich zusammengestürzt zu sein. Sie legten an.

Der Platz ließ erahnen, wie prachtvoll es hier vor nicht allzu langer Zeit ausgesehen haben mochte; nun war da nur noch ein Gezeitentümpel. Die Sandalen versanken im Schlick, alle Quiteños standen bis zu den Knöcheln im Wasser, auch der König; er hatte es angesichts des von den Wasserpfützen ziemlich aufgeweichten Bodens nicht für ratsam gehalten, nach seinen Trägern zu verlangen.

Sie begegneten den Schemen abgestumpfter, in Lumpen gekleideter Männer, die um die gestrandeten Schiffe schlichen, mit schleppendem Gang, leerem Blick, manchmal wie Blinde aneinanderstießen und, als sie die Besucher wahrgenommen hatten, ausdruckslos zu ihnen hinüberblickten, ohne zu begreifen, ohne das geringste Zeichen von Überraschung. Von Zeit zu Zeit war aus der Stadt ein unheimliches Krachen zu hören und anschließend Schreie, die in klagendes Wimmern übergingen.

Die Luft war nicht kalt, brannte aber auf der Haut. Da sie

die raue Einsamkeit der Anden gewohnt waren, achteten die Quiñetos nicht weiter darauf und starrten gebannt auf das trostlose Bild, das sich ihren ungläubigen Augen darbot. Higuenamota aber, die sie ans Ende der Welt geführt hatte, war eine Taíno. Sie hatte zeitlebens nur zwei Jahreszeiten gekannt, eine Trocken- und eine Regenzeit, aber beide heiß. Atahualpa sah ihren nackten Leib, sie zitterte. Die Mannschaften waren erschöpft und reizbar nach der langen Reise. Atahualpa beschloss, hier eine Pause einzulegen. Doch wo auf diesem Ruinenfeld ließ sich ein Dach finden, das hundertdreiundachtzig Menschen, siebenunddreißig Pferden, einem Puma und ein paar Lamas Schutz bot? Sie fuhren flussabwärts zu dem Gebäude mit seinem ins Wasser gesetzten Turm, das sie beim Ankommen gesehen hatten, wohl das einzige Bauwerk, das noch stand.

Es war ein langer, kantiger Palast mit feinen spitzen Säulen wie Lanzen, die ihn zu stützen schienen, durchbrochen von großen rundbogigen Fenstern, verziert mit symmetrischen Türmchen, beherrscht von einem kuppelförmigen Turm, dessen Sandstein so fein gearbeitet war, dass das Ganze wie aus Knochen geschnitzt wirkte.

Der Bau war von eigenartigen Typen bevölkert: in Braun und Weiß gekleidete Männer, oben auf dem Kopf rasiert, kniend, die Hände aneinandergelegt und die Augen geschlossen, damit beschäftigt, kaum hörbare Laute zu murmeln. Als sie endlich auf die Besucher aufmerksam wurden, stoben sie, mit ihren Sandalen klappernd, in alle Richtungen davon wie aufgescheuchte kleine Cuys und stießen gellende Schreie aus. Eine von diesen Gestalten aber, die einen goldenen Ring an der rechten Hand trug und etwas ruhiger und selbstbeherrschter war, ging auf sie zu und sprach sie an. Atahualpa fragte seine

Freundin, ob sie diese Sprache verstehe, doch es gelang ihr nur, innerhalb von Satzkonstruktionen, die ihr unklar blieben, ein paar eigenartig vertraute Wörter zu unterscheiden – *providencia, castigo, india*. Ihr dämmerte, dass ihre Unterhaltungen mit dem Fremden von damals tief am Grunde ihres Gedächtnisses verschüttet waren und dass sie nur einzelne Bruchstücke seiner Sprache in Erinnerung behalten hatte. Die Gestalten wirkten zwar verschreckt, aber immerhin ungefährlich. Atahualpa gab Befehl zum Quartiermachen. Man führte die Tiere von den Schiffen und lagerte die Männer und Frauen in einem weitläufigen Speisesaal. Higuenamota wandte sich an den Goldberingten und sagte: «Comer.» Der Mann hatte offensichtlich verstanden. Er ließ ihnen etwas zu essen bringen: eine heiße Suppe mit einer Art Kuchen mit knuspriger Kruste und weichem Inneren, der ihnen sehr gut schmeckte, denn sie waren ausgehungert. Sie kosteten auch von einem schwarzen Gebräu.

Endlich war die lange Reise also zu Ende. Alle – Männer, Frauen, Pferde, Lamas – hatten die Seefahrt überlebt. Sie hatten das Land der aufgehenden Sonne, den Orient erreicht.

Der Fluss draußen reflektierte goldgleißendes Licht, vielleicht war es auch Stroh, das darauf schwamm.

Im Innersten des Palastes gab es eine heilige Stätte, die mit transparenten Platten in Rot, Gelb, Grün und Blau geschmückt war. Die Decke darüber wirkte wie ein in den Fels gemeißeltes Spinnweb, deutlich höher als Pachacútecs Palast. Am anderen Ende des Gebäudes, auf einer prunkvoll verzierten Bühne, die allerdings nicht vollständig mit Gold ausgekleidet war, wie es dem Haus der Sonne wohlangestanden hätte, thronte die Skulptur eines ausgemergelten Mannes, den man an ein Kreuz genagelt hatte. Kahlgeschorene Männer brachten an diesem

Ort inbrünstige Demut zum Ausdruck. Die Quiteños hatten keinen Zweifel daran, dass es sich um eine Art Huaca, eine lokale Gottheit handelte. Wer aber war der Angenagelte Gott? Sie würden es bald erfahren.

Die Geschöpfe schienen sich zu streiten, und die Quiteños wussten, dass sie der Grund für die Auseinandersetzungen waren.

Da und dort wurde Schutt weggeräumt. Atahualpa hielt es für angebracht, den geschorenen Männern Hilfe anzubieten. Die Quiteños halfen beim Schutträumen. Für jemanden, der aus Tahuantinsuyo stammte, war es nicht schwer, sich vorzustellen, was geschehen war: Die Erde hatte gebebt, hatte sich aufgetan, und dann hatte eine gigantische Welle die Küste heimgesucht. Atahualpa und seine Mannen waren nur zu gut vertraut mit dieser Erscheinung. Außerdem lag ein typischer Geruch nach faulen Eiern in der Luft, von leichtem Ostwind herbeigeweht.

Atahualpa hatte für sich und seine Frauen einen ausreichend großen Raum gewählt und ließ dort sein Nachtlager aufschlagen. Higuenamota, die keinen Haken gefunden hatte, um ihre Hängematte zu befestigen, legte sich zu ihm, und ebenso seine Schwester-Gattin Coya Asarpay. Die anderen aus dem Trupp hatten unter den Säulengängen des inneren Hofs Schutz gesucht, dorthin hatte man auch die Tiere geführt, denen sich die Kahlgeschorenen ängstlich und zugleich neugierig näherten, denn sie hatten noch nie ein Lama gesehen. Unter dem wachsamen Auge Rumiñahuis und nachdem sie erneut um etwas von dem schwarzen Gebräu gebeten hatten, fanden sie schließlich den Schlaf.

8. DAS LAND DER AUFGEHENDEN SONNE

So ängstlich die Kahlgeschorenen auch waren, sie blieben doch neugierig. Wer mochten diese Besucher sein? Sie bewunderten unsere Gewänder, befühlten unsere Ohren und ergingen sich in Vermutungen. Dass Frauen zugegen waren, versetzte sie in Aufruhr, und ganz besonders Higuenamota, deren Anblick allein schon sie zu blenden schien wie die Sonne, denn sie bedeckten sich die Augen mit der Hand und wandten sich ab, wenn sie vorbeikam. Sie wollten ihr eins ihrer schäbigen Leintücher um die Schultern legen, doch die wies sie lachend zurück. Als einzige Kleidung trug die kubanische Prinzessin Armbänder, die sie von ihrer Mutter hatte, und Bänder um die Fesseln, dazu noch einen goldenen Halsschmuck, den Atahualpa ihr geschenkt hatte.

Der Geschorene mit dem Ring aber, der ihr Häuptling war und wohl auch der Vernünftigste, erkannte, dass sie ein wenig von seiner Sprache verstand, und führte sie in einen Raum, wo andere Geschorene damit beschäftigt waren, aus geschwärzten viereckigen Stücken von Tierhaut Zeichen herauszuschaben. Ihr fiel ein, dass sie das früher schon einmal gesehen hatte: sprechende Blätter, die in Lederschatullen aufbewahrt werden, die sich im ganzen Zimmer bis unter die Decke stapeln. Der Geschorene mit dem Ring entrollte eines der Blätter, auf dem eine Karte gezeichnet war, die jenen Karten ähnlich sah, die sie auf dem Schiff der Fremden gefunden hatten. Sie begriff, dass er herausfinden wollte, woher sie kam. Auf der Karte zeigte er ihr eine Gegend, die er Portugal nannte. Links war nur eine weite Leere, mit nichts als einer kleinen viel weiter unten gelegenen Insel.

Quizquiz ging mit zehn Mann die Umgebung auskundschaften und erstattete Atahualpa Bericht: Das Land war vollkommen verwüstet. Die Stadt wirkte groß und dicht bevölkert. Die Bewohner waren starr vor Schreck. Niemand hatte auf die Neuankömmlinge geachtet. Der Fluss war reich an Fischen, und das Land wirkte, solange es kein Erdbeben gab, gastlich. Als Kostprobe brachte Quizquiz eine Art Zwerglama mit, das er auf der Straße gefunden hatte. Sie hatten keinen einzigen Vogel am Himmel gesehen.

Schwere Wetter kamen von Norden, und der Wolkenbruch löschte die letzten Brände, die noch auf den Hügeln wüteten. Die Quiteños nahmen die Gastfreundschaft der Geschorenen in Anspruch, um sich von den Strapazen der Überfahrt zu erholen. Sie sahen, wie das schwarze Gebräu, das ihnen ihre Gastgeber kredenzten, rot wurde, sobald man es in durchscheinende Becher goss, und dieses Wunder beeindruckte sie zutiefst.

Als Atahualpa zu der Meinung gelangt war, seine Mannen hätten sich nun genug ausgeruht, beschloss er, die Reste seiner Mahlzeiten seit der Abreise von Kuba, die man pietätvoll in Dosen aufbewahrt hatte, nun verbrennen zu lassen. Der Brauch schrieb vor, dass auch die Kleider zu verbrennen seien, die er getragen habe. Allein die beispiellose Ausnahmesituation, in der sich der ehemalige Herrscher von Chinchaysuyo befand, nachdem er ein unbekanntes Land betreten hatte, von dessen Alpaka- und Baumwollvorkommen er noch nichts wusste (und der recht unangenehm berührt war von der derben Kleidung dieser Leute, die doch immerhin in einem Palast lebten), bewog ihn dazu, diesen Teil des Rituals vorerst zu verschieben.

Die Kisten aus den Schiffen wurden ausgeladen. Atahualpa ließ sich in seiner Kutsche hinauffahren, um dem Ritual beizuwohnen. Er hatte gewünscht, dass es am Ufer des Flusses stattfinde, wo sich das Wasser endlich zurückgezogen hatte. Der übliche Prunk und Pomp wurde klein gehalten mit Blick auf die geringen Mittel, über die die Flüchtenden verfügten, doch dem gestrandeten Herrscher schien trotz allem daran gelegen, wieder auf den Vorrechten Seiner Königlichen Hoheiten zu bestehen, auch wenn ihm niemand diese streitig gemacht hatte. Für diesen Anlass hatte er Higuenamota seinen Mantel aus Fledermausflaum geliehen, denn es blies ein kalter Wind. Die kubanische Prinzessin wich ihm nicht von der Seite, ebenso seine Schwester-Gattin Coya Asarpay, während die Mädchen Cusi Rimay und Quispe Sisa ihm zu Füßen saßen. Seine drei Generäle hielten sich, eine Streitaxt in der Hand, zu Pferde in Bereitschaft. Nach Tanz und Gesang setzte eine unter den Sonnenpriesterinnen ausgewählte Frau unter Trommelwirbeln die erste Dose in Brand. Sogleich stieg ein Duft von Röstfleisch in die Lüfte, was zur Folge hatte, dass die Einwohner der Umgebung herbeikamen. Dreckig waren sie und zerlumpt, und mit ihren weit aufgerissenen Augen, die ganz auf die Dosen gerichtet waren, schienen sie die Quiteños gar nicht zu sehen. Niemand hätte es gewagt, die rituelle Handlung ohne ein ausdrückliches Zeichen von Atahualpa zu unterbrechen – und ein solches kam nicht von ihm –, doch alle belauerten die Bewegungen der Neuankömmlinge, die sich in konzentrischen Kreisen den Dosen näherten. Schließlich konnte einer nicht mehr an sich halten und griff mit den Händen in die Glut, um einen halb abgenagten Knochen herauszuholen. Sofort wurde er von Wachsoldaten ergriffen, die ihm gleich die Gurgel durchschneiden wollten, doch Atahualpa gab ein Zeichen, man solle ihn verschonen. Das war das Zeichen für die anderen. Verdutzt beobachteten die Quiteños nun ein bestialisches Schauspiel. Die Dosen wurden regelrecht ausgeweidet, und die Bewohner des Orients stritten sich laut knurrend um den Inhalt. Sie aßen, so schnell sie konnten, und verteidigten ihre armselige Beute mit Klauen und Zähnen. Wohl eher aus Überrumpelung denn aus Mitleid ließ man sie ihr Mahl zu Ende bringen. Als sie alles bis auf das letzte kleine Cuy-Knöchelchen verzehrt hatten, war es, als erwachten sie aus einem bösen Fiebertraum. Sie hoben ihre fettverschmierten Gesichter und erblickten endlich die Besucher. Nun waren sie es, die erstarrten.

Später sollte diese Szene auf einem berühmten Gemälde von Tizian verewigt werden: Atahualpa, jung, schön, von aristokratischer Würde, einen Papagei auf der Schulter, seinen Puma an der Leine, eingerahmt von seinen Frauen, Higuenamota bekleidet mit einem goldbraunen Mantel, ihre Brust entblößt, Coya Asarpay mit angewidertem Gesichtsausdruck, Cusi Rimay und ihre kleine Schwester Quispe Sisa verängstigt von dem Schauspiel der ersten Orientalen, die sie aus der Nähe zu sehen bekommen hatten, alle Quiteños erstarrt in ihren schön schillernden Gewändern mit den geometrischen Mustern, das glänzende Fell von Rumiñahuis Rappen und Quizquiz' und Chalcuchímacs Schimmel mit wehender Mähne. In der Bildmitte benagt ein Orientale im Schneidersitz mit geschürzten Lippen einen Knochen, unter den Blicken einer entsetzten Sonnenpriesterin. Ein anderer, neugierigerer, berührt die Ohren eines Inka, was dieser ungerührt geschehen lässt. Wieder ein anderer betet auf Knien, die Arme zum Himmel erhoben. Und alle übrigen verneigen sich demütig vor dem Herrscher.

Natürlich ist Tizian nicht dabei gewesen, und es wird sich nicht ganz genau so abgespielt haben.

Es wollte nämlich einer der Orientalen Atahualpas Ohr

berühren, woraufhin Atahualpa, ohne sich in der Kutsche zu rühren, seiner Leibgarde ein Zeichen gab; seine Männer schlugen mit der Lanze gegen den Schild, und die Orientalen zerstoben wie vom Donner gerührte Vikunjas in alle Richtungen.

Nach diesem Vorfall verbreitete sich die Nachricht von der Ankunft der Quiteños wie ein Lauffeuer. Zerschlissene Orientalen drängten sich um den Palast der Geschorenen. Noch einmal wurde Quizquiz losgeschickt, die Lage zu erkunden. Er berichtete, dass ihre Absichten zwar nicht offen feindselig, doch keineswegs besonders freundschaftlich wirkten. So wurde der Ausgang auf das Allernötigste beschränkt. Alles in allem ging es den Quiteños gut im Schutz dieser Steinmauern. Es gab genug von dem schwarzen Gebräu, und sie hätten sowieso nicht gewusst, wohin sie hätten gehen können.

9. CATALINA

Die Tage gingen ins Land – einen oder vielleicht auch zwei Monde lang. Die Quiteños blieben, bis die Vorräte zur Neige gingen. Doch die Geschichte lehrt uns, dass wenige Ereignisse es der Mühe wert erachten, sich rechtzeitig anzukündigen, darunter manche, die sich jeglicher Vorhersage entziehen, und dass letztlich die allermeisten sich damit begnügen, einfach einzutreten.

Eines Tages besuchte der König des Landes den Palast der Geschorenen. Er kam in Begleitung einer jungen blonden Frau, der Königin, und seines zahlreichen Gefolges von Adeligen und Soldaten. Die Kleidung der Adeligen und der Königin waren von einer Eleganz, wie sie die Quiteños bislang noch nie bei anderen Einwohnern gesehen hatten, ihre Gewänder waren aus Tuchen geschneidert, die, ohne es mit denen der Inka aufnehmen zu können, vom Feinsten schienen, doch der König, der einen schlichten Mantel und eine flache Mütze trug, beide schwarz und zu seinem Bart passend, begnügte sich damit, eine dichtgeknüpfte Halskette zur Schau zu stellen, an der ein in einem goldenen Ring gefasstes rotes Kreuz hing. Das blonde Haar der Königin verwunderte sie weniger als der Bart des Königs. Zuerst sprach der Schwarzbärtige mit dem Häuptling der Geschorenen, und die Quiteños wurden Zeuge der Ehrerbietung, die er ihm bezeigte, indem er ihm die Hände küsste und mehrfach vor ihm auf die Knie fiel, ohne sich je ganz aufzurichten (die Sandalen behielt er allerdings an).

Danach ließ der König erkennen, dass er mit Atahualpa zu sprechen wünsche.

Er sagte, er heiße João, und als der Inka das vernahm, wandte er sich zu Higuenamota, denn der Name klang für ihn wie manche Taíno-Namen.

Der bärtige König mochte von der Nacktheit der Prinzessin irritiert sein, aber er ließ sich nichts anmerken. Er sagte, er sei der Herrscher über das Land Portugal, und gestikulierte ausladend, wohl um ein ausgedehntes Reich anzudeuten, doch die Unterhaltung war mühsam, denn Higuenamota verstand nur einzelne Brocken. Oft benutzte er das Wort *deus*, das sie nicht verstand. Atahualpa wies mit den Armen nach Westen, um ihm zu erklären, von wo sie gekommen waren. João wirkte überrascht. Er sagte noch so ein Wort: «*Brasil?*» Doch seine Gesprächspartner verstanden auch das nicht.

Das Gespräch verstummte. Dann richtete er ein paar Worte an seine Frau, die Higuenamota halbwegs verstand: Er fragte sie, wo sich ein Übersetzer finden ließe, damit man «türkisch» sprechen könne. Die Königin erwiderte charmant, dafür müsse man wohl die siegreiche Rückkehr ihres Bruders von dessen geplantem «Kreuzzug» gegen einen König namens Süleyman abwarten, und da merkte Higuenamota auf einmal, dass sie die Königin verstand. So sprudelten aus dem Brunnen ihrer Erinnerung die vergessen geglaubten Worte «*Hablas castellano?*», sie spreche wohl Kastellanisch.

Verdutzt sahen König und Königin einander an.

Dann entspann sich ein lebhaftes Gespräch zwischen den beiden Frauen.

Die Königin fragte, ob sie aus Indien, Afrika oder aus der Türkei kämen.

Die Prinzessin erwiderte, sie sei auf einer Insel jenseits des Sonnenuntergangs zu Hause.

Die Königin sagte, ihnen sei eine ferne Insel mit dem Namen Vera Cruz bekannt, dort hole das Volk ihres Gemahls sein Holz, sie selber seien aber nie hingefahren.

Die Prinzessin sagte, sie habe vor sehr langer Zeit Fremde auf ihrer Insel an Land gehen sehen, die den Portugiesen ähnelten, die aber nicht Holz, sondern Gold suchten.

Der Königin fiel ein Genueser Seefahrer ein, der beweisen wollte, dass die Erde eine Kugel sei, und den ihre Großeltern Isabella und Ferdinand westwärts geschickt hatten, damit er einen Weg nach Indien finde. Er war nicht wiedergekommen, und infolgedessen habe danach niemand mehr den Versuch gewagt, den Ozean zu überqueren.

Die Prinzessin erzählte, dass sie diesen Seefahrer gekannt habe, als sie klein war, und dass er in ihren Armen gestorben sei.

Die Königin fragte, ob sie aus Cipango kämen und ob der Großkhan sie geschickt habe.

Die Prinzessin antwortete, Atahualpa sei der Herrscher des

Reichs der Vier Teile, erwähnte aber nicht den Bürgerkrieg, den er geführt und gegen seinen Bruder verloren hatte.

Atahualpa merkte, dass von ihm die Rede war, verstand aber nichts von der Unterhaltung.

João schien etwas zu verstehen, schwieg aber.

Die Königin sagte, sie heiße Catalina und komme aus einem Land namens Kastilien.

Die kleine Cusi Rimay fasste João an den Bart, und er ließ sie gewähren.

Die Prinzessin fragte, wie ausgedehnt das Land sei, in dem sie sich befanden.

Die Königin erwiderte, ihr Gemahl regiere Königreiche jenseits des Meeres, aber ihr Bruder gebiete über ausgedehnte Länder.

Die Prinzessin wusste, dass Spanien Kastilien und Aragón umfasste.

Die Königin erzählte ihr von Italien und Rom, wo ein großer Priester lebte, von den deutschen Ländern und ihren Fürsten, auch von einem fernen Ort namens Jerusalem, der Stadt eines gewissen Jesus, die einem feindlichen Volk in die Hände gefallen war.

Die Prinzessin fragte, was für eine Katastrophe die Stadt hier heimgesucht habe.

Die Königin erwiderte, bei dem Erdbeben haben sich in der Flussmündung die Wasser aufgetan und die Schiffe in den Himmel geschleudert.

Draußen ertönte ein unheimlicher Schrei – es war nicht zu unterscheiden, ob von einem Menschen oder von einem Tier.

Da wandte sich João erneut an den Geschorenen mit dem Ring. Er wirkte besorgt und sprach mit fester Stimme zu ihm.

Higuenamota fragte die Königin, worüber sich die beiden

Männer austauschten. Sie erfuhr, dass man in einem Tempel war und dass die Geschorenen Priester waren. Die Königin erläuterte ihr, dass einige von ihnen mit einer neuen Naturkatastrophe rechneten und João diesen Gerüchten Einhalt gebieten wollte. Die Menschen hier glaubten, der Zorn Gottes habe das Land heimgesucht, und dass Fremde übers Meer hierher gekommen waren, vergrößerte nur noch ihre Befürchtungen und ihren Aberglauben.

Die Prinzessin fragte, um welchen Gott es sich denn handle.

Die Königin führte ihre Hand über Gesicht und Brust in einer raschen Bewegung, die die Kubanerin oft die Spanier hatte ausführen sehen, die sie vor langer Zeit getroffen hatte.

10. DIE INKAIADEN
Erster Gesang, Strophe 1

Die Waffen und die Helden hoher Taten,
Die, schiffend aus den schönen Abendlanden
Weit hinter Kuba, aus den Inkastaaten
Noch unbeschiffte, neue Meere fanden;
Sie, die in Fahr und Kämpfen so beraten,
Dass sie auf wilder Völker fernen Stranden
Ein neues Reich gestiftet, hoch zu prangen,
Wie des sich kaum je Menschen unterfangen.

11. DER TAJO

Die folgenden Tage blieb Atahualpa in seiner Schlafkammer und ließ sich viel von dem schwarzen Gebräu bringen. Die Begegnung hatte ihn in eine verstörende Träumerei gestürzt. Er hatte geglaubt, diese Neue Welt zu erobern wie seine Vorfahren den Norden erobert hatten, und nun wurde ihm klar, wie naiv solch ein Plan gewesen war: Man nimmt ein Land nicht mit weniger als zweihundert Mann ein. Ein Narr, wer so etwas dachte. Zudem hatte ihn das Gefolge von König João die militärische Stärke der Hiesigen erahnen lassen, die gut ausgebildet und gut gerüstet waren und sich zweifellos zur Wehr setzen würden, wenn es darauf ankam.

Doch wie wenige sie auch sein mochten, es war wichtig, dass er seine Leute gut behandelte, und das bedeutete, ihnen Perspektiven zu eröffnen, etwas, woran sie sich halten konnten, wenigstens die Illusion einer Hoffnung. Atahualpa wusste um die lähmende Wirkung des Müßiggangs, er wusste, dass man sich wieder auf den Weg machen musste – aber wohin? Die Neue Welt hatten sie nun erreicht, doch wohin jetzt? Was tun? Er konnte sich nicht dazu entschließen, den sicheren Hafen dieses mit dem schwarzen Gebräu so wohlversorgten Gemäuers zu verlassen.

Wieder sollten die Umstände, wie es jedem von uns fast immer geschieht (Hand aufs Herz: Wir sollten uns nicht als Herr über unser Schicksal fühlen und es doch annehmen), ihm die Entscheidung abnehmen.

Vor den Toren des Tempels bildete sich eine Menschenmenge von Orientalen und gleichzeitig ein bedrohlich anschwellendes Murmeln. Quizquiz und seine Leute stellten auf ihren täglichen Kundschaftergängen fest, dass die Menge weiter anwuchs und wie das Grollen immer lauter wurde. Einzelne wenige waren so mutig und warfen Steine nach ihnen. Doch die meisten erzitterten, wenn sie vorbeikamen, und hielten stille, allerdings konnte niemand wissen, wie lange der unsichtbare

Deich der Angst noch halten würde, bis er bräche und dem Strom des Zorns freien Lauf ließe. Higuenamota fragte die Geschorenen, worauf das zurückzuführen sei. Der Häuptling der Priester, der kastellanisch sprach, erklärte ihr, die Leute hier seien sehr abergläubisch. Sie hielten das Erdbeben nicht, wie er selber, für ein Naturereignis, sondern für eine göttliche Rache, die sie mit der Ankunft Atahualpas und seines Gefolges in Verbindung bringen mussten. Die Meinung der Lissabonner war geteilt: Manche hielten die Besucher für Türken, andere glaubten, es seien Indios. Eine Minderheit sah in ihnen Abgesandte des Himmels. Die große Mehrheit aber betrachtete sie schlicht als böse Geister. Selbst unter den Geschorenen war die Sache nicht klar.

Higuenamota fragte den Priester, für was er selbst sie hielt. Nach einem schwer zu verhehlenden Blick auf Brust, Bauch und Hüften der Kubanerin erwiderte er mit dumpfer Stimme, tief verunsichert: «Für ein Geschöpf Gottes.»

Higuenamota berichtete Atahualpa von diesem Gespräch, und er traf sofort die Entscheidung: Vor Neumond würden sie fortgehen.

Sie erhandelten Lebensmittel, Pferde, Karren und *vinho* (so hieß im Land der aufgehenden Sonne das schwarze Gebräu). Erleichtert zu sehen, wie sie das Lager auflösten, lieferten ihnen die Einwohner der Stadt alles, was sie begehrten.

Ihre drei Schiffe lagen vor Anker in der Nähe des Turms, sie ließen sie im Wasser zurück, denn sie waren so mitgenommen, dass es nicht klug gewesen wäre, damit die Reise fortzusetzen, zumal man nicht wusste, wie weit hinauf der *Tejo* (so nannten die Geschorenen den Fluss) schiffbar war.

Da sie nicht wussten, wohin sie gehen sollten, und da es keinen Grund gab, eine Richtung lieber als eine andere einzuschlagen, nahmen sie zu Fuß den Weg entlang dem Ufer des Flusses, von dem Catalina ihnen gesagt hatte, er führe nach Kastilien. Was sie dort sollten? Atahualpa hatte nicht die geringste Vorstellung. Immerhin war Kastilien ein Wort, und selbst wenn es noch nicht mit Sinn gefüllt war, besaß es doch zumindest die Kraft der Wörter. Wie jedes beliebige andere konnte es als Ziel dienen.

Auf dem Weg fanden sie von den Erdmassen erdrückte Tote, verwüstete Dörfer, verstört dreinblickende Orientalen. Sehr unterschiedlich waren die Reaktionen, wenn sie auftauchten. Die Bewohner eines Dorfes namens Alverca hielten sie für übernatürliche Wesen. In Alhandra wurden sie um Almosen gebeten. In Vila Franca de Xira wurden sie gastfreundlich aufgenommen, trotz der großen Armut, in die die Bewohner geraten waren. Hingegen mussten sie sich mit der Bevölkerung von Santarem schlagen, die sie mit Mistgabeln empfing, ganz besessen von einer nicht zu unterdrückenden Mordlust.

Die Zeit verging, und Higuenamota merkte, dass sie die Orientalen, denen sie auf ihrem Weg begegneten, von Tag zu Tag besser verstand.

Atahualpa wusste, was das zu bedeuten hatte: Sie waren in Kastilien angekommen. Doch er bat seine kubanische Gefährtin, das noch nicht auszuplaudern. Sie zogen weiter dem Fluss entlang. Dieses Wanderleben war immer noch besser, als Huascar in die Hände gefallen oder im Meer versunken zu sein, und seine Leute hatten sich seit der Flucht aus Quito daran gewöhnt.

So wanderten sie weiter und drangen Straße für Straße und Dorf für Dorf immer weiter ins Landesinnere vor, bis zu einer Stadt namens Toledo.

12. TOLEDO

Diese Stadt, die auf einer felsigen Bergkuppe klebte, gefiel ihnen sofort.

Eine Steinbrücke überspannte die Schlucht des Tajo, gezackte Wehrmauern umgaben die Stadt, der Tempel reckte seine Stacheln zum Himmel, und die wuchtigen Paläste waren auf den Berg gesetzt wie von Viracochas Riesenhand.

Den Reisenden bot Toledo den Anblick einer uneinnehmbaren Festung, doch die Brückenwachen traten, als sie den Zug der Inkas kommen sahen, zur Seite und ließen sie vorbei, ohne auch nur nachzufragen.

Atahualpas Leute verteilten sich in den engen Gässchen. Es gab zahlreiche Verkaufsstände, aber die Stadt wirkte verlassen. Allerdings sprach sich herum, dass sie zum Großen Platz gehen sollten, da seien alle Einwohner versammelt. Offenkundig handelte es sich um einen besonderen Anlass.

Das Schauspiel weckte die Neugier der Quiteños. Sogar Atahualpa, der bewundert wurde für seine Fähigkeit, stets die herrscherliche Würde zu wahren, selbst angesichts der überraschendsten Vorkommnisse und Situationen, konnte eine leichte Anwandlung von Neugier nicht verbergen.

In der Mitte des Platzes, wie in einem Käfig, standen Männer und Frauen, die spitze Kappen trugen und teils gelbe, teils schwarze Kleider, die mit roten Kreuzen und Flammen bemalt waren. Auf den gelben Kleidern waren die Flammen nach unten gerichtet. Manche trugen um den Hals eine Schnur mit Knoten. Alle hielten eine Kerze in der Hand, die nicht mehr brannte. Neben ihnen standen schwarze Kisten und lebensgroße Menschenpuppen.

Vor ihnen, um ein großes weißes Kreuz herum aufgereiht, das offenbar zu diesem Anlass errichtet worden war, hörten geschorene Männer, ähnlich denen in Lissabon, zu, wie einer von ihnen eine lange Rede hielt und anklagend mit dem Zeigefinger auf die eingesperrten Spitzkappenträger deutete.

Nebenan hatte Higuenamota Kaziken entdeckt, ihre gut gearbeitete Kleidung und ihr gepflegtes Auftreten hatten sie verraten. Eine blonde junge Frau sah Catalina ähnlich, sie hielt sich wie sie und hatte den gleichen Gesichtsausdruck wie sie. Neben ihr saß ein kahlköpfiger Mann in rotem Gewand mit einem so vertrockneten und knochigen Gesicht, dass man ihn für eine Mumie halten konnte. Hinter ihnen standen bewaffnete Soldaten, offenkundig zu ihrem Schutz.

Den übrigen Teil des Platzes füllte eine dichte und vibrierende Menge, die den auf dem Podium gesprochenen Worten aufmerksam lauschte und in regelmäßigen Abständen fast tanzend Gesänge anstimmte.

Higuenamota verstand diese eigenartigen Reden nicht gut, manche Abschnitte waren in einer Sprache verfasst, die sie nicht kannte, und das Ganze wirkte undurchsichtig. Die Spitzkappen wurden aufgefordert, sich zurückzuziehen, aber es gelang ihr nicht herauszufinden, worum es in dem Streit ging. Einer nach dem anderen traten sie vor und antworteten auf die Fragen, die man ihnen stellte, die Worte «*si, yo creo*» – mit Ausnahmen von einigen, die geknebelt waren.

Dass diese Zeremonie eine rituelle, ja heilige Bedeutung hatte, erschloss sich der Kubanerin ebenso wenig wie ihren Gefährten.

Ein junger Mann, ärmlich, aber reinlich gekleidet, hatte sich ihr vorsichtig genähert und starrte auf ihre Nacktheit unter dem Fledermausmantel. Während sich die Gesänge weiter gen Himmel erhoben, fragte sie ihn nach dem Sinn des Ganzen. Der ängstliche junge Mann war zwar etwas zurückgewichen, aber anders als die Priester wagte er es, sie anzusehen.

Es ging darum, einige *conversos* zu verurteilen, die man verdächtigte, ihrer früheren Religion die Treue zu halten und weiterhin *jüdisches Brauchtum* zu pflegen. Es konnten auch *Muslime, Illuminaten* oder *Lutheraner* sein, aber die gab es in dieser Gegend seltener. Manche der hier Anwesenden waren nur angeklagt wegen *anstößiger Rede, Blasphemie, Aberglauben, Bigamie, Sodomie oder Hexerei* (manchmal auch wegen mehrerer dieser Anklagepunkte), doch sie erwarteten leichtere Strafen wie Bußgeld, Auspeitschen, Gefängnis oder Galeere. Der junge Mann erläuterte ihr, dass die nach unten weisenden Flammen für die bestimmt waren, die dem Scheiterhaufen entkommen würden. Er zeigte ihr einen der Spitzkappenträger, den man anklagte, weil er lieber mit Olivenöl kochte als mit Speck. So jedenfalls übersetzte sie es für Atahualpa, auch wenn sie sich nicht ganz sicher war, ob sie die Art dieses Verbrechens richtig verstanden hatte. Das Singen ging weiter.

Glaubte man dem jungen Mann, dann waren die Richter giftige Schlangen, und ihre Mütter waren es gewohnt, sich an Männer zu verkaufen, aber einer von ihnen nötigte ihm doch Respekt ab, denn er hatte in einer Stadt namens Salamanca studiert, die sich ganz der Wissenschaft verschrieben hatte und seiner Meinung nach alles Wissen der Welt in sich vereinigte.

Ein grünes Kreuz wurde enthüllt, das bis dahin unter einem schwarzen Tuch verborgen gewesen war. Dann wandte sich der vorsitzende Richter an die Bank der Kaziken.

Die blonde junge Frau war die Königin des Landes, und der mumifizierte Mann im toten Gewand war ihr Minister.

Die Zeremonie hatte so lange gedauert, dass man den Teilnehmern – Richtern, Angeklagten, Honoratioren – Stärkungen reichte.

Dann führten die Bewaffneten die Verurteilten im schwarzen Kleid hinaus und trugen die schwarzen Kisten und die lebensgroßen Puppen weg. Atahualpa war neugierig und folgte dem Zug. Da er es nicht für nötig gehalten hatte, seine Generäle über seine Absichten zu unterrichten, befahl Rumiñahui den anderen, hier auf ihn zu warten, und folgte ihm; Higuenamota, die fand, dass diese Weisung nicht für sie galt, tat es ihm gleich und ebenso der ängstliche junge Orientale.

Sie gelangten auf einen anderen Platz, wo Pfähle mit Ringen aufgerichtet worden waren mit Reisigbündeln darum herum. Die Soldaten entzündeten die ersten Scheiterhaufen und warfen die schwarzen Kisten und die menschengroßen Puppen hinein.

Dann banden sie die Verurteilten an die Pfähle.

Nach einer rätselhaften Gesetzmäßigkeit, die sich den Quiteños nicht erschloss, erdrosselten sie manche von ihnen, ehe sie sie den Flammen übergaben – der ängstliche junge Mann erläuterte, das sei ein Akt der Barmherzigkeit –, während andere, deren Verbrechen wohl viel schwerwiegender waren, bei lebendigem Leibe verbrannt wurden. An alle richtete man das Zeichen, das sie auch Catalina schon hatten vollführen sehen und das daraus bestand, dass man seine Hand über Gesicht und Brust führte.

Menschenopfer waren den Inkas nicht fremd. Und doch wissen wir, dass Atahualpa, auch wenn er sich nichts davon anmerken lassen wollte, erschüttert war von den Schreien der Gemarterten und vom Anblick der Körper, die sich im Verglühen wanden.

Die Menschenmenge blieb dort bis zu vorgerückter Nachtstunde und starrte in die Glut.

Dass die Quiteños im Land waren, war nun nicht mehr zu leugnen. So holte man sie und stellte sie der Königin vor.

Die hieß Isabella und war die Schwester von João, dem König von Portugal, doch sie sprach, genau wie Catalina, kastellanisch, sodass Higuenamota sie verstand. Offen gesagt, sie war eine größere Schönheit als ihre Schwägerin und trug reicheren Schmuck. Ihr Gemahl herrschte über das Land Spanien und über ein fernes Gebiet, das sie «Heiliges Römisches Reich Deutscher Nation» nannte, das er vom weiter nördlich gelegenen Land seiner Geburt aus regieren und gegen einen östlichen Konkurrenten verteidigen musste.

Ihr Bruder hatte ihr geschrieben, um sie auf die Ankunft der Indios aus dem Westen vorzubereiten. Da sie sie für eine Delegation aus Cipango oder Cathay hielt, wollte sie sie gut empfangen, und das, räumte sie lachend ein, hätte sie genötigt, einzusehen, dass die Erde eine Kugel ist.

Atahualpa glaubte bei einigen der Geschorenen, die der Rede zuhörten, angefangen bei der Mumie im roten Gewand, eine gewisse Ungeduld oder zumindest Reserviertheit festzustellen. Einer von ihnen, der sich als *obispo* und *inquisidor* vorstellte und auf den Namen Valverde hörte, fragte sie, ob sie an die *Santa Trinidad* glaubten. Atahualpa ließ antworten, er wisse nichts davon. Es folgte ein langes Schweigen.

Die Quiteños wurden in einem Palast untergebracht, und man versorgte ihre Tiere.

Am nächsten Tag flanierten sie durch die Straßen und sorgten für nicht allzu viel Neugier bei den Einwohnern, die vielleicht von der Zeremonie des Vortages gesättigt und noch nicht wieder ganz nüchtern waren.

In Atahualpas Gefolge befand sich ein rothaariger Schmied namens Puka Amaru. Er stellte fest, dass die Waffen aus den Werkstätten in Toledo fast gleichwertig waren mit denen aus Lambayeque. Er berichtete Rumiñahui von seiner Beobachtung, und der übertrug ihm die Instandsetzung der Waffen. Puka Amaru sammelte die Äxte, Schwerter, Lanzen und Morgensterne ein und brachte sie zu den örtlichen Schmieden, die von der Feinheit der Eisenarbeit entzückt waren. Einträchtig wurde geölt, geschärft, repariert. Puka Amaru war hochzufrieden, gutes Werkzeug zur Verfügung zu haben: Die Klingen, Stichel und Blasebalge waren allesamt solide gearbeitet, und seine Männer konnten das Eisen auf stabilen Ambossen schmieden. Die Morgensterne erregten die Neugier der Toledaner. Auch die langen Äxte gefielen ihnen; sie hatten so ähnliche Waffen, die sie *alabardas* nannten. Von ihnen kam die Anregung zu geraden Schwertern mit gekreuzt angesetzter Parierstange und Krummsäbeln, die wie lange Macheten aussahen. So begann – nach der Entdeckung des schwarzen Gebräus mit rotem Schimmer – der kulturelle Austausch zwischen den Quiteños und den Einwohnern der Neuen Welt. Das schwarze Gebräu von Toledo war übrigens nicht weniger schmackhaft als jenes aus Lissabon. Die jungen Frauen aus Atahualpas Umgebung hatten davon berichtet, wie sehr in Lissabon manche Geschorene erschrocken waren, als sie sich ihnen hingeben wollten. In Toledo jedoch mischten sich Männer und Frauen.

Doch diese Eintracht sollte nicht andauern.

Eine Frage im Umfeld der *Santa Trinidad* trieb die örtlichen Priester sichtlich um, die in einer Art Rat, den sie *Suprema* nannten, versammelt waren. Sie waren besessen von dem Wunsch, zu erfahren, ob Atahualpa an einen gewissen Jesus, angeblich Gottes Sohn, glaubte oder nicht. Atahualpa ließ ihnen ausrichten, dass Viracocha vor langer Zeit die Welt erschaffen habe, er selbst jedoch glaube nicht mehr an Pachacámac, den Sohn von Sonne und Mond. Diese Antwort, die wohl verbindlich gemeint war, schien die Herren in Verlegenheit zu bringen, denn sie verstummten und warfen einander verstohlene Blicke zu.

Man kam überein, dass die Quiteños die Rückkehr König Karls abwarten sollten, des Gemahls von Isabella, den man unverzüglich über die Ankunft Atahualpas und seiner Abordnung informieren wollte. Der Priester mit dem Mumiengesicht aber, der den Namen Tavera und den Titel eines Kardinals trug, hielt es für falsch, den König zurückzubeordern, denn der habe seiner Meinung nach in einer nördlichen Gegend, die er die Niederlande nannte, Wichtigeres zu regeln.

Königin Isabella war anderer Meinung, denn sie wünschte, dass ihr Gemahl zurückkomme. Sie bat den Suprema-Rat und insbesondere Kardinal Valverde, man solle doch bitte damit aufhören, ihre Gäste zu behelligen. So freundlich diese Bitte auch vorgetragen war, so wenig war die Suprema doch geneigt, ihr zu entsprechen. Weiter ging es mit den Befragungen nach der Zahl der Sakramente und nach dem Zölibat. Atahualpa ließ ihnen antworten, dass in seinem Land alles die Götter Betreffende in den Händen von Priesterinnen lag. Ausgewählte Frauen widmeten sich ganz dem Sonnenkult und dem Dienst am Herrscher. Der gesamte Rat schrie entsetzt auf. Atahualpa, um Verbindlichkeit bemüht und in der Absicht, niemandem zu nahe zu treten, schickte ihnen eine besonders fromme Priesterin aus seinem Gefolge, die ihnen den Ablauf des Gottesdienstes erklären sollte, da sie solch lebhaftes Interesse daran hätten. Sie weigerten sich, sie zu empfangen.

Bald berichteten die Männer von Quizquiz, es breiteten sich in der Stadt Gerüchte aus, die Besucher seien in Wahrheit *moros* oder *turcos*. Oft war von *hereticos* die Rede, und Quizquiz schloss messerscharf, dass das nicht gerade freundlich gemeint war.

Eines Abends kam eine alte Frau und informierte Higuenamota, dass die Suprema beschlossen hatte, sie früh am nächsten Morgen alle zu verhaften, ihnen den Prozess zu machen und sie wie Conversos zu verbrennen. Sie war früher Jüdin gewesen und hatte viele Angehörige in den Flammen sterben sehen. Nur ein Sohn war ihr geblieben.

Higuenamota beeilte sich, Atahualpa die Warnung der Alten zu überbringen. Sie setzten sich mit den Generälen und Coya Asarpay zusammen, um zu entscheiden, wie man nun vorzugehen habe. Die Quiteños begriffen, dass sich hier etwas Schwerwiegendes abspielte rund um verschiedene Glaubensgruppen, um Juden und Conversos, um muslimische Morisken, um Lutheraner, um alte und neue Christen. Nicht genau verstanden sie, was es mit der Geschichte um den Angenagelten Gott und mit dem Schweinefleischessen auf sich hatte, doch sie wussten, dass die Orientalen sich all das sehr zu Herzen nahmen, wie die Scheiterhaufenzeremonie deutlich gezeigt hatte.

Ein Schlachtplan wurde beschlossen. Die Suprema musste unschädlich gemacht werden. Die Wachen. Die Garde der Königin, die Garde von Tavera. Alle Soldaten in der Stadt. Und natürlich die Einwohner, deren Reaktionen schwer vorhersehbar waren, die von Quizquiz' Aufklärern jedoch als möglicherweise feindselig eingestuft wurden.

Higuenamota warf ein, dass nicht alle schuldig wären und dass sich außer der alten Jüdin, die gekommen war, um sie zu warnen, unter den Einwohnern noch mehr von der Suprema Bedrohte befänden.

Coya Asarpay antwortete, da diese früher oder später sowieso zu den Opfern gehörten, wäre es unsinnig, zu unterscheiden. Ja, es sei geradezu ein Gnadenakt, sie jetzt zu töten, wenn es ihnen den Scheiterhaufen erspare.

Chalcuchímac merkte an, dass diese Leute, Conversos, Morisken, Hexen, Bigamisten, Illuminaten oder Lutheraner, was immer all das bedeute, auch die einzigen möglichen Verbündeten der Quiteños wären, die im Augenblick gar keine hatten.

Quizquiz fragte, woran man im Ernstfall erkennen könne, wer zu verschonen sei.

Higuenamota sah ein einfaches Mittel: Nur die Christen machten dieses Zeichen, bei dem sie sich die Hand über Gesicht und Brust führten. Sie machten es bei jeder Gelegenheit, und soweit sie sich an die Spanier erinnern konnte, die sie als Kind getroffen hatte, würden sie es noch häufiger machen, wenn sie dem Tod ins Auge sahen. Und genau denen, die vom Scheiterhaufen bedroht waren, wurde vorgeworfen, sie seien keine guten Christen.

Rumiñahui sagte, in diesem Fall würde es ausreichen, die zu verschonen, die das Zeichen nicht machten, und alle anderen zu töten.

Atahualpa entschied, so solle es sein, soweit möglich.

Man ließ Waffen austeilen und im Verborgenen die Pferde beschlagen. Alle, auch die Adeligen, die Frauen und die Kinder, soweit sie groß genug waren, eine Axt zu halten, machten sich zum Kampf bereit. Sie hatten diese Reise nicht gemacht, sie waren Huascar nicht entkommen, sie hatten nicht den Stürmen getrotzt, um am Ende wie Cuys am Spieß gebraten oder wie behaarte Wilde erdrosselt zu werden.

Kurz vor der Morgendämmerung gab Quizquiz das Signal.

Zuerst überwältigten sie die Pferdepfleger in den Ställen, dann töteten sie die Palastwachen und kerkerten die Priester und die Kaziken ein. Die Königin wurde in ihrem Schlafgemach eingesperrt. Die Soldaten wurden überrascht und viele von ihnen getötet, ehe sie auch nur auf die Idee kamen, sich zur Wehr zu setzen. Man nahm den Leichen die Feuerrohre ab. Danach – inzwischen hatten die Schreie die Einwohner aus ihren Häusern gelockt – kam auf den Straßen der Angriff zu Pferde.

Es wurde ein Blutbad. Die Schwerter aus Toledo und die Äxte aus Lambayeque durchbohrten und zerhackten ohne Rücksicht auf Beruf, Alter und Geschlecht. Die Leute wurden in den eigenen vier Wänden erwürgt. Wer sich zu verteidigen versuchte, fiel den Säbeln zum Opfer wie die anderen. Manche flüchteten sich in ihren Tempel, den sie Kathedrale nannten. Quizquiz ließ ihn in Brand setzen. Ihr Angenagelter Gott kam ihnen nicht zu Hilfe.

Der ängstliche junge Mann, der sich Higuenamota genähert hatte, wurde im Sturm gefangen genommen. Er versuchte, sich in ein Gewölbe zu flüchten, er wollte sich in den inneren Höfen verstecken, doch ein Trupp wütender Quiteños kam und stöberte ihn auf. Er floh über die Dächer, rutschte dabei aus und fiel aufs Straßenpflaster. Er spürte, dass ihm der Tod auf den Fersen war mit seinem Kriegsgeheul. Puka Amaru, dem er plötzlich Aug in Auge gegenüberstand, zerschmetterte ihm die Schulter mit dem Morgenstern. Doch dem verletzten jungen Mann gelang es in seinem Überlebenswillen, sich aufzurappeln und wie ein gehetztes Tier seine Flucht fortzusetzen.

Während das Gemetzel weiterging, kam Atahualpa und

suchte die Mitglieder der Suprema. Er fragte sie, warum sie geplant hätten, ihn und sein Gefolge zu vernichten, und da heulten sie und deuteten auf ein Bild ihres Angenagelten Gottes, das an einer Mauer hing. Immer hektischer wurden ihre Gesten. Einige von ihnen fielen wie vom Blitz getroffen auf die Knie und wurden von Krämpfen geschüttelt.

Er wollte ihnen erklären, dass ein Gott, der verlangte, dass man Menschen, ganz gleich, was sie verbrochen hatten, bei lebendigem Leibe verbrannte, ein schlechter Gott sei, denn man müsse die Körper der Toten bewahren für ihr Leben nach dem Tod, und ein solcher Gott verdiene nicht, dass man ihn verehrt.

Doch weil Higuenamota, die ihm als Dolmetscherin hätte dienen können, gerade nicht da war, hielt er es für einfacher, die Männer gleich hinrichten zu lassen. Ihre Köpfe würde er als Symbol aufpflanzen. Niemand war da, um den Gehalt der Flüche zu erfassen, die der sterbende Kardinal Valverde ausstieß.

Die kubanische Prinzessin war losgezogen, um dafür zu sorgen, dass sich die Alte, die sie gewarnt hatte, nicht allzu sehr ängstigte. Sie lebte zusammen mit ihrem Sohn in einem Viertel, das von den Gewalttaten weitgehend verschont geblieben war, denn die Quiteños hatten erkannt, dass dort das Handzeichen unüblich war.

Jedoch hörte sie Schreie und etwas wie Pferdegetrappel. Eine blutverschmierte Gestalt warf sich ihr zu Füßen, sie wurde gehetzt von einer Meute Quiteños, die ein rothaariger Schmied anführte. Sie erkannte den ängstlichen jungen Mann und befahl seinen Verfolgern, von ihm abzulassen. Puka Amaru, dem es zuwider war, die Autorität einer fremdländischen Prinzessin anzuerkennen, sagte, der Befehl sei eindeutig, und sie müssten ihn hinrichten. Doch Higuenamota trat ihm entgegen, so nah, dass sich ihre Brüste gegen die Spitze seines gezückten Schwertes drückten. Er wusste, dass es seinen Tod bedeutet hätte, Hand an sie zu legen. Widerwillig zogen sich die Angreifer zurück.

Higuenamota beugte sich über den jungen Mann, der noch atmete. Sie fragte: «*Como te llamas?*» Er hauchte: «Pedro Pizarro.» Er gelobte, ihr Diener zu werden, falls er seine Verletzungen überlebte.

In zwei Stunden töteten sie mehr als Dreitausend.

Zurück im Palast, wurde Higuenamota erneut zu Atahualpa gerufen, um ihm als Dolmetscherin zu dienen. Atahualpa ließ die Königin kommen und die Kaziken, die er hatte einkerkern lassen, und fragte sie, warum sie ihn hätten ermorden wollen. Sie erwiderten, das seien nicht sie gewesen, sondern die Inquisitoren der Suprema hätten sie in die Sache mit hineingezogen; die Heilige Inquisition entziehe sich ihrer Kontrolle, und König Karl hätte dergleichen Verbrechen nie zugelassen, wenn man ihn darüber hätte ins Bild setzen können.

Während der zwei Wochen, die sie noch in Toledo verbrachten, befanden sich die Stadt und ihre Umgebung in tiefstem Frieden; auf den Straßen war so viel Leben, dass es einem vorkam, als fehle niemand, denn es wurden Geschäfte gemacht und Märkte abgehalten wie gewohnt. Nur die auf dem Großen Platz aufgepflanzten Köpfe der Priester erinnerten an die jüngsten Geschehnisse.

Atahualpa jedoch, der die Verantwortung für sein Volk trug, mochte es auch auf weniger als zweihundert geschrumpft sein, musste entscheiden, wie es weitergehen sollte. Er ließ das große grüne Kreuz verbrennen, das die ganze Inquisitionszeremonie begleitet hatte, hielt es aber für klüger, zu diesem

Zeitpunkt nicht zu verlangen, dass man die ungezählten Bildnisse des Angenagelten Gottes abnahm.

Gegenüber der Königin und ihrem Minister Tavera erneuerte er seinen Wunsch, König Karl zu sprechen. Die Königin sagte, ihr Gemahl sei in den Krieg gezogen, um eine große Stadt weit im Osten zu verteidigen, die vom feindlichen Reich der Türken bedroht sei, doch es seien bereits Boten unterwegs, die ihn über ihre Ankunft ins Bild setzen sollen.

Man musste also abwarten, doch das Warten ist, wie Atahualpa nur zu gut wusste, eine böse Stiefmutter, die die Moral in der Truppe untergräbt, ganz besonders, wenn es sich mit dem Müßiggang verbündet.

Chalcuchímac merkte an, es sei wohl besser, nicht in einer Stadt zu bleiben, in der man gerade dreitausend ihrer Bewohner niedergemetzelt hatte.

Quizquiz schlug vor, aufzubrechen und eine Begegnung mit Karl zu versuchen, doch Rumiñahui hielt dem entgegen: Sosehr ihnen die Katastrophe von Lissabon und das Durcheinander, das sie zur Zeit ihrer Landung hervorgerufen hatte, zupassgekommen seien, so sehr berge ein Kriegsschauplatz, von dessen Hintergründen sie so wenig wussten wie von den aktuellen Macht- und territorialen Verhältnissen und dessen Begleitumstände sie kaum verstanden, allzu große Unwägbarkeiten und Gefahren, insbesondere für eine Gruppe von überwiegend Zivilisten, selbst wenn diese nach mehr als einem Jahr Überlebenskampf ein Stück weit auf Krieg gestimmt waren.

So wurden sie bei der Königin vorstellig, von der erwartet wurde, dass sie ihnen Audienz gab, denn sie hatten darauf bestanden, dass die protokollarischen Standards Ihrer Königlichen Hoheiten gewahrt blieben, ohne die geringste Vorstellung davon zu haben, wie sie sich zu verhalten hätten.

Atahualpa trug einen goldenen Brustschild und einen langen Umhang aus weißem Alpaka, mit dem er die anwesenden Orientalen beeindruckte, doch er hielt es für richtig, nicht das Wort zu ergreifen. Dann sagte Higuenamota, sie wünschten einen Passierschein.

«*Adonde?*», fragte die Königin.

«Salamanca», erwiderte die Kubanerin.

Die Königin warf einen ängstlichen Blick zu ihrem mumienköpfigen Minister. Kardinal Tavera fragte, warum sie gerade dieses Ziel gewählt hätten. Higuenamota antwortete, sie wollten die ihnen verbleibende Wartezeit bis zur Rückkehr Karls nutzen, um Geschichte und Gebräuche des Königreichs Kastilien und überhaupt der Neuen Welt kennenzulernen.

«*Barbari student!*», bemerkte Tavera und hob die Augen gen Himmel.

Jedenfalls waren die Orientalen zu diesem Zeitpunkt nicht bereit, zu diskutieren. Der Passierschein wurde ausgestellt, mit Empfehlungsschreiben an die herausragendsten Theologen von Salamanca.

Die Alte, die sie gewarnt hatte, suchte Higuenamota auf. Sie äußerte den Wunsch, sich den Quiteños anzuschließen, zusammen mit ihrem Sohn und noch zwanzig anderen. Immer wieder rief sie: «*Cubanos! Cubanos!*» Atahualpa, der das hörte, aber nicht verstand, begann zu begreifen, dass in den Augen der Alten und wohl auch der meisten Orientalen, denen sie begegnet waren, einschließlich der Königin und des Kardinals, sie alle, genau wie seine Übersetzerin, als Kubaner galten. Er fragte nach, warum diese Leute mit ihnen kommen wollten. Die Alte erklärte Higuenamota, dass, sobald sie weg wären, andere Inquisitoren kommen und die Verfolgungen weitergehen würden.

So geriet Atahualpa zum ersten Mal an Verstärkung – in Gestalt einiger Familien von bedrängten Conversos, einer Handvoll bleicher, mehr oder weniger fanatischer Ketzer und des halbtoten jungen Pedro Pizarro.

13. MAQUEDA

Immer wieder fand der junge Herrscher ein Ziel, das seine Leute von ihrer Nabelschau ablenkte, oder zumindest eine Richtung, einen Impuls, der sie zusammenschweißte und ihnen Kraft und Schwung gab, sodass diese unmögliche, unvorstellbare Fahrt, die sie erst vor die Tore von Cuzco gebracht und dann umso weiter davon entfernt hatte, wobei sie den Nabel der Welt streiften und anschließend ans Ende der Welt verschlagen wurden, nicht vollständig in einer reinen Irrfahrt endete oder zumindest das Häufchen Quiteños nie wirklich dieses Gefühl hatte, denn dann wären sie wohl einer nach dem anderen an den Klippen des Wahnsinns gescheitert. In Atahualpas Adern floss Pachacútecs Blut, und das lenkte wohl mehr als alles andere seine Entscheidungen, zumindest bis hierher, denn er hatte noch nicht die politische Philosophie des Florentiner Orientalen durchgenommen, dessen Schriften zufolge er ausschließlich die Führungsqualitäten bestätigt gesehen hätte, die ihm sein Urgroßvater, den man den Reformer nannte, vererbt hatte.

Auf dem Weg nach Salamanca machten sie vor den Toren eines Dorfes namens Maqueda halt. Da sich die Kunde vom Gemetzel von Toledo zweifellos in der Gegend herumgesprochen hatte, ließ Atahualpa außerhalb des Dorfes sein Lager aufschlagen und schickte Quizquiz, der das von seiner Aufklärertätigkeit her schon gewohnt war, eilends hinein, zusammen mit Higuenamota wegen ihrer Sprachkenntnisse.

Die Dorfbewohner waren in ihrem Tempel versammelt. Quizquiz und Higuenamota, die vorsichtshalber ihre Blöße unter einem Umhang versteckt hatte, drangen dort ein und wurden Zeugen einer eigenartigen Szenerie. Ein Geschorener hielt von einem hölzernen Schilderhaus herab eine Rede vor einem recht desinteressierten Publikum. Das Schauspiel, das sich den beiden Besuchern bot, war ganz anders als die feierliche Zeremonie, die in Toledo zu den Scheiterhaufen geführt hatte, weniger prunkvoll und weniger ernst.

Doch mit einem Mal unterbrach ein Mann, der ein Schwert am Gürtel trug, die Ansprache des Geschorenen und überhäufte ihn mit Beschimpfungen. Higuenamota verstand nicht jede Einzelheit, aber sie begriff, dass er ihn bezichtigte, nicht das zu sein, was er behauptete. Die beiden Männer beschimpften sich gegenseitig, bis der Geschorene schließlich in seinem Schilderhaus auf die Knie fiel, die Hände gen Himmel hob und seinen Gott anflehte, er möge ihm zu Hilfe kommen.

Sofort, wie vom Donner gerührt, sank der Mann mit dem Schwert zu Boden und wand sich in Krämpfen, mit Schaum vor dem Mund. Da bekamen es alle anwesenden Orientalen mit der Angst und beschworen den Geschorenen, seinen Zauberbann zu lösen. Der fand sich bereit, von seinem Schilderhaus herabzusteigen, bahnte sich einen Weg durch die Menge und beugte sich über den von Krämpfen Geschüttelten. Er legte ihm eine Art Rolle auf den Kopf und sprach dazu ein paar Worte ohne verständlichen Sinn, und sogleich ließen die Krämpfe nach.

Der Mann mit dem Schwert war wieder zu sich gekommen, schwor ihm eilends den Treueid und verschwand. Unmittelbare Auswirkung dieses Vorfalls war, dass die Menge dem Geschorenen zuflog und ihm kleine Kupfer- und Silberstücke reichte. Unablässig sagten sie ein Wort, das die Kubanerin nicht kannte: *indulgencia*.

Quizquiz und Higuenamota waren beeindruckt von den Kräften des Angenagelten Gottes (wenn es denn, wie sie vermuteten, derselbe war, den der Geschorene angerufen hatte, um seinen Widersacher zu bestrafen). Sofort berichteten sie Atahualpa von dem Vorfall, und der ließ, wie gewohnt, keinerlei Gemütsregung erkennen. Es schien ihm aber geboten, das Ausmaß dieser Bedrohung abzuschätzen. Die Stimmung in seinem Trupp war am Kippen, sie durfte auf keinen Fall von übernatürlichen und möglicherweise feindseligen Kräften erschüttert werden. Doch wie ließ sich Klarheit gewinnen? Nach Toledo hoffte Atahualpa in Vergessenheit zu geraten und wollte deshalb keinesfalls anordnen, dass der geschorene Zauberer gesucht werde. Für eine Weile wollte er die Berührungsflächen mit den Einwohnern klein halten. Da besannen sie sich darauf, dass sich Orientalen der Gruppe angeschlossen hatten.

Der junge Pedro Pizarro, den Higuenamota aus dem Gemetzel gerettet hatte, erholte sich wieder. Abends erzählte er ihr Geschichten aus seinem Land, und sie übersetzte sie den Frauen und Schwestern Atahualpas. Sie erzählte ihm die Szene, deren Zeugin sie im Tempel von Maqueda geworden war, und fragte ihn, woher der Geschorene diese Kräfte hatte. Pedro Pizarro, der dem Bericht seiner Beschützerin aufmerksam zugehört hatte, begann leise zu lachen.

«Was Ihr da gesehen habt», sagte er, «sind zwei Schelme, die sich vorher zu einer Posse verabredet hatten mit dem einzigen Ziel, den Bürgern Geld aus der Tasche zu ziehen. Der Priester betreibt Ablasshandel, das heißt, er verkauft seinen Getreuen

Zettel, die er selber beschriftet, wohl in Küchenlatein, mit denen sie für ihre Sünden bezahlen können, um ihr Seelenheil zu retten. Ich bin mir sicher, dass der Gerichtsdiener, der so tat, als suche er Streit mit ihm, am Erlös aus diesem Kuhhandel beteiligt ist.»

Higuenamota übersetzte, ohne etwas zu begreifen. Doch was die Quiteños wissen wollten, betraf die Macht, seine Gegner aus größerer Entfernung niederzustrecken, die der Geschorene von seinem Angenagelten Gott zu beziehen schien, und wie man sie sich nutzbar machen könnte. Da nahm Pedro Pizarro, der jung war, aber nicht dumm, eine Tafel und skizzierte ihnen seinen Plan folgendermaßen: «Solltet ihr heute Abend nach Sonnenuntergang ins Dorf zurückkommen, so würdet ihr euern Priester wohl bei sich zu Hause finden, wo er zusammen mit seinem Kollegen das Glas hebt auf die Gesundheit der leichtgläubigen Bevölkerung, vor der ihr sie ihre unterhaltsame Vorstellung habt geben sehen.» Und, fügte er hinzu, bevor er sich auf seiner Pritsche umdrehte, um, da er noch immer von seinen Verletzungen geschwächt war, weiter zu schlafen: «Wie viel Unfug dieser Art gaukeln ähnliche Hochstapler den kleinen Leuten vor!»

Das war ihre erste Lektion von der Neuen Welt.

14. SALAMANCA

Escalona, Almorox, Cebreros, Ávila ... Sie kamen durch andere Städte, begegneten anderen Menschen. Sie sahen herrenlose Hunde, Bettler, Reiter und Prozessionen mit Holzkreuzen. Entlang den Straßen gebückte Bauern, wie in Tahuantinsuyo, die kurz aufblickten, wenn sie vorbeizogen.

Abends erzählte Pedro Pizarro ihnen aus dem «Orlando Furioso» die Geschichte von Roland und Angelica, von Rinald und seinem treuen Schlachtross Bajard, von Bradamante und ihrem Hippogryph und von Roger, Ferragu, der seinen Helm sucht, und der von Friesenkönig Cimosko verfolgten Olympia.

Wie es dem Sericanerkönig Gradass gelang, Kaiser Karl den Großen gefangen zu nehmen, er dann aber von Astolf mit einer verzauberten Lanze besiegt wurde: Atahualpa hörte bei dieser Passage besonders aufmerksam zu, denn sie rief ihm in Erinnerung, wie er ganz zu Beginn des Bürgerkrieges von Huascars Männern gefangen genommen worden und dann entkommen war. Auch ließ er sich die Beschreibung der Donnerbüchsen im Gesang von Olympia noch einmal wiederholen. Er wollte alles über die Feldschlange wissen, über den Falkenschnabel, über Vorderlader – all das gab es also wirklich. Pedro Pizarro versicherte ihm, dass, im Gegensatz zu den unberechenbaren Racheakten des Angenagelten Gottes, der Blitzschlag aus diesen Geräten, sobald man sich ihrer zu bedienen wusste, stets im richtigen Augenblick kam. Ihm selbst, obwohl noch so jung, war durch seine Onkel und Vettern eine kleine militärische Ausbildung zuteilgeworden. Bei den Rastpausen, während die anderen das Lager aufschlugen, übten die Soldaten unter seiner Anleitung mit den Feuerrohren. Quizquiz fand, sie machten viel Lärm um wenig Wirkung.

Higuenamota gewann diesen intelligenten jungen Mann lieb, den sie da unter ihre Fittiche genommen hatte. Atahualpa schätzte ihn wegen der Informationen, die er ihm über dieses Land und diesen Teil der Welt liefern konnte. So erfuhr er auch, dass Spanien im Kriegszustand war gegen ein Land, das Frankreich hieß.

In einer Herberge in Tejares gabelten sie einen schwarzen Jungen auf. Seine Mutter wurde dort als Dienstmagd schlecht behandelt, und Atahualpas Frauen nahmen sich seiner an.

Endlich erschien Salamanca am Horizont. Sie entdeckten eine Stadt, die an Schönheit Toledo weit übertraf. Rumiñahui zeigte in den örtlichen Behörden den Passierschein vor, und man hieß sie, ein wenig ängstlich zwar, doch mit allen Ehrenbezeigungen willkommen. Wieder wurden sie in die Obhut von Geschorenen gegeben, eine Bevölkerungsgruppe, deren Tätigkeit ohne Frage die verschiedensten Bereiche abdeckte: die Anbetung ihres Gottes, die Lese für das schwarze Gebräu, Sammlung und Unterhalt der sprechenden Blätter. Sie waren Priester, Archivare, aber auch gelehrte *amautas*, denn sie redeten über die Weltwunder und erzählten viele Geschichten, ja sogar *haravecs*, denn einige von ihnen schrieben Gedichte nach hochentwickeltem Vers-, Strophen- und Reimschema. Überhaupt sangen sie viel, immer im Chor, langgezogene, ernste Weisen, ohne jede Begleitung durch Musikinstrumente. Wie in Lissabon wohnten sie, obwohl sie anscheinend ein Armutsgelübde abgelegt hatten, in den stattlichsten Gebäuden.

Am Portal eines dieser Gebäude machten sich die Studenten, von denen die Stadt voll war, ihren Spaß daraus, einen steinernen Frosch zu suchen, der im Flechtwerk zwischen den Skulpturen versteckt sein sollte. Atahualpa war stehen geblieben, um das Bildhauerwerk zu betrachten, einen Frosch konnte er nicht erkennen. Ein blinder Bettler, der auf der Schwelle des Portals die Hand aufhielt, sprach ihn an: «*Quien piensa que el soldado que es primero del escala tiene mas aborrecido el vivir?*» Der Inka, der ohne seine Kutsche unterwegs war, nahm keinen Anstoß daran, dass er solchermaßen angesprochen wurde; er bat Higuenamota, es ihm zu übersetzen (obwohl auch er allmählich ein paar Brocken Kastellanisch verstand): «Glaubt ihr, dass der Soldat, der als erster in die Bresche springt, weniger am Leben hängt?»

Da sprach der Bettler noch den folgenden eigenartigen Satz: «Keine Schrift darf je zerrissen oder vernichtet werden, sofern sie nicht wegen Abscheulichkeit geächtet werden muss, sondern, ganz im Gegenteil, allen mitgeteilt werden, vor allem wenn sie frei von Gewalt ist und man etwas Nutzen aus ihr ziehen kann.»

Der Geschorene, der sie begleitete, wollte den Blinden zum Schweigen bringen, doch Atahualpa hielt ihn mit einer Handbewegung davon ab. So konnte der Blinde den Faden seines undurchsichtigen Gedankens weiter abspulen: «Wenn es anders wäre, schrieben wenige von denen, die überhaupt schreiben, für einen einzigen Leser, denn das ist ein mühevolles Tun, und wenn sie diese Mühe auf sich nehmen, wollen sie ihren Lohn dafür haben, nicht in Form von Geld, sondern durch die Tatsache, dass man ihre Werke liest und, wenn es einem denn gefällt, gut darüber spricht. Cicero sagt zu diesem Thema: ‹Die Ehre bringt die Künste hervor.›»

Pedro Pizarro, der ein wenig studiert hatte, soufflierte, Cicero sei ein berühmter Amauta gewesen, der vor langer Zeit gelebt hatte.

«Glaubt Ihr, dass der Soldat, der als erster in die Bresche springt, weniger am Leben hängt? Ganz gewiss nicht: Vielmehr ist es seine Ruhmsucht, um derentwillen er sich der Gefahr aussetzt. Genau so ist es in den Künsten und in der Wissenschaft.»

Und weil er gespürt hatte, dass der Geschorene zugegen war, wandte sich der Blinde an ihn: «Der Theologe predigt recht gut als jemand, der das Seelenheil aller ersehnt. Doch fragt den Herrn einmal, ob es ihn ärgern würde, wenn man zu ihm sagt: ‹Oh, Euer Gnaden haben wunderbar gepredigt!›»

Der Blinde hatte laut zu lachen begonnen. Atahualpa nahm einen seiner Ohrringe ab und gab ihn ihm in die Hand. Dann setzten sie ihren Besuch fort, während der Blinde weiter von *index*, *herético* und *auto da fé* sprach.

Atahualpa und mehr noch Higuenamota kamen aus dem Staunen nicht heraus über etwas, das ihnen aufgefallen war: Unter den Einwohnern waren Leute, die in Annehmlichkeiten aller Art schwammen, und ihre Artgenossen bettelten draußen vor der Tür, abgehärmt vor Hunger und Armut. Atahualpa und mehr noch Higuenamota fanden es befremdlich, dass diese Darbenden eine solche Ungerechtigkeit ertrugen, ohne den anderen an die Gurgel zu gehen oder Feuer an ihre Paläste zu legen.

Pedro Pizarro verstand es, die sprechenden Blätter zu entschlüsseln. Er hatte sich ein Werk unter den Nagel gerissen, das ein Geschorener heimlich übersetzt hatte und unter seinem Umhang trug, Auszüge daraus las er dem Inka und seiner kubanischen Begleiterin vor: «Denn wenn die Großen sehen, dass sie dem Volke nicht widerstehen können, so fangen sie an, einem Einzigen aus ihrer Mitte die Ehre zu geben, und machen ihn zum Fürsten, um unter seinem Schatten ihre Triebe auslassen zu können.»

Es war ein politischer Traktat, frisch eingetroffen aus einem Land namens Florenz, und der junge Atahualpa in seiner unverdorbenen Klugheit spürte, dass er ihm in Zukunft noch von Nutzen sein könnte, denn man las darin auch Folgendes: «Außerdem kann man den Großen auch nicht mit Ehren und ohne Verletzung der andern willfährig sein, wohl aber dem Volke; weil des Volkes Absicht ehrlicher ist denn die der Großen; als welche begehren zu unterdrücken, und jenes, nicht unterdrückt zu werden.»

Nicht dass sich der junge Herrscher allzu viele Gedanken über das Wohl der Völker gemacht hätte: Ohne Störungen seines seelischen Gleichwichts hatte er den Aufstand der Kañari niedergeschlagen, dann die Hundlinge von Tumbes, wie er sie gern nannte, und zuletzt die von Toledo. Doch er empfand ein Verantwortungsbewusstsein für sein eigenes Volk, auch wenn dieses Volk der in Chinchaysuyo Entkommenen inzwischen auf weniger als zweihundert Personen geschrumpft war. Um sie in Sicherheit zu bringen, musste er, das war ihm bewusst, zahlreichen mächtigen Gegnern die Stirn bieten, gegen die er ein ausgefeiltes politisches Drehbuch zu verfassen hatte, wobei er alle Standortvorteile nutzen musste und zugleich einen scharfen Blick fürs Kräftegleichgewicht und für Machtverhältnisse benötigte. Dieser Niccolò Machiavelli schien ihm da kein schlechter Ratgeber zu sein.

Quizquiz beugte sich über die Landkarte: Er wollte wissen, was für Gebirge sich hier erhoben, was für Täler sich öffnen, wo sich eine Ebene weitete, er wollte die Beschaffenheit der Flüsse und Sumpfgebiete kennen. Darauf verwandte er viel Sorgfalt.

Chalcuchímac arbeitete sich mit der Hilfe eines berühmten Geschorenen namens Francisco de Vitoria ein in die Kunst, Gesetze und Sanktionen anzuwenden.

Higuenamota lernte sprechende Blätter entziffern von ihrem jungen Schützling, der ihr Lehrer wurde und, wie man bald munkeln hörte, noch mehr.

Atahualpa war ganz fasziniert von der verwickelten Geschichte der drei örtlichen Könige.

Alle waren angesichts der Erläuterungen der Geschorenen

verdutzt über die Geschichten, die in der sprechenden Schatulle enthalten waren, aus der sie ständig zitierten und von der sie sich praktisch nie trennten, weil sie ihr eine geradezu zwanghafte Verehrung entgegenbrachten. Auch das System der Priesterorganisation, dem sie unterworfen waren, schien unendlich kompliziert. Zweierlei aber begriffen die Quiteños: Es gab einen Ort namens Rom, von dem mit größter Ehrerbietung gesprochen wurde, und einen Priester namens Luther, der für größte Aufregung sorgte. Sogar Francisco de Vitoria, der von überlegener Weisheit zu sein schien, konnte nicht umhin, sich zu ereifern, wenn von diesem Kollegen die Rede war. Atahualpa und seine Leute kamen nicht dahinter, worum es bei dem Streit ging, doch er musste von großer Tragweite sein, denn er hatte zu Kriegen im Norden geführt.

Eine Geschichte missfiel ihnen besonders: die Geschichte eines Hirten, dem sein Gott alles nimmt, Frau, Kinder, Vieh, Gesundheit, Wohlstand – aus Spaß nach einer Wette mit einem bösen Geist, wie zum Zeitvertreib, oder aus Stolz, um die Frömmigkeit des Unglücklichen auf die Probe zu stellen und herauszufinden, wie weit er ihm bedingungslos ergeben war. Dieser Gott erschien den Quiteños nicht glaubwürdig, und dass er dem armen Hirten am Ende all sein Gut wiedergab – Frau, Kinder, Vieh (sogar gemehrt, wie um ihn um Vergebung zu bitten für den üblen Scherz) –, vergrößerte ihr Missbehagen ihm gegenüber nur noch. Viracocha wäre nie auf den Gedanken gekommen, so ein kindisches und grausames Spiel zu spielen. Der unwandelbare Gang der Sonne stellte ihn weit über derlei Kindereien.

Die Zeremonie der Messe aber fanden sie interessant. Der Klang der Orgel drang ihnen ins Ohr und rührte ihnen ans Herz. Die kleinen Mädchen Cusi Rimay und Quispe Sisa lernten beim Spiel das Kreuzzeichen machen und sagten, sie wollten getauft werden.

Im Lauf der Zeit waren die Geschorenen von Salamanca, ganz anders als die von Lissabon, immer mehr geneigt, sich mit den Quiteñas einzulassen. Manche wurden schwanger. Manche Geschorene wurden krank.

Atahualpa hörte Francisco de Vitoria gerne zu, wenn er über Naturrecht, positive Theologie und Willensfreiheit sprach und über andere Begriffe, deren Komplexität, abgesehen von den immer noch recht dürftigen Kastellanischkenntnissen des Inka, sein Verstehen dem Zufall überließ und folglich den Gedankenaustausch in Grenzen hielt.

Dann kam eines Tages die Nachricht, dass Karl der Fünfte zurückkehre. Pedro Pizarro hatte sie so sehr mit seinen Geschichten von Paladinen eingelullt, dass sie darauf gefasst waren, Karl dem Großen, dem Frankenkaiser, und seinem Neffen Roland, bewaffnet mit seinem treuen Schwert Durendal, zu begegnen. Doch auch dieser Karl war nicht irgendwer, wovon sie sich rasch überzeugen konnten. Sein Heer, von dem sie ahnten, dass es großartig sein musste, bewegte sich auf Salamanca zu, und die Kunde von Erfolgen in fernen Ländern ging ihm voraus. (Dass die Wahrheit vielschichtiger war, sollten sie erst später entdecken.)

Es wurde beschlossen, ihm eine Abordnung entgegenzuschicken. Chalcuchímac und Quizquiz wurden mit dieser Gesandtschaft beauftragt. Hingegen erlaubte Atahualpa nicht, dass Higuenamota sie begleitete: Schließlich sollte sie nicht die Angelica dieses Karl werden. Statt ihrer übernahm ein Geschorener, der sich in der Quechua-Sprache kundig gemacht hatte, das Amt des Dolmetsch. Die Abordnung war vor allem Vorwand für einen Akt der Anerkennung. Chalcuchímac hielt es jedoch für ratsam, Atahualpas Puma bei sich zu haben sowie ein paar Papageien, wofür auch immer sie nützlich werden konnten.

15. KARL

Sie waren an die dreißig Reiter. Ein Fluss war noch zu durchwaten, dann kam das Lager in Sicht. Große Zelte bedeckten die Ebene. War ihr Eintreffen angekündigt worden? Soldaten in Pluderhosen traten zur Seite, um sie vorbeizulassen. Die Pferde drangen vor in einen Wald von Speeren und Fahnen. Ein glatzköpfiger Mann mit weißem Bart empfing sie, er trug einen schwarzen Pelzmantel, eine silberne Kette um den Hals und an der linken Hand einen Ring mit einem roten Edelstein. Er bat Quizquiz und Chalcuchímac in ein Zelt, vor dem vierzehn schwerbewaffnete Soldaten Wache hielten. Die beiden Generäle saßen ab und traten ein, nur der Dolmetsch kam mit ihnen und die Papageien; den Puma führten sie an der Leine.

Drinnen thronte Karl der Fünfte auf einem hölzernen Sessel, umgeben von seinen Hofleuten. Er trug einen schwarzen Bart, ein rotes Wams und weiße Strümpfe. Die Besucher waren beeindruckt von seinem krokodilhaften Kinn und seiner Tapirnase. Chalcuchímac wollte auf ihn zugehen und ihm die Papageien schenken, doch zwei Wachen traten sogleich dazwischen. Die Vögel wurden weggetragen, sodass die beiden Generäle dachten, ihr Geschenk sei angenommen worden, doch der Herrscher hatte noch kein Wort gesagt und die bunten Federn nicht einmal eines Blickes gewürdigt. Er saß mit offenem Mund da und schien mit seinen Gedanken ganz woanders zu sein. Ihm zu Füßen lag ein weißer Hund, den er mechanisch streichelte. Das Schweigen zog sich in die Länge, unterbrochen wurde es nur vom gelegentlichen Fauchen des Pumas, auf das der Hund mit einem dumpfen Knurren antwortete – für eine ganze Weile der einzige Dialog. Die beiden Generäle warteten ab, stehend, unsicher. Auf ein Zeichen des Kaisers hin wurde schließlich jedem von ihnen eine Schale allzu dünnes Chicha gereicht, nur Chalcuchímac nahm es an. Karl selbst ließ sich einen goldenen Kelch reichen und leerte ihn in einem Zug. Mit dem Ärmel wischte er den Schaum ab, der an seinen Lippen hängen geblieben war. Zusammen mit dem Gebräu bekam er auf einem silbernen Teller ein gebratenes Geflügel, von dem er ein Bein abriss und es systematisch abzunagen begann; die Quiteños schauten gebannt auf das Fett, das ihm in den Bart triefte. Dann warf er den Knochen seinem Hund zu und sprach mit eigenartig leiser, fast unhörbarer Stimme.

Er wolle wissen, ob es zutraf, dass Atahualpas Leute, wie seine Frau ihm geschrieben hatte, aus Indien über den Ozean gekommen seien. Er sei der Überzeugung, dass sie nicht von der Insel Vera Cruz stammten, von wo die Portugiesen ihre Holzkohle bezogen: Die Menschen da drüben seien, nach allem, was ihm seine Schwester, die Königin von Portugal, erzählt hatte, alle nur wilde Menschenfresser.

Als Chalcuchímac ihm die Geschichte von Tahuantinsuyo und von Atahualpas Krieg gegen seinen Bruder erklären wollte, schnitt ihm der Herrscher das Wort ab. Er zog es vor, von seinen eigenen Kriegen zu reden, gegen einen sehr mächtigen König namens Süleyman. Chalcuchímac sicherte ihm zu, dass Atahualpa und seine Mannen, wenn er es wünsche, gegen diesen Süleyman in den Krieg ziehen und ihn unterwerfen würden. Karl dem Fünften entfuhr ein schrilles Lachen. Seine ganze Entourage lachte mit, doch die Quiteños erfuhren nicht, ob es ein beifälliges Lachen war oder ob auch ihnen der Gedanke abwegig vorkam.

Endlich erhob sich Karl von seinem Thron, wobei sichtbar wurde, wie klein er war, und brüllte heraus, Atahualpa werde für seine Tat in Toledo zu zahlen haben. Ermutigt vom Zorn seines Herrn und getrieben von der seiner Rasse eigenen Neigung, ihn nachzuäffen, ihm zu gefallen und ihn zu verteidigen, war der weiße Hund aufgesprungen und bellte die Besucher an. Doch dabei hatte er sich etwas zu weit vorgewagt. Der Puma stieß ein heiseres Zischen aus, und blitzschnell landete seine Tatze auf der Schnauze des Hundes. Der zog sich winselnd zurück. Karl unterbrach sein Brüllen und wandte sich dem Verletzten zu. Mit sanfter Stimme redete er dem Tier in einer unbekannten Sprache gut zu. Immer wieder sagte er seinen Namen: «*Sempere, Sempere ...*» Der Hund leckte seinem Herrn die Finger. Am Boden hatte sich ein blutiges Rinnsal gebildet.

Chalcuchímac sagte, Atahualpa wünsche den König von Spanien kennenzulernen und erwarte ihn morgen auf der Plaza Mayor von Salamanca, vor der Iglesia de San Martín.

Der kahlköpfige Mann mit dem weißen Bart protestierte angesichts der unvollständigen Erwähnung der Titel seines Herrn und begann sie alle aufzuzählen: Kaiser des Heiligen Römischen Reiches, König von Kastilien, León und Aragón, Herzog der burgundischen Niederlande, doch Karl der Fünfte, über seinen Hund gebeugt, entließ die Besucher mit einer ungeduldigen Handbewegung.

16. PLAZA DE SAN MARTÍN

Würde er kommen? Und wenn ja, wann? Wegen der Unsicherheit begannen die Einwohner von Salamanca, von Gerüchten gewarnt, die Stadt zu verlassen.

Atahualpa versammelte seine Berater, und das Ergebnis war, dass angesichts der nicht eben komfortablen – um nicht zu sagen: verzweifelten – Lage der Quiteños noch die besten Aussichten bestanden, wenn man diesen König von Spanien aus dem Hinterhalt überfiel. Sie konnten ohnehin nirgends hin, und so konnten sie auch hierbleiben, darüber bestand Einigkeit. Atahualpa rief ihnen in Erinnerung, dass er schon mehrmals aufs Ganze gegangen war, damals gegen seinen Bruder Huascar, und dass er sie noch jedes Mal heil herausgeführt hatte. Doch niemandem, seinen Generälen nicht, seinen Frauen und Männern nicht, kam in den Sinn, die Lebensgefahr, in der sie jetzt schwebten, mit einer der Gefahren zu vergleichen, die sie bis dahin bestanden hatten. Sie waren ganz einfach am Ende ihres Weges und konnten nur noch nach einem ruhmreichen Tod trachten. Die Unterwelt wartete auf sie.

Rumiñahui traf unterdessen die Vorbereitungen. Er beauftragte Puka Amaru damit, Eisenkugeln für die Schleudern bereitzustellen, Pfeil und Bogen und alle Arten von Wurfgeschossen, vorzugsweise kurze Streitäxte mit Doppelklinge, die, wenn sie kräftig genug und treffsicher geworfen wurden, die stärksten Rüstungen durchschlugen. Er postierte Männer auf den Dächern von Häusern am Platz und in den Gassen, die dorthin führten. An allen Pferden, derer er habhaft werden konnte, ließ er Schellen anbringen, um unter den Orientalen Angst zu verbreiten, und versteckte sie in der Kirche San Martín. Er befahl, dass alle verfügbaren Geschütze auf die Feinde zu richten seien, die in der Ebene draußen lagerten. Er legte ihnen ans Herz, Karl nach Möglichkeit lebend gefangen zu nehmen.

Chalcuchímac glaubte noch an eine Verhandlungslösung, doch Rumiñahui herrschte ihn an: «Was willst du da noch verhandeln? Was für eine Lösung meinst du denn? Außer Kapitulation haben wir doch nichts anzubieten. Und welche Bedingungen würdest du daran knüpfen? Auf dem Scheiterhaufen erdrosselt werden? Die Unterwelt wird deine Asche nicht aufnehmen.»

Da wusste Atahualpa, dass der Augenblick gekommen war, wo er, er selbst, seinen Leuten eine Ansprache halten musste, ohne Schönfärberei, ohne Floskeln, denn letztlich würden sie zusammen in den Tod gehen, nachdem sie so viele Prüfungen gemeinsam durchlitten hatten. Also sprach er zu ihnen als zu seinen Gefährten.

«Glaubt Ihr, dass der Soldat, der als erster in die Bresche springt, weniger am Leben hängt?» In der Geschichtsschreibung, so sagte er, werde es später heißen, dass in jenem fernen Land sich ein kleines Häuflein gegen eine große Überzahl aufgelehnt habe. Er hatte seine Zeit im Kloster von Salamanca gut genutzt. Er erzählte ihnen von Roland in Roncesvalles und von Leonidas bei den Thermopylen. Er erzählte ihnen aber auch, wie Hannibal den römischen Legionen in der Schlacht bei Cannae die vernichtende Niederlage beigebracht hatte. Wenn sie zu Tode kämen, so werde die Unterwelt des Schlangengottes sie als Helden empfangen. Oder aber die Geschichtsschreibung werde die einhundertdreiundachtzig verherrlichen, die sich, indem sie ein Kaiserreich zum Einsturz brachten, Ruhm und Reichtum erwarben. Die Männer waren begeistert, schrien hurra und schwangen ihre Äxte. Dann nahm jeder seinen Posten ein.

Gegen Mittag waren keine Einwohner mehr in der Stadt, allenfalls ein paar Bettler und eine Handvoll Conversos. Die herrenlosen Hunde wunderten sich über die Leere. Die Stille auf den Straßen erinnerte an Lissabon vor dem Sturm. Das Warten lastete wie eine Bürde auf den Schultern der Menschen. Ich selbst habe viele Quiteños vor Angst in die Hose machen sehen, ohne dass sie es merkten.

Der Platz vor San Martín bestand auf der Südseite aus halbmondförmig gegenüber der Kirche angeordneten Häusern. Die Nord- und die Westseite waren mit Steinhäusern abgeriegelt, wobei die nördlichen Häuser die Arkaden überragten. Die Ostseite war offener, nur von Marktständen gesäumt und von einem Turm überragt, an dem ein Zifferblatt prangte, das den Tag in zwölf Abschnitte einteilte. Diese Seite bereitete den Generälen Sorgen. Ein rundum geschlossener Platz wäre ihnen lieber gewesen, mit schmalen Ausgängen unter steinernen Bögen, zum Beispiel so wie in Cajamarca. Aber nun war es zu spät, sich damit abzugeben. Die Späher meldeten das Eintreffen von Karl dem Fünften.

Mit langen Speeren bewaffnete Infanteristen bahnten dem Kaiser den Weg, der zu Pferde kam, mit seinen Höflingen, die zu Fuß gingen unter einem Baldachin aus Stoff, den Diener aufgespannt hielten. Auf beiden Seiten, in zwei Reihen, trugen Soldaten in Uniform und mit Orden behängt Hellebarden und Büchsen. Pferdekutschen zur Versorgung bildeten den Abschluss des Zuges. Alles in allem vielleicht zweitausend Mann. Den größten Teil des Heeres, von Quizquiz und Chalcuchímac auf vierzigtausend geschätzt, hatten sie in der Ebene zurückgelassen. Das Verhältnis wäre also nur eins zu zehn. Doch anders als in Toledo, wo sie die Bevölkerung im Schlaf überrascht hatten, waren es diesmal bewaffnete Männer, und sie waren hellwach.

Karl der Fünfte trug eine schwarz-goldene Rüstung und ritt auf einem Rappen mit roter Schabracke.

Higuenamota wurde allein vorgeschickt, ihn zu begrüßen. Die kubanische Prinzessin hatte ihren Fledermausmantel abgelegt und trat nackt im Sonnenschein vor; die Sonne stand im Mittag. Unruhe breitete sich unter den Soldaten aus. Ein Geschorener, der mit dem orientalischen Heer gekommen war, trat auf sie zu und hielt ihr seine sprechende Schatulle entgegen. «*Reconoces el dios único y nuestro señor Jesús Christ?*» Higuenamota nahm die Schatulle und erwiderte, denn sie war vertraut mit diesen Reden: «*Reconozco el dios único y vostro señor Jesús Christ.*» Dann blickte sie den Priester verschmitzt an und öffnete die wertvolle Schatulle. Sie las: «*Fiat lux, et facta est lux.*» Und mit dem Finger deutete sie auf die Sonne über ihren Köpfen.

Da ging ein Zischen über den Platz, und ein Pfeil bohrte sich in den Halsausschnitt des Pferdes von Karl dem Fünften. Ein zweiter folgte sogleich, schwerer als der erste, und blieb noch vibrierender stecken, und kurz darauf wurde das Pferd von einer kaum mehr als fingerdicken Eisenkugel am Kopf getroffen. Bald war der ganze Himmel schraffiert von Geschossen, die alle auf die Reiter gerichtet waren. Die Schützen, die auf den Dächern auf der Lauer lagen, hatten Weisung, vorrangig die Pferde zu töten. Mit Pfeil und Bogen und Schleudern zielten sie den Pferden ins Gesicht. Eines nach dem anderen sackten die Pferde unter dramatischem Wiehern zusammen. Schreie hallten durch die Straßen: «*Salve al Rey!*» Und die Wachen bildeten ein Viereck um Karl herum. Das war ihr erster Fehler.

Den zweiten machten die Büchsenschützen, die die Männer auf den Dächern beschossen, doch von dieser Stellung aus und auf diese Entfernung vergeudeten sie nur ihr Pulver und trafen keinen einzigen.

Dann öffneten sich die Kirchentüren, und die Quiteños kamen herausgeritten, mit Atahualpa an der Spitze. Die von den Vorfahren ererbte Reitkunst hatte hervorragende Reiter aus ihnen gemacht. Ihre taktische Schulung und ihr Wagemut, den sie im Lauf ihrer Odyssee gestählt hatten, waren im Augenblick des Angriffs entscheidend. Die Hufeisen klackten über das Pflaster, als sie den Pulk der Orientalen einkesselten, der durch den Überrumpelungseffekt noch enger wurde, sodass die Schützen, gegeneinander gedrängt und über Tierkadaver stolpernd, keinen Platz mehr zum Nachladen hatten, und weil gleichzeitig die Einheiten der königlichen Garde, die den äußeren Ring bildeten, ihre Speere absenkten, um sich zu schützen und gegen jedes Eindringen gerüstet zu sein, sah das Ganze aus wie ein Heer eingerollter und von Krämpfen geschüttelter Igel.

Der Ring muss sich ohne jede Schwächung schließen, um jeden Ausbruchversuch im Keim zu ersticken. Sobald ein Mann mit Speer versucht, ein Pferd abzustechen, um sich einen Weg zu bahnen, versetzt ihm der nachfolgende Reiter mit dem Säbel einen Schlag in den Nacken. Es regnet weiter Pfeile und Eisenkugeln auf die ungeschützten Soldaten, mitten ins Herz des Igels. «*Dios salve al Rey!*» Die Generäle Karls des Fünften umgeben ihn und schützen ihn mit ihren Leibern.

Die Spanier sterben, aber die Munition geht zur Neige, und die aufrecht bleiben, blasen in die Hörner, die sie den Leichen ihrer Kameraden abgenommen haben, um Hilfe zu holen. Das Heer, das in der Ebene geblieben war, setzt sich in Gang, die

Lage muss geklärt werden, sonst ist es aus. Es muss schnell ein Ende gemacht werden. Also gibt Rumiñahui seinem Pferd die Peitsche, galoppiert zu den Speeren, springt mit einem außergewöhnlichen, ja unmöglichen Satz darüber, landet hinter dem Gürtel aus Lanzen, sein Pferd trampelt die Menschen tot, Rumiñahui schwingt seine große Axt nach links und nach rechts und hämmert auf die Rüstungen, wie man in der Küche Fleisch weich klopft.

Die Bresche ist geschlagen, und sie stürzen sich hinein. In diesem Augenblick sind die Quiteños böse Geister, ganz besessen vom Willen zum Töten, mit den Äxten schlagen sie in die Menschenmenge eine Schneise, die sie bis zum König gelangen lässt, der – das haben sie nicht aus dem Auge verloren – ihr eigentliches Ziel war, aber in dem mörderischen Wahn, der ihre Arme beflügelt, kann niemand sicher sein, dass sie sich auf die Aufforderung besinnen, er sei lebend gefangen zu nehmen.

Da kommt Atahualpa auf seinem Pferd herbeigesprengt, über Lebende und Tote hinweg, er will zu dem Getümmel, in dem er die Rüstung des Königs erkennen kann, die noch in der Sonne blinkt, sich aber unter den Schlägen biegt, und nun metzelt auch er, was das Zeug hält, Orientalen und Quiteños ohne Unterschied nieder, denn er weiß, dass vom Leben Karls das seine abhängt und das seiner Leute.

Karl schlägt sich wacker, und der Herzog von Alba schlägt sich und stirbt an seiner Seite vom Schwert, der Herzog von Mailand schlägt sich und fällt von der Streitaxt getroffen, und der spanische Dichter Garcilaso de la Vega stirbt, indem er sich zwischen seinen König und die Klingen wirft, die die Luft durchschneiden und sich in den Stoff der Rüstungen graben, und auch Karl selbst wird sterben, denn auch er fällt vom Pferd, und die schwere Rüstung hindert ihn am Aufstehen, es ergeht ihm wie einer Schildkröte; da stürzen sich die Quiteños auf ihn und reißen ihn in Stücke wie Hunde, die sich um ein Stück Aas balgen, reißen ihm Stücke seines Harnischs ab als wären es Trophäen. Doch Karl wehrt sich, noch ist er nicht tot, er windet sich wie ein verletztes Tier, und seine Angreifer sind sich dabei im Weg, ihn zu erledigen.

Endlich ist Atahualpa zu ihnen durchgekommen, doch genau in diesem Augenblick gibt es hier keinen König, dort keinen Kaiser mehr, und seine Leute beachten ihn nicht, als er ruft, sie sollen aufhören; so muss er mit der flachen Seite seiner Axt Schläge austeilen und sein Pferd zum Ausschlagen bringen, und als er den König endlich erreicht, wendet er, springt vom Pferd und hilft Karl auf die Beine.

Der König ist an der Wange und an der Hand verletzt, aus seinem Handschuh trieft Blut, seine Kleider sind zerrissen, halbnackt steht er da, aber Atahualpas aufgelegte Hand wirkt auf ihn schützend wie Wunderbalsam: Sie holt die Angreifer sofort von ihrem mordlustigen Wahnsinn herunter und lässt ihre rachsüchtigen Arme erstarren. Der Kampf ist zu Ende. Die Sonne brennt immer noch auf den Platz. Auf dem Zifferblatt am Turm ist der große Zeiger wieder am Ausgangspunkt.

17. DIE INKAIADEN
Erster Gesang, Strophe 11

O! höre mich! Nicht leere Phantasien,
   Nicht Dichtung ohne Wahrheit, ohne Leben,
Wie oft der fremden Musen Stolz verliehen,
   Soll Deinem Volke Lob und Ehre geben!
Denn Taten sind in seinem Schoß gediehen,

Die über alle Dichtung weit sich heben;
Dass Rodamont, Roger und Roland schweigen,
Sollt' auch die Wahrheit ihren Taten zeigen.

18. GRANADA

Manche sagten, Atahualpa habe mit diesem Überfall aus dem Hinterhalt eine große Unredlichkeit begangen – dabei sind aber auch die Drohungen wegen Toledo in Betracht zu ziehen, die Karl der Fünfte vor den Inka-Gesandten ausgestoßen hatte. Außerdem mussten die Quiteños mit ansehen, wie die Anhänger des Angenagelten Gottes all jene behandelten, die nicht uneingeschränkt an das glaubten, woran sie glaubten, und das schien ihnen so sehr am Herzen zu liegen, dass die Anerkennung ihrer Sagen das Erste war, was der Priester bei ihrer Begegnung in Salamanca von Higuenamota verlangte.

Wie dem auch sei, seine Gefangennahme stürzte den König von Spanien in eine tiefe Niedergeschlagenheit, und die Neue Welt in eine beträchtliche Fassungslosigkeit.

Atahualpa wusste, dass das Heil der Quiteños ganz am Leben ihrer Geisel hing. Er beschloss, Salamanca zu verlassen und den Schutz einer besseren Festung aufzusuchen.

Der Tross der Quiteños durchquerte Spanien wie ein kleines Cuy, gefolgt von Karls Heer, das ihn mit seinem feindseligen Schatten umgab wie ein dicker Puma, der das Cuy gern verspeisen will und deshalb nicht aus den Augen lässt. Mehreren von außen inszenierten Ausbruchsversuchen hatten sie die Stirn zu bieten, doch die Melancholie, in die der König verfallen war, nahm ihm die Willenskraft, und das trug dazu bei, sie alle zu vereiteln.

Am Ende ihres Marsches ließen sie sich in einem roten Palast nieder, der vor langer Zeit auf einem spitzen Felsen errichtet worden war von Angehörigen einer anderen Religion, die den Platz lange besetzt gehalten hatten und erst in jüngerer Zeit vertrieben worden waren. Von nun an würde die Alhambra-Festung ihr Sacsayhuamán sein.

Drinnen, umgeben von den Festungsmauern, stand ein Palast, der eigens für Karl errichtet worden war, in den dieser jedoch nie einen Fuß gesetzt hatte. Er war noch nicht ganz fertiggestellt, und so korrigierte Atahualpa dieses Versäumnis und richtete ihm, seinen Dienern, seinem Hofstaat und seinem Hund den Palast mit allen seiner Stellung geschuldeten Annehmlichkeiten ein. Allmählich tauchte Karl aus seiner Lethargie auf, und unter dem gebrochenen Mann wurde wieder der Herrscher sichtbar. Um ihm dabei zu helfen, stattete Atahualpa ihn mit allen Zeichen von Macht aus, indem er ihn mit den Angelegenheiten seines Reiches betraute. Er ließ ihn Gesandte aus allen Gegenden der Neuen Welt empfangen, die zuhauf kamen, um sich nach der neuen, ungewöhnlichen Lage zu erkundigen und nach den politischen Folgen, die wohl nicht ausbleiben würden. Anschließend empfing sie auch der Inka. So konnte er sich eine politische Landkarte des Kontinents zeichnen, in dessen Mitte ein Fürst herrschte, den er in seiner Gewalt hatte.

Das Reich Karls des Fünften schien fast genauso ausgedehnt wie Tahuantinsuyo, wenn auch kleinteiliger: im Südwesten Spanien, im Norden die Niederlande und die deutschen Länder, im Osten Österreich, Böhmen, Ungarn und Kroatien, die von Süleyman bedroht waren, dem furchteinflößenden Eroberer an der Spitze eines anderen, fernen Reiches. Im Süden, nicht weit von Spanien, aber durch das Meer davon getrennt, gab es eine Gegend, die bei allen Begehrlichkeiten weckte: Italien, der Schauplatz andauernder Kriege, wo der Häuptling der Geschorenen lebte, der den Angenagelten Gott auf Erden vertrat. Karls großer Rivale um die Vorherrschaft in der Neuen Welt war der König eines Landes namens Frankreich, das sein Reich in zwei Hälften teilte und das seinerseits von der nördlichen Insel namens England bedroht war. Ein kleiner Bundesstaat mitten im Herzen des Kontinents stattete alle Heere militärisch aus: die helvetische Eidgenossenschaft. Portugal war ein benachbartes Königreich von Forschungsreisenden, die zur See fuhren auf der Suche nach anderen Welten.

An der Spitze im Südwesten Spaniens gab es eine Meerenge, die sie die Herkulessäulen nannten und die hinausführte auf den Ozean, den zu überqueren den Quiteños gelungen war. Auf der Südseite dieser Meerenge begann das Land der Mauren, deren Könige vierzig Erntejahre zuvor aus Spanien vertrieben worden waren. (Higuenamota überschlug, dass das um die Zeit des Auftauchens der Spanier auf ihrer Insel gewesen sein musste). Manche von diesen Mauren waren auch nach der Niederlage ihrer Häuptlinge in Granada geblieben; man nannte sie die Morisken. Sie lebten auf einem Hügel gegenüber der Alhambra, dem Albaicín, und das hieß in ihrer Sprache «elend».

Außerhalb von Granada hatte sich das kaiserliche Heer in einer befestigten Stadt namens Santa Fe niedergelassen, wo sich auch der königliche Hof von Spanien versammelt hatte, um zu versuchen, eine Strategie zu entwickeln, wie der Krisensituation zu begegnen sei, in die man durch die Gefangennahme des Königs geraten war.

Versammelt waren die mächtigsten Figuren das Landes, außer dem König selbst: Der mumienköpfige Minister Juan Pardo Tavera, der alte Nicolas Perrenot de Granvelle, der Chalcuchímac und Quizquiz im Lager von Karl dem Fünften empfangen hatte, Francisco de los Cobos y Molina, sein Staatssekretär, der ein mit einem mächtigen Rubin besetztes Kreuz um den Hals trug, und Antonio de Leyva, Herzog von Terranuova und Fürst von Ascoli, der das Gemetzel von San Martín überlebte, aber seit der Schlacht, wo man ihn für tot gehalten und liegen gelassen hatte, seine Beine nicht mehr bewegen konnte. Gerade er argumentierte für einen sofortigen Angriff, doch die anderen erachteten die Alhambra als uneinnehmbar, zumindest solange Kaiser Karl dort in Geiselhaft war.

Gewiss, der Hinterhalt von Salamanca hatte den Quiteños ermöglicht, sich aus einer hoffnungslosen Lage zu befreien. Doch ihre Lage war auch jetzt noch höchst unsicher. Atahualpa sonnte sich in seinem Sieg und dem Ansehen, das ihm dafür erwachsen war, doch ihm war nur allzu bewusst, dass aller Nutzen, den er daraus gezogen hatte, vergänglich sein würde, wenn er sich nicht bald befestigen ließe. Überrumpelung würde ihnen nicht so bald wieder hilfreich sein, und das Missverhältnis der Truppenstärke blieb ein Problem: Sie waren immer noch eine Handvoll, und ihnen gegenüber stand ein Universum.

Die Ehrerbietung, die die aus allen Teilen des Reiches herbeiströmenden Gesandten seinem Gefangenen zollten, beruhigte Atahualpa: Solange der König von Spanien in seiner Gewalt war, wusste er, dass er ein wertvolles Unterpfand besaß. Karl selbst bestärkte ihn in dieser Wahrnehmung, als er ihm vorschlug, seine beiden Kinder, den fünfjährigen Erbprinzen Philipp und dessen ein Jahr jüngere Schwester Maria als Geiseln zu behalten und ihn auf freien Fuß zu setzen. Über diesen Vorschlag musste Atahualpa lachen. Karl lachte auch, etwas verschämt und mit einem Seitenblick zu seiner Frau.

Wenn Karl in seinem halbfertigen Palast einen Besucher empfing, wurde dieser anschließend durch den angrenzenden Palast der früheren Könige geführt, wo sich Atahualpa einquartiert hatte. Er durchquerte düstere Säle, wo, eingraviert in die Abbildung einer in einer blauen Kachel eingefassten weißen Säule, der Wahlspruch Karls des Fünften, König von Spanien und Kaiser des Heiligen Römischen Reichs Deutscher Nation, prangte: *Plus ultra*, was in der gelehrten Sprache der Amautas dieser Welt «Noch weiter» bedeutet und was Atahualpa sich gerne zu eigen gemacht hätte. Dann kam der Besucher an einem langen von Hecken gesäumten Becken vorbei, in dem sich die Arkaden wie auf den Kopf gestellte Boote spiegelten, das Ganze unter dem Schutz eines massigen Turms aus rotem Stein in Form eines gezackten Würfels, und schließlich betrat er den Gesandtensaal, tauchte geblendet ins Halbdunkel ein, in das man drei Nischen gebrochen hatte, die sich zur Ebene und zu den verschneiten Bergen Granadas hin öffneten, wobei die Öffnungen allerdings teilweise mit durchbrochener Verglasung verschlossen waren. Atahualpa pflegte sich dann vor die mittlere Öffnung zu setzen. Zu seiner Rechten stand der Hüne Rumiñahui. Zu seiner Linken lag Prinzessin Higuenamota auf Polstern.

Hatte der Besucher den lichtdurchfluteten Hof verlassen, so erkannten seine noch blinzelnden Augen, geblendet von den Sonnenstrahlen, die die Löcher in den Fenstern durchließen, im Gegenlicht die Umrisse des Herrschers und seiner beiden Berater, die ihm wie asymmetrische Schattengestalten vorkommen mussten. Über ihm befand sich eine wunderschön gearbeitete Holzdecke, die den Sternenhimmel darstellte, auch dies wirkte eher erdrückend.

Genau hier hatte Karl der Fünfte damals, als er den Saal betrat, wo seine Altvorderen vorzeiten die Kapitulation der früheren Könige entgegengenommen hatten, den Ausruf getan: «Ein Unglücklicher, wer so viel Schönheit verloren hat!» Er hatte hier nach seiner Hochzeit mit der Königin eine wunderbare Zeit verbracht, die seine Reichspflichten leider abgekürzt hatten, und seither war er nie wieder hier gewesen. Als er von dem Ausspruch erfuhr, sagte Atahualpa zu Karl: «Ein Unglücklicher, wem so viel Schönheit zu Füßen lag und der das nicht auszunutzen verstand, solange er die Gelegenheit dazu hatte.» Und er tröstete ihn über sein Unglück, indem er ihm vor Augen führte, dass Karl es ihm verdankte, nun den Glanz des Palastes genießen zu können, den seine Vorfahren erobert hatten.

Einer der ersten Besucher war ausgerechnet der frühere Emir von Granada, Boabdil, der, vor vierzig Erntejahren von hier vertrieben, nun auf gut Glück bettelte; er ging leer aus. Der Alte mit dem Turban zog sich wieder in sein Exil zurück und starb dort kurze Zeit später. Doch Karl, aufgewühlt von diesem Besuch, sagte zu seinen Leuten – und seine Worte wurden dem Gastgeber übermittelt –: «Ich bin der Unglückliche.»

Atahualpa empfing einen sehr jungen Mann, der aus Florenz kam, der Stadt des Amauta Machiavelli, den er in Salamanca gelesen hatte. Der junge Mann ließ sich als Lorenzino anreden, er stammte aus einer mächtigen Familie, den Medici, und er war von brennender Leidenschaft befeuert, wenn es aus ihm herausbrach: «Ach, wären die Anhänger der Republik doch Männer...!» Weder Higuenamota noch Pedro Pizarro verstanden den Satz, aber er sprach mit dem Inka über großartige Paläste und bedeutende Schätze, um ihn in vertrackte Kriege mit hineinzuziehen. Vor allem erbat er von ihm Hilfe, um seinen Vetter, den Herrscher von Florenz, zu stürzen, einen Wüstling, der sein Volk tyrannisierte. Quizquiz, durch die Beschreibungen von diesem sagenhaften Land neugierig geworden, träumte von einer Entdeckungsreise dorthin, erreichte von Atahualpa – dem die Vorstellung von einem quasi auf herrscherlicher Kollegialität beruhenden Regime, wo alle Gewalt vom Volk ausgeht und nicht von der Sonne, nicht gefiel – aber nur die Zusage, dass er dem jungen Florentiner Asyl und Schutz gewähren durfte.

Ein Mann kam aus einer deutschen Stadt namens Augsburg, gesandt von der Familie der Fugger, die nicht gerade Herrscher waren, auch keine Kurakas, aber doch an der Spitze einer Art Ayllu. Sie handelten mit Gold und Silber. Der Gesandte war sehr schlicht gekleidet, und Karl empfing ihn voller Hochmut. Aber die Quiteños hatten doch ein eigenartiges Ungleichgewicht festgestellt. In der orientalischen Gesellschaft dienen Gold und Silber nicht nur als Schmuck oder als Rangabzeichen, sondern verleihen ihrem Besitzer eine beträchtliche Macht, indem sie, zu kleinen runden Stücken geformt, ihm ermöglichen, jede Art von Waren zu erwerben oder zu tauschen. So nötigte der Abgesandte der Fugger den Kaiser, ein paar Verpflichtungen zu erfüllen, die auf sprechende Blätter geschrieben standen, wie man sie hier anstelle von *khipus*, den Knotenschnüren, benutzte; andernfalls werde die Bevorratung mit Gold und Silber unterbrochen. Diese Aussicht schien Karl in erhebliche Bedrängnis zu bringen. Atahualpa jedoch überließ sich einer Träumerei und dachte an das Gebirge der Anden, wo es derlei Metalle im Überfluss gab.

Ein Amauta, auch er aus Augsburg, wollte unbedingt das «reale» Gegenwärtigsein des Angenagelten Gottes bei den religiösen Zeremonien durchsetzen, wozu gehörte, dass man vom schwarzen Gebräu trank und Brot aß. Er hieß Philipp Melanchthon und trug eine flache Mütze aus schwarzem Tuch.

Atahualpa tat so, als höre er ihm genau zu, denn er hatte gesehen, dass Karl den Mann und was er predigte nicht leiden konnte, sich aber trotzdem ausführlich mit ihm unterhalten hatte, und dass diese Fragen wenn nicht Angst (was angesichts seiner gegenwärtigen Lage nur zweitrangig hätte sein können), so doch zumindest lebhafte Beunruhigung in ihm zu nähren schienen. Melanchthon war der Abgesandte eines Mannes, den Karl als Dämon ansah, dieses Luther, der einen Religionsaufstand angezettelt hatte, denn er wünschte Teile des christlichen Gottesdienstrituals zu reformieren und bestimmte Teile der Lehre in Frage zu stellen, deren Wichtigkeit für die Quiteños kaum nachvollziehbar war.

Ein Geschorener kam aus Paris angereist, wohin er zum Studium gegangen war, und bat um eine Audienz bei Karl, um mit ihm über das beste Mittel zu sprechen, wie dem wachsenden Einfluss Luthers Einhalt zu gebieten sei. Die durch Atahualpas Eindringen veränderte Weltlage wirkte sich auch auf die politischen Prioritäten aus; doch in den Augen der Vertreter der örtlichen Religion, als deren flammender Anwalt der spanische König sich sehen wollte, blieb es ebenso dringend, diese aufmüpfigen Reformatoren aus dem Norden zu bekämpfen. Atahualpa hörte mit Interesse den Erläuterungen des Geschorenen zu, eines gewissen Ignatius von Loyola. Der war ein kleingewachsener Mann mit gleichermaßen gewitztem und gütigem Blick aus lebhaften Augen, der gerne über Einzelheiten seines Glaubens sprach und Sinn hatte für klare Formulierungen, sodass die Quiteños von seinen Vorträgen profitierten und ihre Kenntnisse der Sagen der Neuen Welt erweiterten.

Die Orientalen glaubten an eine Familie von Göttern, die aus einem Vater, einer Mutter und deren Sohn bestand. Der Vater lebte im Himmel und hatte seinen Sohn auf die Erde gesandt, um die Menschen zu erlösen, aber nach vielen Abenteuern und einer Folge von Missverständnissen hatte er zugelassen, dass er von den Menschen, denen zu helfen er gekommen war, die das aber nicht erkannt hatten, an ein Kreuz genagelt wurde. Dann war der Sohn aus der Unterwelt zurückgekehrt und wieder zu seinem Vater im Himmel gelangt. Seitdem warteten die Orientalen, über ihren Irrtum aufgeklärt und beschämt, darauf, dass der Sohn zur Erde zurückkehre. Gleichzeitig ließen sie nicht davon ab, die Mutter zu verehren und anzubeten, deren eigenartige Besonderheit war, dass sie Jungfrau geblieben war, als der Vater sie befruchtet hatte. Und dann gab es noch eine Nebengottheit, die sie den Heiligen Geist nannten und der sich bald mit dem Vater, bald mit dem Sohn, bald mit den beiden vermengte. Das Handzeichen, das die Anhänger des christlichen Gottesdienstes bei jeder Gelegenheit machten, deutete das Kreuz an, an das der Sohn genagelt worden war. So war all ihr Tun vorgeblich von dem Wunsch geleitet, die Undankbarkeit zu sühnen, die ihre Vorfahren ihrem Gott bezeigt hatten, als sie ihn folterten und an ein Holzkreuz nagelten, das sie auf dem Gipfel eines Berges errichtet hatten in einem fernen Land, aus dem sie vertrieben worden waren, das sie aber zurückzuerobern hofften.

Der ganze Krieg gegen die Mauren kam daher, dass diese, obwohl sie von ihm wussten, sich weigerten, dem Angenagelten Gott ihren Treueid zu schwören. Den Vater erkannten sie an, nicht aber den Sohn. Auch hatten sie unterschiedliche Ernährungsgewohnheiten und sprachen eine andere Sprache. Das schien ihnen wohl ein ausreichender Grund für gnadenlose Fehden über Hunderte von Erntejahren. Ein dritter, älterer Stamm, die Juden, hatte ähnliche Gebräuche wie die Mauren.

Zum Beispiel entfernten sie einen Teil der Haut am Glied der männlichen Neugeborenen, aßen kein Schweinefleisch, ja aßen überhaupt nur Fleisch, wenn es nach bestimmten Ritualen geschlachtet und von ihren Priestern gesegnet worden war. (Wiederum durften sie von dem schwarzen Gebräu trinken, was die Mauren sich nicht erlaubten.) Auch sie huldigten nicht dem Angenagelten Gott, obwohl er doch einst einer der ihren gewesen war. Aber im Gegensatz zu den Mauren, die nach der Niederlage und der Verbannung ihres letzten Königs Boabdil das Recht behalten hatten, zu bleiben, waren die Juden, die keinen König und kein Reich hatten, schonungslos aus Spanien vertrieben worden, falls sie nicht dem Angenagelten Gott ihre Treue schworen und auf ihre angestammten Gebräuche verzichteten. Die Conversos, die um diesen Preis dageblieben waren, wurden schlecht behandelt und standen stets unter dem Verdacht, ihrem früheren Glauben treu geblieben zu sein. Die Inquisition verfolgte sie und ging sogar so weit, sie zu verbrennen. Der Geschorene Loyola hieß diese Politik nicht gut, ebenso wenig die Politik, die er *limpieza de sangre* nannte, die Reinheit des Blutes, die letztlich den Wechsel von einem Stamm zum anderen unmöglich machte. «Unser Herr Jesus ist nicht in unseren Adern, sondern in unseren Herzen.»

Solchermaßen ins Bild gesetzt, beschloss Atahualpa, dass es an der Zeit sei, Verbündete zu suchen. Er schlug Karl vor, ein Gesetz zu erlassen, das die Ausübung der unterschiedlichen Religionen, denen nur noch der Sonnenkult hinzuzufügen sei, im ganzen Reich zuließ. Karl der Fünfte stand erst mit offenem Mund da und schien nicht gleich zu begreifen, worum es ging, obwohl Higuenamota, inzwischen gut eingeübt in ihre Rolle als Dolmetscherin, den Vorschlag des Inka fehlerlos übersetzt hatte. Doch alsbald begann der Kaiser mit dem vorspringenden Kinn vor Ärger zu brüllen, spuckte wie ein Lama um sich und lehnte schließlich rundheraus ab.

Atahualpa war nicht imstande, ihm reichsweite oder auch nur spanienweite Maßnahmen abzuverlangen, aber er beauftragte Chalcuchímac und Pedro Pizarro, seinen Vorschlag zumindest der Bevölkerung von Granada zur Kenntnis zu bringen. Viel wurde in den weißen Gassen des Albaicín über den Vorschlag geredet und auch auf dem benachbarten Hügel Sacromonte. Bis hierher waren die Ausdünstungen der Inquisition gelangt und hatten Betroffenheit und Angst gesät. Man hatte begonnen, Juden zu verbrennen. Allen war klar, was das hieß: Bald würde man Mauren verbrennen. Die Anhänger der maurischen Religion jedoch konnten sich eine zusätzliche Gottheit nur schwer vorstellen. «Allah ist groß», wiederholten sie um die Wette. Zunächst hatten sie keinerlei Absichten, ihr Pantheon zu erweitern. Doch das Beispiel der konvertierten Juden, die sie täglich vor Augen hatten (denn sie verfolgten sie nicht und lebten in bestem Einvernehmen mit ihnen), gab ihnen zu denken: Mussten die Conversos nicht alle Rituale und Glaubenssätze der herrschenden Christen übernehmen? Und, schlimmer noch, mussten sie nicht, unter Androhung der Todesstrafe, ihre eigenen Gebräuche aufgeben?

Schließlich meint «Allah ist groß» ja nicht, dass Allah *als Einziger* groß ist. Ihre Losung ließ vielleicht sogar ein Miteinander ihres einzigen Gottes mit anderen Nebengottheiten zu.

Manch einer begann, die Sonne mit anderen Augen zu sehen.

19. MARGARETE

Gefangen in seinem unvollendeten Palast, dessen Rundheit sogar für ihn irgendetwas Ironisch-Bitteres an sich hatte (ihm fehlten die Worte, es genauer zu benennen), kam Karl nicht aus seiner Melancholie heraus, doch immerhin konnte er Nerven und Gesundheit stärken bei einem Spiel ähnlich dem Hnefatafl, wo sich schwarze und weiße Figuren auf einer Holztafel gegenüberstanden, die in vierundsechzig Felder eingeteilt war. Das Ironische daran konnte ihm nicht entgangen sein: Ziel des Spiels war, den König festzunehmen.

Er hatte den Inkagenerälen die Regeln beigebracht, und während Chalcuchíma rasch ein gefürchteter Gegner geworden war, verbrachte Quizquiz, soweit es seine Dienstpflichten zuließen, die Abende mit dem Kaiser und trug mit ihm manche Partie aus, wobei er fast immer verlor.

Eines Tages meldeten Quizquiz' Späher die Ankunft einer Besucherin. Eine Königin, die Schwester des Königs von Frankreich, sprach auf der Alhambra vor und bat um eine Audienz bei den beiden Herrschern. Sie reiste mit großem Gefolge, und ihre Kutsche wurde von vier Schimmeln gezogen. Sie war kunstvoll frisiert und trug einen Umhang aus feinstem Gewebe. Ihr Gesicht und ihr Kastellanisch waren von größter Anmut, auch wenn sie etwas bleichgesichtig schien und eine andere Aussprache hatte als die Leute von hier.

Mit Karl unterhielt sie sich in einer unbekannten Sprache, sodass keiner der Quiteños verstand, was sie redeten. Zeugen fiel allerdings Karls puterrotes Gesicht auf; er bebte schon wieder vor Zorn, während Margarete (so hieß die Königin) sich mit unterkühlter Stimme an ihn wandte.

Der junge Lorenzino, der noch nicht in seine Heimatstadt Florenz zurückgereist war, konnte die Quiteños über das aufklären, was ihnen zum Verständnis der Szene fehlte: Es war nicht das erste Mal, dass die Königin dem Kaiser einen Besuch abstattete. Lorenzino selbst erinnerte sich noch daran, wie, als er klein war, der König von Frankreich eine Schlacht verloren und infolgedessen von den kaiserlichen Truppen gefangen genommen worden war. Seine Schwester Margarete hatte sich daraufhin bei Karl für seine Freilassung eingesetzt, aber es half nichts. König Franz kam letztlich nur frei, weil er versprach, seinem Rivalen große Teile seines Reiches zu überlassen.

Nun waren es allem Anschein nach genau diese Gebiete, die Königin Margarete im Namen ihres Bruders und des Königreichs Frankreich einforderte.

Solchermaßen informiert, war Atahualpa damit einverstanden, sie im Gesandtensaal zu empfangen.

Auch wenn er die Sprache des Landes immer besser verstand, wünschte er, dass Higuenamota ihm weiterhin als Dolmetscherin zur Seite stand, denn das erlaubte ihm, nachzudenken, während sie die Worte der Orientalen übersetzte, und überhaupt war ihm ihre Gegenwart lieb und es hatte ihm immer Glück gebracht, während sie den Gesprächspartner einschüchterte.

Zu seiner Rechten hatte Lorenzino diesmal Rumiñahuis Platz eingenommen, um mögliche unklare Stellen in der Rede der Besucherin zu erhellen.

Und an denen mangelte es nicht.

Navarra, das Reich der Königin, war zwischen Spanien und Frankreich gelegen, und eines der Ansinnen von Margarete war die bindende Zusage, dass Karl auf jegliche territorialen Ansprüche verzichtete.

Der König von Frankreich wünschte die nördlichen Gebiete zurückzuerhalten, Artois und Flandern, die er beim Damenfrieden von Cambrai verloren hatte, vier Erntejahre lag das nun schon zurück.

Er wünschte, dass der König von Spanien endgültig auf Burgund verzichte, ein Landstrich, der für beide Parteien von beträchtlicher Bedeutung zu sein schien.

Außerdem forderte er die Herrschaft über zwei Städte in Italien, nämlich Mailand und Genua.

Auch war die Rede von einem Land namens Provence mit den Städten Nizza, Marseille und Toulon.

All das sagte Atahualpa nicht viel. Was sollte er mit Burgund und Artois? Was bedeutete Mailand oder Genua? Nichts. Eine Vorstellung. Weniger als eine Vorstellung. Ein Wort. Orte, von deren Existenz er vor einem Jahr, einem Mond, einer Woche, einem Tag nichts gewusst hatte. Atahualpas Horizont war Andalusien: Er hatte die Ansprüche eines Boabdil vom Tisch gewischt, als der sein Eigentum zurückhaben wollte. Aber er konnte ohne Bedauern die Brocken eines Reichs verscherbeln, das nicht ihm gehörte. Er konnte sie den Hunden zum Fraß vorwerfen, warum denn nicht! Es waren nur Punkte auf der Landkarte.

Aber warum hätte er es tun sollen?

Margarete sprach leiser. Sie habe begriffen, dass Atahualpa übers Meer gekommen war, nicht vom Süden oder Osten, sondern aus dem Westen. Vielleicht aus Indien, von den Molukken, aus Cipango oder von sonst wo her. Sie wisse, dass er sehr weit weg sei von seiner Heimat, das Waffenglück ihm infolge gewisser Umstände jedoch hold gewesen sei und er nun Karl den Fünften, den Römischen Kaiser, König von Kastilien, León und Aragón, König von Neapel und Sizilien, Herzog von

Burgund, in seiner Gewalt habe. Was für eine eigenartige Situation.

Sie sprach leise und mit fester Stimme. Nie werde die Christenheit solch eine Situation hinnehmen. Der Papst werde sie nicht hinnehmen. Er werde einen Kreuzzug befehlen, um Granada einzunehmen, selbst wenn seine Beziehungen zu Karl nicht die besten waren. Ohne Zweifel werde die Inquisition die Sonnenanbeter unvermeidlich als Ketzer brandmarken. Ferdinand, Erzherzog von Österreich, werde in Bälde an der Spitze eines großartigen Heeres seinem Bruder zu Hilfe kommen. Doch der große König, der übers Meer gekommen war – hier machte Margarete eine kleine verehrungsvolle Verbeugung –, könne, wenn er es wünschte, auf die Unterstützung des Königs von Frankreich zählen. Hatte ihr Bruder Franz nicht ein Bündnis mit Süleyman, dem Kaiser der Hohen Pforte, dem Häuptling der Ungläubigen, geschlossen? Im Gegensatz zu Karl habe der Christianissimus Franz nicht schon immer erbittert für die Sache der Christenheit gestritten. In den Religionsstreitigkeiten, die im Norden schwelten, habe er Augenmaß bewiesen und den Lutheranern gegenüber Verständnis gezeigt. Daraus könne man schließen, dass, wenn der übers Meer gekommene Herrscher einverstanden wäre, ein unauflösliches Bündnis zwischen den beiden Ländern geknüpft werden könnte. Franz der Erste, König von Frankreich, biete Atahualpa seine Freundschaft und seine Unterstützung an. Denn wer wollte schon die Sonne zum Feind haben?

Atahualpa hatte aufmerksam zugehört. Die Beredsamkeit der Königin von Navarra und alles, was er über die Machtverhältnisse in der Neuen Welt erfahren hatte, brachten ihn dazu, ihr alles zu geben, was zu fordern sie gekommen war, wenn er im Gegenzug wertvolle militärische Hilfe erwarten konnte. Tatsächlich kam der Bündnisvorschlag aus dem französischen Königshaus überraschend. Doch er stieß auf ein schwer zu umgehendes Hindernis: Entgegen dem, was Margarete glauben wollte, verfügte Atahualpa zwar über den König, nicht aber über das Reich, und Karl, auch wenn er Geisel war, war doch immer noch König und Kaiser. Nur er konnte die Gebiete seines Reiches freigeben. Atahualpa wusste schon, dass kein Druck und keine Drohung ihn zur Einwilligung würden bewegen können.

Margarete reiste nach Frankreich zurück, einen Papagei und ein paar Versprechungen im Gepäck.

Der Inka versammelte seine Räte im Löwenhof. Coya Asarpay schlug vor, Karl zu töten oder ihn dazu zu bringen, dass er zugunsten seines Sohnes abdankte, dessen kindliches Alter – er mochte keine sechs Erntejahre zählen – dafür stehe, dass er lernfähig sei. Quizquiz sträubte sich gegen den Plan, denn der Tod des Königs werde die Quiteños dem Rachedurst seiner Untertanen aussetzen. Karl wiederum hatte keinerlei Interesse daran, abzudanken, ganz im Gegenteil: Er wusste, dass seine Macht sein bester Schutz war und dass er, einmal ihrer ledig, niemandem mehr zu etwas nütze wäre. Die Quiteños waren also nicht in der Lage, den Bitten des Königs von Frankreich zu entsprechen. Solange Karl am Leben war, konnten sie die Gebiete nicht ohne sein Einverständnis hergeben. Und wenn er tot wäre, wären sie dem kaiserlichen Heer schutzlos ausgeliefert. Allenfalls konnten sie im jetzigen Zustand garantieren, dass kein Angriff gegen das Königreich Frankreich angeordnet würde.

Die militärische Frage blieb also bestehen. Sie brauchten Männer zu ihrer Verteidigung oder Gold, um welche anzuwerben. So wurde beschlossen, den Abgesandten des Hauses Fugger wieder zu rufen. Der fand nichts dagegen zu sagen, ihnen Geld vorzustrecken, aber er verlangte Garantien, und die zu geben war der Inkafürst nicht in der Lage.

Atahualpa beauftragte also Higuenamota mit einer geheimen Mission. Die kubanische Prinzessin sollte nach Lissabon umkehren. Wenn sie es wünschte, würde der junge Pedro Pizarro sie begleiten. Sie nahmen ein paar Conversos mit, die auf einem Esel eine Ladung schwarzes Gebräu, gute Toledoklingen, Feuerrohre, sprechende Schatullen, Korn, Gemälde und Karten von der Neuen Welt transportierten. Karl war einverstanden gewesen, ihnen ein Schreiben für seinen Schwager João den Dritten mitzugeben, in dem er ihn bat, ihm den Gefallen zu tun, ihnen ein gutes Schiff und den besten Steuermann, den er finden könne, zur Verfügung zu stellen. Auch Atahualpa vertraute seiner kubanischen Freundin ein Khipu aus zahlreichen Fäden an, dessen Knoten sein persönlicher Archivar auf das Sorgfältigste angeordnet hatte und dessen Inhalt nicht einmal Higuenamota, zu der er doch jedes Vertrauen hatte, bekannt war.

Dieses Khipu war eine Botschaft, die einzig und allein für seinen Bruder Huascar bestimmt war.

20. SEPÚLVEDA

Unter Karls Gefolgsleuten war ein Amauta, der die Aufgabe hatte, die Chronik seiner Regentschaft zu führen, und darüber hinaus für die Erziehung seines Sohnes, des kleinen Philipp, zuständig war.

Dieser Mann legte ein scheinbar glaubwürdiges Interesse

für die Quiteños an den Tag. Stets zeigte er sich begierig, etwas über sie zu erfahren, stellte ihnen viele Fragen zu ihrer Geschichte, ihrem Brauchtum, ihrem Glauben und hatte offenkundig größte Sympathien für sie. Er war der Erste, der verstand, wo sie herkamen und was sie nach Spanien gebracht hatte.

Er hieß Juan Ginés de Sepúlveda.

Er hatte einen Lehrmeister, auf den er sich oft berief, Aristoteles, und zwei Feinde, gegen die zu wettern er nicht müde wurde: Erasmus und Luther.

In Wahrheit war dieser Mann ein Schurke und so gewieft in seinen Täuschungsmanövern, dass er das Vertrauen der Quiteños gewann und sie ihn mit einer Botschaft nach Santa Fe sandten. Er sollte die Spanier beruhigen: Ihr König werde gut behandelt, ebenso wie seine Frau und seine Kinder, er genieße alle seine Privilegien mit Ausnahme der Bewegungsfreiheit, und daran werde sich nichts ändern, solange die Alhambra gegen Angriffe geschützt bliebe, weshalb er den Befehlshabern seines Heeres anordne, nichts zu seiner Befreiung zu unternehmen.

Stattdessen aber provozierte Sepúlveda sie mit allen Mitteln, indem er ihnen versicherte, ihr König sei todgeweiht, wenn sie nicht einschritten, die Königin und der Infant gingen zugrunde an der schlechten Behandlung, die ihnen zuteilwürde, sie schwämmen in ihrem eigenen Dreck, und wenn nicht bald etwas geschähe, wäre es das Ende der Königsfamilie und der spanischen Monarchie.

Er setzte hinzu, Atahualpa und seine Leute seien treu- und gottlose Gesellen, Verehrer Mohammeds, böse Geister, die direkt aus der Hölle kamen, Heiden, die Christus nicht einmal vom Namen her kannten, Hurenböcke und Dirnen, die nackt herumliefen ohne die geringste Andeutung von Scham und damit Augen und Seele der Christenmenschen verhöhnten.

Er erzählte auch weiter, was er aus dem Mund derer, die sich ihm unvorsichtig anvertraut hatten, erfahren hatte, dass nämlich ihr Häuptling von seinem Bruder außer Landes vertrieben worden war und dass sie unterm Strich nichts anderes als eine Bande Flüchtlinge seien, die lange quer über die Welt geirrt waren, wie Juden.

Er bestätigte dem Lager der Spanier, dass die Barbaren nicht einmal zweihundert waren, einschließlich Frauen und Kindern, und verriet ihnen, dass sie, nach allem, was er hatte beobachten können, mit der Handhabung von Büchsen und überhaupt Schusswaffen wenig vertraut waren.

Antonio de Leyva, der Krüppel von Salamanca, vernahm diese Rede voller Begeisterung. Doch die anderen, Tavera, Granvelle und Cobos reagierten überlegter. Mochten die Fremden blutrünstige Barbaren sein, so schienen sie andererseits doch nicht völlig irrational vorzugehen, wie man den Berichten über ihren Weg und ihr Verhalten seit der Landung auf der Iberischen Halbinsel entnehmen konnte. Ihnen war also bewusst, dass ihr Heil vom Heil Karls abhing. Ihre Geisel war ihnen nur lebend von Nutzen. Genau ihre Schwäche und ihre geringe Zahl garantierte dem Kaiser sein Leben.

Andere Aspekte jedoch sprachen für ein rasches Eingreifen. Die Truppen mussten ihren Sold bekommen, und es fehlte an Geld. Fugger weigerte sich, weitere Darlehen zu geben, solange die Situation nicht geklärt war. Die Schweizer murrten, und die Landsknechte wurden ungeduldig. Schon hörte man von neuen Ausschreitungen in Flandern, Galicien und Italien, von Plünderungen und Meutereien: Niemand wollte noch einmal einen Sacco di Roma erleben. Und wenn das kaiserliche Heer zerfiel, hätte Frankreich eine Angriffsfläche, davor fürchtete sich der Rat der Spanier ganz besonders.

Und dann nannte Tavera einen Namen, in seiner Stimme lag ein drohender Ton, von dem die Anwesenden nicht wussten, gegen wen er sich richtete: «Ferdinand wird kommen.» Er schien dieses Zögern nicht gutzuheißen.

So wurde beschlossen, dass Sepúlveda zum König zurückkehren sollte, um die Handlungen und Absichten der Fremden auszuspionieren. Man trug ihm auf, Karls Flucht vorzubereiten, oder, falls es einen Angriff gab, für seine Bergung an einem sicheren Ort zu sorgen. Zum gegebenen Zeitpunkt solle er die Tore der Alhambra öffnen. Bis dahin solle er das falsche Spiel fortsetzen und Freundschaft heucheln.

21. DIE INKAIADEN
Erster Gesang, Strophe 20

Da sammelten des Fünften Reichsteils hohe Herren,
Der Menschen Herrscher auf Olympus Höhen,
Im hohen Rate sorgsam dort zu klären,
Was nun im Osten künftig soll geschehen.
Der Herrscher Zug, die hin berufen wären,
Wird auf des Himmels Glanzkristall gesehen.
Der Milchstraß Sterne wölben sich zu Pfaden,
Merkur hat sie auf Zeus' Gebot geladen.

22. DIE ALHAMBRA

Die Monde kamen und gingen. Atahualpa vermisste die Gesellschaft von Higuenamota, doch immerhin kam er mittlerweile ohne Dolmetsch aus. Er hatte Coya Asarpay erfolgreich geschwängert. Er pflegte das Gespräch mit Karl und verbesserte seine Kastellanischkenntnisse. Gemeinsam heckten sie Pläne aus, wie sie die Hohe Pforte besiegen, Jerusalem zurückerobern und ins Maurenland einmarschieren könnten. Atahualpa träumte von diesem südlichen Meer, das Karl das Mittelmeer nannte. Sepúlveda erklärte ihm das Wunder der Eucharistie, und im Gegenzug erzählte Atahualpa ihm die Geschichte von seinem Vorfahren Manco Cápac. Quizquiz spielte mit dem kleinen Prinzen Philipp und seiner Schwester Maria. Rumiñahui überprüfte die Wehrtürme der Festung. Quispe Sisa und Cusi Rimay beknieten Lorenzino, er solle sie nach Italien mitnehmen, und er versprach ihnen lachend die schönsten Kleider. Im Park des Generalife oben auf der Alhambra baute man Tomaten an. Chalcuchímac überwachte Sepúlveda, denn er misstraute ihm. Und das zu Recht, denn der bereitete die Flucht seines Herrn vor.

Karl war bald niedergeschlagen, bald tatendurstig. Stundenlang betete er im Königssaal des Löwenpalastes, genau dort, wo seine Großmutter Isabella und sein Großvater Ferdinand ihre erste Messe hatten lesen lassen, gleich nachdem sie die Alhambra eingenommen hatten. Dieser Teil gehörte nicht zu dem Bereich, den man ihm in seinem unvollendeten Palast zugewiesen hatte, sondern lag in dem von Atahualpa und seinem Hofstaat belegten Teil. Der Inka hatte ihm diese Freiheit großzügig eingeräumt, als ein Zeichen von Wertschätzung und Respekt eines Herrschers gegenüber einem anderen Herrscher.

In Wahrheit war Karl nicht so niedergeschlagen, dass er das Bedürfnis gehabt hätte, sich abendelang auszuruhen. Es war ein Gedanke von Sepúlveda. Durch den Königssaal gelangte man in den Löwenpalast, der wiederum an den Comarespalast angrenzte. Einst hatte der junge Boabdil, den sein Vater in einem Verlies im Comaresturm gefangen hielt, sich an zusammengeknoteten Schals, die ihm seine Mutter besorgt hatte, durchs Fenster abgeseilt.

Denselben Weg sollte Karl nehmen. Atahualpas Männer standen Wache, aber es waren nicht genug für einen so großen Palast, und niemand hatte es für sinnvoll gehalten, ein leeres Gefängnis zu bewachen.

Doch der Ausbruchsversuch scheiterte, denn Karl erlitt am Fluchttag einen Gichtanfall, der ihn ans Bett fesselte.

Der listenreiche Sepúlveda ließ sich nicht entmutigen. Jeden Morgen öffneten sich die Tore der Alhambra, um Conversos und Muslime aus dem Albaicín einzulassen, die als Arbeitskräfte kamen, um Garten- und Küchenarbeit zu verrichten, Wäsche zu waschen und allerlei nichtmilitärische Aufgaben zu erledigen, für die die Quiteños und ihre Verstärkung aus Toledo zu wenige waren. Abends öffneten sich die Tore erneut, damit die Arbeiter nach Hause gehen konnten. Sepúlveda hatte die Idee, Karl zu verkleiden und mit ihnen hinauszuschleusen. Er ließ die Leute in Santa Fe benachrichtigen. Ein paar Mann würden sich nah am Ausgang versteckt halten, dort den König in Empfang nehmen und an einen sicheren Ort bringen.

Am festgesetzten Tag bei Sonnenuntergang mischten sich die beiden Männer unters Volk der nach Hause gehenden Arbeiter. Um unbemerkt hinauszukommen, hatten sie einfachste Kleidung gewählt und trugen Kapuzen, die das Gesicht halb verbargen. Doch der misstrauische Chalcuchímac beobachtete, wie jeden Tag, von der Wehrmauer aus, wie die Tore geöffnet wurden. Er erkannte Karl an seiner Tapirnase, die unter der Kapuze hervorsah. Sofort gab er Alarm und befahl, die Tore zu schließen. Doch die draußen im Versteck lagen, hörten ihn und stürmten los mit «*Santiago!*»-Rufen. Bewaffnete Spanier drangen in die Alhambra ein. Die Quiteños eröffneten das Feuer, die Angreifer erwiderten es. Panik ergriff die Arbeiter, und im Nu wurde die Lage höchst unübersichtlich. Geschosse von Pfeil und Bogen und Steinschleudern schwirrten, warfen die Männer mit dem Gesicht auf die Erde oder entrissen ihnen Schmerzensschreie. Die Spanier, die in kleiner Zahl gekommen waren, um nicht entdeckt zu werden, liefen zurück. Sepúlveda wollte Karl, den er am Arm hielt, wegführen, doch der sank plötzlich in sich zusammen, von einem Büchsenschuss getroffen. Sepúlveda hatte gerade noch Zeit, durchs Tor hinauszuschlüpfen, ehe es sich schloss. Es gelang ihm, mit den Überlebenden zu flüchten. Doch Karl war drinnen geblieben, hingestreckt zwischen Leichen. Chalcuchímac stürzte zu ihm hin. Der König von Spanien atmete schwach.

Drei Tage dauerte es, bis er starb. Niemand verstand seine letzten Worte.

Für die Quiteños war das eine Katastrophe. Auf keinen Fall durfte sein Tod bekannt werden. Sie beerdigten ihn in der Nacht, ohne jedes Zeremoniell, im Park der Alhambra, inmitten der Tomatensträucher. Doch Sepúlveda hatte gesehen, wie er zusammengesackt war, und erzählte den Herren von Santa Fe, dass ihr König tödlich verletzt sei und nichts mehr gegen einen Angriff auf die Alhambra spreche. Gewiss seien hinter den Mauern noch die Königin, der Infant Philipp und seine kleine Schwester Maria in den Händen der Barbaren, aber im zerrissenen Herzen jedes guten Christenmenschen könne allein der Gedanke der Vergeltung die Oberhand gewinnen. «*Represalia!*», sagte er.

Und doch: Wie konnte man sicher sein, dass Karl tot war? Die Spanier sandten Eilboten aus, die samt und sonders abgewiesen wurden. Sie hofften immer noch auf ein Wunder und konnten sich nicht entschließen, den Tod ihres Herrschers anzuerkennen. Auch gaben die Berichte von Sepúlveda und anderen ein so unscharfes Bild von den Ereignissen, dass man nicht einmal genau wusste, woher der entscheidende Schuss gekommen war. Sepúlveda schwor, er sei vom Wehrturm herabgekommen, aber seine Befangenheit ließ sein Urteil zweifelhaft erscheinen. Außerdem änderte das nicht viel. Entweder war Karl am Leben, oder er war tot.

Die Quiteños nutzten diese Phase des Zögerns, um eine Strategie zu entwickeln. Sie hielten es für möglich, dass die Königin und die Kinder nicht genug Gewicht hätten, die Spanier vom Angriff abzuhalten, sodass diese Gefahr über ihnen schwebte. Bei guter Verteidigung war die Alhambra uneinnehmbar, doch um einer Belagerung standzuhalten, wie sie ohne den lebenden Schutzschild ihrer Geisel drohte, waren sie zu wenige. Chalcuchímac schlug vor, die Leiche zu schminken und an den Wehrgängen entlangzuführen, als wäre der König am Leben. Sein Vorschlag wurde nicht umgesetzt, auch wenn manche ihn als genial priesen.

Letztlich ließ die Lage nur eine einzige Entscheidung zu: Man musste versuchen, von hier wegzukommen. Nachdem Santa Fe ihnen ein letztes Ultimatum gestellt hatte, den Beweis dafür zu erbringen, dass Karl noch am Leben war, entschied Atahualpa, dass sie noch am selben Abend aufbrächen, so unauffällig wie möglich. Wenn es ihnen gelänge, die Berge zu erreichen, würden sie sich vielleicht in Sicherheit bringen können. Für alle Fälle nahmen sie die Königin und die beiden Kinder mit.

Kaum jedoch hatte das letzte Lama des Zuges die Torschwelle der Alhambra überschritten, musste man jede Hoffnung auf ein Gelingen des Planes fallenlassen. Die Spanier erwarteten sie schon und fielen über sie her. Der Weg in die Berge war abgeschnitten. Die Quiteños wurden hügelabwärts getrieben, wo es einen kleinen Fluss gibt, in dem sie nun niedergemetzelt wurden. Bei Coya Asarpay setzten die ersten Wehen ein.

Auf der gegenüberliegenden Seite versperrte ihnen der Albaicín-Hügel den Weg, sie waren in den Tiefen einer Schlucht gefangen und würden hier umkommen. Doch der Albaicín schlief nicht. Ganz im Gegenteil: Er brummte und schien zum Leben zu erwachen wie das Meer. Erstaunt betrachteten seine Einwohner die Szenerie, den heldenhaften Widerstand der Fremden gegen die Christen, die sie mit Artilleriefeuer niederwalzten und mit spanischer Kavallerie angriffen. Eine Flüsterparole breitete sich in den weißen Gassen aus. Die Morisken sagten es weiter in ihrer Sprache, die sie von ihrem Gott zu haben glaubten: «Ihr werdet die Regierenden haben, die ihr verdient.» Sie sahen in der gegenwärtigen Lage wohl eine unerwartete und berührende politische Chance. In Wellen kamen die Männer den Hügel herab und stürzten sich ins Getümmel. Wo hatten sie die Waffen her? Aus Küchen und Läden, aus Werkstätten und vom Feld. Vielleicht hatten sie sie aufbewahrt oder gestohlen oder selbst geschmiedet, für den Fall eines solchen Vorkommnisses.

Diese Überrumpelung brach den Schwung der Spanier. Sie waren eigentlich zu gut ausgerüstet und zu zahlreich, um nachzugeben, aber sie knickten trotzdem ein und wichen zurück. Sie traten den Rückzug an, allerdings geordnet. Diese Atempause aber reichte aus; sie erlaubte den Quiteños, aus der Schlucht herauszukrabbeln, in deren Schlamm sie versackt waren, und sich im Labyrinth der weißen Gassen zu verlieren, wo die Spanier nicht nach ihnen suchen würden.

23. CÁDIZ

Der Moriskenaufstand sprach sich in ganz Andalusien herum. Diese Aufregung nutzte Atahualpa, um erneut zu fliehen. Der Albaicín war eine Zuflucht gewesen, hatte ihnen die Zeit gelassen, die Verletzten zu pflegen, doch das war kein Refugium, wo man dauerhaft bleiben konnte; früher oder später würden die Spanier wiederkommen. Jederzeit konnte dieser Ferdinand auftauchen, von dem es hieß, er habe ein phantastisches Heer, um den Tod seines Bruders zu rächen.

Córdoba, Sevilla ... seither mieden sie die Städte. Sie hatten ihre Papageien, ihre Lamas, ihre Cuys, ja sogar Atahualpas Puma zurückgelassen und führten nur ihre drei Geiseln mit, die Königin und ihre beiden Kinder, das Einzige, was von der spanischen Krone noch übrig war. Wer konnte, ritt. Es gab keine Kutschen mehr, nur ein paar Karren, auf denen die Verletzten gezogen wurden. Und der bedauernswerte Tross folgte dem Gang der Sonne, ächzend und stöhnend, begleitet von den Schreien der Geier am Himmel, den Kondoren dieser Gegend.

Wäre es Atahualpas einziges Ziel gewesen, ans Meer zu gelangen, wären sie nach Süden gezogen. Aber er strebte nach Westen; immer weiter westlich ging er, von morgens bis abends, ohne je vom Kurs abzukommen, er trieb die Menschen und die Tiere an, ihre letzten Kräfte zu mobilisieren. Es war, als liefe er der Sonne nach, als wollte er sie einfangen, festhalten oder überholen, aber immer entkam ihm die Sonne, der Sonnengott Inti, sein Stammvater, und schließlich gelangten sie bis nach Cádiz.

Die Stadt schien verlassen, aber die Einwohner, die nicht wussten, was auf sie zukommen mochte, hatten sich nur zu Hause verkrochen, bei geschlossenen Fensterläden. Die Quiteños spürten ihre stumme Gegenwart und schlichen auf Pumapfoten näher. Der zu Ehren des Angenagelten Gottes erbaute Tempel von Cádiz war auch wieder so ein großartiges Bauwerk, in dem sie gern haltgemacht hätten, um sich ein wenig auszuruhen. Doch Atahualpa wollte unbedingt zum Hafen. Seine Leute begannen zu argwöhnen, er suche ein Schiff, um wieder nach Hause zu fahren. Manche fanden, das wäre gar keine schlechte Idee. Leider war der Hafen leer, mit Ausnahme einiger kleiner Boote; alle Schiffe waren fort. Erst jetzt willigte Atahualpa ein, dass man sich im Tempel niederließ.

Mehrere Tage vergingen. Die Conversos und die Morisken, die die Quiteños nicht hatten verlassen wollen, zogen durch die Stadt und kamen mit Lebensmitteln wieder. Eines Tages brachte der Sohn der alten Jüdin aus Toledo beunruhigende Nachrichten: Eine Abteilung Soldaten sei im Anmarsch, auf der Suche nach ihnen, um sie gefangen zu nehmen oder auf der Stelle zu töten, und das sei wohl erst eine Vorhut. Karls Heer sei auf dem Weg hierher, vielleicht auch Ferdinand. Man müsse unverzüglich flüchten.

Doch Atahualpa war nicht mehr gewillt zu fliehen. Die Männer waren am Ende ihrer Kräfte, seine Schwester-Gattin war hochschwanger. Sie waren am Ende ihres Weges. Die, denen es vom Rang her zustand, ihn anzusprechen, mochten noch so sehr darauf hinweisen, dass jede Stunde des Zögerns ein Fehler mit unabsehbaren Folgen wäre, der junge Inka blieb unbeirrbar. Er beauftragte Quizquiz, die Verteidigung der Stadt zu regeln. Cádiz war von Festungswällen umgeben, und sie konnten auf die Unterstützung der Morisken in der Umgebung rechnen, doch wenn nun eine Belagerung drohte, wozu hätten sie dann die Alhambra verlassen?, fragten sich die Generäle. Die Mauern, die Cádiz umgaben, hielten dem Vergleich mit der riesigen roten an den Felsen geklebten Burg nicht stand. Natürlich wagte es niemand, in Atahualpas Gegenwart darauf hinzuweisen. Nur Coya Asarpay, die kurz vor der Geburt stand, beklagte sich stöhnend.

Dann verschlimmerte sich die Lage zusehends. Quizquiz gelang es, die spanische Vorhut in Schach zu halten, aber da begann schon eine weitere Belagerung, unter sehr viel ungewisseren Umständen. Die Bewohner, die in der Stadt geblieben waren, standen den Quiteños feindselig gegenüber, und der Hafen machte sie verletzbar, denn man war einem Angriff vom Meer aus schutzlos ausgeliefert. Atahualpa überließ die Verteidigung der Stadtmauern seinen Generälen und sammelte sich in voller Konzentration. Nun wurde wohl das schwerste Gewicht in die Waagschale geworfen.

Eines Morgens, als das Ende der Belagerung nur noch eine Frage von Tagen, wenn nicht Stunden war, erschienen fünf Schiffe am Horizont. Wenn ihnen nun auch noch in den Rücken gefallen würde, so dachten viele Quiteños, so wäre wirklich das Ende ihrer Geschichte gekommen. Allein Atahualpa zog noch eine andere Möglichkeit in Betracht. Seine Augen suchten den Bug der Schiffe ab. Und während seine schicksalsergebenen Gefährten die ersten Kanonenschüsse erwarteten, erkannte er Higuenamota, Pedro Pizarro und Túpac Hualpa, seinen und Huascars Bruder. Da wurde ihm klar, dass sie gerettet waren und dass ihm diese Welt gehören werde.

24. DIE INKAIADEN
Erster Gesang, Strophe 24

Ihr ewigen Bewohner dieser Zinnen,
Wo Sterne klar im schönen Lichte schweben!
Mögt ihr Euch noch des hohen Muts entsinnen,
Der Quitos wackrem Volke ist gegeben;
So musstet ihr auch Kunde wohl gewinnen,
Wie herrlich es das Schicksal will erheben,
Dass einst vor ihm der Syrer, Perser Taten,
Athen und Rom in Dunkelheit geraten.

25. EROBERUNG

Die deutschen Länder, England, Savoyen, Flandern sagten ihm wenig. Mehr schon sagten ihm Andalusien, Kastilien, Spanien. Andalusien war jetzt sein Land, und wenn es sein musste, würde er für sein Land sterben, aber noch nicht heute.

Die Frachträume der Schiffe barsten von dreierlei: Gold, Silber und Salpeter.

Mit dem Salpeter fütterte Quizquiz die Kanonen auf den Festungsmauern und vertrieb damit die Belagerer. Es ging gar nicht darum, das spanische Heer zu vernichten, sondern ganz einfach ein Zeichen zu setzen: Die Zeiten haben sich geändert.

Eure Welt wird nie mehr so sein wie zuvor. Ihr seid jetzt der Fünfte Reichsteil.

Mit Gold und Silber konnte man Menschen kaufen. Die Nachricht von den mit Gold und Silber gefüllten Frachträumen verbreitete sich wie ein Lauffeuer, und von überallher liefen Söldner herbei. Viele desertierten vom spanischen Heer, um sich der Truppe des Inka anzuschließen.

Atahualpa erließ ein Dekret, wonach Conversos, Juden, Morisken, Lutheraner, Erasmianer, Sodomisten und Hexen ab sofort unter seinem Schutz standen.

Tag für Tag verstärkten Hunderte von Zugängen seine Truppe und zeigte sein Dekret größere Auswirkungen.

Ein Abgesandter wurde nach Navarra geschickt, ein anderer sprengte bereits zu Pferde nach Augsburg.

Ohne einen einzigen Kanonenschuss nahm Atahualpa Sevilla ein. Zusammen mit der Königin und dem Infanten bezog er den Alcázar.

Von Sevilla aus baute er eine Schiffsverbindung zu Tahuantinsuyo auf, die über Kuba führte. So würde die Versorgung mit Gold und Silber immer gewährleistet sein. Fugger würde ihm Geld leihen, soviel er wollte.

Und Atahualpa hatte in der Tat einen riesigen Geldbedarf, denn er hatte Großes vor.

Er berief die Cortes ein, sie sollten unverzüglich den Infanten Philipp als den zukünftigen König von Spanien bestätigen und bei dieser Gelegenheit die Regentschaft Atahualpas anerkennen. In dieser Welt schien mit Gold alles möglich zu sein; oder zumindest: Sobald das Gold knapp wurde, ging nichts mehr. Gold und Silber machten die Dinge einfach.

Die Taveras und Granvelles, die ihn fast vernichtet hätten, hatten keine Handhabe mehr, sich gegen ihn zu stellen: weder die legitime Thronfolge, die mit Karl erloschen, noch das Gold, das ihnen ausgegangen, noch das Heer, das ausgeblutet und von einer unbekannten Krankheit verwüstet worden war.

Der Inka hatte eilends Flandern und Artois dem französischen König übergeben; Ferdinands Heer war abgezogen, um die Provinzen seines Bruders zu verteidigen, überließ ihm also das Feld.

Nun wollte er herrschen. Oder genauer, da Spanien streng genommen nicht ohne König war, er wollte regieren.

Was hatte er Huascar angeboten, um Frieden zu schließen? Schwarzes Gebräu, Büchsen, etwas Korn, sprechende Blätter und Gemälde. Die Erkenntnis, dass die Welt wohl groß genug war für die beiden. Und die Aussicht auf neue Reichtümer im Tausch gegen das, wovon Tahuantinsuyo im Überfluss hatte: Gold und Silber.

So entdeckten die Inkas den Handel, diese Tätigkeit, die darin bestand, mit Hilfe von Geld Waren auszutauschen.

Higuenamota hatte ihren Auftrag perfekt ausgeführt. Sie hätte auch in Kuba bei ihrer Familie bleiben und einfach nicht wiederkommen können. Vielleicht hatte sie aus Liebe zu Atahualpa diese Wahl getroffen, allerdings machte sie aus ihrer Liebesbeziehung zum jungen Pizarro kein Geheimnis. Wahrscheinlich waren es eher ihre Neugier und der Geschmack am Abenteuer, dass sie sich so entschieden hatte. Sie mochte diese Welt der Wutausbrüche und Versprechungen; sie wollte wissen, wie die ganze Sache für sie ausgehen mochte. Und außerdem wollte sie Italien kennenlernen. Zu ihrem Leidwesen musste sie erfahren, dass Lorenzino in seine Heimat abgereist war. Sie konnte damals nicht wissen, was das Schicksal für den jungen Mann aus Florenz bereithielt.

Sie konnte nicht ahnen, was auf sie zukam.

26. DIE INKAIADEN
Erster Gesang, Strophe 74

Ist es im Rat des Schicksals auch beschlossen,
Dass waffenstarr, mit hohen Heldentaten
Den Sieg erringen Quitos Kampfgenossen
Weit in Europens kriegerischen Staaten;
Soll ich darum es dulden, Zeus entsprossen!
Und wunderbar mit Füll' und Macht beraten,
Dass den des Schicksals Mächte hoch erheben,
Der meinen Namen will mit Nacht umgeben?

27. MANCO DER JÜNGERE

Túpac Hualpa hatte ein Khipu mitgebracht, es war die Antwort Huascars auf die Nachricht von Atahualpa.

Huascar wolle seinem Bruder verzeihen und die vergangenen Kränkungen vergessen, nachdem er gesagt habe, dass er jedem Anspruch auf den Thron im Reich der Vier Teile entsagen wolle. Auf seine Bitte hin schicke er ihm dreihundert Mann sowie Gold, Silber und Salpeter in großen Mengen. Im Tausch erwarte er mehr von dem schwarzen Gebräu, weitere Feuerrohre und Wunderbildchen, die eine Tiefenwirkung vorspiegelten. Er danke seinem Bruder, dass er ihm den Mechanicus Pedro Pizarro gesandt hatte, der ihm die Wirkungsweise dieser neuen Waffen erklärt hatte. Wie er sehe, hätten die Inkas ihre ersten Kanonen bauen können, mit denen sie die Schiffe ausrüsteten, die sie in Kuba hätten beladen und von dort aus in See stechen lassen.

Huascar in seiner übergroßen Güte verzichte, der Bitte seines Bruders folgend und aus Liebe zu ihm, darauf, die Insel zu besetzen, von der Prinzessin Higuenamota stammt – gegen eine bescheidene Gebühr.

Das Khipu war in Tumipampa geknüpft worden, wo Huascar mit seinem Hofstaat residierte, denn er hatte nicht nach Cuzco zurückgehen wollen – vielleicht spürte er, dass sich die Schauplätze der Geschichte in den Norden verlagern würden (zumal der Süden von der Steppe Araukaniens begrenzt ist).

Es war für Higuenamota nicht leicht gewesen, an den Herrscher heranzukommen, doch die kubanische Prinzessin hatte überall, wo sie hinkam, beeindruckt. In Lissabon war es ihr gelungen, nicht eines, sondern gleich drei Schiffe von João zu erhalten, wobei ihr gewiss zu Hilfe kam, dass Isabella, die Schwester des Königs und Gattin von Karl dem Fünften, in der Gewalt Atahualpas war. Als sie wieder nach Kuba kam, hatten die Taínos, die sich das nötige Können angeeignet hatten, zwei weitere gebaut, während sie im Landesinneren Huascar besucht hatte.

Huascar hatte das Khipu zur Kenntnis genommen und es hatte ihm, denn er war beeindruckt von den Gaben, die Higuenamota ihm darbot, gefallen, den Bitten Atahualpas zu entsprechen, auch insofern, als das Reich der Vier Teile in Hülle und Fülle über die Dinge verfügte, um die dieser bat. Er hatte seinen Bruder General Túpac Hualpa beauftragt, sich um die Verschiffung der Ware zu kümmern. Atahualpa hatte nach gemeinsamem Kartenstudium mit Higuenamota – sie verstanden sich inzwischen recht gut aufs Kartenlesen – beschlossen, dass die Schiffe nicht in Lissabon, sondern in Cádiz anlegen sollten, wohin es von Granada nicht so weit ist.

Túpac Hualpa hatte einen anderen ihrer Halbbrüder mitgebracht, den sehr jungen Manco Cápac, der die zweifelhafte Ehre hatte, den Namen des großen Stammvaters zu tragen. Túpac Hualpa fuhr nach Hause, die Schiffe voll beladen mit Waffen, Wein und Gemälden, doch der junge Manco Cápac blieb. Er sollte gewissermaßen der ständige Vertreter Huascars in Sevilla sein, das heißt, sein Spion, und Atahualpa würde aus diplomatischen Rücksichten so tun, als wisse er das nicht.

28. DER ALCÁZAR

Der Empfang, den Sevilla den Quiteños bereitete, war sehr anders als die vorigen.

An diesem Tag stieg Königin Isabella auf einen Schimmel und war selber ganz in Weiß gekleidet zum Zeichen der Trauer. Neben ihr trug Atahualpa auf der Stirn die scharlachrote Krone des Sapa Inka zur Schau.

Die wichtigsten Größen der Stadt, der Herzog von Medina-Sidonia, der Herzog von Arcos, der Markgraf von Tarifa waren gekommen, sie zusammen mit dem Stadtschulzen (dem mit der Verwaltung beauftragten Kuraka) zu treffen, und sie verbeugten sich Hand in Hand vor der Königin und dem Inka.

Der junge Philipp und seine Schwester gingen hinter ihnen, und auf sie folgte ein sechstausend Mann starkes Heer.

Als sie in die Stadt einzogen, wechselten Chalcuchímac und Quizquiz einen Blick, und es liegt nahe anzunehmen, dass sie sich an das Zelt von Karl dem Fünften bei Salamanca erinnert fühlten und daran dachten, was für einen langen Weg sie hatten zurücklegen müssen, bis man ihnen solche protokollarische Aufmerksamkeit widmete wie jetzt.

Nebenbei fiel Quizquiz der vor ihm herumhüpfende Sempere auf, der große weiße Hund des Kaisers, der in der Katastrophe von Granada dem kleinen Philipp gefolgt war. Auf seiner Schnauze war ihm eine Narbe von der Pumatatze geblieben. Als er den Park des Alcázar entdeckte und von seinem Glanz geblendet war, musste Quizquiz denken, dass das Raubtier hier sicher gern gewesen und auf die Palmen geklettert wäre, in den Teichen gebadet und Vögel gejagt hätte, und fragte sich, wo der Puma wohl jetzt war.

In diesem Park brachte Coya Asarpay einen Sohn zur Welt, dem sein Vater den Namen Karl Cápac gab, in Erinnerung an seinen glücklosen Rivalen. Der kleine Philipp bekam die Erlaubnis, sich über die Wiege zu beugen und sein *padrino* zu werden. Weil Isabella, eine sehr fromme Frau, darauf bestand, wurde das Kind von einem örtlichen Priester mit Wasser benetzt, für alle Fälle. Atahualpa hielt diese Patenschaft für einen politisch klugen Schachzug. Er bot Isabella sogar an, sie als zweite Gattin zu ehelichen, doch diesen Vorschlag lehnte sie ab.

Lorenzino kam aus Italien wieder und brachte einen berühmten Künstler namens Michelangelo mit, den er aus Rom geholt hatte. Zuerst wurde mit ihm eine Grabstätte besprochen, in die die sterblichen Überreste von Karl dem Fünften umgebettet werden sollten, die man auf der Alhambra inmitten der Tomatensträucher zurückgelassen hatte. Dann bekam er den Auftrag zu einer Viracocha-Statue, dem Schöpfer von Sonne, Mond und Sternen. Atahualpa hätte es gern gesehen, dass er ein Abbild seiner Schwester-Gattin und seines neugeborenen Sohnes machte, doch da der Künstler es hasste, lebende Personen zu porträtieren, musste er darauf verzichten, und Lorenzino wurde beauftragt, einen anderen Maler zu holen, einen Bekannten von Karl, von dem er wusste, dass er seine

Kunst in einer Stadt namens Venedig ausübte. Michelangelo ließ sich allerdings zu einer Ausnahme überreden bei Prinzessin Higuenamota, von der er eine großartige Statue anfertigte, die heute im großen Tempel von Sevilla thront, genau dort, wo Karl und Isabella vorzeiten getraut worden waren.

Ehrlich gesagt wäre Atahualpa lieber wieder nach Granada gegangen, denn er fühlte sich besser hoch droben auf der Alhambra, doch er brauchte als Wohnsitz einen Ort, der über das Meer mit seinem Heimatland verbunden war, und der Fluss Guadalquivir, an dem Sevilla liegt, bildete, auch wenn er nicht sehr tief und für größere Schiffe schlecht befahrbar ist, diese Verbindung. Bald schon rollten Tag und Nacht Fässer voll schwarzem Gebräu und Mehl über die Hafenquais, und ihnen entgegen kamen Fässer mit Salpeter und Cocablättern; die von Huascar geschickten Kisten voll Gold und Silber wurden ausgeladen im Gegenzug zu Krügen voll Olivenöl, Honig und Essig, worauf die Inkas in Übersee ganz begierig waren.

Der Handel nahm solche Ausmaße an, dass Atahualpa die Gründung einer besonderen Einrichtung befahl, die die Einheimischen *Casa de contratación* nannten und die die Handelsbeziehungen zwischen Tahuantinsuyo und dem Fünften Reichsteil verwaltete. Niemand in Spanien oder anderswo im Land der aufgehenden Sonne war berechtigt, mit den Ländern der untergehenden Sonne auf anderen Wegen als über Sevilla Handel zu treiben; ausgenommen davon war nur Lissabon, das eine Sonderregelung erhielt zum Dank für die Hilfeleistung gegenüber Higuenamota, ohne die es mit den Quiteños in Spanien aus und vorbei gewesen wäre und die Geschichte einen ganz anderen Lauf genommen hätte. (Gleichwohl musste von sämtlichen Einfuhren durch portugiesische Schiffe der fünfte Teil an die spanische Krone abgeführt werden.)

Es war zugleich ein Akt der Wiedergutmachung gegenüber Königin Isabella, Schwester von João dem Dritten, für den Verlust ihres geliebten Mannes.

29. DIE CORTES

Ebenfalls ein Akt der Wiedergutmachung war die Einsetzung ihres ältesten Sohnes als König von Spanien.

Der Brauch wollte es, dass eine Versammlung von Grundherren, Priestern und Händlern aus allen Teilen Kastiliens zusammentrat und dem neuen König ihre Reverenz machte. Diese Versammlung hieß *Cortes*, und das feierliche Zeremoniell wirkte einschüchternd auf den kleinen Philipp. Um jeglicher Befangenheit zuvorzukommen, hatte ihm Chalcuchímac die Rede aufgesetzt, und Higuenamota hatte sie mit der Hilfe von Pedro Pizarro ins Kastellanische übersetzen lassen. Die Herzöge von Arcos und Medina-Sidonia waren so freundlich, sie gegenzulesen, damit ihre Kenntnisse der örtlichen Einrichtungen und der mit solch einer Versammlung verbundenen protokollarischen Bräuche einfließen konnten.

So konnte der kleine Philipp glaubhaft machen, dass er der Verpflichtung, die ihm auferlegt war, würdig sei, denn es sei Gottes Wille, ihm schon in diesem jungen Alter die Geschicke Spaniens anzuvertrauen. Die Herren aus Sevilla, die beim Einstudieren mitgewirkt hatten, hatten es für sinnvoll gehalten, hervorzuheben, dass sein Vater im Alter von dreiunddreißig Jahren von Gott heimgeholt worden war, und Chalcuchímac, der eine Ahnung von der Symbolwirkung dieser Aussage hatte, hatte das an mehreren Stellen in den Text der Rede eingebaut.

Gott aber habe den kleinen König nicht hilflos gelassen angesichts der Bedeutung solch einer Aufgabe. In seinem großen Erbarmen habe er ihm den Sohn der Sonne geschickt, der über die Meere gekommen war, um ihn anzuleiten und zu beraten.

Diese Rolle des Beraters war sogleich unübersehbar: Wenn der kleine Philipp in seiner Rede stockte oder den Faden verlor, kniete sich Chalcuchímac neben ihn und flüsterte ihm die Worte ins Ohr, die er zu sprechen hatte, was zunächst keinen sehr günstigen Eindruck auf die Versammlung machte. Dann aber erinnerten sich die Ältesten, dass es schon einmal so gewesen war, damals mit dem jungen Karl und seinem Erzieher, dem Ritter von Chièvres. Die Situation war damals allerdings ganz anders, wenn auch letztlich kaum weniger ungewöhnlich gewesen, insofern der eben eingetroffene junge Herrscher kein Wort Spanisch konnte. Philipp war immerhin in Valladolid zur Welt gekommen und nicht in Flandern. Und was den Herrn aus Übersee anging, so hatte der Gold und schien bereit, etwas davon abzugeben.

So konnte der junge König, von seiner neuen Umgebung instruiert, die ersten Maßnahmen seiner Regentschaft ankündigen.

Die allererste war die Auflösung des *Consejo de la Suprema y General Inquisición* und die ersatzlose Abschaffung des *Tribunal del Santo Oficio de la Inquisición*. Aus dem beifälligen Gemurmel, das durch die Reihen der Versammlung ging, darunter auch manch ein Vertreter des Klerus, schloss Atahualpa, dass diese Maßnahme wohl nicht allzu unpopulär war.

Die zweite Maßnahme bestand darin, Artois und Flandern dem Königreich Frankreich zuzuschlagen, im Gegenzug zu einem Bündnispakt mit dem Versprechen, einander gegenseitig zu unterstützen. Die Nordgebiete waren für die Spanier nicht von Interesse, und so wurde diese Nachricht mit Gleichmut, ja sogar mit ein wenig Erleichterung aufgenommen.

Schließlich wurde der Herr aus Übersee, Atahualpa, der Sohn der Sonne, als Kanzler dem König zur Seite gestellt, und ersetzte an dieser Stelle Nicolas Perrenot de Granvelle, auf den bereits, wie auf die anderen Aufständischen, ein Kopfgeld ausgesetzt worden war.

Das Kopfgeld auf Sepúlveda, der als für den Tod von König Karl verantwortlich erklärt worden war, betrug tausend Taler.

Pedro Pizarro wurde zum Staatssekretär ernannt und trat an die Stelle von Francisco de los Cobos y Molina, der gleichfalls auf die Liste der Vogelfreien gesetzt worden war, ebenso wie Juan Pardo Tavera und Antonio de Leyva. Ein Kultusministerium wurde gegründet, das Atahualpa gern Ignatius von Loyola anvertraut hätte, doch als dieser ablehnte, wurde die Stelle mit Juan de Valdés besetzt, einem humanistischen Converso, den Lorenzino aus Rom mitgebracht hatte.

Das Alhambra-Dekret von 1492, das die Vertreibung der Juden zum Gegenstand hatte und in Zeiten des Ancien Régime von den Großeltern Karls des Fünften in Granada unterschrieben worden war, wurde außer Kraft gesetzt.

30. THOMAS MORUS AN ERASMUS VON ROTTERDAM

Thomas Morus grüßt Erasmus von Rotterdam,
Du weißt, mein lieber Erasmus, wie sehr ich meinen Rückzug genoss, nachdem ich das Dienstsiegel abgegeben hatte und bar der Last des Amtes als Lordkanzler war, mit der mich zu ehren Seine Majestät König Heinrich der Achte die Güte gehabt hatte.

Von Dir ist mir zu Ohren gekommen, dass Du Basel verlassen habest, weil Deine wankelmütige Gesundheit Dich nötigte, auf etwas mehr Ruhe zu achten, und was das angeht, so wünsche ich Dir von ganzem Herzen, dass die Nierensteine Dich einigermaßen in Frieden lassen.

Wenn ich gleichwohl heute zur Feder greife, mein lieber Erasmus, so ist es, um Dich zu beschwören, Deinem alten Freund zu Hilfe zu kommen in einer Sache, die über meinen persönlichen Horizont hinausweist, aber – ich scheue nicht davor zurück, es zu sagen – das Schicksal der gesamten Christenheit betrifft.

Dir wird nicht entgangen sein, dass Seine Majestät der König von England sich in den Kopf gesetzt hat, seine Ehe mit Königin Katharina für ungültig erklären zu lassen, um Lady Anne Boleyn zu heiraten, und dass der Papst ihm diese Erklärung verweigert, was ihn in den Augen der Kirche gegenwärtig zum Bigamisten macht.

Du wirst auch von dieser neuen Religion gehört haben, die sich von Spanien ausgehend ausbreitet, die von manchen Inti-, von anderen Sonnentum genannt wird und dem Sonnengott huldigt in der Nachfolge der Religion des neuen Herrschers Atahualpa, der den Verlust von Kaiser Karl verursacht hat und gegenwärtig der wahre Herr über die Länder Spaniens ist.

Nun kannst Du Dir vorstellen, auf was für eine Idee Seine Majestät mein König gekommen ist? Er droht damit, zur Religion der Inka überzuwechseln und ganz England mitzunehmen, falls der Papst ihm nicht willfahrt, denn er hat gehört, dass man in dieser Religion die Zahl der Gattinnen vermehren kann wie Unser Herr das Brot.

Da kann Unser Heiliger Vater den König noch so sehr mit der Exkommunizierung bedrohen, es bewirkt überhaupt nichts. Seine Majestät ist so von sich eingenommen und scheint fest entschlos-

sen, sich höchstselbst über die Entscheidungen des Pontifex maximus hinwegzusetzen.

Kannst Du Dir eine größere Gotteslästerung vorstellen? Wir hatten uns schon gegen die Vorstöße dieses Luther mit seiner tausendfältig zu verdammenden Ketzerei zur Wehr zu setzen. Und jetzt müssen wir uns einer noch viel größeren und teuflischeren Bedrohung stellen, dem Götzendienst von Barbaren, die einem vorkommen wie eben der Hölle entstiegen.

Ich flehe Dich an, geliebter Erasmus, schreib dem König einen Brief, in dem Du ihm alle Folgen einer solchen Dummheit schilderst, die nur in einer Unterhöhlung der Grundlagen jedes echten Glaubens an Unseren Herrn enden kann. Du siehst, es geht nicht mehr nur darum, die zu bekämpfen, die sich damit abmühen, das Fegefeuer zu leugnen, oder die sich weigern, am Karfreitag karg zu essen. Nicht mehr nur die Einheit unserer Heiligen Kirche ist in Gefahr, sondern die gesamte Christenheit droht in Treu- und Gottlosigkeit zu versinken.

Am besten, um es rundheraus zu sagen, wäre, Du gingest mit einem Text an die Öffentlichkeit, in dem Du an unser Festhalten am wahren Glauben erinnerst und jeglichen Aberglauben verdammst.

Allein Dein Wort hat ausreichend Gewicht, um diesem Wahnsinn ein Ende zu bereiten, und ein Wort von Dir kann ganz Europa wieder auf Gottes rechten Weg bringen.

Wer weiß? Vielleicht ist dieser Atahualpa ja von Gott gesandt, um die Kirche und ihre verirrten Schäfchen wieder zu versöhnen, um Luthers Anhänger wieder zur Vernunft zu bringen und uns alle zusammenzuschweißen, dass wir gemeinsam stark sind gegen diese neuen Heiden.

Du weißt, ich habe immer brennend ersehnt, dass aus Deinem Herzen – dem Organ, das am meisten dazu angetan ist, über die

Wahrheit zu wachen – ein Traktat entspringt, der unwiderleglich beweist, dass unser Glaube der einzig wahre ist. Ich glaube tatsächlich, dass es keinen günstigeren Augenblick dafür gibt als heute, und ich wünschte, dass Dich nichts von dieser vornehmen Aufgabe abhalten kann.
Gehab Dich wohl, Erasmus, Liebster unter den Lebenden.

Von ganzem Herzen bin ich
Dein Thomas Morus

An Meister Erasmus von Rotterdam,
den Mann von herausragender Weisheit und Kenntnis.
Chelsea, den 21. Januar 1534

31. ERASMUS VON ROTTERDAM AN THOMAS MORUS

Erasmus von Rotterdam grüßt Thomas Morus,
Du hast Dich nicht getäuscht, mein lieber Freund, wenn Du zwischen den Zeilen meine Müdigkeit und Ermattung herausgelesen hast. Mein Leib lässt mir kaum noch Ruhe, und es vergeht kein Tag, wo mich nicht neue Schmerzen plagen.
Doch aus Freundschaft zu Dir und weil Du wichtige Fragen anschneidest, die es wert sind, dass man ihnen Aufmerksamkeit schenkt, mache ich mir die Mühe, Dir so umfassend zu antworten, wie es mir irgend möglich ist.
Vorwegschicken will ich, dass mich die ganzen Verleumdungen so geschwächt haben, dass ich nicht mehr die Kraft und den Schwung aufbringe, um – wieder einmal – in die Arena zu gehen: So viel zu dem Traktat, um den Du mich bittest.
Hinzu kommt, dass ebenjene Verleumdungen und der Verlust an

Glaubwürdigkeit, den sie meinem Ruf angehängt haben, mich daran zweifeln lassen, dass der König von England auf einen bereits mit einem Bein im Grabe stehenden und vergessenen alten Mann hört, der zudem auch noch zu wiederholten Malen die großherzigen Einladungen seines Herrschers ausgeschlagen hat. Was den Papst angeht, so denke ich, dass vielleicht Dein bester Verbündeter, der Dir bei Deinem hochherzigen Unterfangen am meisten helfen kann, genau jener Atahualpa ist, den Du meiner Meinung nach allzu leichtfertig verteufelst.

Denn indem er den Verlust von Kaiser Karl verursacht hat, des Neffen von Königin Katharina, der Rom mit massiven Druckmitteln bedrohte, falls er je mit dem Segen des Heiligen Vaters zurückgewiesen würde, hat er die Bedrohung, die vom Kaiser ausging, aus der Welt geschafft und damit auch das gravierendste Hindernis, diese Ehe für ungültig zu erklären. Und wenn diese Erklärung einmal ausgesprochen ist, steht der offiziellen Vermählung von König Heinrich und Lady Anne nichts mehr im Wege, und so würde diese Freigabe, indem sie ihm seinen vollen Willen lässt, Deinem König jedes Motiv nehmen, aus der katholischen Kirche auszutreten.

Doch jenseits dieser Erwägungen bitte ich Dich noch einmal zu überdenken, was Du da über diesen Inka und seine Religion gesagt hast. Glaubst Du wirklich, dass sie schlechter und also gefährlicher ist als die lutherischen Ketzer, über die Du so herziehst? Schadet sie unserer Kirche wirklich mehr als die geldgierigen und korrupten Mönche, die Du kürzlich an den Pranger stelltest? Gewiss, Luther hat das Schwert gezückt im vollen Bewusstsein, die Kirche entzweizuschlagen. Aber Atahualpa kann dafür nichts. Es ist ja nicht sein Fehler, dass das Evangelium noch nicht bis zu seiner Insel, wo immer sie liegen mag, vorgedrungen ist.

Du scheinst überzeugt, dass die Feinde der Kirche unweigerlich in die Hölle kommen, und ich wüsste nicht, wie ich Dich davon abbringen könnte; aber bitte, lieber Freund, lass Dich daran erinnern, dass die Hölle den Heiden nichts anhaben kann.

Außerdem, wenn Du Dich ein wenig mit dieser Sonnenreligion befasstest, könntest Du die vielen Punkte sehen, in denen sie mit unserem Glauben übereinstimmt. Viracocha und der Sonnengott, sind sie nicht so etwas Ähnliches wie Gott Vater und sein Sohn, unser Herr Jesus? Die Mondgöttin ist Schwester und Gattin des Sonnengottes, und eigentlich beschwört sie doch ein freilich entfernt verwandtes Bild herauf wie von der Jungfrau Maria, der Mutter Gottes. Und der Blitz, den sie verehren, könnte fast für unseren Heiligen Geist stehen. Du hast doch oft genug den Heiligen Geist in unseren Kirchen als Vogel dargestellt gesehen, warum also sollte er nicht auch als Blitz erscheinen?

Pass auf, mein Freund, dass Du nicht dort schon Ketzer siehst, wo es sich um Geschöpfe Gottes handelt. Je verhasster der Begriff des Ketzers den christlichen Ohren ist, desto mehr müssen wir vermeiden, leichtfertig jemanden damit zu brandmarken. Du weißt, dass ich an Luther seinen zerstörerischen Willen und seine kriegerische Leidenschaft nicht gutheiße. Aber, mein Freund, in einem gebe ich Dir recht: Vielleicht bietet dieser Atahualpa eine Hoffnung auf Frieden.

Gehab Dich tausendfältig wohl, mein Freund, und gib Mrs. Alice und Mrs. Roper einen Kuss von mir.

Desiderius Erasmus von Rotterdam

An Thomas Morus, den weisesten und glühendsten Anwalt Gottes.
Freiburg i. Br., den 28. Februar 1534

32. THOMAS MORUS AN ERASMUS
VON ROTTERDAM

Thomas Morus grüßt Erasmus von Rotterdam,
wieder einmal hat Deine, Du Weisester aller Weisen, Scharfsichtigkeit ins Schwarze getroffen: Unser Heiliger Vater hat die Androhung der Exkommunizierung zurückgenommen und endlich zugestimmt, dass die Ehe für ungültig erklärt wird. Nichts hindert König Heinrich nun mehr daran, mit Lady Boleyn den Ehebund einzugehen.
Allerdings ist Dein beeindruckender Weitblick nicht so weit gegangen, zu ahnen, was niemand außer Gott selbst vorhersehen konnte.
Vielleicht denkst Du, England sei gerettet, da der König nun keinen Grund mehr hat, vom Glauben abzufallen. Weit gefehlt, die Gefahr ist größer denn je.
Kannst Du Dir vorstellen, dass Seine Majestät sich in den Kopf gesetzt hat, einen Sonnentempel zu errichten, voller Jungfrauen, die er selbst auswählen will und die ihm zu Diensten und Willen sein sollen? Sein Wahnsinn ist inzwischen so weit fortgeschritten, dass er sich als des Sonnengottes Sohn bezeichnet, ganz nach dem Beispiel dieses Atahualpa mit seinen Barbarenritualen.
Ich würde mich Deinem Wohlwollen dieser gottlosen Religion gegenüber ja gerne anschließen, aber ich kann in ihr nicht den geringsten Bezug zum wahren Glauben erkennen. Worin sollte er auch bestehen? Gewiss, das Alte Testament hat das Neue angekündigt, wie mir in Erinnerung zu rufen Du nicht müde wirst, und es barg die Vorzeichen der Herabkunft des Messias wohl schon in sich. Aber ich frage Dich, lieber Erasmus: Auch wenn man einräumt, dass Moses die Ankunft Jesu vorbe-

reitet habe – ist das schon ein Grund, zum Judentum überzulaufen?

Wie auch immer, ich danke Dir für den Brief an den Papst, ich hege keinen Zweifel daran, dass Dein Brief mit seinem Gewicht zu der Entscheidung, die Ehe für ungültig zu erklären, beigetragen hat, auch wenn dies letztlich nicht die erhoffte Wirkung hatte.

Gott sei mit Dir, Erasmus, der liebste unter meinen Freunden.

Thomas Morus

An Erasmus von Rotterdam, Gott befohlen
Chelsea, den 23. März 1534

33. ERASMUS VON ROTTERDAM AN THOMAS MORUS

Erasmus von Rotterdam grüßt seinen lieben Thomas Morus,
Hatte ich Dir nicht gesagt, dass dieser Fremde, dieser Barbar, wie Du ihn nennst, eine Hoffnung für Europa ist? In Wahrheit habe ich nur geringes Verdienst daran, und ganz gewiss nicht den Weitblick, den Du mir zuschreiben willst, denn ich hatte mir diese Ansicht nach einem Brief von unserem Freund Guglielmus Budæus so zurechtgelegt.
Tatsächlich hat König Franz im vergangenen Monat in Paris einen Botschafter der spanischen Krone empfangen, der in Begleitung von mehreren dieser Indios oder Inkas kam – ich weiß nicht, wie ich sie nennen soll. (Vielleicht sind sie ja aus Persien, denn auch dort betet man die Sonne an.) Allem Anschein nach sind sie Wesen von großem Feinsinn und großer Schönheit, vor allem aber haben sie sich für die Unterschrift unter den Frie-

densvertrag zwischen Frankreich und Spanien eingesetzt, wobei sie dem Königreich Frankreich große Teile des Erbes von König Philipp zugestanden. Im Gegenzug hatte König Franz in seiner großen Weisheit erklärt, er werde auf Mailand verzichten, was für Italien, das Land unausgesetzter Kriege, vielleicht eine Aussicht auf dauerhaften Frieden eröffnet.

Doch das ist noch nicht alles. Während ich diese Zeilen schreibe, bebe ich vor Freude und Befriedigung darüber, Dir, mein lieber Morus, die neuesten Entwicklungen mitteilen zu können, falls Du nicht schon davon gehört hast.

Stell Dir vor, der junge König Philipp ist dem Rat seines neuen Kanzlers gefolgt und hat in Sevilla ein Edikt erlassen, das im gesamten Kastilien und Aragón die freie Wahl und Ausübung der jeweiligen Religion gewährleistet. Einzige Auflage dabei ist, dass zweimal im Jahr das Sonnenfest gefeiert werden muss. (Noch der glühendste Anwalt des Christentums wird wohl einräumen, dass dies keine schwere Auflage ist, ich nehme an, Du bist da der gleichen Meinung wie ich.)

Verstehst Du, was das bedeutet, lieber Morus, geschätzester unter meinen Freunden? Endlich tut sich das Tor zu dem Europa der Toleranz auf, an dem wir schon verzweifelten, und vielleicht sogar, wenn Gott will, der Weg zu einem Universalfrieden. Wenn doch dieses Toleranz-Edikt den Königen und Fürsten zum Vorbild diente und bei dieser Gelegenheit gleich Luthers Zorn entwaffnete!

Siehst Du, lieber Morus, was lernen wir aus alldem? Die Klugheit eines Heiden, wenn er, ohne sein Wissen, von Gott geleitet wird, kann für die Menschheit mehr bewirken als ein blutrünstiger Christ. Letztlich war ja auch Sokrates ein Vorläufer von unserem Herrn Jesus. Oder würdest Du sagen, Sokrates und Platon seien gottlose Heiden gewesen? Würdest Du, umgekehrt, sagen, der

Mönch Savonarola mit seinem Florentiner Terror-Regime im Namen unseres Herrn, sei ein guter Christ gewesen?
Lieber Thomas, mit einiger Ungeduld erwarte ich, Deine Meinung zu all dem zu erfahren, und bis dahin umarme ich Dich herzlich.

Erasmus

An Thomas Morus, meinen Humanisten-Bruder
Freiburg i. Br., den 17. April 1534

34. THOMAS MORUS AN ERASMUS VON ROTTERDAM

Liebster Erasmus,
Deinen Brief habe ich mit etwas Verspätung bekommen, weil ich nicht da war, wo er mich hätte erreichen sollen, und ich bitte Dich mir nachzusehen, dass ich so spät antworte.
Wie gerne hätte ich Deine Freude, Deine Begeisterung über die Zeitläufte geteilt, doch leider haben sich die Dinge hier nicht so entwickelt, wie zu erhoffen man Grund hatte.
Wie ich in meinem vorigen Brief schrieb, hat König Heinrich tatsächlich ein Gesetz erlassen, wonach er, genau wie Dein neuer Freund, der spanische Kanzler, ein Sohn der Sonne sei.
Überall im Königreich England ersetzt er die Klöster und Abteien durch Sonnentempel, die nichts weiter sind als Bordelle, betrieben von Frauen, die von den Tolerantesten vielleicht noch als Vestalinnen bezeichnet, von den Intelligenteren jedoch als Huren angesehen werden.
Und er hat, als wäre uns all das nicht schon genug Anlass zu Beschämung und Kummer, von allen Untertanen gefordert, sie soll-

ten unter Eid anerkennen, dass ihr König doch tatsächlich von Gottes Gnaden der Sonne Sohn sei.

Deshalb schreibe ich Dir heute vom Londoner Tower aus, wo ich jetzt gefangen bin und auf meinen Prozess und wahrscheinlich mein Todesurteil warte, nachdem ich mich, wie Du Dir vorstellen kannst, geweigert habe, meinen Schwur auf diese unvorstellbare Ketzerei abzulegen, die in dieser unerhörten Gotteslästerung vor den Augen der Welt gipfelt, und ihr weiter Vorschub zu leisten.

Gott befohlen, Erasmus von Rotterdam,
ganz Dein Thomas Morus
London, den 15. August 1534

35. ERASMUS VON ROTTERDAM AN THOMAS MORUS

Lieber Thomas, geliebter Bruder,
dass ich in meinem vorigen Brief auf Sokrates gekommen bin, war ganz gewiss nicht, damit Du Dich genötigt siehst, ihm nachzueifern und bewusst dem Tod entgegenzugehen.
Ich beschwöre Dich, im Namen unserer langen Freundschaft und der Liebe von Alice, Margaret und all Deinen Kindern, dem König den Eid abzulegen und zu schwören, was immer er verlangt. Und wenn er behauptete, er sei Sultan und Kalif zugleich oder Gott der Herr – was können uns seine Gespinste anhaben? Wir alle tragen doch in der Tiefe unseres Herzens die Wahrheit über Gott, wie sie in der Botschaft der Evangelien überliefert ist.
Auf die Liebe der Deinen – darauf kommt es Dir doch an, ebenso wie auf die Aufgaben, die Du noch zu vollenden trachtest, und auf das Gute, das Du hienieden bewirken kannst. All das hat doch viel mehr Gewicht als die Kindereien eines verrückten Monar-

chen, nicht wahr? Ich flehe Dich an, mein ältester Freund, rette Dein Leben. Was ist ein unter Androhung des Todes erpresster Schwur schon wert? Welche Geltung könnte er denn vor Gott und Deinem Gewissen haben?

Lass mich Dir eine Geschichte in Erinnerung rufen. Es ist noch gar nicht so lange her, und vielleicht hast Du sie nicht vergessen, obwohl sie sich zu einer Zeit abspielte, da Du noch ein sehr junger Mensch warst. Als König Ludwig der Zwölfte den Thron bestieg und die Scheidung von seiner Frau, einer Tochter Ludwigs des Elften verlangte, missfiel das vielen wohlmeinenden Leuten, unter ihnen auch Jan Standonck und seinem Schüler Thomas, die aber in ihren Reden nichts weiter sagten, als dass man zu Gott beten und dem König das Richtige einreden müsse. Der verbannte sie einfach und rief sie erst wieder zu sich, als die Scheidung vollzogen war. Nun lass mich Dir dazu eine Frage stellen: Wenn der schreckliche Standonck sich mit einer Lage abgefunden hat, die ja immerhin sein Gewissen belastete, kann es der gute Morus ihm dann nicht gleichtun? Hüte Dich, mein Freund, vor dem bösen Geist der Eitelkeit. Hast Du Deiner Frau, Deinen Kindern, Deinen Freunden geraten, den gleichen Weg zu gehen wie Du und den Schwur zu verweigern? Natürlich nicht, denn Du wünschst nicht ihren Tod, und Du weißt andererseits, dass dieser Eid nicht ihr Seelenheil gefährdet. Warum also soll, was für sie gut ist, nicht auch für Dich gut sein?

Ich bete zu Gott, dass er Dich wieder zur Vernunft bringt und zu größerer Demut, und ich werde jetzt auf der Stelle einen Brief an König Heinrich schreiben, um ihn Dir geneigt zu stimmen.

Bis dahin – Gott möge Dich behüten, mein Freund – begleiten Dich meine Fürbitten.

Erasmus
Freiburg i. Br., den 5. September 1534

36. ERASMUS VON ROTTERDAM AN KÖNIG HEINRICH DEN ACHTEN

Erasmus grüßt Heinrich den Achten, den unbezwingbaren König von England,

Euer Scharfsinn ist ohne Gleichen, und deshalb zweifle ich nicht daran, dass Ihr, Großer König, den Gegenstand dieses Briefes bereits erahnt. Wenn ich heute zur Feder greife, dann tue ich es, um Eure Majestät anzuflehen, unserem großen gemeinsamen Freund, dem edlen Herrn Thomas Morus, das Leben zu retten.

Es ist kein Zufall, und ich muss Euch nicht daran erinnern, denn es ist noch nicht lange her, dass Ihr ihn mit Ehrenbezeugungen überhäuftet. Heute seht Ihr ihn als einen Verräter an, der Eure Freundschaft gebrochen hat, aber hat er Euch denn verraten, als er sich freiwillig aus dem Amt zurückzog, das Ihr ihm anvertraut hattet? War er ein Schurke und Intrigant, wo er doch von sich aus dem höchsten Amt beim König von England entsagte?

Ihr wisst, Majestät, dass unser Morus nicht in der Lage wäre, etwas zu tun, das Euch schaden könnte – so groß ist die Liebe, die er Euch entgegenbringt.

Gewiss kann sein Eifer in Fragen der Religion gelegentlich etwas Irritierendes an sich haben in seiner Naivität, ja manchmal erinnert er beinahe an Aberglauben. Was tut's! Kann ein herangewachsener Sohn seinem Vater nicht verzeihen, so wie dieser einst seinem Sohn vergab? Was liegt Euch am Schwur eines armen, ohnmächtigen Menschen?

Ich flehe Euch an, o unbezwingbarer und weiser König, das Schwert stecken zu lassen und den Kopf unseres guten Morus zu verschonen. Der König von England wird Gutes für sich und seinen eigenen Ruhm getan haben, wenn er einen Mann verschont, dessen Frömmigkeit und Weisheit so beachtlich sind, dass ihn schon fast die Unsterblichkeit gestreift hat. Höchst glanzvoller König, wenn Ihr ihn wirklich strafen wollt, dann verbannt ihn aus Euerm Reich und legt so zugleich Zeugnis ab von Eurer Macht und Eurer Barmherzigkeit.

Ich habe nicht den geringsten Zweifel daran, dass diese Worte Widerhall finden im Herzen dessen, den ich Plutarch lehren durfte, als er noch das Kind war, das zu größten Hoffnungen Anlass gab, und der, herangewachsen, diese Hoffnungen weit über das Erwartbare hinaus übertroffen hat.

Erasmus von Rotterdam
Freiburg i. Br., den 25. September 1534

37. ELISABETH

Das Edikt von Sevilla fegte wie ein Orkan über ganz Europa hinweg (denn so nannten die Leute ihre Welt, ehe sie zum Fünften Reichsteil wurde).

In Spanien war es logisch und einleuchtend, dass die Morisken und die Conversos die Ersten waren, die das neue Gesetz begrüßten, denn sie waren dessen unmittelbare Nutznießer. Atahualpa wusste, dass das Edikt ihm ihre Loyalität sicherte, aber er hütete sich, diese für unerschütterlich zu halten, denn er kannte sich aus mit Stimmungswechseln in der Bevölkerung.

In den deutschen Ländern, in Frankreich und in England (wie aus den oben präsentierten Dokumenten ersichtlich), sogar in der helvetischen Eidgenossenschaft, überall, wo die Lutheraner Zulauf hatten, wo sie verfolgt wurden, wo sie dafür kämpften, ihre alte Religion durch eine neue, verjüngte (wenn auch im Grunde der alten ähnliche, da sie dieselben Gottheiten anerkannte und ihnen nur nach unterschiedlichen Bräuchen zu huldigen wünschte), wurde das Edikt von Sevilla wie ein Hoffnungsschimmer im Dunkeln aufgenommen. Weil in Spanien der Traum von einer Welt ohne Inquisition Gestalt annahm, wurde vieles, wenn nicht realistisch, so doch zumindest vorstellbar, einschließlich Friede und Eintracht.

Luther schwieg zur Sonnenreligion, denn er konnte ihr nicht zustimmen.

Der französische König war von seiner ersten Nachsichtigkeit wieder abgekommen und wünschte keinen Frieden mit diesen Lutheranern zu schließen, deren Unverfrorenheit er missbilligte, weshalb er eher geneigt war, sie bei lebendigem Leibe zu verbrennen.

Doch andere, die das Gemetzel leid waren, wünschten sich weitere Edikte nach dem Sevilla-Modell.

Man erzählte sich furchtbare Geschichten, von Menschen, die bei lebendigem Leibe geviertailt, gebraten und verzehrt wurden wie bei den Chirihuanas, was die Quiteños besonders anwiderte. Ein Brief von Margarete von Navarra berichtete, in Frankreich habe eine tobende Horde von Katholiken einem Lutheraner das Herz ausgerissen, und der Bericht von diesem Verbrechen, das die Königin selbst als «abscheuliche Metzelei» bezeichnete, kursierte im Alcázar und ließ die Inkas erschaudern. Solche furchtbaren Taten seien, so Margarete, die Folge von einem schwer nachvollziehbaren Glauben; die Anhänger der alten Religion im Orient wurden anlässlich der rituellen Handlungen in ihren Tempeln von ihrem Priester eingeladen, ein kleines weißes Gebäck zu essen und einen Schluck schwarzes Gebräu zu trinken, und glaubten durch ein Wunder der Einbildungskraft, das für die Quiteños schwer nachvollziehbar war, dass es sich wirklich um das Blut (denn das schwarze Gebräu schimmerte rot, wenn Licht darauf fiel) und den Leib ihres Gottes handelte, das sie da tranken und aßen.

Die Anhänger der neuen Religion wollten so etwas nicht glauben, aber die Quiteños hörten nichts dergleichen, dass sie weniger Verbrechen begingen. Auch sie verbrannten Menschen.

Die Söhne der Sonne wollten sich nicht daran gewöhnen, dass solche von so abwegigem Aberglauben verursachten Streitigkeiten in tödliche Konflikte ausarten konnten, manchmal sogar quer durch einzelne Familien oder Ayllus.

Vor allem in den deutschen Ländern sorgten diese Spaltungen für einen Lärm, dessen Widerhall bis nach Sevilla reichte.

Eine Prinzessin, die Lutheranerin geworden war, hatte ihren Mann, den katholischen Markgrafen von Brandenburg, verlassen und sich zu ihrem Onkel, dem Landgrafen von Thüringen, geflüchtet und nötigte ihn, in seinem Reich die gleiche Religionsfreiheit zu proklamieren, wie sie inzwischen in Spanien herrschte. Sie hatte einen schönen glühenden Brief an Kanzler Atahualpa geschrieben, um ihm ihre Bewunderung kundzutun und ihm mitzuteilen, was für eine Hoffnung auf Frieden er im Norden geweckt hatte (sie selbst kam aus einem kleinen Land namens Dänemark, von dem die Quiteños noch nie gehört hatten). Chalcuchímac hatte daraufhin seinem Herrn geraten, ihr mit Blick auf das Schmieden neuer Allianzen eine Heirat vorzuschlagen. Coya Asarpay musste den General an die Ehegesetze der Neuen Welt erinnern, die auch für die Fürsten galten (notabene neuerdings mit Ausnahme des Königs von England): Elisabeth von Dänemark war bereits verheiratet, und solange ihr Gemahl am Leben war, konnte sie sich nicht mit jemand anderem verbinden, mochten sie auch von Tisch und Bett getrennt sein und in unversöhnlichem Streit liegen. Sie bat nicht um Heirat, sondern um Truppen zu ihrer Verteidigung. Sie flehte den Kanzler an, ihr seinen Schutz zu gewähren. Seit Karls Tod zog der Schatten Ferdinands über Europa herauf, und alle fürchteten seinen Zorn oder vielmehr: Da alle wussten, dass er unvermeidlich niedergehen würde, betete jeder dafür, dass er bei den Nachbarn herunterkomme, wie der Blitz beim Gewitter. Elisabeth von Dänemark erwähnte einen Schmalkaldischen Bund, das Bündnis von kleinen lutherischen Ländern, doch der könne gegenüber dem kaiserlichen Heer nichts ausrichten. Ferdinand, der Nachfolger seines Bruders Karl an der Spitze des Heiligen Römischen Reichs, stehe kurz davor, in Aachen zum Kaiser gekrönt zu werden. Elisabeth flehte Atahualpa an, diese Krönung zu verhindern, die ihrer aller Untergang bedeuten würde.

Aber weder die nördlichen Länder noch Ferdinand interessierten den Inka, der zunächst noch damit beschäftigt war, seine Position in Spanien zu festigen.

38. VALENCIA

Andalusien war noch nicht ganz befriedet. Rumiñahui war wieder nach Granada gereist, um dort eine Garnison einzurichten. In Cádiz wurden Schiffe gebaut. Ein von Michelangelo entworfener Sonnentempel wurde in die Kathedrale von Córdoba hineingebaut. Sevilla wurde von Tag zu Tag reicher, die Bevölkerung wuchs rapide und machte Sevilla zur größten Stadt der Neuen Welt. Die Juden kamen herbei und leisteten erstklassige Arbeit, was den Wohlstand im Land mehrte. Der junge Philipp hatte es endlich geschafft, die von der Alhambra überführten Überreste seines Vaters in einem großzügigen Marmorgrabmal zur ewigen Ruhe zu betten, das man mitten in der Kathedrale errichtet hatte, in der er einst mit Isabella vermählt worden war. Wie versprochen, hatte Lorenzino einen Maler aus Venedig mitgebracht, Tizian, dessen Verdienste er rühmte und der sich sofort daranmachte, ein Porträt Atahualpas als Sohn der Sonne zu malen. Und immer noch begegneten sich Kisten mit Gold und Silber und Fässer mit schwarzem Gebräu auf den Flößen im Guadalquivir.

Zwei Unruheherde aber blieben auf der Iberischen Halbinsel: Toledo in Kastilien und Valencia in Aragón.

In Toledo hatten die letzten Getreuen Karls des Fünften Schutz gefunden. Wegen seiner Lage auf der felsigen Bergkuppe war es nicht leicht, die Stadt einzunehmen. Dieser Rückzugsort machte dem Generalstab der Inkas aber nur wenig Sorgen: Ohne Hilfe von außen würden die Rebellen der Belagerung nicht unbegrenzt standhalten.

Bei Valencia lag die Sache anders. Diese Stadt war das Tor zum Seeweg nach Italien, hier legten die Schiffe nach Genua ab, und von dort ging es nach Neapel und Sizilien, das der kleine Philipp beim Tod seines Vaters geerbt hatte. Allein schon durch seine exponierte Lage war Sizilien den Begehrlichkeiten und Angriffen von Barbareskenkorsaren unter der Flagge des Türken Süleyman ausgesetzt. Nun waren mehr als ein Drittel der Bewohner von Valencia Morisken, denen die alten Christen vorwarfen, sie hielten zu ihren Brüdern in Afrika, mit denen sie Religion und Sprache verbinde und ohne Zweifel auch der Wunsch, Spanien seinen früheren Herren zurückzugeben.

Es wäre gelogen zu behaupten, das Edikt von Sevilla sei in ganz Spanien begeistert aufgenommen worden, denn niemandem war entgangen, dass es vor allem den Juden und den Morisken zugutekam. Doch das Ende der Inquisition hatte dazu beigetragen, dass die neuen Gesetze für die alten Christen angenehmer wurden, zudem waren sie milder gestimmt, seit die Steuern weggefallen waren, mit denen Karl sie zu seinen Lebzeiten unausgesetzt geknechtet hatte, um seine Reisen und Kriege zu finanzieren. Mit der Schwemme von Gold und Silber, die er aus Tahuantinsuyo bezog, war Atahualpa darauf nicht angewiesen. Armut erzeugt Aufruhr. Spanien aber wurde mit jedem Tag reicher.

Doch das schürte auch Ängste. Mehr als anderswo waren die Morisken in Valencia Mauren geblieben, und während die Christen die Angriffe der Seeräuber abwehrten, glaubten sie die kalte Klinge der Krummsäbel im Rücken zu spüren. Eine aufständische Bewegung war entstanden. Alte Christen hatten sich verbrüdert, um gegen die neuen Gesetze zu kämpfen. Von Sevilla abgesandte Kurakas waren ermordet worden.

Atahualpa wusste, dass das Valencia-Problem nicht mit militärischen, sondern nur mit politischen Mitteln gelöst werden konnte, und dass dafür Fingerspitzengefühl und Schlauheit vonnöten waren. Wieder ließ er sich aus den Schriften des Florentiners Machiavelli vorlesen.

39. DER RAT

Unter all den Atahualpa-Porträts von Tizian ist wohl das berühmteste jenes, das ihn im Park des Alcázar zeigt und das unter dem Titel *Der Rat* in die Geschichte eingegangen ist. Der Inka ist als Sohn der Sonne dargestellt, mit seiner scharlachroten Krone und von seiner besten Seite (der Künstler hatte darauf geachtet, das im Bruderkrieg lädierte Ohr zu vertuschen), einen blauen Papagei auf dem Arm, ein goldenes Armband am linken Handgelenk. Er steht vor einem Brunnen, auf dessen Rand Körbe mit Orangen und Avocados abgestellt sind. Ihm zu Füßen liegt, schlafend, eine rothaarige Katze. Eine Schlange hat sich um sein Bein gewunden. Dahinter ragen Palmen in den Himmel, wo Sonne und Mond gleichzeitig scheinen, von Gold und Silber umgeben. Auf seinen Umhang aus Alpaka hatte der Kaiser mit Goldfaden seine Wappen sticken lassen: Das Schloss von Kastilien ist darauf zu erkennen, das rot-gelbe Band von Aragón, ein Falke zwischen zwei Bäumen und eine angeschnittene blasslila Karavelle bei Sonnenuntergang, was für seine Reise aus Kuba steht. In der Bildmitte umrahmen fünf Pumaköpfe unter einem Regenbogen eine gelbe Frucht mit roten Kernen, das Wahrzeichen von Granada und Andalusien. Im Hintergrund ist Coya Asarpay zu sehen, die ihr Neugeborenes im Arm hält (nach der Art der Neuen Welt, die sie sich angeeignet hatte), Higuenamota, hochmütig und nackt, Quizquiz, Chalcuchímac, Manco Cápac, Pedro Pizarro, Lorenzino de' Medici.

Nicht im Bild sind Rumiñahui, Quispe Sisa, Cusi Rimay, Ocllo, Philipp der Zweite und Isabella.

An der Aufstellung auf diesem Gemälde lässt sich einer der wichtigsten Wendepunkte der Geschichte Spaniens und der Welt nachvollziehen.

Tatsächlich hatte Atahualpa sich angewöhnt, seinen Rat zu versammeln, während er dem Maler Modell saß.

Im Laufe einer dieser Sitzungen wurden Maßnahmen getroffen, die nicht nur über das Los einzelner – und nicht der unbedeutendsten – Personen entschieden, sondern über das ganzer Länder.

Atahualpa war zu diesem Zeitpunkt nur Kanzler. Erst bei den letzten Feinarbeiten am Gemälde fügte der Maler noch das spanische Wappen auf dem Umhang des Inka hinzu.

Rumiñahui war auf Garnison in der Alhambra; Quispe Sisa und Cusi Rimay spielten irgendwo im Garten. Dass König Philipp und seine Mutter nicht mit im Bild sind, bedeutete etwas anderes: Sie waren nicht dazugebeten worden. Schließlich waren die Rebellen von Toledo Anhänger des Vaters; da war Vorsicht geboten gegenüber dem Sohn und der Witwe.

Es wurde beschlossen, Quizquiz zur Belagerung nach Toledo zu schicken. Die Wahl fiel auf den General wegen seiner militärischen Fähigkeiten, aber auch, um ihn von dem jungen Philipp zu trennen, dem er mit Holzdegen das Fechten beibrachte und den er sehr gernhatte.

Lorenzino wurde beauftragt, nach Genua zu reisen und Admiral Doria aufzusuchen, der eine Flotte ausrüsten sollte, um die Häfen auf der anderen Seite des Binnenmeeres auszuheben, die den Barbaresken als Stützpunkte dienten. Isabella sollte nach Lissabon geschickt werden und dort ihren Bruder João um den Beistand Portugals bitten, Higuenamota in gleicher Mission zum französischen König nach Paris.

Gleichzeitig sollten die Morisken von Valencia umgesiedelt werden. Atahualpa hielt diese Maßnahmen für angebracht, um den Zorn der alten Christen von Aragón zu besänftigen.

Higuenamota aber merkte an, es sei nicht ratsam, die Verbündeten zu verärgern, und derlei Maßnahmen wären nicht das richtige Signal an die Morisken. Chalcuchímac schlug vor, die Deportation als vertrauensbildende Maßnahme einzukleiden: Man könnte die Morisken beauftragen, die deutschen Stämme zu befrieden, die in der Hand von Menschenfressern waren und gerade um Hilfe gerufen hatten. Sie würden über

Frankreich reisen und sich in den Niederlanden niederlassen, die von Philipps Tante Maria regiert wurden und wo sie zunächst dafür sorgen würden, dass die Selbständigkeit Spaniens nicht nach Karls Tod in Frage gestellt würde. Manco Cápac würde die Führung übernehmen.

Auch über das Schicksal Philipps musste entschieden werden. Chalcuchímac hatte Ferdinands Briefe abgefangen: Der neue Kaiser schwor seinem Neffen, dass das kaiserliche Heer nach Spanien marschieren würde, sobald der Kampf gegen die Türken ihm eine Atempause ließe. Ausbruchspläne und Kollaboration innerhalb des Alcázar waren ans Licht gekommen. Erneut stellte sich die Frage, ob ein toter König letztlich nicht vorteilhafter wäre als ein lebender. Atahualpa schielte nach dem Thron, und seine Mitstreiter taten zumindest untereinander nicht mehr so, als hätten sie das nicht gemerkt.

Coya Asarpay, die dem kleinen Karl die Brust gab, favorisierte eine öffentliche Hinrichtung, um ein Exempel zu statuieren.

Doch die Reaktionen der Spanier waren unberechenbar. Sie hatten den Vater lieben gelernt, es stand zu befürchten, dass sie den Sohn unterstützten, zumal dieser noch sehr jung war, er zählte noch keine acht Erntejahre.

Chalcuchímac schlug eine weniger auffallende Methode der Beseitigung vor, etwas, das nach einem Unglücksfall aussah. Diese Lösung hätte den Vorteil, dass es den König von Portugal, Philipps Onkel, nicht brüskierte, und auch nicht dessen Mutter und die Bevölkerung.

Dagegen verwahrte sich Quizquiz vehement: «Er ist doch nur ein Kind!», wurde er nicht müde zu betonen.

Doch Atahualpa, der bis dahin nichts gesagt hatte, antwortete abschließend: «Nein, er ist ein König!»

Da spielte sich nun die berühmte Szene ab. Der Maler Tizian verstand nicht, worum es ging, da die Diskussion in der Inkasprache geführt wurde, die Lorenzino und Pedro Pizarro so weit gelernt hatten, das sie genug mitbekamen. Doch seine Hand zitterte, vielleicht von einem düsteren Vorgefühl angerührt, und er hatte den Pinsel losgelassen.

Atahualpa war vorgetreten, hatte sich gebückt, den Pinsel aufgehoben und dem Maler gereicht.

So war es geschehen – und nicht, wie Gómara erzählt, der übrigens vieles behauptet, worauf ich wohl nicht näher einzugehen brauche.

Ich nehme das zum Anlass, laut und deutlich zu sagen, dass alles in diesem Buch sehr wahr ist. Es sind nicht die alten Geschichten von den Mochicas und den Chimús vor siebenhundert Erntejahren: Das, wovon in dieser Geschichte die Rede ist, mit allem Drum und Dran, geschah erst gestern, könnte man sagen.

Wie dem auch sei, die Frage nach dem Königtum blieb offen. Aber Philipps Leben hing am seidenen Faden.

Atahualpa hatte große Reformpläne für Spanien, und er glaubte, er werde sie nur umsetzen können, wenn er vollgültig mit der Macht des Königs ausgestattet wäre, befreit von jedem dynastischen Hindernis.

Seine Berater taten erstaunt: Eine Reform? Der Religion? Schon wieder?

Atahualpa hatte geantwortet, und das kann niemand leugnen, kein Francisco de Gómara, kein Antonio de Guevara, kein Alonso de Santa Cruz und auch keiner der Chronisten des Fünften Reichsteils: «Nicht eine Religions-, sondern eine Agrarreform.»

40. PHILIPP

Sie sind zu zweit, ganz klein noch, eine Kinderfrau passt auf sie auf. Ihr Vater ist tot, ihre Mutter weit weg. Sie spielen am Rand des großen Beckens im Alcázar, lassen hölzerne Spielzeugboote schwimmen. Sie träumen von Ruhm, Unwetter und Abenteuern. Philipp sieht sich an der Spitze einer von überallher zusammengezogenen Flotte. Er wird das Land der Seeräuber erobern, zusammen mit Quizquiz – sobald der wieder da ist. Doch Maria möchte derweil nicht untätig sein. «Erst nehmen wir Tunis. Danach nehmen wir Algier.» Bruder und Schwester streiten sich darüber, wer Arudsch Barbarossa gefangen nehmen darf. Die Kinderfrau, ganz in Schwarz gekleidet, beaufsichtigt sie liebevoll.

Ein Brief aus Lissabon meldet, dass ihre Mutter unterwegs ist, zusammen mit ihrem Bruder, dem Infanten Luis, Herzog von Beja, ihrem Onkel, der ihnen dreiundzwanzig Karavellen bringt. Doch ihre Phantasie wird beflügelt von Doria, dem alten Admiral an der Spitze seiner Genueser Galeeren. Und wo sind eigentlich diese komischen Indios?

Quizquiz steckt Toledo in Brand.

Higuenamota schläft mit dem König von Frankreich, und der wird zehntausend Mann schicken.

Manco gelangt nach Brüssel, mit seinen Morisken aus Valencia, es war ein langer Marsch.

Rumiñahui ist auf dem Weg nach Barcelona, wo sich seine Truppen sammeln.

Umgeben von seinen Technikern, in der Kühle des Palastes, wo einst König Pedro der Erste thronte, beugt sich Atahualpa über Landkarten und zeichnet Pläne, ganz besessen von weitläufigen Aufschüttungs- und Planierungsprojekten, um in den Bergen Spaniens Mais und Kartoffeln anzubauen. Im Süden in der Sierra Nevada, die er kennt, weil er sie bei der Flucht aus Granada durchquert hat. Im Norden in den Pyrenäen, bei seiner Freundin Margarete von Navarra. Allzu lange war er auf der Flucht, jetzt wird gebaut. Er hat gerötete Augen, wie eigentlich immer.

Aus einem Fenster des Palastes beobachtet Chalcuchímac die beiden Kinder. Sein Auge ist so schwarz wie sein Herz.

Chalcuchímac führt Böses im Schilde.

Er geht hinunter in den Garten und flüstert der Kinderfrau etwas ins Ohr. Die Alte wird blass, aber gehorcht. Unter einem Vorwand soll sie mit Maria weggehen. Das Mädchen widerspricht, versteht nicht, will noch spielen, überlegt, sich zu wehren, fürchtet aber, das schöne Kleidchen zu zerknittern. Sie gibt nach und folgt der Alten.

Philipp ist nicht gemein, aber im Stillen freut er sich, dass er das Becken nun ganz für sich hat. Niemand, der ihm in seine Befehle hereinredet. Er ganz allein befehligt die Spielzeug-Armada. Mit einem Palmenblatt, das er im Teichgarten aufgelesen hat, erzeugt er Wellen, die sich fortsetzen, sodass seine Spielboote schaukeln.

Er hat nicht gemerkt, dass Chalcuchímac hinter ihm steht. Sein Hund Sempere schläft seelenruhig.

Der kleine Philipp ist leicht, er beugt sich übers Wasser, und der Quiteño braucht nur eine Hand. Das Geräusch ist kaum so laut wie ein herabfallender Stein. Die Schreie des Kindes wecken den Hund auf, der begreift und bellt, ist aber machtlos. Das Schauspiel zieht sich grässlich in die Länge. Wachen kommen herbei, um einzugreifen, doch als sie ihren General ungerührt am Beckenrand sitzen sehen, ziehen sie sich vorsichtig zurück. Dann gibt der kleine Körper Ruhe und treibt bäuchlings auf dem Wasser. Das Bellen des Hundes geht in ein klagendes Jaulen über.

Im selben Augenblick fährt Isabella durch die Meerenge von Gibraltar, froh, ihre Brüder wiedergesehen zu haben und bald bei ihren Kindern zu sein.

Ganz mit seinen Reformprojekten beschäftigt, begeistert sich Atahualpa für den hiesigen Ackerbau und die Aufzucht von kleinen weißen Lamas, die die Landstriche Spaniens bevölkern.

Ein Schwan, aufgescheucht von der Bewegung im Becken, fliegt über den Inka, der nicht einmal aufblickt.

Chalcuchímac war das Böse, im Dienst seines Herrn.

41. TUNIS

Nachdem Philipp tot war, wurde alles leichter.

Zugeschüttet mit dem Gold aus Tahuantinsuyo, beriefen die Cortes von Kastilien und Aragón Atahualpa den Ersten zum König von Spanien, Neapel und Sizilien. Aus rein praktischen Erwägungen unterzog er sich dem Ritual der Taufe, dem die Orientalen so große Bedeutung beimaßen. Man taufte ihn auf den Namen Antonio, aber nicht unter diesem Namen ist er in die Geschichte eingegangen, denn alle, Freunde wie Feinde, mit Ausnahme einiger kastellanischer Christen, nannten ihn weiterhin bei seinem richtigen Namen.

Was hingegen in die Geschichte eingegangen ist, sind seine Versprechungen gegenüber den Cortes. Wie sein Vorgänger schwor er, dass er fest entschlossen sei, in Spanien zu leben und zu sterben. Ob er Wort halten kann, wird sich zeigen.

Es folgte eine Heiratspolitik, die den Einfluss der Inkas in Europa festigen sollte.

Isabella, zutiefst erschüttert vom Tod ihres Sohnes, hatte nicht die Kraft, ein zweites Mal Atahualpas Vorstoß zurückzuweisen; so wurde die Witwe Karls des Fünften seine Nebenfrau. Die Zeremonie war wegen der Trauer kein Freudenfest, aber ein würdiges. Um der Traurigkeit der Frischvermählten keine neue Nahrung zu geben, fand es nicht in der Kathedrale von Sevilla statt, wo ja inzwischen Karls Grabmal prangte, sondern in der Kathedrale von Córdoba. Der Prunk der Inkas vermählte sich mit dem Prunk der spanischen Krone. Der König zog seiner neuen Gemahlin Sandalen über ihre Füße, dann wurden Lamas geopfert, wie es der Brauch vorsah. Der Königin wurden Kästen voll Schmuck überreicht.

Mehr Glück war Quispe Sisa beschieden, die Lorenzino heiratete und mit ihm nach Italien ging. Als Hochzeitsgabe hatte Atahualpa den jungen Mann zum Herzog von Florenz ernannt anstelle seines Vetters Alessandro, der, nachdem er schon die Unterstützung Karls des Fünften verloren hatte, nun unter einem Hagel von Verwünschungen und Steinen die Stadt verlassen musste.

Manco wurde der kleinen Johanna von Albret versprochen, der Tochter von Margarete von Navarra.

Der kleine Karl Cápac hätte sich mit Maria zusammenzutun, der Tochter von Karl dem Fünften und Isabella von Portugal, der Enkelin von Johanna der Wahnsinnigen und Philipp dem Schönen, Urenkelin der katholischen Könige Isabella von Kastilien und Ferdinand von Aragón.

Toledo fiel unter einem Hagel von im Feuer glühend gemachten Steinen. Quizquiz' Schleudern und seine unerschöpflichen Vorräte an Schießpulver machten den Aufständischen den Garaus. Antonio de Leyva wurde bei lebendigem Leibe von der Festungsmauer hinabgestoßen. Cobos und Granvelle kamen mit dem Leben davon, nachdem sie die Kapitulation unterzeichnet hatten. Tavera weigerte sich, den Treueid auf den neuen König zu leisten, und wurde ausgepeitscht und anschließend gehenkt. Der Verräter Sepúlveda wurde in eine düstere Schlangengrube geworfen, man riss ihm die Haut vom Leibe und machte daraus eine Trommel, die dem Inka überreicht wurde.

Nachdem Atahualpa nun getauft war, bekam er den päpstlichen Segen für den Tunesienfeldzug. Arudsch Barbarossas zahlenmäßig stark unterlegene Flotte wurde zerstört und vollständig versenkt. Nach einem langen Monat schlimmster Belagerung wurde der Hafen von La Goulette eingenommen. Atahualpa kam aus dem Norden und hatte die Wüsten Chiles nie gesehen; er litt unter der Hitze und dem Durst, aber er ließ sich nichts anmerken. Die Einnahme von La Goulette machte den Weg nach Tunis frei, wo der Barbareskenkorsar Arudsch Barbarossa, den Süleyman zum Oberbefehlshaber der osmanischen Mittelmeermarine ernannt hatte, sich mit fünftausend Janitscharen, seinen türkischen Elitetruppen, verbarrikadiert hatte. Seine Stellung schien uneinnehmbar, die Menschen wurden krank von der drückenden Hitze, und Atahualpa war kurz davor, die Geduld zu verlieren, da kam ihm ein Sklavenaufstand zu Hilfe. Zwanzigtausend Christen, die in den Kerkern der Stadt eingesperrt waren, erhoben sich gegen ihre Schergen und stürmten die Gitter der Festungsmauern.

Pedro Pizarro gelangte als Erster durchs Stadttor, an der Spitze eines Regiments von Morisken vom Albaicín, das Rumiñahui zusammengestellt hatte. An seiner Seite zertrümmerte Puka Amaru, der sich nach Toledo zu seinem treuesten Leutnant entwickelt hatte, mit seinem Morgenstern einen Schädel nach dem anderen. Ein Gemälde von Tintoretto bildet die Szene ab, die viel zum Ruhm des rothaarigen Quiteño beitrug.

Die zwanzigtausend christlichen Sklaven, in entfesselter Wut gegen ihre vormaligen Herren, verwüsteten die schöne Barbareskenstadt. So hielt Atahualpa Einzug in ein offenes Massengrab, zwischen rauchenden Ruinen. Er verabsäumte es aber nicht, diesen durchschlagenden Sieg zu feiern, indem er seinen Truppen dreimal den Wahlspruch Karls des Fünften zurief: «Plus ultre! Noch weiter!» Dreimal bekam er ein beeindruckendes Kriegsgeheul zur Antwort.

Doch der Sieg war nicht vollständig, denn Arudsch Barbarossa war die Flucht gelungen. Nun war Tunis allein nicht viel wert, die ganze Barbareskenküste musste gesäubert werden. Der portugiesische Infant Luis ließ nicht locker und wollte den Korsaren in seinem Versteck in Algier aufstöbern. Atahualpa hätte sich seinem neuen Schwager gern entgegenkommend gezeigt, doch er hatte seine Gründe, nicht länger dort zu bleiben. Süleyman war geschwächt und hatte obendrein einen neuen Kriegsschauplatz gegen die Perser; das wiederum entlastete Ferdinand an der Ostfront und gab ihm die Gelegenheit, im Westen anzugreifen. Der Inka, nun wieder im Besitz eines Reiches, wollte sich der Sache annehmen. Mulay Hassan, ein Maure, der Sultan von Tunis gewesen war, bevor Arudsch Barbarossa ihn verjagt hatte, wurde wieder in seine Rechte eingesetzt, und im Gegenzug wurde sein Königreich durch Vertrag dem Königreich Spanien tributpflichtig. Schließlich hatte Atahualpa die Stadt vom türkischen Joch befreit. Albaicíns Moriskenregiment wurde als Garnison dortgelassen.

Die Flotte stach wieder in See Richtung Sizilien. Der Empfang, den ihm die Stadt Palermo bereitete, ließ Atahualpa die

Wirkung ermessen, die sein siegreicher Feldzug hatte. Auf einmal war der Inka zu einem Helden der Christenheit geworden. Man errichtete ihm zu Ehren einen Triumphbogen. Der Papst schickte ihm seine Glückwünsche. Man verglich ihn mit einem Mann namens Scipio. Alonso de Santa Cruz, der noch nicht so vermessen war, Chronist werden zu wollen, sondern zu der Zeit nur Kartograph war, hatte eine Landkarte entworfen, die der Maler Jan Vermeyen später einem riesigen Wandteppich zugrunde legte mit dem Titel *Die Eroberung von Tunis*. Das schwarze Gebräu floss in Strömen.

42. DIE MITA

Atahualpa genoss Palermos Wonnen in vollen Zügen und kehrte dann nach Sevilla zurück, mit vielen Kisten sizilianischem Wein im Gepäck.

Berichte von Manco setzten ihn in Kenntnis darüber, dass die nach Flandern deportierten Morisken sich den Feindseligkeiten der örtlichen Bevölkerung ausgesetzt sahen. Als Königin von Ungarn hatte sich Maria nicht so gastfreundlich gezeigt, wie ihre Rolle und die Unterwerfung unter die Krone von Spanien, die damit hätte einhergehen sollen, hatten hoffen lassen. Dann hatte Manco sich in die deutschen Länder begeben, die in der Hand der Lutheraner waren. Da war es noch schlimmer: Infolge eines Aufrufs von Luther selbst, «wider die Mächte des Bösen» zu kämpfen, gab es ein Blutbad, aus dem sich nur wenige von den Morisken lebend retteten. Auch Manco wäre beinahe ums Leben gekommen. Atahualpas einziger Rat war, er solle nach Navarra reisen und seiner Schwiegermutter *in spe* Geschenke darbringen.

In Wirklichkeit ließen ihn die Unruhen im Norden immer noch kalt. Er erkannte nicht, was für ein Ausmaß das Ganze hatte.

Ein Brief von Lorenzino aus Florenz bestätigte ihn darin: Sein Glanz werde so strahlend über dem Himmel des Fünften Reichsteils leuchten, dass selbst Ferdinand sich nicht so bald an den Erlöser der Christenheit heranwagen werde, schon aus der Befürchtung, von ganz Europa dafür in den Senkel gestellt zu werden. Mehr wollte er gar nicht hören.

Endlich konnte der Inka sich seiner geheimen Leidenschaft widmen. Gewiss berauscht sich jeder Herrscher gern an seinen Eroberungserfolgen, aber eines hatte Atahualpa erkannt: Regieren ist schwieriger als Krieg führen. Sein Vorfahr Cusi Yupanqui hatte das Reichsgebiet zwar verkleinert wie kein anderer Herrscher, doch der Beiname, den ihm die Nachkommenschaft später gab, sagte alles über die Art der Spur, die er hinterlassen hatte: Pachacútec, *der Reformer der Welt*.

Tatsächlich beschränkte sich Atahualpas Ehrgeiz nicht darauf, ein paar Terrassen an den Hängen der Sierra Nevada zu ziehen. Das Gesindel von Tahuantinsuyo, das Huascar ihm schiffsladungsweise schickte – Collas, Chachapoyas, Chimús, Kañaris, Charas ... all der Abschaum des Landes! –, diente ihm zunächst als Arbeitskräfte. Überall, wo der Boden noch nicht kultiviert war, an Berghängen, in verschneiten Gebirgen, auf dürren Ebenen, wo vor ihm niemand auf die Idee gekommen war, irgendetwas anzubauen, pflanzte er Mais, Quinoa und Kartoffeln, von denen die Leute des Fünften Reichsteils so begeistert waren, dass sie sie Erdäpfel nannten. Aus weiten Steppen wurden Kulturlandschaften, und es wurden Kanalsysteme gegraben, um den Boden zu bewässern, den man bis dahin für unfruchtbar gehalten hatte.

Die Schafe, jene kleinen weißen Lamas, von denen es in ganz Spanien wimmelte, beweideten das Land schon zu lange; Atahualpa gelangte zu der Ansicht, dass sie schuld seien an diesen leergefegten, ausgetrockneten und staubigen Landschaften. Er ließ ganze Herden schlachten. Der neue König von Spanien wollte kein Volk von Schafhirten. Er wollte Wurzeln schlagen.

Er errichtete Vorratsspeicher. Das Hammelfleisch wurde in Streifen geschnitten, eingesalzen und getrocknet. Die Mais- und Quinoakörner wurden zu Mehl gemahlen, die Kartoffelknollen wurden nachts gekühlt und tagsüber getrocknet, damit sie mondelang haltbar blieben. Die Lebensmittel wurden in Krügen aufbewahrt oder in tiefen Erdlöchern vergraben.

Mit diesen Reserven würde er allen das Überleben sichern, die in schlechten Zeiten, bei Seuchen und bei Missernten Hunger litten.

Die spanischen Bauern begannen, Coca zu kauen, was ihnen half, die Müdigkeit zu überwinden, und heilsame Wirkungen mit sich brachte. (Leider übertrieben manche den Genuss und versanken in Stumpfsinn.)

Er schaffte das Pachtsystem ab und entließ die Wachdienstunternehmer, die das Heer über Zinsdarlehen finanzierten.

Er schaffte die meisten Steuern ab und wies den Bauern Land zu, das in Ayllus strukturiert war oder, soweit bereits Gemeinden bestanden, in *comunidades*, die jeweils Aufgaben und Güter unter sich aufteilen konnten.

Im Gegenzug entwickelte er ein System von Frondiensten, die an die Stelle von Abgaben und Steuern traten nach dem Modell der Mita in Tahuantinsuyo. Die Bauern hatten einen Teil ihrer Zeit dafür aufzuwenden, die Länder der Inkas zu bearbeiten und außerdem die Länder der Sonne (für die der Inka ebenfalls zuständig war, da er des Sonnengottes Stellvertreter auf Erden war, was er aber den Zeremonienmeistern überließ). Jede dieser Phasen wurde mit neuen Feierlichkeiten eingeläutet, die die Bevölkerung aufheiterten.

Dieses umfangreiche Vorhaben der Umverteilung hatte Auswirkungen auf die gesamte Gesellschaft. Zahlreiche katholische Priester wurden dem Angenagelten Gott untreu und bauten ihre Kirchen zu Sonnentempeln um, weil sie so in den Genuss der Vorteile des neuen Systems gelangten. Aus denselben Gründen wurden die Klöster zu Häusern für die Sonnenpriesterinnen.

Die Handwerker wurden ähnlichen Zwängen unterworfen: Sie mussten einen Teil ihrer Zeit der Allgemeinheit (als Maurer und Schmiede, beim Bau von Brücken und Kanälen) oder dem persönlichen Dienst für den Inka (als Töpfer, Goldschmiede oder im Bereich der Kleidung) widmen – was letzten Endes auf dasselbe hinauslief.

Von jedem Ayllu als Sippe oder Hausgemeinschaft wurde erwartet, dass er die Behinderten, die Alten, die Verwitweten und die Kranken beherbergte, ernährte und pflegte.

Die Früchte der Erde gehörten denen, die sie anbauten, auch wenn es einen Überschuss gab, nicht aber das Land selbst. Die Aufteilung von Grund und Boden wurde regelmäßig überprüft und angepasst, je nach Bedarf. Ging die Bevölkerungszahl einer Gruppe zurück, wurde die ihr zugeteilte Bodenfläche dementsprechend verringert. Umgekehrt, wenn sie wuchs, wies man ihr zusätzliches Land zu, damit die Gruppe die hinzugekommenen Esser ernähren konnte. Wenn die Größen der Gruppen allzu unterschiedlich wurden, verteilte man die Einwohner neu. Heerscharen von Khipu-Kamayuqs führten darüber in ihren Registraturen Buch: Männer, Frauen und

Kinder hingen als kleine Knoten an den farbigen Schnüren, die die Fransen der Khipus bildeten.

Hie und da gab es Vorbehalte, auch ein paar Aufstände; sie wurden rücksichtslos niedergeschlagen.

Die Abgesandten des Inka, seine Statthalter, seine Kurakas, und selbst die adeligen Ritter, die er extra dafür rekrutierte, hatten die Aufgabe, die Botschaft zu verbreiten, die er der ganzen Bevölkerung in Stadt und Land von Kastilien und Aragón kundtun wollte: dass er nichts von dem Grund und Boden nehmen werde, dessen die Orientalen bedürften, sondern nur das, womit sie nichts anzufangen wüssten und das sie nicht bebauen könnten, dass er ihnen keine höheren Abgaben auferlege als den Ertrag von auf seine Kosten bewirtschaftetem Land, dass er ihnen eher noch von seinem Eigentum etwas abgebe, indem er verteilte, was übrig blieb, nachdem sein Heer und sein Hofstaat versorgt waren, dass Streit und Zank, die es zwischen ihnen wegen Nichtigkeiten gegeben habe, aufgehört hätten und schließlich – man könne sich im ganzen Reich darauf verlassen, dass weder der Reiche noch der Arme, weder der Große noch der Kleine sich zurückgesetzt fühlen würden.

Am Schluss verkündete Atahualpa, jeder Bauer werde von seinem König zur Hochzeit ein Lamapärchen geschenkt bekommen.

43. DER PRINCIPE

Doch die Herrschaft des Inka war noch jung, und ihm war wohlbewusst, dass ebendies ihn verwundbar machte. Dem Sohn der Sonne brachte man hier nicht so viel Respekt entgegen wie in seiner Heimat.

«Nichts macht einen Fürsten so hoch geehrt als die großen Unternehmungen, und wenn er mit seltenen Beispielen vorgeht», hat Machiavelli in seinen sprechenden Blättern gesagt.

Der neue König achtete darauf, die Granden Spaniens nicht in ihren Privilegien zu beschneiden. Er verlieh ihnen Goldene Vliese, eine sehr begehrte Auszeichnung, die ihn nichts kostete und den Vorteil hatte, dass sich der Empfänger ihm nun verpflichtet fühlte. Ohnehin waren sie nicht viele und hatten nicht viel, aber von den spanischen Adeligen konnte trotzdem eine Gefahr ausgehen, und so setzte er darauf, sie abzulenken.

Atahualpa sog die Worte Machiavellis auf, denn sie schienen ihm seine eigene Geschichte am Beispiel von jemand anderem zu erzählen: «Wir haben zu unsrer Zeit Ferdinand von Aragon, den jetzigen König von Spanien; diesen kann man beinah einen neuen Fürsten nennen, weil er, aus einem schwachen König, durch Ruf und Ruhm der erste König der Christenheit geworden ist; und betrachtet ihr seine Handlungen, so werdet ihr alle höchst bedeutend, und einige außerordentlich finden. Er bestürmte im Anfang seiner Regierung Granada, und diese Unternehmung ward seines Staates Fundament. Zuvörderst tat er's aus freier Hand, und ohne Besorgnis verhindert zu werden; er hielt die Gemüter der kastilianischen Großen hiermit beschäftigt, die, vor den Gedanken an diesen Krieg, auf keine Neuerungen dachten, und mittlerweile gewann er selber Ansehn und Einfluss über sie, ohne dass sie es innewurden.»

So war der Inka, ohne es zu wissen, in den Fußstapfen dieses glanzvollen Vorgängers gewandelt, des Großvaters von Karl, dessen Platz er eingenommen hatte, und von Ferdinand, der diesen Platz beanspruchte.

Der weitere Text zeigte allerdings Unterschiede, ja Gegenläufigkeiten zwischen den beiden Herrschern auf: «Er konnte mit dem Gelde der Kirche und des Volkes die Truppen nähren, und diesen langen Krieg zu Begründung seiner Miliz benutzen, durch die er in der Folge zu Ehren kam. Außerdem, um sich zu größeren Dingen geschickt zu machen, legte er sich, immer die Religion vorschützend, auf eine fromme Grausamkeit, indem er die Mauren vertrieb und seinem Lande entriss: ein Beispiel, das nicht wunderbarer und seltner sein kann.»

So hatte Atahualpa wieder aufgelöst, was Ferdinand von Aragón geknüpft hatte. Und doch fühlte sich der Inka diesem Mann näher als irgendjemand anderem. Geradezu brennend war seine Neugier, mehr über dessen Geschichte zu erfahren: «Unter demselben Vorwande fiel er in Afrika ein, unternahm den Feldzug in Italien, hat zuletzt Frankreich angegriffen, und so immer große Dinge getan und gesonnen, die die Gemüter der Untertanen immer gespannt, in Verwunderung, und mit dem Erfolge beschäftigt erhielten. Und diese seine Handlungen sind so von selbst auseinander entsprungen, dass sie die Menschen, im Zwischenraume zwischen der einen und andern, nie zu ruhiger Widersetzlichkeit haben kommen lassen.»

Mit einem Handzeichen gebot Atahualpa dem Vorleser, er solle innehalten, und beschloss, Algier anzugreifen.

44. ALGIER

Admiral Doria riet ihm, sich mit dem Einmarsch zu beeilen, wenn er nicht in die Winterstürme geraten wollte, und der Inka befolgte den Rat.

Er wartete noch das Mais- und das Sonnenfest ab, dann rüstete er eine gewaltige Armada, um nichts dem Zufall zu überlassen.

Der König von Frankreich war mit von der Partie; Higuenamota hatte ihn davon überzeugt, dass ihm sein Teil am Glanz zustand.

Auch mit dabei war die Crème des spanischen Adels, die unter der Fahne des Inka kämpfte.

Der Papst höchstselbst sandte ihm seinen persönlichen Landvermesser, einen konvertierten Mauren namens Hassan al-Wazzan, der allgemein Leo Africanus genannt wurde wegen seiner großen Kenntnis der islamischen Welt.

Atahualpa hatte nicht verabsäumt, auch Regimenter von Morisken an Bord zu nehmen, denen man die Invasion als ein Unternehmen zur Befreiung vom türkischen Joch schmackhaft gemacht hatte, sowie ein Regiment Juden, denen man die Gelegenheit versprach, ihren einst vertriebenen Brüdern und Schwestern wiederzubegegnen.

Die Bucht von Algier war voll von der Armada, und bald war der Halbmond auf den Wehrmauern des Peñón von Algier, jener kleinen Insel, die die Hafeneinfahrt bewachte, durch Sonne und Kreuz ersetzt worden.

Die Christen waren besorgt, sie würden Arudsch Barbarossa nicht finden, doch der Barbareskenkorsar erwartete sie schon; er hatte sich hinter der Stadtmauer verschanzt.

Pedro Pizarro wurde ihm entgegengeschickt, um eine ehrenhafte Kapitulation auszuhandeln. Er kam in Begleitung von Puka Amaru, von dessen rotem Haar man sich etwas Vertrauenbildendes erwartete, doch dieser Gedanke erwies sich als sinnlos: Arudsch Barbarossas Haar war schneeweiß und machte nicht den Eindruck, dass es jemals rothaarig gewesen wäre.

Puka Amaru tat sein Bestes. Wie erwartet, wies Arudsch Barbarossa das Angebot der Kapitulation empört zurück und gab ein Zeugnis seiner unvorstellbaren Dreistigkeit, indem er sich mit ziemlich genau folgenden Worten an Pedro Pizarro wandte: «Sag deinem Herrn, niemals hat ein Christenhundling Algier eingenommen, und niemals wird das geschehen. Und wenn mein Herr über eure Absichten Bescheid wüsste, würde er ein paar von seinen Sklaven mit ein paar eilends zusammengetrommelten Truppen schicken, um euer armseliges Heer wegzuwischen und euch alle ins Meer zu werfen.»

Als der Dolmetscher zu Ende gesprochen hatte, sprang Puka Amaru mit einem Satz auf und sagte die folgenden Worte, die in die Geschichte eingegangen sind: «Mein Herr ist kein Christ, und du bist ein Sklave.»

Pedro Pizarro, der sein letztes Stündlein gekommen sah, führte die Hand an den Griff seines Schwertes, bereit, sein Leben zu verteidigen. Doch in Beachtung der internationalen Kriegs- und diplomatischen Gepflogenheiten ließ Arudsch Barbarossa sie abziehen, ohne ihnen ein Haar zu krümmen.

Mit einer kleinen Mannschaft verteidigte sich der Barbareskenkorsar wacker, doch nach einigen Wochen fiel die Stadt unter dem Beschuss einer unermüdlichen Artillerie.

Bei einem Scharmützel wurde Franz dem Ersten das Pferd unter dem Hintern weggeschossen: Der König fand das hinreißend.

Zuerst hatte Atahualpa daran gedacht, die Stadt dem Sohn des früheren Emirs Salim at-Tumi anzuvertrauen, den damals der alte Barbarossa, Arudsch Silberarm, vertrieben hatte. Nach dem Tod seines Vaters (den man im Bad erdrosselt hatte) war Yahia at-Tumi nach Spanien geflüchtet. Nach all den Jahren hatte er den Vorschlag Atahualpas wie ein Geschenk des Himmels empfunden. Doch der Inka überlegte es sich anders, denn er hatte begriffen, dass der Vater während seiner

Regierungszeit nicht gerade beliebt gewesen war. Es würde nicht ausreichen, Maure zu sein, um den Türken abzulösen. Der andere Barbarossa war noch mehr von einem legendären Nimbus überstrahlt als sein Bruder, dem er nachgefolgt war. Atahualpa wollte diese Korsarendynastie im Dienste des Osmanischen Reiches unterbrechen, aber er hielt es auch für klug, ihre Nachfolger in eine Tradition einzubinden. So beschloss er, Puka Amaru zum Statthalter von Algier zu ernennen, und stellte ihn der Bevölkerung als einen dritten Barbarossa vor – den *echten* Barbarossa. *Barbarossa* hatte in der Barbareskensprache keine Bedeutung, und jedenfalls trug Puka Amaru keinen Bart, was in Tahuantinsuyo zwar nicht unbekannt, aber doch stets ein Zeichen von Missbildung oder als körperlicher Mangel angesehen worden war, übrigens genauso wie rotes Haar. *Amaru* dagegen klang ähnlich wie ein Wort, das für die örtliche Bevölkerung «rot» bedeutete. Der Inka ließ ihm eine rote Schlange als Wappentier anfertigen und stellte ihm Morisken aus Valencia als Leibwache zur Seite. Hassan al-Wazzan ernannte er zum Wesir, damit er ihm bei seinen Aufgaben beistehen konnte. (Leo Africanus übrigens stammte aus Granada.) Atahualpa hielt es für klug, diese Gegenden von spanischen Mauren regieren zu lassen, die seit dem Edikt von Sevilla zu ihm hielten und andererseits den gleichen Glauben hatten wie die Leute hier. Zum Oberbefehlshaber ernannte er einen Morisken namens Cristóbal, der Leibeigener einer Dame in Burgos im Norden Spaniens gewesen war und sich dem Inka angeschlossen hatte, um von dort zu entkommen.

An den Wänden seines Palastes wurden Gemälde angebracht, die Puka Amarus Heldentaten vor den Toren der Stadt Tunis darstellten. Und damit auch alle mitbekamen, dass Algier einen neuen Herrn hatte, wurde der Kopf des Barbareskenkorsaren, seines Vorgängers, auf der Festungsmauer aufgepflanzt.

Nachdem nun Arudsch Barbarossa beseitigt war, war die Säuberung der Küste das reinste Kinderspiel. Bejaia, Tenez, Mostagenem, Oran ... die Flotte unter dem Befehl von Doria eroberte die Barbareskenfestungen eine nach der anderen, wie beim Blumenpflücken. Für die Spanier war Atahualpa seitdem der *conquistador*. Für die Mauren der Befreier. Doch als der Genueser Admiral von diesem nicht zu brechenden Schwung profitieren wollte und vorschlug, die weiter östlich gelegene Insel Rhodos wieder einzunehmen, beschloss Atahualpa, dass es Zeit sei, diese Expedition zu beenden. Ihm war nicht im Geringsten daran gelegen, Süleyman aus dem Mittelmeer zu vertreiben, und er überließ es gerne Ferdinand, die östlichen Grenzen zu verteidigen. Rhodos hatte für Spanien keine strategische Bedeutung. Von Neapel bis Cádiz war die Kuba-Route frei für die Schiffe des Fünften Reichsteils: Mehr wollte er nicht. Übrigens war Franz der Erste, der in seinem Krieg mit Karl dem Fünften nie besondere Vorkehrungen gegen den Türken getroffen hatte, ganz seiner Meinung. Kurze Zeit später unterzeichnete der König von Frankreich einen Handelsvertrag mit der Hohen Pforte.

45. FLANDERN

Hier könnte die Geschichte zu Ende sein. Doch das Handeln der Menschen ist stets im Fluss, und niemand außer der Sonne, wenn sie dereinst erlösche, könnte dessen Fortgang unterbrechen.

Ferdinand war auf dem Weg nach Aachen, um sich dort zum Kaiser des Heiligen Römischen Reichs krönen zu lassen.

Wir hatten gesagt, dass sich Atahualpa nicht für die deutschen Länder interessierte. Bis dahin war es so gewesen, nun aber trat etwas ein, das diese Ausrichtung veränderte.

Maria von Ungarn, die Herrscherin der Niederlande, stammte aus Österreich und war die Schwester Ferdinands. Eine Habsburg. Dass ihr Bruder in die Gegend kam, gab ihr die Gelegenheit, mit der neuen spanischen Krone zu brechen und in den Schoß des Kaiserreichs ihrer Familie heimzukehren. Weil sie mit einer Reaktion Frankreichs, das mit Spanien verbündet war, rechnen musste, hatte sie eine neue Steuer aufgelegt mit dem Ziel, ein Söldnerheer aufzustellen.

Nun waren die Bürger von Gent, der Geburtsstadt Karls des Fünften, der Meinung, sie hätten genug gezahlt, um Kriege zu finanzieren, die nicht die ihren waren. Sie erhoben sich gegen diese neue Abgabe. Die Kunde von diesem Aufstand gelangte bis nach Sevilla und mit ihr das Gerücht von der habsburgischen Verschwörung.

Atahualpa hatte nicht vergessen, was für einen Empfang man Manco und den Morisken in Valencia bereitet hatte. Er wäre geneigt gewesen, die Gemengelage der unruhigen deutschen Kleinstaaten, die der Kaiser nicht wirklich im Griff hatte, Ferdinand zu überlassen. Doch die Niederlande waren das burgundische Erbe Karls des Fünften, dem er sich insgesamt, und ohne je einen Fuß dorthin gesetzt zu haben, verbunden fühlte. Der Inka beschloss, selbst dorthin zu reisen.

An der Spitze seines Heeres durchquerte er ganz Frankreich und gelangte nach Flandern.

46. GENT

Überall, wo er vorbeikam, verbot er seinen Leuten, bei der Bevölkerung zu fouragieren, sodass eine gewaltige Nachschublogistik erforderlich war. Wieder, wie seinerzeit im Bürgerkrieg gegen Huascar, zog das kaiserliche Heer in einer langen Staubwolke übers Land. Nur gab es weniger Papageien und Cuys im Käfig, weniger Lamas, weniger Jaguare und gezähmte Pumas, dafür mehr Schafe und Rinder, mehr Artillerie, Kanonen und bis oben hin mit Pulverfässern beladene Karren und immer noch Falken am Himmel und Hunde, die an den Reihen der Soldaten entlangliefen.

Er ließ Kasernen bauen und Lagerhäuser, die er vorab mit Lebensmitteln aus Andalusien (manche davon kamen aus Tahuantinsuyo) befüllte.

Vor den Toren von Gent ließ er ein riesiges Lager aufschlagen.

In kürzester Zeit durchquerte er alle Gebiete, in denen es Aufstände gegeben hatte, setzte dort Statthalter ein und errichtete eine Garnison. Dann kehrte er ins Lager zurück, wo sich seine Leute ausruhen sollten, und ging, ohne sich auch nur die Zeit zu nehmen, die Kleidung zu wechseln, mit kleinem Gefolge und in Begleitung seiner Generäle Rumiñahui und Chalcuchímac in die Stadt. (Quizquiz, den Philipps Tod sehr mitgenommen hatte, war in Sevilla geblieben, um über die Reichshauptstadt zu wachen.)

Atahualpa überwand ein Vorwerk, dessen Brücke man hochgezogen hatte, erklomm einen einsamen Pfad, der von Häusern mit geschlossenen Läden gesäumt war, und gelangte an einen großen Platz, wo einer dieser Steintempel stand und seinen Glockenturm in den Himmel reckte. Die mehrgeschossigen Häuser erstaunten ihn immer wieder. Hier war es roter Stein, wie in Granada, aber die Häuser hatten steilere Dächer mit Zinnengiebeln, in jeder Gegend etwas unterschiedlich. Atahualpa gefiel die Abwechslung.

Ein schlichter Kanal verlief quer über den Platz.

Es hatte sich eine Menschenmenge gebildet.

Die Frauen und die Kinder kamen ihm entgegen, sie hielten grüne Zweige in der Hand und riefen in ihrer französischen Sprache: «Einziger Heiland, der Sonne Sohn, der Armen Tröster, sei uns gnädig.»

(Der Widerhall der Reformen, die Atahualpa in Spanien angestoßen hatte, war bis in diese Provinzen vorgedrungen.)

Der Inka zeigte sich ihnen gnädig und ließ ihnen sagen, dass seine Abgeordneten in Flandern der Grund für das Unglück gewesen seien, das ihnen widerfahren war. Dass er allen Aufständischen aus tiefstem Herzen verzeihe, dass er sie persönlich aufsuchen wolle, damit sie, wenn sie die Worte der Entschuldigung aus seinem Mund vernähmen, beruhigt wären und alle Furcht von ihnen weiche, die sie möglicherweise zu Unrecht befallen hätte. Er befahl, dass man ihnen alles gebe, was sie brauchten, dass man sie freundlich und liebevoll behandle, dass man insbesondere für die Witwen und Waisen sorge, die Kinder all jener, die in den Auseinandersetzungen mit den Regierungstruppen ums Leben gekommen waren.

Die Bewohner der Stadt hatten befürchtet, es könnte ein großes Gemetzel geben. (Toledo war noch nicht vergessen.) So wurde seine Rede mit großer Freude und unter zustimmenden Rufen der Bevölkerung aufgenommen. Manche küssten ihn, andere wischten ihm den Schweiß von der Stirn, wieder andere bürsteten den Staub ab, mit dem er ganz bedeckt war, man überschüttete ihn mit Blumen und duftenden Kräutern. Der Inka gelangte so bis zum großen Tempel, wo nach den Gebräuchen der Anhänger des Angenagelten Gottes eine Zeremonie zu seinen Ehren abgehalten wurde. Dann stattete er den Honoratioren der Stadt einen Besuch ab und versicherte ihnen, dass keine Steuer mehr von ihnen erhoben werde. Im Gegenzug erbat er nur einen geringen Teil ihrer Arbeitszeit und -kraft für die Belieferung seiner Lagerhäuser.

Man lud Atahualpa ein, in Karls Palast zu wohnen, wo man ihm ein drei Tage währendes Fest bereitete.

Dann reiste er weiter nach Brüssel, dort wollte er Maria von Ungarn treffen.

47. BRÜSSEL

Marias Truppen waren nicht auf der Höhe: schlecht bewaffnet und schlecht bezahlt. Sie wurden beiseitegefegt.

Die Ratsmitglieder wurden durch die Stadt getrieben, nackt, einen Strick um den Hals. Die Herrscherin flehte darum, man möge ihr diese Demütigung ersparen, doch Atahualpa duldete keine Ausnahme. Higuenamota hätte derlei überhaupt nicht zugelassen.

Maria von Ungarn sah ihrem Bruder Karl ähnlich, aber ihre Lippen waren dicker, ihre Wangen voller, ihre Hüften breiter. Der Inka fand, dass sie angenehm aussah und noch feste Brüste hatte, sie wurde seine Bettgenossin, und schon bald war sie schwanger.

Er hätte sie ihrem Bruder Ferdinand gegen Lösegeld wiedergeben können. Doch Chalcuchímac erkannte, was für ein

Vorteil sich aus dieser Verbindung ziehen ließ, und riet seinem Herrn, die Herrscherin zu heiraten. Maria wäre nach Isabella die zweite Nebenfrau des Königs von Spanien.

So sah man der Geburt eines Thronerben entgegen, der halb Inka, halb Habsburger sein würde.

Man bereitete eine feierliche Zeremonie in der Kathedrale St. Gudula vor, dem großen Tempel von Brüssel. Atahualpa, der die scharlachrote Krone mit den Wolltressen trug, nahm die Huldigung seiner Herrscherin und nunmehr Gemahlin Maria entgegen, die vor ihm auf die Knie fiel und ihm zum Zeichen der Treuverbundenheit die Sandalen anzog. Er hielt in jeder Hand einen Becher aus Gold, mit schwarzem Gebräu gefüllt, und reichte ihr den, den er in seiner linken hielt, zum Zeichen der Freundschaft. Dann tranken der Inka und seine neue Gattin auf ihre gegenseitige Wertschätzung. Der Inhalt des anderen Bechers wurde in einen goldenen Krug gegossen und der Sonne geopfert.

Diese Szene ist in einem Glasfenster des Tempels St. Gudula verewigt; in der Sprache der orientalischen Amautas sind darunter die Eigenschaften Atahualpas genannt: *Atahualpa Sapa Inca, Semper augustus, Hispaniarium et Quitus rex, Africae dominator, Belgii princeps clementissimus, et Maria eius uxor.* Die Barbareskenküste, an der Tunis und Algier lagen, wurde ja auch Afrika genannt, und die Bewohner von Brüssel nannten sich Belgier, denn sie hielten sich für Nachkommen eines Stammes, der diesen Namen trug. Wer unter meinen Lesern sich für Sprachen interessiert, wird wohl nicht gelangweilt sein, wenn ich solche Einzelheiten erwähne. Alle anderen bitte ich um Vergebung.

Achttausend Brüsseler, die als Unruhestifter erachtet wurden, weil sie auf der Seite der Herrscherin gekämpft, zum Widerstand aufgerufen oder feindselige Äußerungen über die Ankunft der Inkas getätigt hatten, wurden nach Spanien geschickt, in eine dünn besiedelte Gegend namens La Mancha.

Um gegenüber Gent aufzutrumpfen und den Aufstand der Stadt in Vergessenheit geraten zu lassen, verordnete man neuntägige Festlichkeiten. Mittelpunkt der Feiern war der vormalige Sitz Karls des Fünften, der Coudenberg-Palast, den jetzt seine Schwester Maria bewohnte, mit einem Prunksaal von einer Ausdehnung, dass keiner der Paläste in Cuzco behaupten konnte, einen ähnlichen zu haben, und der an der abschüssigen Straße lag, die die Herrscherin und die Mitglieder ihres Rates nackt und gedemütigt, mit dem Strick um den Hals hatten entlanglaufen müssen. Ein großer Ball nach Art des Fünften Reichsteils fand hier statt, dem – bittere Ironie des Schicksals – die Königin an der Seite ihres neuen Gemahls vorsaß. Dann wurden im Park schwarze Lamas geopfert, und es gab ein Defilee der Truppen des Inka.

Ich muss hier für einen Augenblick unterbrechen und den Leser zurück nach Sevilla begleiten, wo tagtäglich Schiffe vom Reich der Vier Teile einliefen, die Gold und Salpeter brachten, aber auch Massen von Menschen, die ihr Glück in der Neuen Welt machen wollten, sodass Spanien im Gefolge der hundertachtzig Pioniere aus Quito um eine beträchtliche Anzahl von Tahuantinsuyo-Emigranten bereichert wurde, deren größter Teil das spanische Heer verstärkte.

Nun hatte Rumiñahui als Generalissimus sein Heer entsprechend den Nationalitäten geordnet, aus denen es sich zusammensetzte. Es konnte ja nicht angehen, dass man die Chinchas mit ihren ehemaligen Feinden, den Yuncas, zusammenspannte, und noch weniger die Yuncas mit den Chimus, nach dem blutigen Krieg, den diese beiden Völker einst geführt hatten, so wenig wie die Quechuas, die die Chancas hassten, sich nicht vorstellen konnten, im Kampf Seit an Seite mit ihnen zu marschieren.

So konnten die Brüsseler die einzelnen Regimenter in den Farben der Völker und Volksstämme vorüberziehen sehen, aus denen sie sich zusammensetzten.

Die wilden Chancas führten, weil sie sich im Kampf besonders ausgezeichnet hatten, den Zug an. Auf sie folgten die Morisken aus Valencia, die Reiter aus Andalusien und ein Regiment mit Juden aus ganz Spanien. Die Charas erweckten die Neugier und Bewunderung der Menge, denn sie waren mit Kondorflügeln geschmückt, die am Rücken befestigt waren. Die Yuncas mit ihren fratzenhaften Masken erschreckten die Zuschauer, denn sie bewegten sich wie Irre, Geistesgestörte oder Trottel. In der Hand hielten sie Flöten, misstönende Trommeln oder zerlumpte Felle, mit denen sie allerhand Schabernack trieben. Wie es der Brauch wollte, beschloss den Umzug die Yana-Garde, eine Elitetruppe des Inka, die während Quizquiz' Abwesenheit unter dem Befehl von Pedro Pizarro stand.

Auf den Umzug folgten Gesang, Tanz und Ballspiele auf der großen Rasenfläche, die sich vor dem Königspalast erstreckte. Große weiße Schwäne glitten über den Wasserspiegel eines Beckens.

Das Bier, eine Art Chicha (mit dem Unterschied, dass es nicht aus Mais, sondern einem anderen Getreide gemacht wird), floss in Strömen, denn es war ein in diesen Gegenden sehr beliebtes Gebräu.

Atahualpa verkündete, dass die frühere Verfassung durch die neuen Gesetze Spaniens ersetzt würde. Er ließ ausrufen, dass Flandern und die Provinzen der Niederlande nun unauflöslich mit dem Königreich Spanien verbunden seien, mit Ausnahme des Teils, den man der französischen Krone zugebilligt hatte, in dem die Städte Lille, Douai und Dunkerque lagen.

Das war das Ende von Burgund in der Form, wie Karl der Kühne es konstruiert und Karl der Fünfte es sich bis an sein Lebensende zurechtgeträumt hatte.

Maria gebar ein Mädchen, das man Margarete Duchicela nannte, nach der geborenen Habsburgerin Margarete von Österreich, der Tante Karls des Fünften, Marias Vorgängerin im Amt, und Paccha Duchicela, Prinzessin von Quito, Atahualpas Mutter. Später würde die kleine Infantin ihren Halbbruder Karl Cápac heiraten.

48. DIE DEUTSCHEN LÄNDER

Unterdessen zerfiel das deutsche Reich, während es die Krönung Ferdinands vorbereitete, immer weiter. In Hessen, Thüringen und Pommern, in den reichsunmittelbaren Städten wie Straßburg, Ulm und Konstanz, in den Hansestädten wie Bremen, Lübeck und Hamburg war man zu der Ansicht gelangt, die Römische Kirche habe nun genug an der Gutgläubigkeit der Armen verdient, und auch wenn der Leib des Angenagelten Gottes in einem Salzflädchen oder einem Stück Brot enthalten sei, so bleibe dieses Stück Brot doch immer nur ein Stück Brot.

So waren der Herzog von Sachsen, der Landgraf von Thüringen, der Markgraf von Brandenburg, der Pfalzgraf vom Rhein und alle Kurfürsten des Heiligen Römischen Reiches Deutscher Nation nicht bereit, Ferdinand, der den alten Glauben hochhielt, als die neue Inkarnation ihres Messias willkommen zu heißen. Der Landgraf von Hessen, Philipp der Großmütige, der sich mit Melanchthon angefreundet hatte, führte den Schmalkaldischen Bund an, um, notfalls mit Waffengewalt, die deutschen Länder zu den lutherischen Gedanken zu bekehren oder zumindest vom Kaiser die Zusicherung zu erhalten, dass sie toleriert würden. Alle schielten nach den Reichtümern der Kirche, die sie sich gern einverleibt hätten, ebenso wie die unermesslichen Abgaben, die sie ihr gerne weggenommen und in den Staatssäckel gelenkt hätten.

Dieser Geist der Auflehnung hatte allerdings seine Grenzen, und die Wiedertäufer, die sie überschritten hatten, weil sie der Auffassung waren, einem Kind dürfe, solange es noch nicht selbständig denken kann, nicht durch die Taufe die Religion des Angenagelten Gottes aufgenötigt werden, hatten das mit dem Leben bezahlt. Auch die Bauern, die anfangs in Luther einen Kämpen für ihre Sache und einen Verächter der Armut gesehen hatten, waren niedergemetzelt worden, weil sie sich im Namen der Gerechtigkeit auf Erden erhoben hatten. Luther jedoch hatte sie keineswegs unterstützen wollen, sondern ganz im Gegenteil die Fürsten ermahnt, sie bis auf den letzten Mann gleich einem tollen Hund totzuschlagen.

Friedrich der Weise, Philipp der Großmütige, zwei herausragende Kurfürsten, die zum lutherischen Glauben konvertiert waren, hatten sich dieser Aufgabe mit Eifer und Sorgfalt entledigt, indem sie die Häuptlinge töteten und deren Gefolgschaft verstümmelten. Seitdem waren die deutschen Landschaften von Männern ohne Nasen und Ohren bevölkert.

Nun aber entfachte die gleichzeitige Ankunft von Ferdinand und Atahualpa die Glut der zurückliegenden Kämpfe.

Einerseits sahen die lutherischen Fürsten im Edikt von Sevilla das Modell für einen in den deutschen Ländern zu schließenden Religionsfrieden. Sie zählten auf Atahualpas Ankunft in den nördlichen Gebieten, um noch vor der Krönung in Aachen Druck auf Ferdinand ausüben zu können und Zugeständnisse vom zukünftigen Kaiser zu erreichen, der es sich angesichts der vereinten Mächte von Frankreich und Spanien und erst recht angesichts der Bedrohung durch Süleyman nicht mit den deutschen Fürsten verderben durfte, mochten sie auch Lutheraner sein.

Andererseits war es für die deutschen Bauern ein Hoffnungsschimmer, als sie von den niederländischen Agrarreformen nach dem spanischen Modell erfuhren. Sie sahen in dem Inka einen neuen Luther, vielleicht gar einen neuen Thomas Müntzer.

Mehr als je zuvor verwirrte dies die deutschen Seelen in dieser Gegend voller verängstigter Gespenster und Nebelbilder. Geräuschlos rotteten sich Heere von Nasenlosen zusammen. Man entsann sich der Helden von gestern und ihrer enttäuschten Hoffnungen. Man weinte, wenn von einem armen Kunz die Rede war. Aber man biss auch die Zähne zusammen. Die Namen von dem Schneider Kaspar Pregizer, von Jan van Leiden, von Jan Matthys und vor allem vom großen Thomas Müntzer kamen den Verstümmelten auf die Zunge, wenn sie abends ihren Kindern die alten Schauergeschichten erzählten. Manche Gespenster der Vergangenheit erstanden wieder auf aus ihrem Versteck, wohin sie sich so lange geflüchtet hatten, dass man sie schon für tot hielt. Die Ankunft Atahualpas wirkte Wunder. Ein Landstreicher kam aus den Wäldern und behauptete, er sei der Wiedertäufer Pilgram Marbeck. Der Fellhändler Sebastian Lotzer und sein Freund, der Schmied Ulrich Schmid tauchten im Schwäbischen wieder auf und skandierten die Zwölf Artikel ihrer alten Forderungen, als wäre seitdem nicht ein Tag, nicht ein Erntejahr vergangen.

«Jede Gemeinde soll das Recht haben, ihren Pfarrer zu wählen und ihn abzusetzen, wenn er sich ungebührlich verhält. Der Pfarrer soll das Evangelium lauter und klar ohne allen menschlichen Zusatz predigen, da in der Schrift steht, dass wir allein durch den wahren Glauben zu Gott kommen können.» So sprachen sie, und der harte Wind der Ebene blies denen ins Gesicht, die im Ackern innehielten, um ihnen zuzuhören.

«Von dem großen Zehnten sollen die Pfarrer besoldet werden. Ein etwaiger Überschuss soll für die Armen im Dorf und für die Entrichtung der Kriegssteuer verwandt werden. Der kleine Zehnt soll abgeschafft werden, da er von Menschen erdichtet ist, denn Gott der Herr hat das Vieh dem Menschen frei erschaffen.» So sprachen sie, und der Falke rüttelte beifällig am grauen Himmel.

«Ist der Brauch bisher gewesen, dass man uns für Leibeigene gehalten hat, welches zu verwerfen ist angesichts der Tatsache, dass uns Christus alle mit seinem kostbarlichen Blutvergießen erlöst und erkauft hat, den Hirten gleich wie den Höchsten, keinen ausgenommen. Der Schrift zufolge sind wir frei und wollen es sein.» So sprachen sie, und der heitere Wald antwortete ihnen mit einem Rascheln seines Laubes.

«Es ist unbrüderlich und dem Wort Gottes nicht gemäß, dass der arme Mann nicht Gewalt hat, Wildbret, Geflügel und Fische zu fangen. Denn als Gott der Herr den Menschen erschuf, hat er ihm Gewalt über alle Tiere, den Vogel in der Luft und den Fisch im Wasser gegeben.» So sprachen sie, und der düstere Wald antwortete ihnen mit dem Brüllen der Tiere.

«Die Herrschaften haben sich die Wälder alleine angeeignet. Wenn der arme Mann etwas bedarf, muss er es um das doppelte Geld kaufen. Es sollen daher alle Hölzer, die nicht rechtmäßig gekauft sind, wieder der Gemeinde anheimfallen, damit jeder seinen Bedarf an Bau- und Brennholz daraus decken kann.» So sprachen sie, und die Rinde der trockenen Stämme ächzte, fröhlich und bedrohlich.

«Die Frondienste, welche von Tag zu Tag zunehmen, soll man auf das Maß reduzieren, wie unsere Eltern gedient haben, allein nach Laut des Wortes Gottes.» So sprachen sie und setzten noch hinzu: «Die Herrschaft soll den Bauern die Dienste nicht über das bei der Verleihung festgesetzte Maß hinaus auferlegen.»

«Viele Güter können die Pachtabgabe nicht tragen. Ehrbare Leute sollen diese Güter besichtigen und die Gült nach Billigkeit neu festsetzen, damit der Bauer seine Arbeit nicht umsonst tue, denn ein jeglicher Tagwerker ist seines Lohnes würdig.» So sprachen sie, und da fielen gefrorene Krähen wie Steine vom Himmel.

«Wegen der großen Frevel sind neue Satzungen aufzustellen. Bis dahin ist bei alter geschriebener Strafe zu strafen und nicht nach Gunst.» So sprachen sie, aber das war aus den Zeiten vor Luthers Verrat.

«Etliche haben sich Wiesen und Äcker, die einer Gemeinde zugehören, angeeignet. Die wollen wir wieder zu unseren gemeinen Händen nehmen.» So sprachen sie, und Atahualpas Schatten schwebte von nun an über diesen Worten.

«Die Erbabgabe soll ganz und gar abgeschafft werden, und nimmermehr sollen Witwen und Waisen so schändlich wider Gott und Ehre beraubt werden.» So sprachen sie, als die Käuzchen in der hereinbrechenden Nacht riefen.

«Wenn einer oder mehr der hier gestellten Artikel dem Worte Gottes nicht gemäß wären, so soll er getilgt werden. Desgleichen wollen wir auch keine Artikel hinzufügen, die wider Gott wären oder unserem Nächsten eine Beschwernis zufügten.» So sprachen sie, und dieser Selbstzweifel ehrte sie, denn er zeugte von kindlicher Reinheit und einem moralischen Feingefühl, das offenbar sie in ihren Sagen und Aberglauben zu pflegen verstanden hatten.

49. DER KLEINE JOHANN

Zwischen dem Hammer der Sonnenketzerei und dem Amboss der wütenden Bauernschaft wussten die Fürsten nicht so recht, wie sie sich verhalten sollten. Die im Norden und Osten, die dem Lutheranertum zugetan waren, in dem sie einen Weg sahen, die unermesslichen Reichtümer der Kirche des Angenagelten Gottes zu verstaatlichen, standen Ferdinand, dem Hüter des überkommenen Glaubens, misstrauisch gegenüber, da er einen Bruch mit dem Großpriester in Rom ausschloss; anderseits war er das Bollwerk gegen die Türken. Aus Erfahrung wussten sie aber auch, dass der Zorn der Bauern weit hinauswies über die religiösen Fragen des Abendmahls und andere Ritualdinge, die sie angesichts ihrer Armut als zweitrangig erachteten. Und während dieser Zorn erneut grummelte, blieben die verunsicherten Fürsten von Sachsen, Thüringen und Brandenburg abwartend und hofften auf Weisungen aus Wittenberg, dem brandenburgischen Städtchen, wo Luther lebte.

Ganz anders war es im Westen und Süden, in Westfalen, im Elsass und im Schwabenland, wo die Fürsten den Aufstand unverzüglich, bevor er ihre Gebiete wieder in Brand setzte, ersticken wollten, wie man einen Wurf Kätzchen ertränkt. Sie bezahlten Söldner, die in Stadt und Land marodierten.

So kam es, dass Landsknechte einen Straßburger Gärtner

verfolgten, den man für einen Aufrührer hielt, weil er von Dorf zu Dorf zog und Reden schwang für das Recht, unbeschränkt Holz zu schlagen, zu jagen und zu fischen. Eines Tages glaubten sie ihn auf einem Bauernhof aufstöbern zu können, wo er sich versteckt hielt, doch sie fanden nur seine Frau und seinen neugeborenen Sohn, den sie grausam töteten. Wie ein Lauffeuer verbreitete sich die Nachricht von diesem feigen Mord im ganzen Land. Da der ermordete Säugling Johann hieß, hieß es bald in allen Dörfern, auf allen Gehöften, in allen Geschäften nur noch, man werde «den kleinen Johann» rächen. So bildete sich eine neue Bruderschaft, die der vormaligen Gemeinschaft des Armen Konrad nacheiferte, indem sie nicht nur Gerechtigkeit forderte, sondern Rache anstrebte.

Ihr Zorn jedoch, so berechtigt er sein mochte, gab ihnen, obwohl von dem Verbrechen weiter geschürt, nicht genug Kraft, den Hellebarden und Musketen der Söldner standzuhalten. Allzu lebhaft war den Bauern noch in Erinnerung, wie vor gar nicht langer Zeit – kaum zwanzig Erntejahre war das her – der Kopf ihres Häuptlings Thomas Müntzer ins Sägemehl gerollt war zu den Hunderttausenden auf den Feldern verfaulenden Leichen der Ihren.

Es ist keine Übertreibung zu sagen, dass weder Luther noch der Kaiser ihnen im Geringsten geholfen hatten. Doch heute lag die Sache anders.

Sie schickten einen Eilboten nach Brüssel, um Hilfe anzufordern von Atahualpa, dem Beschützer der Armen, denn sie wussten, dass sie ohne äußeren Rückhalt vom (wahrlich zu Unrecht «der Gute» genannten) Herzog Anton von Lothringen nichts zu erwarten hatten, allenfalls öffentliche Verprügelungen und ihrer aller Untergang.

Atahualpa hatte es nicht eilig damit, nach Spanien zurückzureisen. Besonders zog ihn eine weiter östlich gelegene Stadt an, kaum einen Tagesritt von Brüssel entfernt: Aachen, wo sein Rivale Ferdinand bald gekrönt werden sollte. Er wusste, dass, solange er in Flandern blieb, Ferdinand sich nicht so nah heranwagen würde, es sei denn, er wolle ihn bekriegen, was aber bedeutet hätte, mit seinem Heer die ganzen deutschen Länder zu durchqueren und seine Ostflanke schutzlos zu lassen.

Der König von Spanien, Fürst der Belgier, Herrscher über die Niederlande und Herr der Barbaresken beschloss, den Aufstand des Kleinen Johann zu unterstützen, und schickte seine Truppen, unter der Führung von Chalcuchímac, ins Elsass.

Zwischen den zusammengerotteten Bauern und dem unbesiegbaren Heer des Inka wurde der Fürst von Lothringen rundheraus vernichtet, und die Stadt Metz, wohin er sich geflüchtet hatte, öffnete den Angreifern ihre Tore, denn die Händler und Handwerker hatten Mitleid mit dem Los der Bauern, deren Forderungen sie als vernünftig erachteten, denn sie fanden, dass sie «oft ungerechtfertigt zerschnitten, gefressen und abgefieselt» werden. Jedenfalls konnte Chalcuchímac den Herzog nicht gefangen nehmen, denn die wütenden Bauern hatten sich bereits seiner bemächtigt und desgleichen seines Bruders, des Herzogs von Guise; sie zerstückelten die beiden bei lebendigem Leibe und pflanzten ihre Köpfe auf Spießen auf.

Doch auch politisch wurden sie aktiv, denn sie unterbreiteten dem Stellvertreter des Inka eine neue Version der alten Forderungen, die ihre schwäbischen Brüder einst erhoben hatten. Chalcuchímac sandte sie nach Brüssel. Einen halben Mond später erreichte sie die Antwort des Inka. Ich füge das Dokument hier ein, so wie es mir vorliegt, zusammen mit Atahualpas eigenhändigen Notizen.

50. DIE ZWÖLF ARTIKEL DER ELSÄSSISCHEN BAUERNSCHAFT

Erster Artikel
Klar und lauter soll das Evangelium gepredigt werden, frei von Absichten der Herrschaften und der Priester.
Jeder soll seine Religion frei ausüben können, einzig muss er an den Sonnenfesten teilnehmen.

Artikel 2
Wir wollen keinen Zehnten mehr zahlen, den großen nicht und nicht den kleinen.
Einverstanden.

Artikel 3
Der Pachtzins für Grund und Boden soll auf fünf Prozent herabgesetzt werden.
Er wird abgeschafft und durch ein System turnusmäßiger Frondienste ersetzt.

Artikel 4
Alles Wasser soll frei zugänglich sein.
Einverstanden.

Artikel 5
Die Wälder sollen der Allgemeinheit anheimfallen.
Einverstanden.

Artikel 6
Die Wildbestände sollen frei zugänglich sein.

Einverstanden, jedoch nur während bestimmter vom Inka festzulegender Zeiten, während der Sonnen- und bestimmter anderer Feste, damit eine ausreichende Fortpflanzung der Wildbestände gewährleistet ist.

Artikel 7
Es soll keine Leibeigenen mehr geben.
Einverstanden.

Artikel 8
Wir wollen unsere Behörden selbst wählen. Wir wollen als Herrscher nehmen, wer uns dafür geeignet erscheint.
Abgelehnt.

Artikel 9
Unsere Richter sollen aus unseren eigenen Reihen kommen.
Einverstanden, sofern die Ernennung der Richter vom Inka oder von seinen Stellvertretern für gültig erklärt wird.

Artikel 10
Wir wollen unsere Burgvögte selber wählen und absetzen.
Abgelehnt. Der Inka behält sich dieses Recht vor, stellt aber allen frei, ihm Kandidatenvorschläge zu unterbreiten.

Artikel 11
Wir wollen keine Erbabgaben mehr zahlen.
Einverstanden. Jede Familie des Verblichenen erhält eine Hilfe von der Gemeinschaft und Lebensmittel aus dem persönlichen Fundus des Inka.

Artikel 12
Aller gemeindlicher Grund und Boden, den sich die Herrschaften angeeignet haben, soll wieder der Gemeinde anheimfallen.
Einverstanden.

51. KARL DER GROSSE

Kaum wurden die Bedingungen dieser Einigung ruchbar, gab es eine gewaltige Explosion, die alle deutschen Länder erschütterte.

Der Sieg der elsässischen Bauern ermutigte alle anderen. Nun wusste landauf, landab auch der ärmste und abgelegenste Bauer, dass er nicht allein war und dass es da unverhofft eine phantastische Kraft gab, auf die er zählen konnte, eine fast göttliche Macht, die mit all den Fürsten fertigwurde und obendrein geneigt war, den Bauern zu Hilfe zu kommen.

Denn Atahualpa schickte seine Truppen überallhin, wo seine Hilfe angefordert wurde. Er selber übernahm das Kommando über das Heer und begab sich nach Westfalen. So konnte er mit eigenen Augen den Tempel von Aachen sehen, wo Karl der Fünfte zum Kaiser gekrönt worden war. Er konnte auf dem Thron Karls des Großen Platz nehmen. Er konnte dessen vergoldetes Grabmal mit den Händen berühren. Pedro Pizarros Worte beim Vorlesen aus den Abenteuern Rolands, Angelicas, Medors und Bradamantes hatten ihn gelehrt, diesen großen Kaiser zu bewundern und zu beneiden. Damals wohl hatte ein Gedanke begonnen, in seinem königlichen Schädel Wurzeln zu schlagen und Tag für Tag weiter zu wachsen, so gewiss wie die Kartoffel wächst und in den kargen Steppen heimisch wird.

Wo immer sie sich erhoben in den Fußstapfen des Kleinen

Johann, trugen die Bauern als Wahrzeichen einen Schuh mit Schnürsenkel und eine Fahne in den Regenbogenfarben. Atahualpa übernahm für sich das Wahrzeichen des Regenbogens. Er fand, das sei eine Flagge, die dem Reich Karls des Großen gut zu Gesicht stände.

52. AUGSBURG

Der Reichstag war eine Art deutsche Entsprechung zu den Cortes, mit dem Unterschied, dass er nur Fürsten und lokale Herrscher versammelte sowie die Vertreter der reichsunmittelbaren Städte, doch die waren zahlreich. Das deutsche Reich war damals so kleinteilig, dass sich Hunderte bei diesen Versammlungen drängten.

Ein Reichstag war einberufen worden nach Augsburg, eine Reichsstadt an der bairisch-schwäbischen Grenze. Der Inka, der sich zum Herrn über alle westlichen deutschen Länder gemacht hatte, war von Rechts wegen geladen. Doch dass Ferdinand in der Gegend war, erschwerte ihm, den der Erzherzog von Österreich als den Usurpator des spanischen Thrones ansah, den Zugang, ja machte es ihm unmöglich, zu kommen, zumal seine Ansprüche nun offenkundig wurden: Jetzt ging es ums Kaisertum, niemand zweifelte mehr daran. Ferdinand war der Ansicht, dass seit dem Tag, als sein Bruder getötet worden war, ein Konflikt um Leben und Tod zwischen ihnen bestand, und sah eine unvermeidliche Konfrontation herannahen. So versammelte er seine Truppen in Bayern, für ihn das Tor zu den deutschen Ländern, nun aber auch der Puffer gegenüber dem fast vollständig von Atahualpas Heer besetzten Schwaben.

Die Lage schien in der Tat blockiert: Versperrte Atahualpa Ferdinand den Zugang nach Aachen und hinderte ihn daran, gekrönt zu werden, so würde Ferdinand Atahualpa den Weg nach Augsburg versperren und ihn daran hindern, seine Ansprüche vor dem Reichstag geltend zu machen.

Die beiden Heere standen einander gegenüber, aber keines von beiden wagte den Angriff. Man beobachtete sich. Man hatte Angst voreinander. Das Warten begann an Leib und Seele zu nagen. Vor allem Ferdinands Männer wurden nervös und erkrankten. Und ihre Gegner, Atahualpas Soldaten, die auf der Seite der Bauern gegen die katholischen Fürsten gekämpft hatten, waren erschöpft und müde von ihrem deutschen Feldzug.

Bleierne Zeit in der schwäbischen Schotterebene.

Wieder einmal fand Higuenamota die Lösung für ein Problem ihres Herrn und Freundes.

Höchstpersönlich schrieb die kubanische Prinzessin an den König von Frankreich, um ihm vorzuschlagen, er solle eine Nachricht an Süleyman schicken, des Inhalts: «Ferdinand woanders engagiert, Wien kann eingenommen werden.»

Wieder einmal setzte sich das türkische Heer, das bereits fast ganz Ungarn besetzt hielt, in Marsch.

Als er von der Bedrohung Wind bekam, blieb Ferdinand keine andere Wahl, als überstürzt in sein Königreich Österreich zurückzukehren und seine Hauptstadt zu verteidigen. Sein Heer war übrigens von einem eigenartigen Übel befallen, das sich zuerst in Spanien, Frankreich und Flandern ausgebreitet hatte, später auch in den deutschen Ländern: Die Männer bekamen Fieber, verloren die Haare, hatten Ausschlag und Beulen am ganzen Körper. Erstes Symptom war ein Geschwür am männlichen Glied, am Hintern oder im Rachen. Erst hatte man gefürchtet, es sei die Pest, die ganze Länder niedermachte und einen innerhalb weniger Tage dahinraffte, aber diese Krankheit war nicht tödlich: Die Kranken erholten sich schließlich, wurden zwar nicht wieder ganz gesund, aber die Symptome verblassten. Die Männer blieben allerdings geschwächt, und all das war nicht gut für die Stimmung der Soldaten. Ferdinands Heer hatte nichts dagegen, das Feld zu räumen. Die Türken waren zwar ein entschlossener Gegner, doch man hatte sie einschätzen gelernt, Gott – oder der Teufel – aber war mit den übers Meer gekommenen Indios.

Der Weg war frei für Atahualpa.

Als er in Augsburg ankam, setzte er sich sogleich mit dem wohl mächtigsten Deutschen in Verbindung.

Genau gesagt, war Anton Fugger so wichtig, dass Atahualpa sich schnurstracks bei ihm einquartierte, noch ehe er sich im Reichstag blicken ließ oder bei den örtlichen Behörden anmeldete. Der Bankier empfing ihn in seinem großzügigen Wohnhaus mitten in der Stadt, wie er einst seinen Vorgänger Karl den Fünften empfangen hatte. Dem Inka gefiel das Sandsteingebäude. In seiner wuchtigen Schlichtheit erinnerte ihn der Palast an die Paläste in Quito. (Nach Cuzco war Atahualpa ja nie gekommen.) Er genoss das Festmahl, das sein Gesprächspartner ihm bereitet hatte. Und das Bier war auch in Ordnung.

Die beiden Männer hatten eine Menge zu bereden.

Anton Fugger war einfach, wenn auch etwas eigenwillig gekleidet, selbst gemessen an den Gebräuchen im Fünften Reichsteil. Er steckte in einem schwarzen Umhang, unter dem ein kragenloses weißes Hemd hervorblitzte, und trug einen Hut in Form eines großen weichen Pfannkuchens. Sein Haar war von einer Art Beutel umhüllt, und sein Bart wirkte etwas verblasen, zugleich dicht und licht. Seine Hände waren in feinen weißen Handschuhen verborgen.

Er sprach den Inka auf Italienisch an, und der antwortete ihm auf Spanisch. So ging es einigermaßen mit der Verständigung.

Beide hatten sie genaue Vorstellungen von ihren jeweiligen Interessen und wollten klar und deutlich darlegen, was sie anzubieten hatten, und vor allem im Tausch wofür.

Abseits der Festlichkeiten, in Fuggers Kontor, wurde die Verbindung geschmiedet, die mehr als jede andere die kommenden Umwälzungen bestimmen sollte.

Im Raum stand ein Schrank mit vielen Schubladen, auf denen Atahualpa, der inzwischen Lesen und Schreiben gelernt hatte, die Namen von Städten erkannte: *Lissabon, Rom, Sevilla, Augsburg*. Andere kannte er noch nicht: *Venedig, Nürnberg, Krakau* ...

Fugger war klar, warum dieser Mann mit Rock und Federschmuck vor ihm stand. Er hatte das gleiche Anliegen wie seinerzeit Karl der Fünfte: Das Kaisertum sei teuer, und zwar doppelt. Zum einen müssten die Söldner bezahlt werden, damit man Krieg führen konnte. Und zum anderen müsse man die Stimmen der großen Kurfürsten kaufen. Das Gold aus Übersee komme nicht schnell genug nach Sevilla, und von dort brauche es zu lange hierher, außerdem müsse es noch in klingende Münze verwandelt werden. Fugger könne die gewaltigen Summen vorstrecken, die Atahualpas Vorhaben, das Reich zu erobern, verschlingen würde.

Atahualpa müsse verstehen, dass Fugger im Tausch gegen sein Gold Maßeinheiten in Form von runden Stücken liefern werde. Der Inka machte eine unbestimmte Handbewegung. Geld in dieser Form gab es in Tahuantinsuyo nicht, aber seit seiner Ankunft in Spanien hatte er erkannt, wie praktisch es ist.

Fugger erklärte ihm den Wert dieser kleinen Stücke: Ein Gulden könne eingetauscht werden gegen fünfundzwanzig Hühner, ein Kilogramm Pfeffer, zehn Pfund Honig, zwei Zentner Salz, zehn Tage Arbeit eines ausgebildeten Handwerkers. Atahualpa könne ihm glauben: Er werde sehr viele Gulden benötigen.

Der Inka hatte aufmerksam zugehört, und auch jetzt sagte er nichts. Etwas in ihm sträubte sich, die Frage zu stellen, auf die der Bankier nun von sich aus antwortete, nämlich was er im Tausch dafür verlange.

Aus einer Flasche, die auf seinem Schreibtisch stand, schenkte Fugger zwei Gläser schwarzes Gebräu ein und reichte eines davon dem Inka, der es unbefangen annahm. Der Wein kam aus der Toskana, der Gegend um Florenz. Der Bankier schien stolz darauf zu sein. Während all der Jahre, die er in der Neuen Welt verbracht hatte, ja eigentlich schon seit dem Bruderkrieg drüben, hatte Atahualpa gelernt, keinen Anstoß mehr an kleineren Protokollverletzungen zu nehmen, auch wenn ihm aufgrund seiner königlichen Geburt etwas zustand. So nahm er es schon seit langem hin, wenn man sich direkt an ihn wandte, ohne Schleier zwischen ihm und seinem Gesprächspartner. Er hatte auch genug Zeit gehabt, sich mit den Gebräuchen im Fünften Reichsteil vertraut zu machen: Er wusste, dass ein Gläschen anzubieten eine Geste der Freundschaft und der Gutwilligkeit war, ein Ritual, das sich meist zwischen Gleichrangigen abspielte aus Anlass einer glücklichen Begegnung, eines besonderen Ereignisses oder eines abgeschlossenen Geschäfts. Es konnte auch eine List sein, seinen Gast zu vergiften. Doch dieser Deutsche hatte wahrhaftig keinen Grund, den zu vergiften, der ihn zum reichsten Mann Europas machen und ihn in die Lage versetzen würde, seinen großen Konkurrenten Welser, den anderen Bankier von Augsburg, endgültig auszustechen, ebenso wie die Genueser und die Händler von Antwerpen.

Der Deutsche hatte wohl gezögert, bevor er sich für den Inka entschied. Es hätte nahegelegen, Ferdinand zu unterstützen, den designierten Nachfolger Karls des Fünften als Kaiser an der Spitze des Reiches. Zwei Gründe hatten ihn davon abgebracht: Atahualpas Solvenz, dessen Gold- und Silberquellen unerschöpflich schienen. Und die Aussicht auf neue Märkte.

Eigentlich verlangte Fugger nicht viel. Seinem Onkel hatte der portugiesische König einst die früher gewährte Erlaubnis entzogen, mit der Stadt Goa in Indien im Fernen Osten Handel zu treiben. Anton Fugger nun verlangte vom spanischen König eine ähnliche Erlaubnis, zur See zu fahren und Produkte einzukaufen. Die Fugger waren eine zu Wohlstand gekommene Familie von Webern. Anton wollte insbesondere mit Alpakawolle handeln, denn etwas Gleichwertiges gab es in Europa nicht. Er dachte auch daran, Kautschuk zu importieren, worin er eine vielversprechende Investition sah, denn das tränende Holz, aus dem dieses Material gewonnen wurde, war auf dieser Seite der Welt nirgends zu finden.

Atahualpa war einverstanden. Zur Besiegelung des Geschäftes wollte er das Glas erheben, wie es nach seinem Kenntnisstand der Brauch war, doch Fugger unterbrach seine Handbewegung.

Es gab da noch eine Bedingung.

Er wollte, dass der Inka ihn von Luther befreite.

Atahualpa war überrascht, dass sein Gastgeber sich um Religion scherte.

Luther sei schlecht fürs Geschäft. Der aufmüpfige Priester habe immer wieder Schmähreden gehalten über Herz und

Hand der Bankiers: das verzinsliche Darlehen. Und er, dieser kleine Mönch von Wittenberg, habe den einträglichen Ablasshandel zerstört, aus dem Rom seine gigantischen Schulden bezahlen sollte, die es bei seinem Onkel Jakob aufgenommen habe. Er als der Neffe nehme es nicht persönlich, aber er wolle, dass Luther in zwei Monaten tot sei, sonst sei ihre Verabredung ungültig und er werde alle seine Zahlungen einfrieren.

Atahualpa hatte zwar keine klare Vorstellung, wie dieser Teil des Vertrages zu erfüllen sein könnte und auch nicht, welche politischen Auswirkungen das haben würde, aber er schlug ein, von seinem Kaiser-Traum verblendet. Endlich stießen sie an, auf die Freundschaft zwischen den Völkern, auf das geeinte Kaiserreich.

Der Inka zog mit einer Kassette von dannen, in der sich fünftausend Gulden befanden, von denen es hieß, es handle sich dabei um ein Tausendstel des Fugger'schen Schatzes.

53. DIE PROTESTANTISCHEN FÜRSTEN

Zu unterwerfen – ob gewaltsam, ob durch Überredung – blieben Atahualpa nun noch die deutschen Fürsten des Ostens und der Mitte, die überwiegend Anhänger von Luthers Reformation waren.

Das betraf im Wesentlichen den Markgrafen von Brandenburg, Joachim Hektor, seinen Vetter, den Herzog von Preußen Albrecht von Brandenburg, den Landgrafen von Hessen Philipp den Großmütigen und vor allem Luthers Beschützer, den Kurfürsten von Sachsen Johann Friedrich, ein Neffe Friedrichs des Weisen und selber unter dem Beinamen «der Großmütige» bekannt (eine Eigenschaft, die offenbar unter diesen Fürsten weit verbreitet ist).

Dann war da noch Moritz von Sachsen, der Vetter und Konkurrent des Vorigen, aber da er weder Kurfürst noch eindeutig lutheranisch gesinnt war und zudem im Besitz von nennenswerten militärischen Ressourcen, sodass er sich im Fall des Falles zu verteidigen gewusst hätte, beschloss Atahualpa, sich auf die anderen zu fokussieren.

Die lutheranischen Fürsten befanden sich in einem Dilemma. Ursprünglich waren sie Gegner von Ferdinand gewesen, wie auch schon vorher von Karl, denn der wollte, wie schon sein verstorbener Bruder, nichts von einer Reform der offiziellen Religion hören, für deren Fortbestand er sich verantwortlich fühlte; nun aber wünschten sie ein deutsches Sevilla-Edikt herbei, das die Religionsfreiheit, die Atahualpa Spanien zugestanden hatte, auf das ganze Reich ausdehnte.

Den Inka auf deutschem Boden zu empfangen und ihm anstelle von Ferdinand das Kaisertum anzuvertrauen hieß, die Sonnenreligion ins Land zu holen, die nicht nur an Ketzerei grenzte, sondern im Grunde, soweit sie das beurteilen konnten, schlicht und einfach heidnisch war.

Der Gedanke an einen Kompromiss war ihnen keineswegs fremd. Anfangs hatten sie bei der Niederschlagung der Bauernaufstände auf Karl, dann auf Ferdinand gesetzt. Auch Atahualpas Heer würde eine vergleichbare Aufgabe gut erfüllen.

Wovor sie sich aber doch fürchteten, war dieses politische Reformprogramm, das Atahualpa in seinen Königreichen durchgezogen hatte, und die dabei gemachten Zugeständnisse an die elsässischen Bauern. Die Fürsten wollten um keinen Preis auf die nennenswerten Einnahmen verzichten, die sie aus ihrem Landbesitz und der Arbeit ihrer Bauern bezogen; dieses

System gewährleistete ihnen ihre Lebensform, die auf Privilegien beruhte, die der Adel seit unvordenklichen Zeiten für sich in Anspruch nahm. Dass Atahualpa in der Gegend war, konnte durchaus die aufrührerische Glut entfachen zu genau dem Zeitpunkt, wo die Hoffnung auf Reformen nach dem Modell der Zwölf Artikel auf dem Land in Sachsen und Preußen hinter vorgehaltener Hand die Runde machte. Es gab eine Art Übereinstimmung, ein beängstigendes, ja gefährliches Ineinandergreifen der Pläne Atahualpas und der Forderungen seitens der Bauern. Äußerstenfalls konnten sich die Fürsten vorstellen, ihre Leibeigenen freizulassen, die nichts anderes waren als Bauernsklaven. Doch allein der Gedanke an eine Umverteilung von Grund und Boden zugunsten der Gemeinden oder wessen auch immer war für sie absolut unvorstellbar. Und genau das geschah doch im Elsass, in Westfalen, im Rheinland, in Schwaben und in manchen Provinzen der Pfalz ...

Atahualpa stieß also auf diese vollkommen ratlosen, von Unentschlossenheit gelähmten Fürsten. Wieder einmal berief er den gewitzten Chalcuchímac zum Unterhändler. Der General setzte die klug dosierte Kombination von Drohung und Versprechen ein, die feine Mischung aus dezidiert und verbindlich, von der er wusste, dass sie der Gegenpartei dazu verhalf, die richtigen Entscheidungen zu treffen.

Die protestantischen Fürsten aber konnten sich aus ihrem Zögern nicht befreien.

Um diesem Herumgedrucke ein Ende zu machen, schlugen sie dem Inka ein Treffen mit Luther selbst vor. Der würde ihnen den Weg weisen, und sie versprachen einander, sich an seine Meinung zu halten. Das schloss natürlich nicht die zahllosen Pfründen aus, die sie vom neuen Kaiser verlangen würden und die Atahualpa ihnen gewiss zugestehen würde, und ebenso wenig die gewaltigen Aufwandsentschädigungen, die er würde aufbringen müssen, um sich ihrer Unterstützung und ihrer Stimme zu versichern, und die Fugger ihm vorstrecken musste.

Atahualpa war einverstanden. Man brachte ein Einladungsschreiben auf den Weg nach Wittenberg, wo Luther wohnte. Er wurde darin gebeten, sich umgehend zum Reichstag nach Augsburg zu begeben, um dort den König von Spanien und Bewerber um die Kaiserkrone kennenzulernen, um sich seine Argumente anzuhören, um herauszufinden, ob er ihn für dessen würdig, anders gesagt, ob er seine Kandidatur für mit den Evangelien vereinbar hielt.

Die Antwort kam ein paar Tage später: Der Doktor Luther dankte der hochwürdigen Versammlung für die Einladung, die er aber zu seinem großen Bedauern nicht annehmen könne. Er wolle seinen Gesprächspartnern mit aller gebotenen Rücksicht in Erinnerung rufen, dass es schon einmal eine ähnliche Situation gegeben habe, die sie gewiss nicht vergessen hätten: Als er sich seinerzeit beim Reichstag zu Worms Karl dem Fünften vorgestellt habe, sei er mit der Reichsacht belegt und von Unbekannten in einen dunklen Wald entführt worden und habe schon gedacht, sein letztes Stündlein habe geschlagen. Daraus folge, dass er seine Wohltäter, die Fürsten, anflehe, ihm seine Absage zu verzeihen, und sie alle seien Gott befohlen.

Atahualpa, der für seine mustergültige Selbstbeherrschung bekannt war und gerühmt wurde, bekam leichte Anzeichen von Ungeduld.

Der Herzog von Sachsen schlug ihm vor, dann eben nach Wittenberg zu reisen. Er persönlich werde sich darum kümmern, dass der Inka mit allen seiner Würde geschuldeten Ehren empfangen werde, und eine Begegnung zwischen ihm und Luther arrangieren.

Dieser feiste Mann mit den halbmondförmigen Augen, dem roten Bart und dem kurzgeschnittenen Haar flößte ihm instinktiv Argwohn ein, doch der Inka gab, nach kurzer Beratung mit seinem Generalstab, seine Zustimmung. Die Verlockung des Kaisertums war einfach zu stark.

Unter den sieben Kurfürsten, die den Kaiser wählten, waren drei Priester und vier Fürsten. Die drei Erzbistümer Trier, Mainz und Köln waren im Zuge des Krieges, den Atahualpa an der Seite des Kleinen Johann und der Bauern siegreich geführt hatte, unter seine Aufsicht gestellt worden. Diese drei Stimmen waren ihm also sicher. Ferdinand hatte das Königreich Böhmen geerbt, und der Kurfürst von der Pfalz war nach der Niederlage gegen das von Rumiñahui angeführte Heer in seine östlichen Gebiete geflohen. Diese zwei Stimmen würde Atahualpa nicht bekommen. Für die eine Stimme, die er noch für sich gewinnen musste, blieben die beiden lutheranischen Kurfürsten, das weitere Schicksal des Kaiserreichs lag also in den Händen des Herzogs von Sachsen und des Markgrafen von Brandenburg.

Er würde nach Wittenberg reisen, begleitet von Higuenamota und Chalcuchímac. Die anderen lutheranischen Fürsten, und wer sonst noch wollte, würden bei dem Treffen zugegen sein. Natürlich drängten sich die Leute aus allen deutschen Ländern, selbst aus Dänemark und Polen, um dieses Spektakel mitzuerleben.

54. WITTENBERG

Es war eine lehrreiche Reise. Sie begegneten armen Bauern, hungernden Familien, kranken Kindern. Sie sahen Männer ohne Nase und Ohren. Manchen waren an der rechten Hand zwei Finger abgenommen worden. Die Frauen waren stumm, weinten nicht, aber sahen mit harten Blicken um sich, voller Hass, wie Tiere in der Falle, kurz davor, um sich zu spucken.

Ein Bettler mit ausgestochenen Augen hielt seine Sammelbüchse hin, als der Inka vorbeikam. Die Männer von der Yana-Garde wollten ihn mit Fußtritten verscheuchen, doch Atahualpa hieß ihn näher zu seiner Kutsche zu kommen. Der Bettler schüttelte seine Büchse wie eine Schelle. Er starrte den Inka mit seinen trübweißen Augen an und sagte: «Gott sei Euch gnädig, tut etwas für die Rechte der Armen.» Mit einem goldenen Ring und zwei Gulden zog er von dannen.

Wenig später machte der Tross in der Reichsstadt Nürnberg halt, deren bauliche Pracht in erschütterndem Gegensatz zur Armut in der Umgebung stand.

Die Fortsetzung der Reise, zu der ein Halt in Leipzig gehörte, einer Stadt, die berühmt war für ihre Handelsmessen, bot ihnen ähnliche Eindrücke und weckte in ihnen ähnliche Gedanken: hier die nasenlosen Männer, dort der strahlende Luxus.

Endlich kamen sie an.

Wittenberg war eine bedeutende Gelehrtenstadt, hatte aber keinerlei Ähnlichkeit mit Salamanca.

Die Stadt war von Mönchen bevölkert, die wie geschäftige Ameisen umherliefen, sie hatten Bündel von Blättern oder sprechende Schatullen in der Hand und trugen ganze Ferkel, Brotlaibe oder Bierfässchen unter dem Arm; ihr Holzkreuz hing ihnen um den Hals.

Die Schlosskirche wurde überragt von einem bedrohlichen runden Turm, der seinen düsteren Schatten über die ganze Stadt warf; er war gekrönt mit einer stachelig verzierten Haube, die aussah wie die Knolle einer schwarzen Rose, die von ihrem eigenen Trieb überholt wurde.

Auf dem Marktplatz drängten sich Mönche, Studenten, Händler und Bauern. Überall wuselten einem Schafe und Schweine zwischen den Beinen herum.

Das Schloss selbst war seit dem Tod von Friedrich dem Weisen unbewohnt. Sein Neffe und Erbe erbot sich, den Inka und seine Leute dort unterzubringen; er schickte ihnen sein Küchenpersonal, sie schickten es ihm zurück. Sie belegten das verlassene Schloss, dann begab sich Chalcuchímac unverzüglich zu Philipp Melanchthon, Luthers rechter Hand – Atahualpa hatte ihn ja schon in Granada empfangen –, um das große Treffen vorzubereiten.

Da Melanchthon alle Sprachen sprach, wurde das Gespräch auf Kastellanisch geführt. Der Mann war von fragiler Statur und wirkte hinter seinem roten Bart recht leutselig. Sein früh faltig gewordenes Gesicht strahlte etwas Jugendliches aus, was ja immer Sympathie und unmittelbares Vertrauen einflößt, doch das waren beides keine Gefühle, zu denen Chalcuchímac besonders neigte. Was der Inkageneral sogleich erkannte, war die Schlauheit, die hinter der Leutseligkeit hervorlugte.

Der Professor und der General stießen mit von Luther höchstselbst gebrautem Bier an, was Melanchthon wohl lustig fand, er selbst war kein großer Biertrinker.

Das Gespräch dauerte den ganzen Nachmittag, und die

beiden Männer ließen sich von der Unruhe des Hauswesens nicht beirren; der alte Diener füllte gelegentlich den Bierkrug nach, die Studenten, die vorbeikamen und Papiere brachten oder holten, waren voller Neugier für den ungewöhnlichen Besucher und beobachteten ihn verstohlen, wobei sie im Vorbeigehen Gesprächsfetzen aufschnappten, die sie nicht verstanden.

Folgendes hatte der Inkageneral zu erzählen, als er seinem Herrn Bericht erstattete: Die Leute hier bezeichneten sich als «Protestanten». Sie forderten die Freiheit, ihre Religion so auszuüben zu dürfen, wie es ihnen richtig schien. Sie wollten Änderungen vornehmen an der Art, wie dem Angenagelten Gott zu huldigen sei. An manchen Bräuchen hingen sie sehr, an anderen nicht. Sie wollten, dass ihre Priester heiraten durften, und praktizierten das auch schon: Luther selbst, der Priester war, hatte Frau und Kinder, was theoretisch verboten war, ebenso wie jeglicher Geschlechtsverkehr. Sie waren besessen von der Frage, wohin sie nach dem Tod gelangten, und von dem besten Mittel, gerettet zu werden, das heißt in den Himmel zu kommen zu ihrem Angenagelten Gott (der andererseits zu einem unbestimmten Zeitpunkt wieder zur Erde herabsteigen würde, sodass Chalcuchímac dachte, es könnte dabei zu einer Begegnung kommen) und nicht unter die Erde, wo die Toten geröstet würden, außer in einem Durchgangsbereich, aus dem man vielleicht nach einer gewissen Zeit wieder herauskam – aber ganz gewiss nicht, indem man sich zu Lebzeiten mit Gulden davon freikaufte.

Ein anderes Thema, das Chalcuchímac mehrmals mitgehört zu haben glaubte, war die Frage nach dem, was sie «Gutes tun» nannten. Musste man gute Werke tun in der Hoffnung, zum Heil zu gelangen, oder nicht? Die Protestanten glaubten fest daran, dass derlei nicht nötig war und dass die Umstände ihres Lebens nach dem Tod völlig unabhängig von ihrem Betragen zu Lebzeiten seien. Gutes tun sollte man, ohne damit ein Eigeninteresse zu verbinden, einzig dem Beispiel des Angenagelten Gottes folgend, und nicht in dem Wunsche, eine Belohnung dafür zu erhalten. Chalcuchímac hielt sich zurück mit der Frage, wie, nach Ansicht Melanchthons, der Angenagelte Gott entschied, wen er retten und wen er unter der Erde rösten wolle. Am örtlichen Aberglauben interessierte den General nur, ob sich ein politischer Vorteil daraus ziehen ließ. Was für Fragen er aufwarf und welche moralischen Probleme daraus erwuchsen, war ihm egal.

Ganz anders Melanchthon: Er hatte viele Fragen gestellt. Er interessierte sich für das Land seines Gastes und dessen Gebräuche und Götter; er hatte gefragt, ob sie Krieg führten, ob sie Sklaven hielten, ob sie je von dem Angenagelten Gott gehört hätten, ob der Sonnengott die Guten belohne und die Bösen bestrafe. Er hatte Genaues über die Lage von Tahuantinsuyo wissen wollen. Er jedenfalls schien, anders als die meisten, zu begreifen, dass die Quiteños keine Indios waren, mit denen sie regelmäßig verwechselt wurden.

Mit einem Wort: Der Mann hatte auf Atahualpa offen und verhandlungsbereit gewirkt. Aber er hatte durchblicken lassen, dass Luther ein bisschen schwierig war, dass der große Reformationsprediger einigermaßen schroff reagieren konnte und dass das nach allgemeiner Auffassung im Lauf der Jahre keineswegs besser geworden war.

Das Gespräch endete mit Nebensächlichkeiten. Der rotbärtige Amauta hatte, nach mehreren Krügen Bier, unter anderem erklärt: «Augsburg ist das deutsche Florenz, und die Fugger sind die heutigen Medici.» Chalcuchímac hatte diese beiläufige Bemerkung für hinreichend wichtig erachtet, dass er seinem Herrn davon berichtete.

55. LUTHER

Die erste Begegnung fand in einem großen Gebäude statt, das sie *Universität* nannten, in Gegenwart des Kurfürsten von Sachsen und vor einem tausendköpfigen Publikum.

Luther wirkte wie ein wütender Stier auf Atahualpa, der zwischen Higuenamota und Chalcuchímac auf einem Podium thronte, als der Häuptling der Protestanten auftrat. Die Worte des Priesters klatschten wie die Schläge einer Axt, und Melanchthon übersetzte sie ins Spanische. Seine Äußerungen waren unzusammenhängend, und es war schwer, seinem Gedankengang zu folgen. Er sprach viel von den Juden, die er schrecklicher Verbrechen beschuldigte und über die er die größten Verfluchungen ausstieß. Wenn es nach ihm ging, dann waren sie «verstockt und vom Teufel besessen», und es war ein Fehler, sie nicht zu töten. Zumindest aber musste man sie wie wilde Hunde von deutschem Boden vertreiben und ihre Häuser niederbrennen.

Fast eine ganze Stunde schwadronierte Luther ohne Unterbrechung über dieses Thema. Atahualpa hörte ihm schweigend zu, ungerührt wie immer in solchen Situationen (aber so etwas wie heute hatte er, ehrlich gesagt, noch nie erlebt), ohne etwas von seinem Unverständnis zu erkennen zu geben.

Dann kam Luther auf seine Gäste zu sprechen, die Besucher aus Übersee. Seiner Ansicht nach bestehe kein Zweifel daran, dass Atahualpa und seine Männer von Gott gesandt seien, um die Sünder zu züchtigen und die Kirche zu säubern.

Die Sonne, auf die sie sich beriefen, sei nichts anderes als eine Metapher für Gott, und Atahualpa sei vielleicht nicht der erneut fleischgewordene Messias, aber doch zumindest ein weiterer Prophet oder ein zur Erde herabgesandter Engel.

Er selbst, Luther, sei auch von Gott ausersehen, Gerechtigkeit walten zu lassen, und er könne nicht den Mund halten, nein, er könne wirklich nicht den Mund halten. Er könne nicht umhin, den Inka darauf hinzuweisen: Es sei nicht gut, dass diese Frau da (er deutete mit dem Finger auf Higuenamota) an seiner Seite gehe. Melanchthon hatte mit dem Übersetzen innegehalten, aber alle, auch die kein Deutsch konnten, hatten seine Worte verstanden.

Higuenamota hatte inzwischen beschlossen, sich einzukleiden, denn es war recht kühl in diesem Land. Aber Luther hatte wohl Wind bekommen von den Sagen, die über die berühmte nackte Prinzessin in Umlauf waren. Natürlich hatte er sie im Verdacht, sie könnte eine Gesandte des Teufels sein. Higuenamota fand das lustig. Und dann erlebten sie jene außerordentliche Szene, die Lucas Cranach in ein berühmtes Ölgemälde gebannt hat: Die Prinzessin steht auf und lässt ihr Kleid fallen, sodass sie vor den verblüfften Zuschauern nackt dasteht.

Doch während sie stolz, herausfordernd, ein aufreizendes Lächeln auf den Lippen vor ihm stand und von den Anwesenden Aufschreie zwischen Vorwurf und Bewunderung, ja sogar ein paar Lacher zu hören waren, besaß Luther die Frechheit, mit drohendem Finger auf den entblößten Leib der Kubanerin zu deuten und zu verkünden: «Männer haben breite Schultern und schmale Hüften. Sie sind mit Verstand begabt. Frauen haben schmale Schultern und breite Hüften, sie sollen Kinder haben und im Haus bleiben.»

Die Sitzung wurde aufgehoben und vertagt.

56. DAS DILEMMA

Töte ihn!», sagte Higuenamota zu Atahualpa.
Aber das war gar nicht so einfach.

Luther liquidieren hieß, seinen Teil des Vertrages mit Fugger zu erfüllen und damit zu gewährleisten, dass der Bankier die Hunderttausende Gulden bereitstellte, die Atahualpa benötigte, um die Stimme der beiden protestantischen Kurfürsten zu kaufen. Es hieß aber auch, sich von ebendiesen beiden Kurfürsten zu entfernen und zugleich von all den Fürsten, die auf der Seite des aufmüpfigen Mönchs im Schmalkaldener Bund vereinigt waren.

Atahualpa hatte hier nicht genug militärische Kapazitäten zur Verfügung, um den Bund zu unterwerfen, denn Quizquiz war mit einem Drittel des Heeres in Spanien geblieben, um einem möglichen Überraschungsangriff von Süleyman oder Ferdinand standzuhalten, und das zweite Drittel hatte er zurückgelassen, um Flandern und die westlichen deutschen Länder zu besetzen.

Doch auch auf friedlichem Weg ließ sich seine Wahl nicht gewährleisten, denn sie war an den Tod Luthers und gleichzeitig an seine Zustimmung geknüpft.

Während Atahualpa noch nachdachte, drängte es eine Menschenmenge in die Stadt Wittenberg. Die Begegnung zwischen Luther und dem Inka schien bei der Bevölkerung im ganzen Land eine gewaltige Hoffnung zu nähren. Gewiss, Luthers Verrat war nicht vergessen, wie er Thomas Müntzer verleugnet und die Fürsten aufgefordert hatte, die aufständischen Bauern niederzumetzeln, aber allen waren die Zwölf Artikel der elsässischen Bauernschaft gegenwärtig: Sie hofften, dass

Atahualpa als Kaiser seine neuen Gesetze auf alle deutschen Länder ausdehnen werde. Immer zahlreicher strömten sie auf den Marktplatz und in die Straßen der kleinen Stadt.

Zur selben Zeit war Chalcuchímac wieder bei Melanchthon, um beim Bier zu versuchen, das Treffen noch zu retten.

Der kleine Bärtige hatte seinen Freund Luther davon überzeugt, dass er sich vor der Fortsetzung des Gesprächs entschuldigen solle.

Ein wichtiger Punkt, der besprochen werden müsse, sei die Rolle dieser Sonnenreligion. Aus naheliegenden politischen Gründen komme es nicht in Frage, sie als Ketzerei einzustufen oder wie die Religion des falschen Propheten Mohammed zu behandeln. Atahualpas Siege seien ein Zeichen dafür, dass er Gott an seiner Seite hatte. Die Niederlagen der Königreiche des Fünften Reichsteils seien ohne jeden Zweifel die Züchtigung, die Gott ihnen wegen ihrer Verderbtheit auferlegte, und insofern ein weiterer Beweis für die Richtigkeit der Luther'schen Thesen. Deshalb erachte Luther in seiner Weisheit Atahualpa als einen Botschafter Gottes und nicht des Teufels, und nach einigem Nachdenken sei er bereit, die Religion des Inka als eine Metapher oder als eine auf die Welt in Übersee zugeschnittene Version der Evangelien anzuerkennen, so wie das Alte Testament von den Anhängern des Angenagelten Gottes als eine Sammlung von Erzählungen angesehen werde, die das Neue ankündigten und einen Vorgeschmack darauf gaben.

«Wie eine Planskizze?», fragte der General.

«Eher wie eine andere Auslegung ein und desselben Bildes», erwiderte sein Gastgeber.

Dann fragte ihn Chalcuchímac, was von Luthers Rede über die Juden zu halten sei.

Melanchthon wischte die Frage mit dem Handrücken beiseite: «Nichts. Mit dem Älterwerden ist er allzu besessen von dieser Frage, er beißt sich daran fest, und das hat nichts zu tun mit den Diskussionen. Man muss ihn einfach reden lassen.»

Es wurde beschlossen, dass die nächste Sitzung mitten in der Schlosskirche stattfinden sollte. Chalcuchímac kehrte von seinem Besuch beruhigt, ja ein wenig beschwingt, zurück, allerdings hatte er nicht wenig getrunken. Er berichtete seinem Herrn getreulich, welchen Rat Melanchthon ihm gegeben hatte: «Lasst ihn reden, stimmt ihm zu, soweit möglich. Dann bekommt ihr eure Einigung.»

57. DIE SCHLOSSKIRCHE

Es ging das Gerücht, dass der große Amauta Erasmus höchstselbst sich auf Reisen begeben habe, obwohl andererseits die Nachricht von seinem Tod in Basel, wohin er sich auf der Flucht vor religiöser Verfolgung zurückgezogen hatte, schon seit mehreren Erntejahren in Umlauf war. Immerhin maß man dieser Begegnung der beiden großen Reformatoren des Jahrhunderts historische Bedeutung bei. Aber was dabei herauskommen würde, konnte niemand vorhersehen, und in allen deutschen Ländern und im ganzen Fünften Reichsteil, bis hinunter nach Rom, hielt die Welt den Atem an.

In Erwartung des Ereignisses wuchs die Unruhe in der Stadt. Flugschriften und einzelne gedruckte Blätter wurden verteilt. Die Zwölf Artikel gingen von Hand zu Hand, verziert mit Porträts von Atahualpa, Müntzer und dem Kleinen Johann. Zeichnungen von Schuhen mit Schnürsenkeln sprossen an den Wänden. Flugblätter apostrophierten Luther als «das geistlose, sanftlebende Fleisch zu Wittenberg». Immer mehr

Bauern strömten herbei, sie mussten nun vor den Toren der Stadt ihr Lager aufschlagen, sodass Kurfürst Johann Friedrich Regimenter von Landsknechten zur Verstärkung anforderte, um jeglicher Eskalation zuvorzukommen. Regenbogenflaggen wehten neben sächsischen Flaggen.

In der Schlosskirche fehlte es nicht an gutem Willen. Luther hatte sich öffentlich bei Higuenamota entschuldigt. Er sagte, man könne die Sonnenreligion als eine Metapher für das Evangelium dulden. Er beschimpfte die Sektierer und all die Überheblichen da draußen, die Gottes Ordnung auf den Kopf stellen wollten, und forderte von allen Teilnehmern die scharfe Verurteilung solcher Aufrufe zur Gewalt. Ohne sie explizit zu erwähnen, spielte er doch deutlich auf die Zwölf Artikel an. Er sei bereit, die Berechtigung einzelner Forderungen anzuerkennen. («Endlich!», dachten die einen. «Es wurde aber auch Zeit», sagten die anderen.) Er forderte von den Fürsten, ihr Gewissen zu prüfen und zuzugestehen, was ihnen möglich erschien. Er schmähte die Juden weniger.

Atahualpa seinerseits hatte einsehen, dass er den Rollentausch hinnehmen musste: Er hatte in der ersten Reihe der Getreuen Platz genommen, neben einer Higuenamota, die Luthers Entschuldigung huldvoll angenommen hatte, während sie den Mönch auf die Kanzel steigen ließen, was bedeutete, dass er sich von oben herab an sie wandte in einer Weise, die Atahualpa unter normalen Umständen nie zugelassen hätte. Die Kaiserkrone sei eine Messe wert, hatte er lachend zum Kurfürsten gesagt. Chalcuchímac und Melanchthon warfen sich unruhige Blicke zu, als Luther wieder anfing, sich über die Juden aufzuregen, doch das waren im Rahmen seiner ganzen Rede letztlich nur unbedeutende Nebenschauplätze.

Das Entscheidende war, dass eine Einigung nach dem

Modell des Edikts von Sevilla so gut wie gewiss war. Am Ende der Sitzung beglückwünschten sie einander. Gemeinsam waren die beiden Kurfürsten Johann Friedrich von Sachsen und Joachim Hektor von Brandenburg bereits dabei, mit Atahualpa den Preis für ihre Stimme auszuhandeln. (Von hunderttausend Gulden war die Rede, die der Inka nicht hatte – wir wissen, warum.) Melanchthon und Chalcuchímac standen abseits und berieten sich. Zu diesem Zeitpunkt bestand Hoffnung, dass ein Vertragstext aufgesetzt und bald unterzeichnet werden könnte.

Heute wissen wir, dass es anders kam.

58. DIE KIRCHENTÜR

Am Morgen des fünften Tages flogen die Raben über den Turm. Vor dem Eingang zum Tempel, wo sich die Parteien erneut versammeln sollten zur endgültigen Einigung, hatte sich ein Menschenauflauf gebildet. Die Neugierigen drängten sich dicht, denn fünfundzwanzig Jahre nach dem ersten Mal war wieder ein Text am Holztor angeschlagen worden, den die Leute laut lasen, einer neben dem anderen, sodass sich ein verschwommenes Echo in der ganzen Stadt ausbreitete. (Der Text war auf Deutsch verfasst.)

Dann erhob sich ein Murmeln, der Mann erschien, und alle wichen zurück, um ihm Platz zu machen. Es war ein schwarz gekleideter rundlicher Mönch mit schwarzem Barett auf dem Kopf; sein dickliches Gesicht wirkte streng, aber müde, und sein Blick war nicht so stechend, wie er sonst sein konnte, sein Schritt weniger agil – und doch war es eine beeindruckende Erscheinung. Man fühlte sich klein in seiner Gegenwart.

Das Raunen schwoll an, er näherte sich der Kirchentür, die er, nicht ohne Grund, seit langem für die seine hielt. Und alle konnten aus nächster Nähe sehen, wie das Gesicht des Mönches puterrot anlief.

59. DIE 95 SONNENTHESEN

1. Die Sonne ist nicht die Allegorie für Gott den Schöpfer.
2. Sie ist der erschaffende Gott und die Quelle allen Lebens.
3. Viracocha ist ihr Vater oder Sohn und zugleich Vater oder Sohn des Mondes.
4. Der Inka ist der Statthalter der Sonne auf Erden.
5. Der Inka stammt von Manco Cápac ab, dem Gründervater, und von dessen Schwester Mama Ocllo; beide sind Kinder der Sonne.
6. Weil der Inka dieser Abstammung ist, heißt er Sohn der Sonne.
7. Der Inka gehört zum jüngeren Zweig der Sonnenkinder, denn Manco Cápac war der jüngere Bruder oder der Enkel von Viracocha.
8. Daraus folgt, dass der Papst als Vertreter der alten Religion keine Gewalt dem Inka noch seinen Getreuen und den Anhängern kann auflegen.
9. Das Jahr 1531 der alten Zeitrechnung ist das Jahr eins der neuen Zeitrechnung, denn es ist gekennzeichnet von der Ankunft des Inka über den Ozean.
10. Die Erde hat gebebt, und Lissabon hat dem Sohn der Sonne eine Pforte aufgetan, die kein Sterblicher hienieden je wieder wird schließen können.
11. Die Heilige Dreieinigkeit, wie sie Tertullian zu Anbeginn der

alten Zeit vorgesehen hat, ist die unvollkommene allegorische Darstellung von Sonne, Mond und Donner.

12. Diese Darstellung ist unvollkommen, denn als Mondgöttin hätte in dieser Dreieinigkeit die Heilige Jungfrau Maria Platz finden müssen und nicht der Heilige Geist. Oder es hätte, wenn man den drei Hauptgottheiten den Donner hätte hinzufügen wollen, von einer Viereinigkeit die Rede sein müssen.

13. Gewiss kann der Donnergott die Erde mit einem Schlag zerschmettern, aber weit fehlt es ihm bis zur Macht des Sonnengottes, dem er in Treupflicht untersteht.

14. Die Heilige Familie eignet sich auch nicht als Allegorie für den wahren Sonnengott, die Mondgöttin und ihren Sohnvater Viracocha, denn in der alten Religion gilt Joseph nicht als ein Gott, sondern als ein Mensch, der nur der Gevatter des falschen Messias Jesus ist.

15. Die Sage von der unbefleckten Empfängnis des falschen Messias Jesus wurde wohl erfunden, um Maria zu rechtfertigen ob ihres allzu jung gesegneten Leibes, denn ihr Ehegatte war ein lendenlahmer Greis.

16. In Wahrheit hat der Sonnengott die Mondgöttin befruchtet und also Viracocha gezeugt sowie dessen Bruder Manco Cápac und die Erde Pachamáma.

17. Die da behaupten, der Mond sei eine Allegorie für Maria und nicht umgekehrt, dürfen nicht in diesem Irrtum verharren, denn wenn das der Fall wäre, so hätte der Gott der Christen die Ankunft und die Siege des Inka nicht zugelassen; im Gegenteil, es ist ersichtlich, dass Atahualpa diesen Teil der Welt mit dem Segen seiner Ahnen, des Sonnengottes und der Mondgöttin erobert hat und dass wir uns im Irrtum befanden mit unseren falschen Bildnissen Gottes und unserem falschen Messias.

18. Das wahre Jerusalem ist nicht in Jerusalem, sondern in Cuzco, über dem Ozean, am Nabel der Welt.
19. Der Papst und seine Vertreter dürfen kein Geld annehmen, mit dem sich jemand von seinen Sünden loskaufen will; sie haben nicht die Macht dazu.
20. Wer stirbt, ist aller Lasten los und ledig.
21. Derhalben irren die Ablassprediger, die da sagen, dass durch des Papsts Ablass der Mensch von aller Pein befreit und selig werde.
22. Man soll die Christen lehren, dass, wer dem Armen gibt oder dem Dürftigen leiht, besser tut, denn dass er Ablass löste.
23. Man soll die Christen lehren, dass, wer seinen Nächsten darben sieht und dessen ungeachtet Ablass löst, der löst nicht des Papsts Ablass, sondern lädt Viracochas Ungnade auf sich.
24. Man soll die Christen lehren, dass sie, wenn sie nicht übermäßig reich sind, die Aufgabe haben, alles, was zur Notdurft gehört, für ihr Haus zu behalten und mitnichten für Ablass zu verschwenden.
25. Bischöfe und Seelsorger sollen derlei Gedanken ins Recht setzen, indem sie sie beim Volk in Umlauf bringen.
26. Wenn man bei Christen darauf besteht zu erfahren, warum ihr Gott den ersten Menschen und die erste Frau aus dem Paradies vertrieben hat, reden sie tausend Ausflüchte, und wenn sie merken, dass sie nicht damit durchkommen, erfinden sie Allegorien: die Sage von der Versuchung durch die Schlange, vom verbotenen Apfel und von der bestochenen Frau.
27. Wenn man alte Christen, die den Leib ihres eigenen Gottes essen und sein Blut trinken, fragt, wie sie sich dieser barbarischen Übung und dieses menschenfresserischen Aktes unterziehen können, sind sie erstaunt und wissen keine

Antwort, außer manche Lutheraner, die einräumen, dass ihr Gott in ihrer Zeremonie nur symbolisch zugegen ist.

28. Was Luthers Anhänger angeht, die denken, über das Seelenheil der einen und die Verdammnis der anderen sei bereits entschieden, während alle anderen verdammt seien, nach dem Tod in einer Vorhölle umherzuirren, ohne dass ihre Taten auf Erden berücksichtigt würden, so müssten diese erstaunt sein über die Grausamkeit dieses Gottes, der bestimmte Menschen erlöst und andere nicht, ganz nach seiner Laune, wie der Gott der Juden, den sie jedoch jederzeit mit Schmähungen überziehen.

29. In einem jedoch hat Luther Recht, wenn er eine Jungfrau, die sich etwas Besseres dünkt oder auch nur gleichwertig mit anderen, als «Satansbraut» bezeichnet (auch wenn Satan natürlich nur die Ausgeburt eines christlichen Aberglaubens ist), womit er sagen will, dass die Jungfräulichkeit an sich keinerlei Wert ist und dass sie keine Voraussetzung für die Eheschließung sein darf.

30. Warum ist es den Anhängern des Angenagelten Gottes so wichtig, dass ihr Gott ausnahmslos als Einziger anerkannt werde? Das ist ein Rätsel, das wir uns nicht erklären können.

31. Der Angenagelte Gott kann zwar als Vorbild dienen wie Moses und andere Heilige. Aber sein Leben bleibt doch sein Eigen und kommt den Menschen, seien sie Christen oder nicht, in keiner Weise zu Hilfe.

32. Der Sonnengott fordert nicht den Tod der anderen Götter. Er bedarf dessen nicht, um seine Vormachtstellung und seine Macht aufrechtzuerhalten, denn keiner von ihnen wird ihm je gleichkommen.

33. Der Sonnengott neidet nicht, er erwählt sich nicht sein Volk, er erlöst nicht eine kleine Zahl von Menschen und belässt die übrigen in der Finsternis, sondern ergießt sein wohltuendes Licht über die gesamte Menschheit.

34. Desgleichen ergießt der Inka, der Sohn der Sonne, seine großherzige Güte über alle Menschen auf Erden, ohne Ausnahme.

35. Nicht wenige verbreiten die Lehre von Christus nur, um ans Herz zu rühren, Mitleid mit ihm zu wecken und sich über die Juden und anderes weibisches und kindisches Gerede aufzuregen.

36. Es ist auch kindisch zu glauben, der Vater des Angenagelten Gottes habe die Welt erschaffen und dann eines Tages seinen Sohn geschickt, um die Menschen zu erlösen. Wo war dieser Gott während des Trojanischen Krieges? Hat er ihn verschlafen? Warum hat er die Griechen in Unkenntnis seiner Existenz gelassen?

37. Warum hat er nicht so kluge Männer wie Platon und Aristoteles über seine Existenz ins Bild gesetzt? Warum hat er so lange gewartet? Gab es denn damals keinen Sünder, der die Erlösung verdient hätte?

38. Es ist eben so, dass die Zeitalter aufeinander folgen wie die Zerstörung auf den Aufbau und der Aufbau auf die Zerstörung.

39. Das erste Zeitalter war das der ersten Menschen, die Laubgewänder trugen.

40. Das zweite Zeitalter war das des zweiten Menschengeschlechts, das in Frieden lebte. Die Sintflut machte ihm ein Ende.

41. Das dritte Zeitalter war das der wilden Menschen, die Pachacámac verehrten. Sie waren in dauerndem Kriegszustand. Es war die Epoche, in der die Tochter des Donnergottes ihnen das Eisen brachte.

42. Das vierte Zeitalter war das der Krieger. Damals wurde die Welt in vier Teile geteilt.

43. Das fünfte Zeitalter ist das Zeitalter der Sonne. Es fällt zusammen mit der Herrschaft der Inkas auf Erden. Die Welt hat sich um einen fünften Teil erweitert, den unseren.

44. So grausam die alte Religion war, die den Geist mit Ungleichheit, ungerechten Befehlen und Strafwillkür peinigte, so gerecht, gut und ausgewogen ist die Religion der Sonne.

45. Denn welcher Vater, der diesen Namen verdient, würde seinen Sohn opfern?

46. Warum wurde den Menschen der freie Wille gegeben, wenn ihnen damit erlaubt wurde, Böses zu tun?

47. Warum lässt man erst sündigen und bestraft anschließend?

48. Der Angenagelte Gott ist den Kindern unbekannt, bis ein Anhänger sie seine Geschichte lehrt, während sie der Sonne seit den ersten Tagen ihres Daseins auf Erden begegnen. Deshalb haben die Sonnenanbeter keine Taufe nötig, als Kinder nicht und nicht als Erwachsene.

49. Paulus war in Sorge, es könnte Menschen geben, die nicht wissen, dass es den Angenagelten Gott gibt: «Wie sollen sie aber glauben, von dem sie nichts gehört haben?» (Brief an die Römer 10,15) Die Sonne bedarf keiner Kanzelredner, denn sie scheint am Himmel, und jeden Abend geht sie im Meer unter und jeden Morgen geht sie hinter den Bergen auf.

50. Paulus weiter: «So kommt der Glaube aus der Predigt.» (Röm 10,17) Die Sonne aber braucht nicht gepredigt zu werden, es genügt, aufzublicken.

51. Und doch hatte Paulus eine Vorahnung von der Wahrheit, als er schrieb: «Die Nacht ist vergangen, der Tag aber ist herbeigekommen, so lasst uns ablegen die Werke der Finsternis und anlegen die Waffen des Lichts.» (Röm 13,12)

52. «Den Schwachen im Glauben nehmt auf, und verwirret die Gewissen nicht.» (Röm 14,1)
53. «Einer glaubt, er dürfe allerlei essen, wer aber schwach ist, der isst Kraut.» (Röm 14,2)
54. «Wer isst, der verachte den nicht, der nicht isst, und wer nicht isst, der richte den nicht, der da isst, denn Gott hat ihn aufgenommen.» (Röm 14,3)
55. Denn nach Paulus ist das Reich Viracochas nicht Essen und Trinken, sondern Gerechtigkeit und Friede und Freude, die die Sonne spendet. (Röm 14,17)
56. Die Propheten, die dem Volk des Angenagelten Gottes «Krieg dem Antichrist!» predigen, sollen sich trollen, dorthin, wo überall ihrer Ansicht nach der Antichrist ist und sie nicht!
57. Der Sonnengott ist auf der Seite der Armen.
58. Er hat die Erde hervorgebracht, damit alle ihr Salz schmecken.
59. Sonne und Erde fordern von niemandem eine Abgabe, sei sie groß oder klein.
60. Grund und Boden darf nicht gekauft, gemietet oder gegen Zins geliehen werden.
61. Grund und Boden dürfen kein Privateigentum sein. Sie werden jedem gemäß seinem Bedarf zugeteilt.
62. Alles Wasser gehört zur Erde und ist frei.
63. Aller Fisch gehört dem Fluss an.
64. Alles Wild gehört dem Wald an.
65. Die Wälder gehören der Erde an, und sie gehört der Sonne an.
66. Der Sonnengott kennt keine Leibeigenen. Er kennt nur Menschen.
67. Der Inka ist von der Sonne herabgestiegen auf die Erde, der Sonnengott erachtet uns alle als seine Kinder.

68. Unter der Sonne tötet Kain seinen Bruder Abel nicht.

69. Sollte so etwas je vorkommen, würde Kain von den Menschen, seinen anderen Brüdern, verurteilt.

70. Die Lebenden sollen nicht für ihre oder der anderen Toten büßen.

71. Heuchler sind die Fürsten, die Nebenfrauen haben und diese als Favoritinnen bezeichnen.

72. Nicht weniger Heuchler ist der Papst, der seinen natürlichen Kindern die besten Beneficia oder Pfründen verschafft.

73. Die Erde kreist um ihren Vater, die Sonne.

74. Die Sonne ist Mittelpunkt des Universums, wie es sich gehört.

75. Unser Herr Jesus Christus ist der Sohn des Sonnengottes, der die Menschen erschaffen hat.

76. Er ist Viracochas jüngerer Bruder oder Enkel.

77. Unser Herr Jesus Christus ist im Fünften Reichsteil das, was Manco Cápac im Reich der Vier Teile ist.

78. Gleichwohl ist Manco Cápac der Vortritt vor Jesus Christus zu lassen, denn die Söhne Manco Cápacs sind in unser Land gekommen, um das Heil zu vollenden, das unser Herr Jesus Christus verkündet hatte, und nicht umgekehrt.

79. Gott hat nicht gewollt, dass wir die Heilslehre im Reich jenseits des Meeres verbreiten.

80. Der Papst vertritt niemanden außer sich selbst, er ist nicht der Sohn des Heiligen Petrus.

81. Luther hatte Recht, die Habgier und Begehrlichkeit des Papstes an den Pranger zu stellen.

82. Luther hatte Unrecht, die Bauern an den Pranger zu stellen, als sie mehr Gerechtigkeit forderten.

83. Luther hatte Recht, die Faulheit und Bestechlichkeit der Fürsten zu verdammen.

84. Luther hatte Unrecht, die vermeintliche Verderbtheit des Volkes zu verdammen.
85. Luther hatte Recht, die Engelsburg als den Sitz der Hure Babylon anzusehen.
86. Luther hatte Recht, den Papst als den personifizierten Antichrist anzusehen, und er hatte Unrecht, Thomas Müntzer als den personifizierten Antichrist anzusehen, dessen einziger Fehler war, den Armen wohlgesonnen zu sein.
87. Luther ist ein Prophet des Jüngsten Tages.
88. Aber Luther hat nicht erkannt, dass neue Zeiten angebrochen sind.
89. Der Inka ist die Inkarnation des Neuen Gesetzes und des Neuen Geistes.
90. Die Fürsten sind nicht die Vertreter des Sonnengottes auf Erden.
91. Der Inka ist sein einziger legitimer Vertreter auf Erden.
92. Die Fürsten sind die Kurakas des Inka, das heißt seine Stellvertreter, wenn er abwesend ist.
93. Die Fürsten erhalten ihre Macht vom Inka.
94. Die Gesetze des Inka sind die Gesetze des Reichs.
95. Gott ist der andere Name der Sonne.

60. LUTHERS ENDE

Niemand hat je erfahren, wer der Verfasser des Textes war, allerdings kursierten viele vermutete Namen, darunter der schwäbische Prediger Christoph Schappeler, der Autor der Zwölf Artikel Ulrich Schmid, der angeblich noch am Leben war, die Brüder Sebald und Barthel Beham, zwei Maler, die des Atheismus angeklagt waren, der Wiedertäufer Pilgram

Marbeck, verschiedene Drucker, Studenten, die zum Teil bei Luther selbst studiert hatten, und sogar von Melanchthon war die Rede. Hatte Atahualpa den Text in Auftrag gegeben? Nichts, kein Beweis hat sich bis heute dafür gefunden.

Natürlich war Luther fuchsteufelswild. Er las das Manifest als das, was es, zumindest teilweise, zweifellos war: als einen Angriff auf seine Person. Soweit es ihn betraf, konnte er in keiner Weise einverstanden sein. Sein Brüllen donnerte durch die ganze Universität, wo er sich verschanzt hatte. Es war ein gewaltiger Eklat.

Aber nicht nur darum ging es. Das hatte Johann Friedrich gleich erkannt und sofort eine Ausgangssperre verhängt und seine Landsknechte in der Stadt Streife gehen lassen.

Umsonst. Die ersten Krawalle gab es am Tag nach dem Anschlag der Thesen. Die kurfürstlichen Truppen prallten auf die Aufständischen. Häuser brannten. Leichen lagen auf der Straße. Die bedeutendsten Gelehrten riefen zur Besonnenheit auf, doch sie wurden nicht gehört. Auch die Studenten spalteten sich in zwei Lager. In der Universität brach ein Feuer aus, das auf Luthers direkt angrenzendes Haus übergriff. Luther wollte Zuflucht bei Melanchthon suchen, aber man erzählt sich, er habe vor verschlossener Tür gestanden.

Während dieses Geschehens hütete sich Atahualpa davor, einzugreifen. Sein Heer vor den Toren der Stadt bekam den Befehl, sich unter keinen Umständen von der Stelle zu rühren. Er hörte nicht auf die Hilferufe des Kurfürsten. Die Männer seiner Leibgarde verließen das Schloss nicht, wo sie in Garnison waren.

Bei seinem Fluchtversuch, getarnt in einem Karren unter einer Ladung Stroh, wurde Luther von einem Trupp Bauern gefangen genommen, die das Bundschuh-Wappen trugen.

Sie schlugen und folterten ihn, rissen ihm Organe aus dem Leib, und dann wurde er geviertelt, verstümmelt und verbrannt.

Sein Tod reichte nicht aus, um die Wut der Bauern zu besänftigen. Sachsen geriet in Brand, und danach alle deutschen Länder.

Johann Friedrich, wie auch Joachim Hektor von Brandenburg und all die anderen handelten einen Bürgerfrieden aus mit Atahualpa, dem Einzigen, der das erreichen konnte. Melanchthon setzte anstelle und in Vertretung von Luther den Wittenberger Vertrag in Kraft, der Religionsfreiheit gewährte nach einem ordnungsgemäß ausgehandelten Grundsatz: *cuius regio, eius religio*. Mit anderen Worten: Jeder Fürst entschied für seine Untertanen, unabhängig von römischer Einflussnahme. Das war zwar nicht so freizügig wie das Edikt von Sevilla, aber darum ging es nicht mehr in erster Linie. Die Fürsten erkannten die Zwölf Artikel fast vollumfänglich an, nachdem sie vorher das Versprechen erzwungen hatten, gewisse Privilegien behalten zu dürfen. Johann Friedrich und Joachim Hektor, die dem Inka faktisch den größten Teil ihrer Souveränität überließen, versäumten es nicht, im Gegenzug finanziellen Ausgleich zu fordern. Nach dem Tod Luthers kam, wie versprochen, das Geld aus Augsburg: hunderttausend Gulden für jeden der beiden. Im Land seiner Herkunft hatte Atahualpa nicht gelernt, seine Freigebigkeit zu zügeln, vor allem nicht, wenn seine politischen Überlegungen im Spiel waren. Er zahlte, ohne nachzuverhandeln, denn solche Lockerheit war Bestandteil seiner Strategie. In Wahrheit war sie Bestandteil seiner herrscherlichen Würde, hier wie dort.

61. DAS OPFER

Herr, nachdem Gott Euch die große Gnade hat zuteilwerden lassen, bis hierher aufzusteigen und Euch über alle Könige und Fürsten der Christenheit zu einer Macht zu erheben, wie sie bis heute nur Euer Vorgänger Karl der Fünfte und vor ihm nur Karl der Große innehatte, seid Ihr nun auf dem Weg zur Universalherrschaft, Ihr werdet die ganze ... Christenheit unter Euerm Hirtenstab einen.»

Der Erzbischof von Mainz, Albrecht von Brandenburg, ein Onkel von Joachim Hektor und selbst Markgraf und Kurfürst von Brandenburg, empfing Atahualpa mit diesen Worten im Tempel von Aachen, unter einem riesigen Leuchter aus vergoldetem Messing und zu Füßen der Statuen vom Heiligen Paulus mit dem Kreuz und dem Heiligen Petrus mit dem Schlüssel (zwei in diesem Land sehr beliebte Gestalten), um ihm feierlich die Attribute der kaiserlichen Würde zu überreichen.

Ohne eine Miene zu verziehen, lauschte Atahualpa der Rede des dicken Priesters mit den Frauenlippen, der weichen Leibesfülle und dem scheelen Blick, der ihn als den Retter des katholischen Glaubens auswies. Was, bei aller Liebe, ein wenig übertrieben schien: Nicht nur, dass der Inka den größten Teil des Fünften Reichsteils erobert hatte – nur Frankreich, England und Portugal hatte er bei seinen Gebietsansprüchen außen vor gelassen –, sondern er hatte auch Ferdinand seines Reichs beraubt und den katholischen König in sein Stammland Österreich zurückgedrängt und ohne Rückendeckung mit der Bedrohung durch Süleyman alleingelassen.

Seitdem vermehrten sich die Sonnentempel über das ganze Gebiet der Neuen Welt, und selbst die deutschen Fürsten, katholisch wie lutherisch, begannen zu konvertieren. Übrigens auch der Kurfürst von Brandenburg.

Es ließ sich also nur noch schwerlich behaupten, Atahualpa habe zur höheren Ehre Jesu Christi, ihrer lokalen Gottheit, gewirkt.

Der Oberpriester in Rom hatte übrigens verlauten lassen, er werde den Inka exkommunizieren, wenn er den Platz einnehme, der Ferdinand als dem legitimen Erben seines Bruders zugedacht sei. (Die Exkommunizierung war eine Art symbolischer Ausschluss aus der katholischen Gemeinde, worum sich die Könige im Grunde wenig scherten.)

Dem Erzbischof machte das kaum etwas aus, er war ja einer der Hauptdarsteller in dem Ablasstheater gewesen, hatte außerdem zu den entschlossensten Gegnern Luthers gezählt und hatte seine Stimme bei der Wahl Karls des Fünften teuer verkauft («Ich schäme mich seiner Scham», hatte er damals zum Gesandten des spanischen Königs gesagt). Seine ganze politische Laufbahn hatte erwiesen, dass ihm Skrupel oder gegebene Versprechen nie besonders zu schaffen gemacht hatten, und selbst wenn, das Waffenglück und die Besetzung des Rheinlands durch das Heer des Inka hatten den Priester jeglichen Spielraums beraubt und insofern auch von jeder Gewissensqual befreit. Seine Unterwerfung unter den neuen Herrscher des Reichs Deutscher Nation hatte sich ganz von selbst ergeben, und im Gegensatz zu Karl hatte Atahualpa nicht zahlen müssen: Manchmal war Gold wirksamer als Eisen, manchmal galt das Gegenteil. Um den Inka zu krönen, hatte der Priester seine schönste rote Kutte angezogen, und an den Fingern trug er mit vielfarbigen Edelsteinen besetzte Ringe in Hülle und Fülle.

Die anderen Kurfürsten, außer Ferdinand, waren gekommen, um ihren neuen Kaiser zu begrüßen. Alle empfanden das gleiche Gefühl von Frustration, dass sie auf manche ihrer Privilegien hatten verzichten müssen, doch in diese Frustration mischte sich die Erleichterung darüber, das Schlimmste abgewendet zu haben. Luther war tot und verfaulte in der Hölle zusammen mit dem Herzog von Lothringen und seinem Bruder, dem Herzog von Guise, sie aber waren am Leben.

Auch Melanchthon war zugegen bei der Zeremonie in Aachen: Immerhin ging es um das außerordentliche Werk der Einung, ja Versöhnung, die dieser Abenteurer aus Quito vollbrachte.

Seit langem war das Heilige Römische Reich nur noch ein Stückwerk gewesen, und die Verantwortung dafür hatte man der jeweils gerade mächtigsten deutschen Familie aufgeladen.

Die Zeiten hatten sich in zweifacher Hinsicht gewandelt: Atahualpa war weder ein deutscher Fürst noch eine abstrakte Figur. Er war der Reformer und der Beschützer der Armen, und diese Bezeichnungen, die die Völker ihm gaben, waren keineswegs symbolisch, sondern er hatte sie sich verdient: Während er aus den Händen des Priesters mit den schlaffen Wangen die Krone, das Zepter und den Reichsapfel von Karl dem Großen empfing, wurden seine Gesetze bereits im größten Teil des Reiches angewandt und sogar darüber hinaus, in manchen westlichen Gebieten Frankreichs und im Norden der Schweiz, wo die örtlichen Behörden sich zur Durchführung seiner Reformen hatten entschließen müssen, um weitere Aufstände zu vermeiden.

Der König von Frankreich hatte seine Schwester Margarete entsandt, sie sollte ihn zusammen mit seinem Schwiegersohn Manco vertreten.

Der König von Portugal hatte seinen Bruder abgeordnet,

den Infanten Luis, Herzog von Beja, der, genau wie Franz, am Feldzug gegen die Barbaresken teilgenommen hatte.

Die zweite Frau des Königs von England, Anne Boleyn, hatte sich auf den Weg gemacht (denn da die erste die Tante von Karl dem Fünften war, wäre es angesichts der Ereignisse, die zu seinem Tod geführt hatten, nicht angegangen, dass sie anreist, um seinen Nachfolger zu begrüßen).

Der Wesir Hassan al-Wazzan war aus Algier angereist.

Lorenzino kam mit Quispe Sisa, die italienisch gekleidet war; die Schönheit der jungen Frau rief ein bewunderndes Raunen hervor, wenn sie vorbeikam.

Atahualpa musste wohl an seinen Bruder Huascar denken, wie er da auf dem Steinthron Karls des Großen saß, in Gegenwart dieser illustren Gesellschaft, während die riesigen Pfeifen, mit denen die Kirche ausgestattet war, in diesem achthundert Jahre alten Gemäuer widerhallten. Nach Rang und Titel war er nun gleichauf mit seinem Bruder und hatte Dinge vollbracht, von denen keiner seiner Ahnen, nicht einmal der große Pachacútec, je zu träumen gewagt hätte.

62. DIE ZEHN GESETZE DES REICHS

Das erste und wichtigste legt fest, dass niemand zur Tributzahlung herangezogen werden kann, der davon freigestellt ist – zu keinem Zeitpunkt und mit keiner Begründung. Ausgenommen sind die Inkas königlichen Geblüts, die höheren und niedrigeren Generäle, auch die Offiziere und ihre Kinder und Enkel, alle Kurakas und ihre Verwandtschaft. Die mit niedrigeren Aufgaben betrauten königlichen Offiziere zahlen für die Dauer ihres Auftrags keinen Tribut, ebenso wie die mit

Krieg und Eroberung beschäftigten und die jungen Leute unter fünfundzwanzig, denn bis zu diesem Alter wird von ihnen erwartet, dass sie ihren Eltern dienen. Auch die Alten ab fünfzig sind ausgenommen, ebenso alle Frauen, Mädchen, Witwen oder Verheirateten, Kranke bis zu ihrer Genesung, Blinde, Einbeinige, Einarmige und andere Behinderte, allerdings werden die Stummen und Tauben für Arbeiten eingesetzt, die man, ohne zu sprechen oder zu hören, ausführen kann.

Das zweite Gesetz regelt, dass alle anderen Orientalen, die nicht zu den Genannten zählen, zu diesem Tribut verpflichtet werden, ausgenommen allerdings die Priester und die Diener in den Sonnentempeln sowie ausgewählte Jungfern.

Das dritte, dass kein Orientale etwas Tributartiges, wofür auch immer, aus seinem Vermögen bezahlt, sondern dass er seiner Pflicht ausschließlich durch Arbeitsleistung oder Amtspflicht oder durch Zeit, die er im Dienst des Königs oder seines Staates verbringt, erfüllt.

Nach dem vierten Gesetz kann niemand gezwungen werden, in einem anderen als seinem erlernten Beruf zu arbeiten, außer im Ackerbau oder beim Heer, wozu jeder herangezogen wird.

Nach dem fünften Gesetz hat jeder seinen Tribut mit dem zu entrichten, was seine Gegend zu liefern in der Lage ist, ohne woanders hingehen zu müssen, um etwas zu suchen, das es in seinem eigenen Land nicht gibt; denn der Inka erachtet es als eine Zumutung, von seinen Untertanen Produkte zu fordern, die ihr Boden nicht hergibt.

Das sechste ordnet an, dass alle im Dienst des Inka beschäftigten Arbeiter ebenso wie seine Kurakas mit allem ihnen zur Ausübung ihres Berufs Notwendigen versorgt werden, das heißt, dass der Goldschmied Gold, Silber und Kupfer zum

Bearbeiten bekommen soll, der Weber Wolle und Baumwolle, jeweils für die Dauer der Dienstverpflichtung; das heißt zwei, höchstens drei Monate; nach Ablauf dieser Frist ist er nicht mehr zu weiterer Arbeit verpflichtet.

Das siebente regelt, dass alle Arbeiter versorgt werden mit allem, was sie an Nahrung und Kleidung benötigen, auch besondere Produkte oder Medikamente, falls sie krank sind.

Das achte Gesetz betrifft die Erhebung der Tribute. Zu einer bestimmten Jahreszeit versammeln sich in der Hauptstadt jeder Provinz die Steuereinnehmer und die Amtsschreiber, die mit ihren geknoteten Schnüren über die Tribute Rechenschaft ablegen. An den Knoten ist ablesbar, wie viel jeder Orientale gearbeitet, was für Arbeiten er erbracht, welche Reisen er auf Anordnung des Fürsten oder der Oberen gemacht und was für Aktivitäten er sonst noch ausgeübt hat. All das wird verrechnet mit dem Tribut, den er zu leisten hat. Die Schnüre geben auch Rechenschaft über alles, was in den Speichern einer jeden Stadt lagert.

Das neunte Gesetz sorgt dafür, dass alles, was von diesen Abgaben nach Abzug der Ausgaben des Königs übrig ist, dem Gemeinwohl der Untertanen vorbehalten bleibt und öffentlichen Vorräten für Zeiten der Hungersnot zugutekommt.

Das zehnte Gesetz enthält eine Erklärung der Tätigkeiten, denen die Orientalen sich widmen müssen, sei es für den Dienst an ihrem König, sei es zum Wohle ihrer Stadt und ihres Landes; diese Arbeiten werden ihnen anstelle von Tributen auferlegt, und sie müssen sie abgestimmt und gemeinsam erledigen: zum Beispiel Wege und Straßenpflaster glätten, Sonnentempel und andere Kultstätten wieder aufbauen oder ausbessern und alle anderen Dienste rund um die Tempel. Sie werden verpflichtet, öffentliche Gebäude zu errichten, Lager,

Wohnungen für Richter und Statthalter; sie müssen Brücken reparieren, Post- und Botendienste versehen, den Boden bearbeiten, Früchte heranziehen, die Herden auf die Weide führen, Liegenschaften, Äcker und andere öffentliche Güter bewachen; sie müssen Unterkünfte anbieten für Reisende und persönlich dafür zur Verfügung stehen, ihnen aus den Beständen des Königs alles zu besorgen, was sie brauchen.

63. DAS KARTOFFELZEITALTER

So erlebte der Fünfte Reichsteil eine Phase des Friedens und eines nie dagewesenen Wohlstands. Und wenn diese auch nicht andauerte, so kann man sich doch gut ihrer erinnern als eines glücklichen Augenblicks in der Geschichte der Neuen Welt. Wer weiß, wie lange diese Harmonie sich hätte ausdehnen lassen, wenn nicht außerordentliche Umstände eingetreten wären und ihr ein Ende gesetzt hätten.

Atahualpa hatte weitere Umsiedelungen vorgenommen: Die armen Bauern aus Schwaben, dem Elsass und den Niederlanden wurden in den unfruchtbarsten Gegenden Spaniens angesiedelt, wo er sie mit umfangreichen Bewässerungsprojekten beauftragte.

Die Bauern aus Spanien kamen in die kalten deutschen Lande und bauten dort Kartoffeln und Quinoa an. Diese breiteten sich bald in allen Teilen des Reiches aus und weit darüber hinaus.

Chanca-Kolonien wurden in Sachsen errichtet; sie sollten die protestantischen Haushalte im Auge haben, die es rund um Wittenberg noch gab.

Der Inka regelte den Warenaustausch gemäß den jeweiligen

Bedürfnissen der Menschen: Er ließ Avocados und Tomaten in die deutschen Länder schaffen und lieferte dafür den Spaniern deutsches und flämisches Bier; das schwarze Gebräu aus Kastilien im Tausch gegen das gelbe Gebräu aus dem Elsass.

Mit Portugal wurde eine Einigung darüber erzielt, dass Atahualpa ihm seine Gebiete in Brasilien überließ. Im Gegenzug verpflichtete sich das Reich, ihm nicht den Gewürzhandel streitig zu machen und die Indienroute um die afrikanische Halbinsel nicht zu behindern.

In regelmäßigen Abständen kamen Gesandte von Huascar, um Nachrichten auszutauschen und den Kaiser im Namen seines Bruders zu grüßen.

Sevilla war Dreh- und Angelpunkt der Welt, Lissabon florierte. Die nördlichen Häfen Hamburg, Amsterdam, Antwerpen wuchsen und gediehen mit dem Vermögen der Fugger.

Die Sonnentempel vermehrten sich auf Kosten örtlicher Götzendienste, diese wurden allerdings toleriert, denn der Vertrag von Sevilla sicherte ihnen in Spanien, der Friede von Wittenberg im übrigen Reich den Fortbestand zu.

Die Theorie eines Astronomen von jenseits der deutschen Ostgrenzen, derzufolge die Sonne der Mittelpunkt des Universums sei und nicht die Erde, breitete sich im ganzen Fünften Reichsteil aus. Sie wurde in der Gelehrtensprache gedruckt und verbreitet unter dem Titel *De Revolutionibus Orbium Cœlestium*, was so viel heißt wie «Über die Umschwünge der himmlischen Kreise». Ihr Erfolg erhöhte die Zahl der Konvertiten. (Der Astronom wurde nach Sevilla eingeladen und zum Großen Königlichen Astrologen ernannt.)

Unterdessen durchstreiften römische Spione die spanischen Gebiete, um die Bevölkerung aufzustacheln, sich im Namen ihres alten katholischen Glaubens zu erheben. Sie waren eine regelrechte Geheimtruppe unter dem Generalbefehl des Geistlichen Ignatius von Loyola, dem Atahualpa schon damals in Granada begegnet war. Der Inka nahm diese Drohung ernst und hatte Chalcuchímac beauftragt, die Mitglieder dieser Gesellschaft – sie nannten sich *Jesuiten*, nach dem Angenagelten Gott, den sie anbeteten und für den zu sterben sie geschworen hatten – lückenlos zu überwachen.

Dieser Widerstand beunruhigte Atahualpa, doch nicht allzu sehr, womit er Recht behalten sollte, wenn man bedenkt, welchen noch viel größeren Gefahren er bald ausgesetzt sein würde.

64. KEIN LEBENSZEICHEN AUS KUBA

Von einem Tag auf den anderen kamen keine Schiffe mehr in Sevilla an.

Anfangs fiel das kaum auf, denn weiterhin wurden Schiffe mit dem Reiseziel Kuba beladen. Man dachte, es gebe Verspätungen wegen schlechten Wetters, wegen Stürmen. Es war ja eine lange Überfahrt. Doch keines der ausgelaufenen Schiffe kehrte zurück.

Das Schweigen des Ozeans begann die Sevillanos zu beunruhigen. In ihren Herzen machte sich eine unbestimmte Beklemmung breit. Eine Weile taten sie so, als wäre es ihnen egal. Doch bald war die Frage in aller Munde: «Wo bleibt das Gold?» Warum war die Goldroute plötzlich unterbrochen? Jedes Schiff, das ausgesandt war, dies herauszufinden, und dann nicht zurückkehrte, vergrößerte die Angst der Leute an Land. Nach und nach verweigerten sich die Seeleute einer Reise ohne Wiederkehr. Die Quais waren menschenleer. Niemand mehr schleppte Kisten mit Gold, Silber und Schießpulver, niemand Ballen von Wolle, Coca und Cohiba, niemand mehr rollte Weinfässer. Die ganze Stadt versank in trauriger Stille.

Aus Lissabon kam ein Gerücht. Man munkelte, ein ganzer Schiffsverband mit in Federn und Jaguarfelle gekleideten Männern habe in einem Inselreich mitten im Ozean angelegt, das zu Portugal gehörte. Wenig später berichteten Boten aus Navarra, die Schiffe seien entlang der französischen Küste gesichtet worden. Anscheinend seien sie ins Landesinnere eingedrungen, und es hätte Plünderungen gegeben.

In einem förmlichen Schreiben an Atahualpa zeigte sich Franz der Erste irritiert über diese Flotte in französischen Gewässern und erinnerte an den Freundschaftsvertrag zwischen ihren beiden Ländern.

Atahualpa bekam auch einen Brief von Heinrich dem Achten: Die rätselhafte Flotte sei in den Meeresarm eingebogen, der Frankreich und England trennte. Die englische Artillerie habe ihm bis jetzt davon abgeraten, in See zu stechen, doch er sei zunehmend besorgt über diese drohende Präsenz.

Im flugs vom Inka einberufenen Rat herrschte große Verunsicherung. Was führte Huascar im Schilde? Warum hatte er die Kuba-Verbindung gekappt? Warum sollte er den allseits gewinnbringenden Austausch beenden wollen? Was hatte die Entsendung dieser Flotte zu bedeuten? Was waren seine Absichten?

Higuenamota verstand nicht, warum ihre Taíno-Landsleute sie im Ungewissen ließen und sich nicht bemüht hatten, sie über die Lage ins Bild zu setzen.

Für Rumiñahui deutete alles darauf hin, dass eine militärische Operation bevorstand, die Landung von Truppen.

Coya Asarpay zweifelte nicht daran, dass der alte Hass zwischen ihren beiden Brüdern die ganze Zeit nur geschlummert hatte und nun wieder erwacht war.

Chalcuchímac teilte diese Ansicht: Alles erweckte den Eindruck und deutete darauf hin, dass diese Handelsbeziehungen Huascar nicht mehr genügten und er die Hand auf die Reichtümer des Fünften Reichsteils legen wollte.

Eindringlich wies der General jedoch auf ein sehr viel drängenderes Problem hin: Ohne die Bevorratung aus Tahuantinsuyo leerten sich die Kassen des Reichs.

Atahualpa wusste das nur zu gut und hatte bereits diese Mahnung aus Augsburg bekommen, die so geharnischt war, dass er die Labilität seiner Lage überdeutlich vor Augen hatte:

«Eure Majestät sind sich gewisslich dessen bewusst, dass unser Haus dem spanischen Königshaus stets tätig zu Diensten gestanden hat. Es ist Ihr ebenfalls bekannt, dass Sie ohne unsere Hilfe nie den Kaiserthron erklommen hätte, wie viele Ihrer Getreuen bezeugen können. In der ganzen Angelegenheit haben wir niemals im Geringsten gezögert, beträchtliche Risiken einzugehen. Es wäre sehr viel weniger riskant gewesen, Eurem Hohen Hause das Haus Österreich vorzuziehen, mit dem wir ebenfalls bedeutende Gewinne hätten erwirtschaften können. Ich bitte Eure Majestät submissest, anerkennen zu wollen, welchen ergebenen und treuen Dienst wir Ihr erwiesen haben, und anordnen zu wollen, dass nun unverzüglich die Ihr von uns vorgestreckten Beträge zusammen mit den geschuldeten Zinsen gezahlt werden.»

Unter allen Umständen musste die Verbindung zu Kuba wieder aufgenommen und vor allem so rasch wie möglich mit Huascar verhandelt werden.

Sie beschlossen, dass Higuenamota sich nach Fontainebleau begeben sollte an den Hof von König Franz und dass sie unverzüglich dorthin aufzubrechen habe, mit einer Station in Navarra, wo sie Manco und seine Schwiegermutter Margarete treffen würde.

65. HIGUENAMOTA AN ATAHUALPA

Sei gegrüßt, Sohn der Sonne,
ich darf vorausschicken, was Du gewiss gerne hörst: dass es Deinem Bruder Manco, den am Hof des Königs von Navarra zu besuchen ich das Vergnügen hatte, sehr gut geht und dass er ganz im Glück ist mit seiner jungen Frau Johanna, Margaretes Tochter, die Deine Klugheit ihn heiraten geheißen hat. Von morgens bis abends stecken die beiden unzertrennlich zusammen, und man begegnet ihnen im Park des Palastes, wo sie gickeln wie die Kinder, und nicht weniger von abends bis morgens, während das Echo vom Eifer des Gefechts in der ganzen Stadt Pau zu hören ist. Niemand hier zweifelt daran, dass Johanna bald schwanger sein wird.
Ihre Mutter Margarete aber ist beunruhigt von den Nachrichten, die sie aus Frankreich erreichen, denn sie befürchtet, dass ein Verrat das Reich ihres Bruders in Gefahr bringen könnte. Sie hat mich angefleht, Dich zu beschwören, Du möchtest zum Beweis Deiner Treue die Schiffe, die in französischen Gewässern kreuzen, zurückrufen; sie wollte mir nicht glauben, als ich ihr versicherte, dass Du weder über ihre Herkunft noch über ihr Reiseziel irgendetwas weißt. Kein Wort des Trostes konnte etwas ausrichten, und ich ließ sie tränenüberströmt und aufgewühlt zurück mit dem Versprechen, weder ihr guter Freund, der König von Spanien, noch ihre Brüder würden sie im Stich lassen.

Frankreich ist prallvoll mit Wunderbarem, und ich konnte gar nicht aufhören, mich über die Landschaften zu begeistern, durch die ich während der ganzen Reise kam, ganz so, als entdeckte ich dieses Land erst jetzt richtig. Außerdem haben sie hervorragenden Wein, der allerdings ganz anders schmeckt als der spanische. König Franz hat mich in seinem Schloss Fontainebleau empfangen mit allen Ehrenbezeigungen, wie sie meine Stellung und seine Höflichkeit erfordern. Während er mich am oberen Ende einer Treppe erwartete, die wie zwei steinerne Flussarme zu Füßen des Besuchers mündet, ließ er für mich ein Orchester von Pfeifen, Trompeten, Oboen und Violen aufspielen und gab mir zu Ehren einen Ball in einer weitläufigen Wandelhalle mit Holzwänden, die er in seiner königlichen Residenz hat einrichten lassen.

Ich muss sagen, dass die Leute an seinem Hof immer reizend sind, und es ist eine Freude, in diesem Schlosspark zu wandeln, der von Frauen in auffallenden Kleidern bevölkert ist, von Gelehrten, die den Himmel beobachten, von italienischen Malern und Baumeistern, von Dichtern, die die Schönheit der Rosen und die Zerbrechlichkeit des Lebens besingen.

Im Gegensatz zu seiner Schwester schien Seine Majestät, wie er sich ansprechen lässt, von der Nachricht von diesen Schiffen, die vor seiner Küste aufgekreuzt sind, kaum beunruhigt; er zeigte sich ebenso heiter und liebenswürdig, wie ich ihn stets kannte. Dabei ist er längst nicht mehr so gut zupass wie früher, er hinkt und wirkt geschwächt und entschuldigte sich bei mir, dass er mich nicht zum Tanzen auffordern konnte, er, den ich vorzeiten als unermüdlichen Tänzer kennengelernt hatte. Dein örtlicher Botschafter hat mich verständigt, dass der König von Frankreich eine gerissene und verödete Ader im Unterleib habe, weshalb die Ärzte ihm nicht mehr lange zu leben geben. Es sieht fast so aus,

als habe der König das, was hier die «spanische Krankheit» genannt wird und was bei uns «Lissabon-Krankheit» heißt.
Dabei ist er – außer dass sein Gesichtsausdruck manchmal Unwohlsein und Müdigkeit erkennen lässt – entschlossen, sich nichts anmerken zu lassen, und führt die Geschäfte seines Landes mit unvermindertem Ernst.
Dazu gehört auch, dass König Franz – anders als der König von England – es nicht gewünscht hat, der Sonnenreligion, der gegenüber seine Schwester sehr aufgeschlossen ist, in seinem Reich einen Platz anzuweisen, vielmehr verfolgt er all jene, die sich nicht zum katholischen christlichen Glauben bekennen.
Was die Sache angeht, die uns gerade beschäftigt, sieht es fast so aus, als hätte die Flotte Deines Bruders nun endlich die Küste Englands erreicht, mit dem Frankreich ja im Krieg liegt, weshalb wir nicht mehr darüber erfahren konnten. Ohne mich in überflüssige Einzelheiten zu verlieren, habe ich Franz über die mögliche Herkunft dieser Besucher ins Bild gesetzt, wobei ich über Deinen früheren Streit mit Huascar nur unbestimmte Andeutungen machte. Zugleich habe ich ihn damit beruhigt, dass es sich wohl um verirrte Schiffe handelt, die gewiss bald wieder die Sevilla-Route einschlagen würden, sobald ihnen in Deinem Namen der Befehl dazu gegeben werde. Fürs Erste schien ihm diese Erklärung zu genügen.
Die Sonne möge wachen über Deinen Schatten und Dein Reich beschützen

Deine getreue Prinzessin Higuenamota
Fontainebleau,
den 30. April 1544 der alten Zeitrechnung,
im vierzehnten Erntejahr des Fünften Reichsteils

PS: Ich trage Deinen Mantel aus Fledermaushaar.

66. ATAHUALPA AN HIGUENAMOTA

Sei gegrüßt, strahlende Prinzessin,
ich kann Dir nicht genug danken für die Nachricht, die Du mir aus Frankreich hast zukommen lassen, und überhaupt dafür, dass Du die lange Reise aus Liebe zu mir und dem Reich auf Dich genommen hast.
Auch ich habe ein paar Neuigkeiten von großer Bedeutung, die ich Dir anvertrauen muss, weil sie in erster Linie Dich angehen.
Hier ist endlich ein Schiff aus Kuba eingelaufen, und an Bord war, Du wirst es nicht glauben, Dein Vetter Hatuey, der uns berichtet hat über die Ereignisse, die dazu geführt haben, dass die Route von Tahuantinsuyo gekappt wurde.
Auf Kuba ist nämlich von Westen her ein Stamm gelandet, der sich Mexikaner nennt.
Es sind wüste Krieger, und sie hatten feindselige Absichten. Sie haben die Truppen meines Bruders, die sich auf der Insel befanden, aufgerieben, und ebenso die Truppen Deines Vetters. Dem ist die Flucht gelungen, und er hat sich mit allen Taínos, die mitkonnten, auf die Insel Haiti gerettet, dorthin also, wo Du das Licht der Welt erblickt hast und aufgewachsen bist. Doch die Mexikaner sind ihnen dorthin gefolgt, und Hatuey musste sich ins Gebirge zurückziehen, wo er wie ein wildes Tier mit seinen unglückseligen Gefährten lebte, bis es ihnen eines Tages gelang, sich ein Schiff zu besorgen, und so kam es, dass er in Sevilla aufkreuzte.
Er glaubt zu wissen, dass die Mexikaner die Inkas bis zum Isthmus von Panama vor sich hergetrieben haben, wo der Krieg wütet und wo Huascars Truppen sich verbissen schlagen, denn wenn diese Horden von Barbaren die Engstelle überwinden, hin-

dert sie nichts mehr daran, auf Tahuantinsuyo zu stoßen, und das wäre das Ende des Reichs der Vier Teile.

Du musst Franz über diese jüngsten Entwicklungen ins Bild setzen und ihm sagen, dass die Flotte, die an seiner Küste entlanggesegelt ist, nichts mit uns zu tun hat.

Vor allem schärfe ihm ein: Die Freundschaft zwischen uns ist so beschaffen, dass ich die Angelegenheiten meines Bruders Franz wie die meinen ansehe, als ein und dasselbe, und dass, wo ihm Unrecht geschieht, ich dies als an mir verübt erachte. Und sag ihm zuletzt, er soll handeln, als bereite er sich auf eine besonders wüste Eroberung vor.

Dein ergebener Herrscher
Atahualpa
Sevilla,
den 9. Mai 1544 der alten Zeitrechnung,
im vierzehnten Erntejahr des Fünften Reichsteils

67. HIGUENAMOTA AN ATAHUALPA

Sei gegrüßt, Sapa Inka, Sonne von Quito,
gestern war die Landung der Mexikaner in der Normandie, die Nachricht erreichte uns am Abend. Zuerst haben ein paar Bauern sie gesehen, wie sie die unbesiedelte Küste durchsuchten, dann sind sie in einen Hafen namens Havre de Grâce eingelaufen und fahren jetzt flussaufwärts in Richtung Paris.

Franz hat ein Heer aufgestellt und will ihnen entgegenziehen. Die Nachricht scheint ihn aufgemuntert zu haben. Trotz seiner Probleme mit dem Hintern will er an der Spitze seines Heeres reiten und wenn nötig kämpfen. Sein alter Leib ist in Aufruhr, denn er sieht das als ein Abenteuer an, das, wie zu wiederholen er nicht müde wird, ihn an seine stürmische Jugend erinnert. Sein Heerführer Anne de Montmorency, den ich gut kannte und der bei Hofe das Sagen hatte, ist nicht mehr an seiner Seite. Ein rotbärtiger Mann, Herzog Franz von Guise, scheint seine Stelle eingenommen zu haben. Neben ihm reitet der Thronfolger Heinrich. Bei Hofe herrscht Unruhe, und die Vorbereitungen zum Feldzug werden in einer Art Trunkenheitstaumel und entspannter Fröhlichkeit getroffen.

Übrigens macht im Schloss gerade ein Buch die Runde, das allen gefällt: von einem Herrn Rabelais, der die Abenteuer eines Riesen namens Gargantua erzählt, daraus muss ich Dir einige Stellen vorlesen, wenn ich zurück bin, so komisch ist das, von einer herrlichen Respektlosigkeit, die Dir hoffentlich genauso gut gefallen wird wie mir. Schließlich haben doch auch wir, die die Verantwortung für ganze Königreiche tragen, das Recht, unseren Geist mit Unterhaltung zu entspannen.

Bis es so weit ist, bitte ich Dich, Deinen Vater, den Sonnengott, anzuflehen, er möge uns bei der Aufgabe, die auf uns wartet, hilfreich sein und uns seine Unterstützung gewähren, falls die Abenteurer etwa gekommen sein sollten, um uns zu bekriegen. Ich selbst küsse dem Kaiser, meinem teuren Freund, die Hände, desgleichen dessen Kindern, die ich liebe wie mein eigen Fleisch und Blut.

Deine nackte Prinzessin
Higuenamota
Fontainebleau, den 7. Juni 1544,
im vierzehnten Erntejahr des Fünften Reichsteils

68. ATAHUALPA AN HIGUENAMOTA

Sei gegrüßt, Sonne der Inseln, holdseligste Prinzessin,
aus Tahuantinsuyo sind beunruhigende Nachrichten eingetroffen. Die Mexikaner haben den Isthmus von Panama durchquert und stoßen nach Süden vor. Das Heer meines Bruders Huascar schlägt sich wacker, verliert aber an Boden. Quito muss innerhalb der nächsten Mondphase damit rechnen, belagert zu werden.
Mein Bruder Túpac Hualpa ist selbst gekommen, um mich über die Lage ins Bild zu setzen. Ihm und seinen Männern ist es gelungen, den Fluss hinabzufahren, der in den Anden entspringt und durch den Wald bis zum Ozean fließt, dann sind sie die Küste entlang bis zu den Gebieten Brasiliens gefahren, die vormals von den Portugiesen besetzt waren, wo sie ihr Schiff ertüchtigen und über einen großen Umweg nach Sevilla gelangen konnten. So gibt es nun eine zweite Route, die Tahuantinsuyo mit der Neuen Welt verbindet, die freilich in der Gegenrichtung nicht befahrbar ist. Ich zweifle nicht daran, dass mein Bruder noch mehr Schiffe auf den Weg bringen wird, um mich über den Krieg und die weiteren Entwicklungen ins Bild zu setzen.
Sag Franz, dass die Mexikaner ein wildes und blutrünstiges Volk sind, dem man misstrauen soll wie der grausamsten Geißel. Ich rate dazu, alle umzubringen, die französischen Boden betreten haben, solange sie noch nicht den Brückenkopf einer Landnahme vorbereitet haben, die sonst unweigerlich käme.
Möge euch die Sonne behüten, Dich und alle Franzosen.

Dein Kaiser, der Dir die Hände küsst,
Atahualpa
Sevilla, den 18. Juni 1544,
im vierzehnten Erntejahr des Fünften Reichsteils

69. HIGUENAMOTA AN ATAHUALPA

Sei gegrüßt, Sonne der Neuen Welt,
wie angenehm ist es, die Überbringerin erfreulicher Nachrichten zu sein, wie gut tut es, sich die Freude des Empfängers vorzustellen und dabei zu wissen, dass man, wenn auch nicht die Sache selbst, so doch zumindest die Botin ist!
Unsere Befürchtungen waren wohl wirklich unbegründet.
Es kam zu einer Begegnung zwischen Franzosen und Mexikanern, in der Nähe einer Stadt namens Rouen.
Um die Besucher zu beeindrucken, ließ König Franz ein so großartiges Lager errichten, wie ich es nie zuvor gesehen hatte. Fünfhundert Zelte bedeckten die Ebene, in der Mitte ein riesiges Kuppelzelt, unter dem die Begegnung stattfinden sollte. Dieses und alle anderen Zelte waren mit Florentiner Goldtuch bezogen. Jäger durchzogen das Land, um unvorstellbare Massen von Wild beizubringen, damit er seinen Gästen ein Festmahl von unerhörtem Prunk auffahren lassen konnte. Franz hatte zu diesem Anlass eine leuchtend blaue Rüstung angelegt, über die quer der goldene Schild in Form einer Lilie lief. Sein Sohn Heinrich begleitete ihn, dem er Titel und Amt des Statthalters der Normandie übertragen hatte. Königin Eleonore und ihr jüngerer Sohn, der Herzog von Orleans, waren zu diesem Anlass hinzugekommen.
Die Mexikaner sind elegante Menschen, gut gebaut und nicht von der blassen und kränklichen Hautfarbe wie die Franzosen. Die männlichen tragen, genau wie in Deiner und meiner Heimat, keinen Bart. Ihr Häuptling ist ein kräftiger Mann von angenehmer Erscheinung, in den besten Jahren und hochgewachsen, wenn auch nicht so groß wie der König von Frankreich, der ein

Hüne ist. Er heißt Cuauhtémoc und untersteht einem Kaiser, den er Montezuma nennt. Unter einem Federbuschen hat er langes Haar, das er zusammengebunden trägt. Seine Kleidung ist zerschlissen, aber er hat schön gearbeiteten Schmuck angelegt.
Er sagt, er huldige einem Gott, den er Quetzalcoatl nennt, ein Wort, das in seiner Sprache «gefiederte Schlange» bedeutet. Doch ich habe auch beobachtet, dass sie gelegentlich ihren Regengott anrufen, den sie Tlaloc nennen und der mit einem Hammer bewaffnet ist wie unser Donnergott Thor-Illapa.
Seine Krieger tragen Speere und runde Schilde, und einige von ihnen verunziert ein Jaguarkopf, den sie als Helm tragen, als entspringe der Kopf des Kriegers dem Tiermaul, was sie bedrohlich aussehen lässt.
Cuauhtémoc scheint jedoch nicht von feindseligen Absichten gelenkt zu sein. Er behauptet, er komme friedfertig, angezogen von dem guten Ruf eines Königreichs, das die Meere überquert habe. Vom König von Frankreich erbat er die Erlaubnis, hier im Hafen von Havre de Grâce, das auch Franciscopolis heißt, ein Büro einzurichten, um Schiffsverbindungen und Handelsbeziehungen zwischen Frankreich und seinem Land Mexiko aufzubauen. Während ich diese Zeilen schreibe, wird gerade ein Handelsabkommen aufgesetzt und dann wohl unverzüglich unterzeichnet.
Cuauhtémoc hat sich übrigens besonders höflich gegenüber Königin Eleonore gezeigt, die Dir vielleicht als die Schwester des früheren Kaisers Karl ein Begriff ist. Auch mir hat er seine Huldigung mit gänzlich uneitlem Charme dargebracht und mir zugesichert, dass sein Volk von jenseits des Meeres von den Taínos nur ein einfaches Büro und ein Zugangsrecht verlange, dass er, sobald die Verträge geschlossen seien, seine Truppen anweisen werde, Kuba bis auf eine ganz kleine Garnison zu räumen, und dass er auf einen Einmarsch in Haiti verzichten werde.

Alles deutet also darauf hin, dass der Krieg nicht stattfinden wird. Zum Glück für uns alle scheinen diese Mexikaner friedliche Absichten zu hegen. Deine Herrschaft ist jung, sie muss durch Frieden, nicht durch Krieg gefestigt werden. Deshalb gibt es für mich keinen Zweifel daran, dass Du diese Nachricht mit der gleichen Befriedigung empfangen wirst, wie ich sie beim Schreiben empfinde.

Ich verabschiede mich von Dir mit Küssen und den folgenden Versen eines hiesigen Dichters, der gut zu unserer gemeinsamen Geschichte passt, so wie sie sich bis hier und heute abgespielt und uns hierhergeführt hat:

Wie lacht die Welt die Menschen an
Gleich ihnen ist sie in der Jugend Blüte.

Deine alte Freundin aus Kuba,
Higuenamota
Rouen, den 7. Juli 1544,
im vierzehnten Erntejahr des Fünften Reichsteils

70. HUASCAR AN ATAHUALPA (KHIPU)

Quito eingenommen.
Rückzug Inkaheer: 38 000 Mann.
Verluste: 12 000 Mann.
Gefangene (Zivilisten und Soldaten): 15 000.
Feindliches Heer in Richtung Tumipampa: 80 000 Mann.
Todesopfer: 2000.

71. ATAHUALPA AN HIGUENAMOTA

Meine geliebte Higuenamota,
ich beschwöre Dich, diese Nachricht Franz zu übermitteln und dann unverzüglich nach Spanien zurückzukehren oder Dich zumindest in Navarra in Sicherheit zu bringen: Die Mexikaner sind keineswegs in friedlicher Absicht gekommen! Wenn ich nicht ohnehin schon Gewissheit darüber gehabt hätte, so hätten die jüngsten Meldungen, die mich aus Tahuantinsuyo erreicht haben, meine Befürchtungen bestätigt. Mein Bruder hat mir eine Nachricht geschickt, die die Khipu-Kamayuqs übersetzt haben. Die Mexikaner sind ein hochgradig kriegsbereites Volk, das seine Kriegsgefangenen gnadenlos hinrichtet. Der Krieg im Land meiner Vorfahren lässt keineswegs nach, im Gegenteil, er dauert an. Quito ist gefallen, und die Mexikaner dringen immer weiter nach Süden vor.
In diesem Augenblick bringe ich eine Eilmeldung an Monsieur de Saint-Mauris auf den Weg, doch ich weiß nicht, ob es seinen Boten gelingen wird, den König vor Dir zu erreichen. Sagt ihm bitte, dass die Mexikaner ihm eine Falle stellen. Die Franzosen müssen sobald irgend möglich kampfbereit sein, um den ersten Aufschlag zu haben.
Und Dich, meine süße Prinzessin, beschwöre ich noch einmal, zu fliehen, sobald sich die Gelegenheit dazu ergibt. An Manco habe ich geschrieben, dass er sich mit dem Navarra-Heer in Marsch setzen soll: In etwa zehn Tagen müsste er in Paris sein zur Unterstützung des französischen Heeres.
Noch einmal: Flieh und bring Dich in Sicherheit, meine Freundin! Hoffentlich erreicht Dich dieser Brief unverzüglich. Ich weiß, dass die Straßen Frankreichs nicht so gut sind wie die un-

seren, aber ich vertraue den Brief meinen besten Chaskis an, und ich gebe die Hoffnung nicht auf, dass Du ihn in weniger als sieben Tagen in Händen hältst.

Dein ergebener Freund,
Atahualpa
Sevilla,
den 14. Juli 1544

72. HIGUENAMOTA AN ATAHUALPA

Mein Fürst,
ich weiß nicht, ob ein Brief von Dir schon aus Spanien abgesandt wurde oder ob Du noch mit einer Antwort warten wolltest, bis Du mehr Stoff dazu hättest. Da ich nichts von Dir hörte und nicht wusste, wie ich mich verhalten sollte, bin ich beim König von Frankreich geblieben, um beim Friedensschluss dabei zu sein.
Das ist mir nicht gut bekommen.
Gestern, am 19. Juli der alten Zeitrechnung, haben die Mexikaner das französische Lager hinterrücks überfallen; sie waren viel weniger als wir, aber sie haben Panik und Tod verbreitet und niedergemetzelt, soviel sie konnten.
Gleichzeitig haben wir erfahren, dass die Engländer von Calais aus die Stadt Boulogne belagern.
König Franz, der dem Ansturm der Mexikaner knapp entkommen war und sich ein paar Pfeilschussweiten außerhalb von Rouen zurückgezogen hatte, sieht sich nun zwei Fronten gegenüber. Seiner Ansicht nach besteht kein Zweifel daran, dass Engländer und Mexikaner sich abgesprochen haben, ihn anzugreifen. Er hat den geordneten Rückzug nach Paris befohlen.
Ich selbst verdanke es nur einem Wunder, dass ich den Mexi-

kanern nicht in die Falle gelaufen bin; im Durcheinander des Nahkampfs und dank meiner Hautfarbe wurde ich wohl für eine der ihren gehalten. Mitten durchs Schlachtgetümmel wie durch einen Wald von Spießen rannte ich und wich den Kriegsbeilen und Schwertern aus, die die Luft durchschnitten, und konnte schließlich auf ein Pferd springen, das seinen Reiter verloren hatte. So konnte ich mich vom Schlachtfeld entfernen, musste aber die Franzosen schutzlos dem mörderischen Wahn dieser Mexikaner überlassen. Wäre ich eine schlechtere Reiterin, wäre ich jetzt tot. Ich habe das Rückzugslager des französischen Heeres erreicht und bin fürs Erste in Sicherheit, aber ich weiß nicht für wie lange.

Deine unglückliche Fürstin,
Higuenamota
Mantes, den 20. Juli 1544

73. MANCO AN ATAHUALPA

Sei gegrüßt, mein Bruder,
hochmögender Herrscher des Fünften Reichsteils,
an der Spitze eines Heeres von fünfzehntausend Mann auf dem Weg, dem König von Frankreich zu Hilfe zu kommen, habe ich ein aufgewühltes Land durchquert.
Die französischen Truppen haben sich, durcheinandergewirbelt von dem Überraschungsangriff der Mexikaner, in die Gegend von Paris zurückgezogen. Der König von Frankreich muss sich außerdem gegen die Engländer wehren, die sich den Mexikanern angeschlossen haben. Den neuesten Berichten zufolge wird Boulogne bald fallen.
Das französische Heer ist in ernsten Nöten angesichts dieser

Zweifrontenbedrohung, doch die Lage ist keineswegs hoffnungslos. Es würde ausreichen, dass Du Quizquiz mit dreißig- oder vierzigtausend Mann schickst, und ich bin sicher, dass wir mit solcher Verstärkung die Mexikaner und die Engländer bis an die See zurückdrängen.

Angenommen, dieser Brief benötigt höchstens fünf Tage, bis er bei Dir ist, schätze ich, dass bis in zwei Wochen Dein Heer zu uns stoßen könnte. Bis dahin wird Paris standhalten, dafür lege ich die Hand ins Feuer.

Poissy, den 24. Juli 1544 der alten Zeitrechnung
Jahr 13 des Fünften Reichsteils

An meinen Herrscher und Bruder
General Manco, Fürst von Navarra

PS:
Königin Eleonore ist verschwunden, keiner weiß, ob sie tot ist oder vom Feind gefangen genommen.

74. HUASCAR AN ATAHUALPA (KHIPU)

Tumipampa belagert.
Erbitterter Widerstand.
Verluste Inkas: *20 000.*
Verluste Feind: *10 bis 15 000.*
Gegenangriff: *60 000 Mann (davon 20 000 Chancas, 10 000 Charas, 8000 Kañaris, 4000 Chachapoyas).*
Artillerie: *120 Kanonen.*
Kavallerie: *6000 Pferde.*
Schlacht von Quito: *30 000 auf jeder der beiden Seiten.*

Unterhandlungen in Gange. (Generäle Atoc, Tupac Atato und ?*)
Waffenruhe möglich.

75. HIGUENAMOTA AN ATAHUALPA

Mein König,
dass ich Deinen Brief nicht rechtzeitig bekommen habe! Vielleicht hätte ich Franz von der Doppelzüngigkeit der Mexikaner überzeugen und so diese Katastrophe abwenden können, dass wir mit seinem flüchtenden Heer auf der Straße stehen.
Ich muss Dir berichten, dass die Lage sich noch bedeutend verschlechtert hat. Die Franzosen weichen vor den Mexikanern zurück, die fast täglich Verstärkung bekommen von Schiffen, die in Havre de Grâce einlaufen.
Von Norden her auf dem Weg nach Paris haben die Engländer Boulogne eingenommen und drohen uns nun in die Zange zu nehmen.
Man munkelt, Königin Eleonore habe sich mit Cuauhtémoc angefreundet und erkläre den Mexikanern alles Mögliche, woraus sie Vorteil ziehen können, so etwa die Gebräuche der Einwohner, die Landschaft und die Tierwelt Frankreichs, Bewaffnung und Taktik der Truppen ihres königlichen Gemahls. Franz kann es sich nicht vorstellen, aber letztlich gilt: Habsburg ist, Habsburg bleibt, und glaub mir, daran ist nichts schwer zu verstehen.
Manco ist mit fünfzehntausend Mann eingetroffen, und allein diese Verstärkung hat uns eine Atempause verschafft, ohne die

---

* Nicht entzifferbares Wort (*Anm. des Chronisten*).

das französische Heer weggefegt worden wäre und wir mit ihm. Das wird allerdings nicht ausreichen, den Mexikanern und Engländern zu widerstehen, die synchron angreifen. Nur Du hast noch die Mittel, uns zu retten. Ich flehe Dich an, schicke uns umgehend ein Heer, das uns zu Hilfe kommt und uns aus den Fängen der Mexikaner befreit, bevor wir gänzlich zermalmt werden.

Deine Dir stets getreue
Higuenamota
Saint-Germain-en-Laye,
den 6. August 1544

76. HUASCAR AN ATAHUALPA (KHIPU)

Waffenruhe ausgehandelt.
Waffenstillstand im Fünften Reichsteil gefordert.

77. HIGUENAMOTA AN ATAHUALPA

Lieber Freund, jetzt ist alles verloren!
Manco ist im Kampf getötet worden, bis zum letzten Atemzug hat er der Raserei der Mexikaner getrotzt. Er hat sich für die Verteidigung der belagerten Stadt Paris geopfert, und mit ihm sind seine Leute umgekommen, bis zum letzten Mann.
Wir haben uns in den Louvre-Palast geflüchtet, zusammen mit dem König, aber der leidet so sehr unter seiner Fistel am Hintern, dass er nicht reiten und kaum stehen kann und am helllichten Tag im Bett bleibt. Der Herzog von Guise ist für die Verteidigung der Stadt zuständig und kämpft dafür mit nimmermüdem Eifer,

doch die Lage ist so schlecht, dass auch hundertfache Möglichkeiten nicht ausreichen würden.

Wir hoffen nur noch auf Dich, mein Fürst, und halten Ausschau, ob ein Heer ankommt, an dessen Spitze Quizquiz, Rumiñahui oder vielleicht gar das stolze Gesicht meines Herrschers höchstselbst zu erkennen ist. Diesen Traum träume ich jedes Mal, wenn die Angst im Herzen und der Waffenlärm draußen mir eine Atempause lassen und meine Müdigkeit ein wenig Schlaf findet. Wenn Du mich nie mehr wiedersiehst, Sohn der Sonne, behalte im Herzen Deine kubanische Prinzessin

Higuenamota
Paris, den 10. August 1544

78. HUASCAR AN ATAHUALPA (KHIPU)

Friede Bedingung Kampfhandlungen an sämtlichen Schauplätzen eingestellt.
Wiederaufnahme Kubaverbindung ausgehandelt.
10 Handelsschiffe seeklar.
Vorräte praktisch erschöpft. Reich am Ende seiner Kräfte.
Chinchaysuyo und Antinsuyo am Rand eines Bürgerkrieges.
Sofortiger Waffenstillstand gefordert.

79. ATAHUALPA AN JEAN DE SAINT-MAURIS, KAISERLICHER BOTSCHAFTER IN FRANKREICH

Ich, Atahualpa, Kaiser des Fünften Reichsteils, ordne mit dem vorliegenden Schreiben an, dass Du unverzüglich General Cu-

auhtémoc den Ausdruck meiner Freundschaft übermittelst, desgleichen die Versicherung meines unverbrüchlichen Herrscherwillens zu einer Verständigung und einem dauerhaften Frieden mit dem großartigen Volk der Mexikaner.

Tu ihm kund, dass der Kaiser des Fünften Reichsteils und König beider Spanien nichts sehnlicher wünscht als einen Friedensschluss zwischen ihm und seinem Herrn Montezuma und dass dieser Wunsch so mächtig ist, dass ich einverstanden bin, ihm zuliebe auf mein Bündnis mit Frankreich zu verzichten und mich so aus jeder Verpflichtung – gegenüber den Franzosen und ebenso gegenüber ihrem König – zu militärischer oder wie immer gearteter anderer Hilfe zu lösen.

Sag ihm auch, er solle, falls ihm Prinzessin Higuenamota je in die Hände fiele, darauf achten, dass ihr kein Leid geschieht und sie gut behandelt wird.

Ich brauche Dich wohl nicht ausführlicher darauf hinzuweisen, wie wichtig diese Botschaft ist, und hoffe, dass Du sie mit der Sorgfalt und Beflissenheit erledigen wirst, deretwegen Dich Karl seinerzeit auserwählt hat und zu der ich als sein Nachfolger mir stets gratulieren konnte. Es geht um den Frieden im Reich. Mein Vater, der Sonnengott, sei mit Dir.

*Atahualpa der Erste, König von Spanien,
Fürst von Belgien und den Niederlanden,
König von Tunis und Algier,
König von Neapel und Sizilien,
Kaiser des Fünften Reichsteils*

*Sevilla,
den 15. August 1544 der alten Zeitrechnung,
im vierzehnten Erntejahr des Fünften Reichsteils*

80. ATAHUALPA AN HIGUENAMOTA

Geliebte Prinzessin, meine Seele, vom Schicksal gesandte Begleiterin bei allen meinen Unternehmungen, die Du mich hundertmal aus den verhängnisvollsten Notlagen gerettet hast,
von ganzem Herzen wünsche ich, dass dieser Brief Dich erreichen möge.
Hör gut zu: Es wird keine Unterstützung geben. Frankreich ist verloren. Flieh, wenn Du kannst. Geh weg aus Paris. Komm zurück nach Spanien. Dies ist ein Befehl.

Dein Herrscher Atahualpa
Sevilla, den 15. August 1544

81. HIGUENAMOTA AN ATAHUALPA

Mein Fürst, mein Freund,
ich weiß nicht, ob Dich dieser Brief erreicht. Die Mexikaner haben den Palast umzingelt und werden heute Abend oder morgen angreifen.
Vergib mir, aber ich konnte Franz nicht verlassen. Du weißt, dass ich Dir vollkommen treu bin, und genau deshalb habe ich mich, als Du mich damals nach Paris schicktest, damit ich unser Bündnis mit Frankreich gegen Karl und Ferdinand aushandle, ihm ganz hingegeben, vorbehaltlos und übrigens nicht ohne Vergnügen. Im Abendlicht seines Lebens und seiner Herrschaft bringe ich es nicht über mich, ihn im Stich zu lassen. Zu viel Zärtlichkeit und Freundschaft empfinde ich noch für diesen gebrochenen Mann, dessen Reich vor seinen Augen zerfällt. Wenn Du ihn weinen sähest auf seinem Schmerzenslager, wie er zu seinem Gott

betet und den Tod anfleht, er möge ihn erlösen, dann wärest Du, genau wie ich, mitleidsvoll ergriffen von diesem erbarmenswürdigen Anblick.
Ich höre draußen die Trommeln der Mexikaner. Ihr Kriegsgeheul klingt wie Tierschreie und lässt mir das Blut in den Adern gefrieren. Ein furchtbares Gemetzel steht uns bevor. Diesmal werde ich wohl nicht heil davonkommen.
Denk an mich. Lebe wohl.

Deine H.
Paris, den 1. September 1544

82. DER BOTSCHAFTER JEAN DE SAINT-MAURIS AN ATAHUALPA

An meinen Herrscher Atahualpa,
Sohn der Sonne, Kaiser des Fünften Reichsteils

Herr,
mit diesem Schreiben antworte ich auf das Schreiben, das Eure Majestät am fünfzehnten des vergangenen Monats an mich zu richten geruhten.
Selbstverständlich werde ich nicht verabsäumen, dem Folge zu leisten, was Eure Majestät befohlen haben hinsichtlich des Wohles von Prinzessin Higuenamota und hinsichtlich des Angebots einer Einigung, die General Cuauhtémoc zu übermitteln ist.
Davor jedoch erlaubt mir, Herr, Eure Majestät über die jüngsten Ereignisse hier in Kenntnis zu setzen, die, dessen bin ich mir gewiss, Eure Aufmerksamkeit erwecken werden.
Nach einer Woche blutiger Kämpfe haben die Mexikaner schließlich den Louvre in ihre Gewalt gebracht. Infolgedessen ließen die

Kämpfe in der Stadt Paris nach, mit Ausnahme einiger Widerstandszellen und -hochburgen in den östlichen Vororten.
Dessen ungeachtet hat sich der Herzog von Guise General Cuauhtémoc ergeben und ihm die Schlüssel der Stadttore überreicht. Der Herzog, der sich heldenhaft geschlagen hat, wurde von einem Speerstoß ganz furchtbar im Gesicht verletzt und hatte noch während des Übergabeaktes einen triefenden Schmiss. In diesen Minuten befindet er sich in Behandlung bei einem jungen Feldscher, dem man nachsagt, er habe Wunderhände, mit denen er äußere Verletzungen näht und Knochen einrichtet.
Seit heute wird der König in seinen Gemächern gefangen gehalten und seine beiden Söhne desgleichen.
Der gesundheitliche Zustand desselben ist so schlecht, dass die Ärzte schon fast die Hoffnung aufgegeben hatten. Doch nachdem der König drei heftige Fieberschübe überstanden hat, sagen sie jetzt, das sei ein Zeichen der Besserung.
Gemäß den Wünschen Eurer Majestät wurde zwischen all den in dem gewaltigen Gemetzel dahingegangenen Seelen das Leben von Prinzessin Higuenamota verschont, und ich habe mich persönlich davon überzeugen können, dass sie vorzüglich behandelt wird, was Eure Majestät hoffentlich zufriedenstellt.
Ich kann nicht umhin hinzuzufügen, Herr, dass die Gerüchte über Königin Eleonore volle Bestätigung erfahren haben, ja mehr als das. So hatte ich das Glück, dem erstaunlichen Schauspiel beizuwohnen, als die Königin von Frankreich die Stadt Paris am Arm von General Cuauhtémoc betrat, dem sie, wie ich mich mit eigenen Augen überzeugt habe, ihren Rat und ihre gute Ortskenntnis zur Verfügung stellt. An der Art ihrer Beziehung, Herr, besteht kaum ein Zweifel.
Was den letzten und schwierigsten Punkt angeht, so hat mich dessen Erledigung viel Mühe gekostet und mir ebenso viel Schrecken

bereitet, denn es war, wie Eure Majestät sich vorstellen kann, für mich in dem herrschenden Durcheinander nicht einfach, bei den neuen Behörden anerkannt zu werden. Doch es gelang mir, dass Euerm Befehl gemäß Euer Friedensvorschlag General Cuauhtémoc übermittelt wurde, und er bat mich, Euch seinen Gruß und seine Ehrerbietung zu übermitteln und versichert Euch, er sei voll des größten Wohlwollens. Er zeigt sich zuversichtlich, dass «für die Inkas und die Mexikaner gleichermaßen» (so seine mit der Hilfe eines Dolmetschs und von Königin Eleonore selbst übersetzten Worte) Verhandlungsspielraum bestehe und eine für beide Seiten vorteilhafte Einigung erzielt werden könne.
Herr, ich erflehe vom Schöpfer, dass er Eurer Majestät die volle Erfüllung Ihrer hohen, edlen und idealen Pläne gewähren möge.
Euer ergebener und gehorsamer Diener
Jean de Saint-Mauris

Paris,
den 18. September 1544 der alten Zeitrechnung,
im Jahr 13 des Fünften Reichsteils

83. HIGUENAMOTA AN ATAHUALPA

Sohn der Sonne, Quitos Glanz, treuer Verbündeter,
heute ist Franz gestorben, und es drängt mich, Dir die Umstände seines Todes zu schildern.
Deine neuen mexikanischen Freunde hatten im Hof des Louvre eine Pyramide errichten lassen. Ein wahrlich mächtiges steinernes und, na ja, ganz gut proportioniertes Bauwerk aus Stufen, die entfernt an die Terrassen erinnern, die Ihr Inkas in die Berge schlagt.

Ich hatte nicht gedacht, dass es sich dabei um ein Bauwerk für einen rituellen Zweck handelte. Ich konnte ja nicht ahnen, wofür es errichtet worden war.
Du wirst froh sein zu hören, dass die Mexikaner ihren Sonnengott haben, den sie mit eigenartiger Inbrunst verehren und der zugleich der Kriegsgott ist. Witzig, nicht wahr? Und passend.
Ihm haben sie den König von Frankreich geopfert, seine beiden Söhne, den Herzog von Guise und einhundert weitere Angehörige des französischen Adels, darunter mehrere Jungfrauen, die ihnen wohl nach dem Geschmack ihrer Götter zu sein schienen.
Willst Du wissen, wie die Hinrichtung vonstattenging?
Der König, der nicht die Kraft hatte, die Stufen zu erklimmen, wurde mehr tot als lebendig auf den Gipfel der Pyramide getragen. Man riss ihm das Hemd vom Leib und legte ihn auf einen Stein. Vier Mann hielten ihn an Armen und Beinen fest, ein fünfter hielt seinen Kopf, und dann schlitzte eine Art Priester ihm mit einer spitzen Klinge die Brust auf, griff hinein und riss ihm das Herz heraus und schwenkte es in der Luft, unter den entsetzten Schreien der Menge. Dann legte er das Herz in ein Gefäß und gab, als sei das alles nicht schon grausam genug, dem Toten einen Stoß, sodass er die blutigen Stufen hinab bis an den Fuß der Pyramide rutschte. Dort waren andere Mexikaner damit beschäftigt, die Leichen dorthin zu schaffen, wo sie allem Anschein nach zerlegt wurden, damit man ihre Knochen als Schmuck oder Musikinstrumente verwenden konnte.
Was für Verbrechen hat man nicht in Deinem Namen, Sonne, begangen!
Wenigstens blieb Franz, der als Erster das Blutgerüst besteigen musste, der Schmerz erspart, die Hinrichtung seiner beiden Söhne Heinrich und Karl mit ansehen zu müssen, die sich noch auf dem Opferblock wüst beschimpften.

Von Saint-Mauris weiß ich, dass mein Leben zu den Bedingungen gehörte, die Du in die Waagschale geworfen hattest, als es um den Vertrag mit den Mexikanern ging, und ich bin Dir dankbar dafür, auch wenn mein Alter wohl ausgereicht hätte, um mich vor den Begehrlichkeiten der Götter zu schützen und mir insofern den Gang auf ihre Pyramide erspart hätte.

Aber Du wirst wohl verstehen, dass ich Dir nicht mehr als Ratgeberin dienen möchte und dass ich, um ehrlich zu sein, nach den tragischen Vorkommnissen, die Frankreich erschüttert haben, die ich unseligerweise miterleben musste und an denen Du nicht ganz unschuldig bist, dass ich nicht mehr den Wunsch habe, Spanien wiederzusehen. Natürlich kommt es für mich nicht in Frage, wie Königin Eleonore zu handeln, auch wenn ich über die Gründe nicht urteilen möchte, die sie dazu getrieben haben mögen, ihren Gatten und ihre Wahlheimat zu verraten. Als Tochter einer Königin habe ich mein Lebtag nur einem König gedient und werde keinem anderen dienen. Heute aber fordere ich von Deiner weithin berühmten Großmut, dass sie mich Dir meine Treue anders bezeugen lässt. Gestatte mir bitte, mich Königin der Niederlande zu nennen, anstelle Deiner Frau Maria, die Deine Milde nach unserem Feldzug dorthin in ihrem Amt belassen hat, die jedoch Dein Vertrauen nicht wirklich verdient.

Lebe wohl, Herrscher des Heiligen Reiches, Fürst von Quito.

H.

Paris, den 9. Oktober 1544

84. DIE TEILUNG VON BORDEAUX

Es ist gewiss keine Übertreibung zu behaupten, der gewaltsame Auftritt der Mexikaner auf der Bühne der Neuen

Welt habe das von Atahualpa mit viel Geduld errichtete Gebäude in seinen Grundfesten erschüttert.

Der Entschluss, den König von Frankreich im Stich zu lassen, war ihm schwergefallen, doch er war alternativlos und hatte nie zur Debatte gestanden: Der Fünfte Reichsteil war auf die vier anderen angewiesen. Wäre Tahuantinsuyo gefallen, wäre Atahualpas Reich ihm sogleich nachgefolgt, wie ein Kind, dem man plötzlich die Mutterbrust wegnimmt. Higuenamota, von ihrer Anhänglichkeit an König Franz geblendet, hatte das nicht sehen wollen, und ebenso wenig hatte sie in Betracht ziehen wollen, welche Auswirkungen ein Frieden mit Mexiko auf ihre Heimat haben würde. Kuba würde seine Rolle als Drehkreuz der beiden Welten wiedererlangen. Haiti würde verschont bleiben. Der Handel mit Öl, Wein, Korn, Gold und Silber würde wieder anlaufen. Die Taínos würden wieder aufblühen. Bald würde in aller Welt Cohiba geraucht.

Zu den vielfältigen Folgen der mexikanischen Landnahme gehörte auch die Entwicklung einer Küstenstadt namens Bordeaux, die nun die Hauptstadt von Frankreich wurde. Hier wurde der Friedensvertrag unterzeichnet und die Teilung der Neuen Welt beschlossen.

Atahualpa war angereist, um Cuauhtémoc zu treffen. Um sich in den Augen der Franzosen einen Anstrich von Legitimation zu unbeschränkter Regierungsgewalt zu geben, hatte der mexikanische General Franz' Tochter Margarete von Frankreich geheiratet. Er gehörte nun zur königlichen Familie und hatte von ihr, auch wenn er den beiden Söhnen die Brust aufgeschlitzt hatte, nichts mehr zu befürchten.

Cuauhtémoc war nicht nur ein grimmiger Krieger. Er war auch ein Stratege und ein gewiefter Politiker, der sich rasch in die örtlichen Gegebenheiten einfand. Er erkannte, dass es von Vorteil war, wenn er zur Religion des Angenagelten Gottes übertrat, und beschloss, dass, sollte ihm seine Gemahlin Margarete einen Sohn schenken, dieser auf einen mexikanischen Namen getauft, damit seine Abstammung in der örtlichen Geschichte verankert wäre, dann aber nach den Gebräuchen und Ritualen der Orientalen aufgezogen würde. In diesem Land war es Brauch, dass die Könige ebenfalls Zweitfrauen in unterschiedlicher Zahl hatten, die sie Maitressen nannten und oft der Hauptgemahlin vorzogen und die mitunter sogar einen besseren Stand hatten. Cuauhtémoc behielt Eleonore, Franz' Witwe, als Maitresse.

Die Waldenser, eine protestantische Sekte aus Südfrankreich, die vom früheren König verfolgt worden war, hatten sich als Erste den neuen Machthabern angeschlossen. Das übrige Land folgte wenig begeistert, aber ohne nennenswerte Aufstände, es gab nur ein paar rücksichtslos niedergeschlagene Unruhen.

Die Könige von Portugal und England waren ebenfalls angereist, denn der eine war Verbündeter des Inka, der andere des Mexikaners.

Heinrich der Achte bekam von den Mexikanern zum Dank für seine Militärhilfe bei der Landung in Frankreich offiziell die Côtes du Nord rund um Calais und Boulogne zugesprochen, seine Ansprüche auf weitere Gebiete wurden jedoch nicht erfüllt.

Navarra wurde zwischen Spanien und Frankreich aufgeteilt.

Portugal bekam die uneingeschränkte Souveränität zugesichert, hatte aber Frankreich das gleiche Wegerecht zu gewähren, das Spanien ihm schon abverlangt hatte, damit es um Afrika herum mit Indien Handel treiben konnte.

Kuba und Haiti wurden zu Freihandelszonen und reichsfreien Ozeaninseln erklärt und hatten alle Schiffe aufzunehmen, die berechtigt waren, die drei Seerouten zu befahren, die Kuba mit Cádiz, Lissabon und Bordeaux verbanden.

Die Inselgruppen der Azoren, Madeiras und der Kanarischen Inseln, die sich wegen ihrer geographischen Lage im Ozean als Zwischenstationen anboten, bekamen die gleichen Auflagen. Dabei wurden die Azoren Frankreich überlassen, während Madeira portugiesisch und die Kanaren spanisch blieben.

England bekam das Recht, andere Seerouten zwischen den Azoren und Island (einer im Norden des Ozeans gelegenen Insel) zu erkunden, wobei ihm vertraglich zugesichert wurde, dass es die in diesem Bereich des Meeres etwa zu entdeckenden Länder als sein Eigentum behalten durfte.

Es wurde Übereinkunft erzielt, dass einem Schiff von einem der vier unterzeichneten Länder, das im Falle einer Irrfahrt ohne vorherige Genehmigung eine andere als die zulässige Route beführe, sicheres Geleit gegeben werde gegen Zahlung von einem Fünftel seiner Handelsware.

Der Vertrag wurde bei einem Glas des schwarzen Gebräus geschlossen, das sich hier großer Beliebtheit erfreut, die jeder der Anwesenden für begründet erklärte.

Die letzten Orientalen, die den übers Meer gekommenen Eroberern noch Widerstand leisteten, hatten sich woanders versammelt, nämlich in einer italienischen Stadt namens Trient, wo sie zahlreiche Diskussionsrunden abhielten mit dem Ziel, die Gründe für ihre Niederlage zu erfahren und dafür, dass ihr Angenagelter Gott sie nicht davor hatte schützen können. (Noch während diese Chronik niedergeschrieben wird, halten die Debatten an.)

Ferdinand hatte sich in seine östlichen Königreiche zurückgezogen – nach Österreich, Ungarn, Böhmen –, die ihm immer noch die Herrschaft über ausgedehnte Gebiete ließen; sie waren zwar permanent von den Türken bedroht, Süleyman jedoch war mit seinen Konflikten mit den Persern beschäftigt.

Die Republik Genua war mit Atahualpa, die Republik Venedig mit Ferdinand verbündet, beide behielten jedoch ihre Unabhängigkeit.

Im Vorbeigehen eroberte Spanien das Herzogtum Mailand.

Das Heilige Römische Reich schloss Verträge mit den nördlichen lutherischen Ländern: Dänemark, Schweden und Norwegen.

Hatuey wurde zum Großadmiral des Ozeans ernannt.

Maria von Ungarn wurde von der Regentschaft über die Niederlande entbunden, Higuenamota damit betraut.

Atahualpa sah die kubanische Prinzessin nie wieder.

85. DER TOD DES INKA

Friede herrschte im Fünften Reichsteil, der eine Epoche der Eintracht und des Wohlstands erlebte.

Eines Tages äußerte Atahualpa den Wunsch, die Schönheiten Italiens zu sehen, von denen man ihm vorgeschwärmt hatte und die so viele wunderbare Künstler hervorgebracht hatten. Vielleicht war der Machthaber in Melancholie verfallen, nachdem sich die kubanische Prinzessin zurückgezogen und sich sogar geweigert hatte, Briefe von ihm zu beantworten, soweit es darin nicht um die Regierungsgeschäfte der Niederlande ging. Vielleicht war er auf der Suche nach einer Ablenkung, die ihm half, seine Freundin zu vergessen.

Lorenzino hatte seine Einladungen nach Florenz regelmäßig wiederholt, bis dahin ohne Erfolg, denn die Reichsangelegenheiten ließen dem damit Befassten kaum eine Atempause.

Nun aber teilte Atahualpa dem Herzog mit, er werde ihn in seiner sagenumwobenen Stadt besuchen kommen, anlässlich des vierten Sonnenfestes im achtzehnten Erntejahr der neuen Zeitrechnung.

Dieses Fest ist hier sehr beliebt, denn es soll Krankheiten fernhalten; damals wurden die Städte des Fünften Reichsteils nämlich oft von der Pest heimgesucht, einer tödlichen Krankheit, die die Völker der Neuen Welt dezimierte.

Die Fastenzeit beginnt dann am ersten Tag des Mondes, der hier *September* heißt.

Das Brot, das hier in den Öfen gebacken wird, ist nicht mit dem Blut von kleinen Jungen, sondern von Mädchen getränkt, die noch nie mit Männern zusammen waren, denn es hieß, diese Unerfahrenheit sei sehr wichtig (nur bei den Frauen, um die der Männer kümmerte man sich kaum). Deshalb entnehmen sie den Mädchen das Blut durch einen Einstich zwischen den Augenbrauen, so wie wir es bei den kleinen Jungen machen.

Bis dahin hatte der Kaiser keinen Hang zum Heimweh gezeigt, und man hätte gedacht, dass seine gute Natur ihn davor bewahrte, ein solches Gefühl zu entwickeln, das so wenig zur Eroberung einer neuen Welt passte. Doch letztlich hatte vielleicht die Abfolge von außerordentlichen Vorkommnissen, die wegweisend waren für sein Leben, ihm nie die Gelegenheit dazu gegeben. Als Atahualpa Florenz entdeckte, glaubte er, die Tür aufzutun zu einem Traum, der ihn in seine Heimat zurückführte.

Die Stadt war in allen Farben des Regenbogens geschmückt und feierte seine Ankunft, und während er, hoch auf einem

Wagen thronend, ohne ein Wort davon zu verstehen, Huldigungen entgegennahm, die Lorenzino, neben ihm stehend, abspulte, entdeckte er überwältigt die Palazzi, deren Stein, wenn auch gröber behauen, ihn doch unwiderstehlich an die Bauten der Inkas erinnerte.

Auf der Anhöhe am anderen Ufer des Flusses erhob sich eine Festung, die er für Sacsayhuamán hätte halten können.

Die terrassierten Gärten am Hang, über denen ein Feuerwerk abgebrannt wurde, erinnerten ihn an die Landschaft von Tahuantinsuyo.

Doch der Palazzo della Signoria, der Sitz des Herzogs und seiner Regierung, beeindruckte ihn am tiefsten. Er hatte wohl genug von dem feinen Park des Alcázar mit seinem Orangenduft und fand in diesem Bauwerk aus grauem Stein, das von einem Turm mit Zinnen überragt wurde, den schieren Ausdruck einer Macht, wie er seinen Vorfahren immer vorgeschwebt haben musste. Und während Lorenzino ihm stolz die Standbilder eines kleinen Königs namens David erläuterte, die er im Saal der Fünfhundert hatte aufstellen lassen, wallte Atahualpas Geist von einem Reich zum anderen. Schließlich lachte er wie aus heiterem Himmel und verlangte, dass man ihm den Architekten all dieser Wunder vorstelle, denn er wolle ihm eine goldene Brücke nach Sevilla bauen. Lorenzino lachte auch, wie es die Höflichkeit gebot, doch er hatte nicht vergessen, wie er selber, um seinem Herrn zu willfahren, Florenz seines damals größten Bildhauers beraubt hatte, um ihn nach Andalusien zu holen. (Der war längst wieder in Rom, aber daran erinnerte er sich nicht gern.)

Der alte Michelangelo lebte übrigens noch; er zeichnete Pläne in seinem Atelier in Sevilla, wo Atahualpa ihn gern gegen Abend besuchte. Doch den Lorenzino, als den er ihn kennengelernt hatte, gab es nicht mehr. Der Herzog von Florenz nannte sich inzwischen Lorenzo. Er war ein Mann in den besten Jahren, der klug und mit ruhiger Hand regierte. Seine Frau, Herzogin Quispe Sisa, galt toskanaweit als das größte Wunder an Schönheit und hatte ihm zwei wunderschöne Kinder geschenkt, die er vergötterte. Seine Stadt war das Juwel, das dem gesamten Fünften Reichsteil seinen Glanz verlieh. Mit Rom und Genua hatte er Frieden geschlossen. Sein Ansehen reichte sogar bis nach Wien, in die Hauptstadt von König Ferdinand. Die größten Künstler des Reiches scharten sich um seinen Hof.

Mit einem Wort: Lorenzo regierte. Nun duldet der Wille zur Macht niemanden neben sich, mag er gleich stark oder auch nur wenig schwächer sein. War Atahualpa eifersüchtig? Wollte er einen Herrschaftsanspruch neu behaupten, der ihm durch den Glanz von Florenz in Frage gestellt schien? Wollte er seinen Untergebenen demütigen, indem er ihn die Festlichkeiten bezahlen ließ, die dieser für ihn auffuhr? In diesem Fall wäre sein Verhalten zu tadeln gewesen. Oder machte er nur seine Vorrechte nach Rang und Alter geltend? Doch die Gebräuche im Fünften Reichsteil unterschieden sich von denen in Tahuantinsuyo, und der Kaiser hätte dem Rechnung tragen müssen, mehr als jeder andere.

Er wurde geblendet von der Schönheit seiner Schwester. Sie hatte breite Hüften, weiche Brüste, sonnengebräunte, jugendliche Haut. Die ovale Gesichtsform wurde noch betont von ihrem schwarzen Haar, das ihr über die bloßen Schultern fiel – die feinen Italienerinnen machten ihr das nach, und auch die Frauen im Volk eiferten ihrem Stil nach. Sie erregte die Sinne ihres Bruders, wie es, so sagte man, nicht mehr der Fall gewesen war, seit er auf der schicksalhaften Überfahrt nach

Lissabon die Prinzessin Higuenamota kennengelernt hatte. Er bat den Herzog um seine Schwester. Der war zwar kaum geneigt, seine Frau jemand anderem zu überlassen, mochte es auch der Kaiser sein. Andererseits wusste Lorenzo, dass man dem Inka keinen Wunsch abschlägt. Und Quispe Sisa selbst wäre vielleicht auch nicht abgeneigt und hätte die Bitte ihres Bruders als eine Ehre empfunden.

Also bediente sich Lorenzo der List der Verstellung. Er tat so, als entspreche er Atahualpas Bitte gern, ja er ging so weit, zu behaupten, es sei ihm eine Ehre. Aber er fand immer neue Gründe, den Vollzug zu verschieben: Seine Frau sei unwohl, sie wünsche sich darauf vorzubereiten, ihren Herrn und Bruder zu empfangen. Sie müsse erst noch mehr abnehmen. Sie erwarte aus Portugal eine Lieferung seltener indischer Essenzen, mit denen sie sich duftend einreiben wolle. Die besten Weber der Stadt seien dabei, einen Putz herzustellen, der eines solchen Anlasses würdig sei und mit feinstem Goldfaden genäht werden müsse.

Unterdessen beriet Lorenzo sich heimlich mit einer der reichsten Familien von Florenz, den Strozzi, langjährigen Rivalen der Medici, die in der Republik wieder an die Macht kommen wollten. (Ich sprach bereits von dieser frühen Regierungsform, wo ein paar Adelige die Macht unter sich aufteilen und ihren Herrscher wählen, wie beim Dogen von Venedig oder von Genua.)

Was versprach er den Strozzi? Welcher törichte Schwur besiegelte die Übereinkunft? Welcher Unterstützung konnten sie sich bedienen? Von Venedig? Vielleicht. Von Ferdinand? Eher unwahrscheinlich. Was, außer erneuter Tyrannei, hätten sie zu erwarten gehabt von dem, der bis eben ihr Unterdrücker gewesen war? Der junge Lorenzino hatte sich ja genau deshalb an den Inka gewandt, um seinen Vetter Alexander, ein Geschöpf der Habsburger, zu verjagen. Also der Papst? Schon eher. Der Häuptling der Anbeter des Angenagelten Gottes hatte *nolens volens* bei Atahualpas Krönung gebürgt und war beunruhigt über die wachsende Anzahl von Übertritten, die die Sonnenreligion verzeichnete. Außerdem war er derlei Machenschaften gewohnt: Es war noch nicht lange her, dass er von Rom aus versucht hatte, in Genua General Doria ermorden zu lassen.

Die folgende Rede hielt Lorenzo den Strozzis, den Riccis, den Rucellais, den Valoris, den Acciaiuolis, den Guicciardinis und sogar den Pazzis und den Albizzis, die jeden Grund hatten, seine Familie zu hassen: «Im Lauf der Zeit ist jedem bewusst, dass er nie genug dagegen getan hat, den Geist der Freiheit auszurotten; immer wieder hört man, dass er in dieser oder jener Stadt Urständ feiert, getrieben von Bürgern, die die Freiheit nie erlebt haben oder sie nur in Form der Erinnerung ihrer Väter lieben und sie, solchermaßen verklärt, stur gegen alle und alles verteidigen; und wenn nicht ihre Väter sie ihnen vergegenwärtigen, so sind es die öffentlichen Palazzi, die Gebäude der Behörden, die Wahrzeichen der freien Institutionen, all diese Dinge, die die guten Bürger mit der größten Ausdauer im Auge behalten müssen.»

Tatsächlich waren Lorenzos politische Absichten ziemlich wirr, denn der Mann schien vor allem von persönlichen Motiven getrieben. Aber er war deswegen nicht weniger entschlossen. Wenn jemand zögerte, sagte er, es zeuge von Kleinmut, sich von einer großartigen Unternehmung zurückzuziehen, nur weil der Ausgang ungewiss ist.

Schon bald trieben die Gerüchte um die Pläne des aufmüpfigen Herzogs üppige Blüten.

Das Gerede von Verschwörung kam Rumiñahuis Spionen zu Ohren, und der versuchte, seinen Herrn zu informieren; der aber wollte davon nichts hören. Wäre Chalcuchímac zugegen gewesen, hätte er ihn vielleicht überzeugt, dass Gefahr im Verzug war, denn er verstand etwas von Intrige und Verschwörung, mehr als der alte General Rumiñahui Steinauge. Aber vielleicht war Atahualpa einfach müde, von einer Müdigkeit, bei der die Vorsicht, die Aufmerksamkeit für Zeichen, der animalische Überlebensinstinkt nachlassen. Vielleicht hatte der Inka, der die Neue Welt erobert und Kaiser des Fünften Reichsteils geworden war, gespürt, dass seine Aufgabe hienieden vollendet war und er auf die eine oder andere Weise einen Schlusspunkt setzen sollte. Und den Mann, der zu Größerem bestimmt gewesen war als der große Pachacútec, verlangte es wohl nach Ruhe. Träumte er von einem sonnigen Rentnerdasein an einem friedlichen Ort, umgeben von Orangenbäumen, Gemälden, sprechenden Blättern und ausgesucht hübschen Frauen, wo er die Cohiba rauchte und seine Memoiren schrieb? Das werden wir nie erfahren.

Über neun Tage zogen sich die Feierlichkeiten hin.

Auf der Piazza Santa Croce gab es Schaukämpfe, dann wurden zahllose kleine weiße Lamas geopfert und am Spieß gebraten, und das Volk tafelte zusammen mit den Mächtigen, umgeben von Gesang und Tanz.

Nachts liefen die Sonnenboten durch die Straßen, wirbelten ihre Fackeln wie Steinschleudern und warfen sie in den Arno, damit der Fluss sie bis zum Meer trug und mit ihnen all die Übel, die sie aus ihren Häusern und ihrer Stadt vertrieben hatten.

Am nächsten Morgen traf sich die Bevölkerung nach wenigen Stunden Schlaf zur Messe. Die Religion des Angenagelten

Gottes wurde noch sehr ernst genommen in Florenz, das den großartigsten Tempel im gesamten Fünften Reichsteil besaß. Das Gebäude aus weißem Marmor erhob sich bis in den Himmel und wirkte wie ein riesiger von den besten Goldschmieden Lambayeques gemeißelter Edelstein. Atahualpa hatte am Morgen nach seiner Ankunft der Messe beigewohnt, hielt sich seitdem aber davon fern und ließ sich von Rumiñahui bei den feierlichen Zeremonien vertreten, von denen bekannt war, welch große Bedeutung sie bei den Orientalen und insbesondere in Italien hatten. Der alte General erledigte diese Aufgabe mit Pflichteifer, ja Begeisterung.

Herzogin Quispe Sisa hingegen hatte die Gewohnheit, sich dort blicken zu lassen, zur größten Freude der Florentiner, die kamen, um sie zu bewundern. Die Abfolge der Feierlichkeiten zu Ehren des Kaisers ließ sie jedoch etwas weniger eifrig dabei sein, denn wegen der ständigen Übermüdung waren ihr die Träume des Nachtschlafs lieber als die Geschichten vom Angenagelten Gott.

Da er klein gewachsen und schwächlich war, sah sich Herzog Lorenzo nicht in der Lage, allein mit Atahualpa fertigzuwerden, der einen Kopf größer als er und kräftig gebaut war. Nun stand ihm ein treu ergebener Yana zur Seite, bekannt unter dem Namen Scoronconcolo, der die heikelsten Aufträge für ihn erledigte. Ohne zu verraten, welchen Plan er hegte, fragte ihn der Herzog, ob er bereit sei, für ihn Rache an einem großen Feind zu nehmen, und man erzählt sich, der Mann habe geantwortet: «Ja, Herr, und wenn es um den Kaiser selbst ginge.» Da zimmerte Lorenzo die folgende Konstruktion: Er würde Atahualpa morgens während der Messe in sein Schlafzimmer locken mit der Behauptung, seine Schwester erwarte ihn dort; in Wahrheit werde sein Handlanger hinter der Tür versteckt stehen, um ihn zu erschlagen. Im selben Augenblick würden seine Helfer im großen Tempel Rumiñahui erdolchen, und bei der Aufregung würden sie wohl leicht in der Menschenmenge untertauchen und fliehen können. (Als er den alten General begrüßte, hatte Lorenzo ihm in vorgeblicher Wiedersehensfreude an die Brust gefasst und sich vergewissert, dass er unter dem Umhang weder einen Brustharnisch noch ein Kettenhemd trug.) Dann werde man sich im Palazzo della Signoria, dem Regierungssitz im steinernen Schloss, versammeln und von dort aus die Bürger auffordern, sich gegen die kaiserliche Tyrannei zu erheben, und Lorenzo würde die Rückkehr zur Republik ausrufen.

So geschah es: Während des abendlichen Festmahls, das auf die Schaukämpfe von Santa Croce folgte, flüsterte Lorenzo Atahualpa Ort und Zeit ins Ohr, wo er die Herzogin aufsuchen könne. Er brauche sich nur zur Zeit der Messe an den Palazzo de' Medici zu begeben, und der Herzog selbst würde ihn in das Schlafgemach begleiten, wo Quispe Sisa sie erwarte. Der Kaiser glaubte der lange ersehnten Nachricht. Den Rest des Abends verbrachten Bruder und Schwester plaudernd und scherzend, ohne jede Anspielung auf das bevorstehende Stelldichein – von Quispe Sisa nicht, weil sie keine Ahnung hatte, von Atahualpa nicht, weil er sich zu benehmen wusste.

An diesem Abend fand das Festmahl in einem riesigen Palazzo statt, den die Medici gerade im Oltrarno, dem Viertel hangaufwärts südlich des Arno, erworben hatten, um sich dort wohnlich niederzulassen. Als die Herzogin sich zurückzog, legte sie sich in ihren neuen Gemächern schlafen, anstatt den Weg durch die Stadt zum alten Palazzo Medici zu nehmen, wo sie noch ihr Schlafzimmer hatte. Der Herzog hütete sich, das Atahualpa zu erzählen, denn den sollte am nächsten Morgen niemand anderer als der Tod hinter der Schlafzimmertür erwarten.

Die Feier ging zu Ende. Die letzten Zeugen sahen den Kaiser durch den Park des Palazzos hinaufgehen zum Forte di Belvedere, das über der toskanischen Landschaft thronte. Für einen Augenblick machte er an der Festungsmauer halt und sah sich den Sonnenaufgang an. Die Umrisse der Pinien verschmolzen mit den gezackten Zinnentürmchen, die am Hügelkamm in den Himmel schnitten. Nach solch ausufernden Festlichkeiten roch die Stadt morgens nach Schlick.

Atahualpa suchte den Palazzo della Signoria auf, wo er untergebracht war, er wollte sich fertigmachen für sein Stelldichein. Er hatte es vorgezogen, zu Fuß und nur mit kleinem Begleitschutz heimzugehen, um die frische Morgenluft zu genießen. Er überquerte den Ponte Vecchio, auf dem das Leben zu erwachen begann, stieg mit großen Schritten über die Betrunkenen in der Gosse, wich, eher reflexhaft als aus Aberglauben, den erloschenen Fackeln aus, die alles Übel aus der Stadt hatten vertreiben sollen und noch immer auf den Straßen herumlagen.

Zur angegebenen Zeit wurde er, in einen eng um den Leib geschlungenen Alpaka-Umhang gehüllt, an der Pforte des Palazzo Medici vorstellig, die er an ihrem Wappen erkannte: fünf rote Kugeln, über denen eine sechste, blaue schwebte. Der Herzog selbst öffnete ihm. Atahualpa verabschiedete seine Leute. Der Herzog führte ihn durch einen Garten mit Orangenbäumen, der von römischen Statuen bevölkert war, dann durch einen Innenhof mit fein gearbeiteten Arkaden, sie stiegen zusammen die steinerne Treppe hinauf, die zu den Privatgemächern führte, durchquerten eine kleine Kapelle, die ganz mit Jagdszenen ausgekleidet war – Lorenzo würde später erzählen, dass der Kaiser vor einem der Bilder stehen geblieben sei und ihn nach dem Namen mancher der darauf dargestellten Tiere gefragt habe. Dann gelangten sie durch eine lange Reihe von Sälen zum herzoglichen Schlafgemach. Der Herzog klopfte dreimal leise an, dann trat er zur Seite, um den Kaiser vorbeizulassen.

Die Vorhänge waren zugezogen, das Zimmer lag ganz im Dunkel. Man konnte kaum das Bett erkennen, allenfalls eine Gestalt unter der Bettdecke, die aus Kissen modelliert war: Das reichte aus, um Atahualpas Verlangen anzustacheln, und er trat vor. Das Bett war leer, hinter der Tür aber wartete der Mann des Herzogs mit einem Dolch in der Hand.

Er wollte die Kehle treffen, aber es war so dunkel, dass er aufs Geratewohl zielen musste, und so drang die Klinge nur bei der Schulter ein. Atahualpa tat einen Schrei, drehte sich um und fiel über den Angreifer her. Nun spickte ihm Scoronconcolo die Weichteile mit dem Messer, der Kaiser war aber von beachtlicher Stärke und hätte ihn erwürgt, wäre nicht Lorenzo eingeschritten. Der Herzog sah nichts und zog als Erstes die Vorhänge auf. Sonnenlicht drang ins Zimmer und machte den wütenden Kampf der beiden Männer sichtbar, die zu Boden gegangen waren. Atahualpa war dabei, die Oberhand zu gewinnen, da stieß ihm der Herzog seinen Dolch bis zur Parierstange in den Rücken. Der Kaiser hatte noch die Kraft, sich umzudrehen und seinem Mörder ins Gesicht zu sehen. «Du, Lorenzo?» waren seine letzten Worte, doch sein Körper, von überall durchbohrt wie er war, reagierte noch. Mit lautem Brüllen fiel er über den Herzog her, biss ihm in den Daumen und brach dann über ihm zusammen.

So starb Kaiser Atahualpa.

Im selben Augenblick begann im großen Tempel die Messe, doch Rumiñahui war nicht da. Die Verschwörer, die gekommen waren, um ihn zu erdolchen, waren ratlos. Während der Priester in seiner Gelehrtensprache zur Menge redete, wussten sie nicht, wie sie sich verhalten sollten. Nach einem Konziliabulum, während der anschwellende Gesang ihrer Mitgläubigen den Dom erfüllte, beschlossen sie, sich zum Palazzo della Signoria zu begeben. Diese Intuition erwies sich als richtig, denn der General befand sich aus irgendeinem Grund dort. (Man hatte ihm von verdächtigen Truppenbewegungen in der Umgebung der benachbarten Städte Pisa und Arezzo erzählt.) Sie baten, in dringlicher Angelegenheit vorgelassen zu werden, und Rumiñahui gewährte ihnen Audienz im weitläufigen Saal der Fünfhundert, wo damals die Plenarsitzungen des Hohen Rats abgehalten wurden, zwischen lauter Statuen, die – außer der des kleinen Königs David – allesamt schreckliche Nahkampfszenen darstellten. Zugegen waren die Senatoren Baccio Valori, Niccolò Acciaiuoli, Francesco Guicciardini, Filippo Strozzi sowie ein Angehöriger der Familie Pazzi. Sie umringten den General, trauten sich aber nicht, zur Tat zu schreiten, denn an den Saaltüren befanden sich Wachen, die man nicht ins Vertrauen gezogen hatte, weshalb nicht gut abzuschätzen war, wie sie reagieren würden. In ihrer Ratlosigkeit beschäftigten sich die Senatoren damit, beim General keinen Verdacht zu erregen, indem sie so taten, als setzten sie ihn darüber in Kenntnis, dass in der Toskana ein Militärputsch angezettelt werde und Rom dahinterstehe – was im Übrigen auch der Fall war. (Sie sagten nur nicht dazu, dass sie selber die Anstifter waren.)

Sie waren noch dabei, den General wie unentschlossene Raubvögel zu umkreisen, da kam Quispe Sisa im weißen Seidenkleid herein. Beim Erwachen hatte sie sich gewundert, weder ihren Mann noch ihren Bruder im Palazzo Pitti anzutreffen. So hatte sie sich in den Dom begeben, und als sie sie auch dort nicht fand, in den Palazzo della Signoria.

Wo war Lorenzo? Wo war der Kaiser? Da die Senatoren natürlich nicht auf diese Fragen antworten konnten, setzten sie eine erstaunte Miene auf, so als merkten sie erst jetzt, dass die beiden nicht da waren. Rumiñahui kannte die Herren hier nicht, er sprach kein Italienisch, doch die Herzogin kannte sie genau. An ihrem Verhalten fiel ihr etwas Befremdliches auf, etwas Zwiespältiges, das mehr war als nur eine Panne beim Protokoll. Sie beobachtete, wie sie stotterten, sah, wie sie zögerten, und erkannte hinter ihrer Verwirrung die Zeichen von Angst.

Von draußen drang Lärm herein. Die fünf Senatoren, die Herzogin und der General hörten dieses Lärmen, das immer lauter wurde und einen Gegensatz bildete zur Totenstille, die jetzt im Saal herrschte.

Quispe Sisa sagte dem General etwas auf Quechua.

Draußen hörte man die Aufständischen, die im Namen der Medici die Republik zurückverlangten.

Die Nachricht vom Tod Atahualpas begann sich zu verbreiten. Sie gelangte bis in den Saal der Fünfhundert. Die Herzogin erbleichte. Ermutigt durch Lorenzos Erfolg, wurden die Senatoren mutiger und wollten ihre Dolche zücken, doch Rumiñahui war auf der Hut. Der Inkahüne nahm sein Kriegsbeil und seinen Morgenstern vom Gürtel. Dem ersten Angreifer spaltete er den Schädel, und dem zweiten stach er ein Auge aus, die drei anderen entwaffnete er und ließ sie von den Wachen festnehmen.

Draußen trommelten die Aufständischen unter Führung der Rucellai und der Albizzi gegen die Schlosspforte. Rumiñahui befahl, dass man sie verrammelte. Einer der Anführer, vielleicht Leone Strozzi, der Sohn des Senators, denn seine Stimme war jung und aufgebracht, ergriff das Wort. Er befahl den Inkas, sich im Namen der Freiheit zu ergeben. Der Kaiser sei tot. Seine Truppen seien in der Minderzahl. Die Republik sei ausgerufen.

Die Stöße der Angreifer an der Pforte wurden lauter.

Lorenzo hatte sich nicht blicken lassen, aber die Menge bejubelte ihn. Rufe waren zu hören: «Es lebe der Herzog! Es lebe die Republik!» Quispe Sisa kannte die Bräuche der Florentiner, allen voran die der Medici. Sie hatte keinen Zweifel daran, dass Lorenzo und seine Spießgesellen den Aufstand angezettelt hatten. Die meisten der Rebellen, die draußen brüllten, waren wohl gedungen. Der junge Strozzi forderte, dass man ihnen Rumiñahui auslieferte. Die Verschwörer hatten gedacht, dass, wenn Atahualpa tot war, sie nur noch seinen General gefangen setzen mussten, um die Lage im Griff zu haben.

Lorenzo hatte den Fehler gemacht, nicht persönlich an der Piazza della Signoria zu erscheinen. Hätte er sich in diesem Augenblick dem Volk gezeigt, so hätte er Florenz, die Toskana und ganz Italien bis nach Neapel einen können. Aber vielleicht war er erst einmal verwundert, kein Geschrei aus dem Tempel zu hören, wo Rumiñahui hätte erdolcht werden sollen. Er wollte wohl abwarten, bis er über den Verlauf der Ereignisse Nachricht bekam und bis man für ihn ermittelt hatte, wie es um seinen Rückhalt in der Bevölkerung von Florenz stand. Es gebrach ihm an dem Mut, den er mit dem Mord am Kaiser bewiesen hatte, nun die Früchte seiner Tat einzufahren.

Immerhin hatte sich eine mächtige Menschenmenge vor dem Palazzo della Signoria versammelt.

Rumiñahui überlegte. Er wusste von dem geheimen Gang, der das Schloss mit dem anderen Flussufer verband, und schlug der Herzogin vor, sich unverzüglich seiner zu bedienen. Von dort aus würden sie aus der Stadt, die jedenfalls verloren war, flüchten und im Galopp nach Mailand gelangen, wo sie einen Gegenschlag vorbereiten konnten. Oder sie könnte, wenn es ihr lieber wäre, bei ihrem Mann bleiben. Er hatte Verständnis für den Loyalitätskonflikt, in dem sich die Herzogin befand. Doch wie sie sich auch entscheiden mochte, die Entscheidung musste auf der Stelle fallen.

Quispe Sisa wies auf die fünf Senatoren, die am Boden lagen – zwei von ihnen waren bereits tot –, und sagte zum General auf Spanisch, damit alle sie verstanden: «Hänge sie an den Festungsmauern auf.» Die drei Verletzten sahen ungläubig zu ihr herüber. «Sofort.»

Man legte den Aufrührern einen Strick um und stieß sie vom Turm hinunter. Dann trat Quispe Sisa in ihrem weißen Kleid auf den Balkon. Auf dem Platz war es still geworden. Alle Augen waren auf sie gerichtet.

«Florenz!», rief sie, und die Umstehenden waren überrascht von ihrer tiefen, rauen Stimme, die aus einem so zierlichen Körper kam.

«Florenz! Hier siehst du die, die deinen Untergang wollen!», sagte sie und deutete auf die baumelnden Leichen. «Schau ihre Gesichter an: Es sind die Gesichter von Verrätern. Schau ihre schönen Gewänder an: Sie sind von deinem Schweiß und deinem Blut. Was wollten sie, diese Verräter? Aus dem Reich austreten. Und warum? Um ihre Tyrannei über das Volk ungehindert auszuüben. Bedenke wohl, Florenz, dass der Austritt aus dem Reich zugleich bedeutet, auf dessen Gesetze zu verzichten. Möchtest du zurück zu den alten Zeiten, als eine Handvoll

Familien dir das Mark aussaugten? Wünschst du, dass diese Feinde des Volkes wiederkommen? Willst du das Ende der öffentlichen Kaufhäuser? Woher bekommst du dein Brot bei der nächsten Dürre? Wo waren sie, diese Verräter, zu Zeiten der Pest? Wo waren ihre Heime für deine Kranken? Was haben sie überhaupt für deine Alten und Kinder getan? Sei auf der Hut, Florenz, und lass dich nicht von den leeren Worten dieser Menschenfresser betören. Ich habe gehört, der Kaiser sei vom Herzog ermordet worden? Wenn das wahr ist, dann rechne ich den Herzog zu den Verrätern und biete viertausend Gulden dem, der ihn mir lebend bringt, damit über ihn gerichtet werden kann. Und tausend gebe ich jedem, der mir den Kopf eines seiner Mitverschwörer bringt!» Und während sie das sagte, wies sie auf den Strozzi-Sohn und auf die Rucellais, die sie in der Menge entdeckt hatte. Ein Stimmengewirr lief über den Platz. Die Herzogin setzte ihre Ansprache fort: «Denn dass mein Bruder tot ist – darüber soll sich keiner hier täuschen! –, heißt, dass Florenz getötet wird. Florenz aber soll leben! Erhebe dich! Juwel des Reiches, erlaube keine Wiederkehr gieriger Tyrannen! Es lebe das Gesetz! Es lebe die Toskana! Es lebe Florenz!» Bei diesen Worten brach ein Sonnenstrahl durch die Wolkendecke. Da öffnete die Herzogin die Arme gen Himmel und stieß ihre letzte Ermahnung hervor: «Es lebe das Reich der Sonne! Das Volk soll leben, Tod den Verrätern!»

Die Menschenmenge war begeistert und erhob sich wie eine große Welle. Die Rucellais und die Albizzis wurden in Stücke gerissen, und nur dem jungen Strozzi gelang die Flucht, indem er sich mit dem Schwert einen Weg zum Arno bahnte.

Als sie sah, dass sie das Ruder herumgeworfen hatte, ging Quispe Sisa zufrieden nach drinnen und sagte zu Rumiñahui: «Hol Hilfe aus Mailand.»

Die Nachricht vom Mord an Atahualpa wurde gegen Mittag bestätigt. Quispe Sisa schrieb einen Brief an Coya Asarpay und vertraute ihn ihrem besten Chaski an, um sie unverzüglich über die Lage ins Bild zu setzen, damit Coya die nun anstehende Nachfolge ihres Sohnes, des zukünftigen Sapa Inka Karl Cápac vorbereiten konnte.

Lorenzo ergriff die Flucht. Man erzählt sich, seine Frau habe ihm selbst ein Pferd besorgt und heimlich Befehl gegeben, ihm die Stadttore zu öffnen. Er flüchtete sich nach Venedig, wo er von Chalcuchímacs Spionen ermordet wurde; seine Leiche warfen sie in die Lagune. (Es gibt ein Gemälde dieser Szene von dem berühmten Maler Veronese.)

Quizquiz wurde an der Spitze eines großartigen Heeres nach Italien geschickt, um die Toskana zu befrieden und gegen Angriffe aus Rom gewappnet zu sein. Er bemächtigte sich der Stadt Bologna, die dem Papst gehörte, und ließ sich dort nieder. Er wurde Statthalter von Bologna, wenig später Herzog der Emilia und der Romagna, zweier italienischer Provinzen, von wo aus er große Macht über das ganze Land ausübte, sodass er Florenz vor einem neuen Angriff bewahren konnte. Er heiratete Katharina von Medici, die Witwe von Heinrich, dem Sohn von Franz dem Ersten, die ihm neun Kinder schenkte.

Atahualpas Leiche wurde einbalsamiert und nach Andalusien überführt. Die Begräbnisfeierlichkeiten erstreckten sich, dem Brauch der Inkas folgend, über ein ganzes Jahr. Seine Mumie ist seither in der Kathedrale von Sevilla aufgebahrt, neben seinem früheren Rivalen Karl und ihrer beider Gemahlin Isabella.

VIERTER TEIL

CERVANTES'
ABENTEUER

1. VON DEN UMSTÄNDEN, UNTER DENEN DER JUNGE MIGUEL DE CERVANTES VON SPANIEN FORTGING

In einem Stadtviertel von Madrid, dessen Name mir entfallen ist, wohnte vor nicht allzu langer Zeit ein Maurer, ein Bauernsohn, der eine junge gleichermaßen schöne und fürwitzige Frau abbekommen hatte und so wohlhabend war, dass er den Dorfpolizisten, den Gendarm und den Bürgermeister locker in die Tasche steckte.

Nun trug es sich zu, dass dieser Maurer ein Hühnchen zu rupfen hatte mit einem jungen Mann aus der Nachbarschaft, der auf den schönen Namen Miguel de Cervantes Saavedra hörte. Der Junge, noch keine fünfundzwanzig, gutaussehend, wohlerzogen, liebte die Poesie und hatte etwas zu viel Lope de Rueda gelesen, bezauberte aber nach einhelliger Meinung, obwohl er zum Stottern neigte, unwiderstehlich, egal wem er über den Weg lief.

Man erzählt sich, der Maurer habe den Mann eines Tages zusammen mit seiner Frau in einem Kuh- oder Pferdestall der Umgebung angetroffen. Die Überlieferung hält nichts dazu bereit, wie weit ihre harmlosen Spielchen gegangen sein mögen, aller Wahrscheinlichkeit nach waren sie ziemlich fortgeschritten; doch das tut hier wenig zur Sache: Es genügt, dass in der folgenden Berichterstattung kein Jota von der Wahrheit abgewichen wird.

Wichtig zu wissen ist, dass der junge Mann den Maurer bei einem Duell verletzte, das wohl unter den Arkaden der Plaza Mayor stattfand.

Der junge Miguel, der wusste, wie gewitzt der Maurer war, verließ die Stadt, um sich nicht dem Bannstrahl einer Justiz auszusetzen, deren Hang, die Partei des Wohlhabenderen zu ergreifen, ihm hinlänglich bekannt war. Deshalb suchte er Zuflucht in einer Absteige in La Mancha, wo er auf einem Dachboden unterkam, der deutliche Hinweise darauf bot, dass er mehrere Jahre als Strohspeicher gedient hatte. Er war damit gut beraten, denn kurz darauf kamen aus Madrid die Nachrichten von seinem Schuldspruch: Er war in Abwesenheit dazu verurteilt worden, dass ihm in aller Öffentlichkeit die rechte Hand abgenommen und er obendrein für zehn Jahre aus dem Reich verbannt werde.

So hatte Miguel keine andere Absicht, als möglichst rasch aus Spanien herauszukommen, um der grausamen Bestrafung zu entgehen, die man für ihn vorgesehen hatte. Ein paar Tage blieb er noch in seinem Versteck, wo ihn nach Sonnenuntergang eine freundliche Dienerin mit Nahrung versorgte, dann schloss er sich einer Gruppe von sechs Pilgern an, die auf dem Weg nach Wittenberg waren, um die Kirchentür zu sehen, an der damals die berühmten Sonnenthesen angeschlagen worden waren. Sie nahmen ihn gern in ihre Runde auf, sie malten sich aus, dass er gewiss mit seinem guten Auftreten in jedem Dorf, durch das sie kommen mochten, mindestens Almosen in Höhe von einem Taler zu ergattern wisse. Sobald er sich einen Pilgerstab mit doppeltem Knauf und eine schweinslederne Tasche gemacht hatte, in die die Dienerin, die ihn wohl leiden mochte, Brot, Käse und Oliven stopfte und eine Flasche Wein gegen den Durst, zogen sie nach Norden, Richtung Saragossa.

Von den vielen Büchern, die er besaß, nahm er nur ein Stundenbuch und einen unkommentierten Garcilaso mit, in jeder Rocktasche eines.

Die Pilgersleute hatten den Plan, über Frankreich nach Deutschland zu gelangen, doch in einer Absteige auf dem Weg nach Saragossa versicherte man ihnen, das sei eine große Torheit, denn es gebe Unruhen in Navarra und einem Teil von Okzitanien, wo man sich gegen die mexikanische Herrschaft auflehne.

So strebten sie nicht mehr Richtung Saragossa, sondern bogen nach Barcelona ab, wo sie sich auf die Suche nach einem Schiff machten, mit dem sie den ihnen versperrten Landweg umfahren konnten. Schließlich fanden sie eine Knorr, die mit einer Ladung Wein nach Florenz auslaufen sollte, was eine feuchtfröhliche Überfahrt zur Folge hatte, denn während der ganzen Reise hoben sie immerzu das Glas, und sie betraten den Boden Italiens mit unsicherem Schritt und schwankendem Gang. Der junge Miguel wusste da noch nicht, dass und unter welchen Umständen er bald wieder zur See fahren würde.

2. VON DER BEGEGNUNG DES JUNGEN CERVANTES MIT EL GRECO, DER IHN NACH VENEDIG BRACHTE

Florenz wurde damals von Großherzog Cosimo Hualpa de' Medici regiert, dem ältesten Sohn der unvergleichlichen Quispe Sisa und des Kaisermörders Lorenzaccio. Auch wenn der Großherzog in seiner Herrschaft vergleichsweise freie Hand hatte, so unterstanden doch die Stadt und die ganze Toskana, die er verwaltete, nicht weniger dem Fünften Reichsteil, aus dem Miguel gerade für zehn Jahre verbannt worden war, bei fortdauernder Androhung, seiner rechten Hand beraubt zu werden. Er überlegte, sich nach Rom zu begeben und dort Zuflucht zu suchen, doch das Gerücht von Truppenbewegungen in Richtung der Heiligen Stadt, von der es hieß, sie befinde sich im Belagerungszustand, brachte ihn davon ab, sich in solch ein Abenteuer zu stürzen. Er zog es vor, seinen Pilgerfreunden bis nach Bologna zu folgen, wo ebenfalls ein Medici herrschte, Herzog Enrico Yupanqui, dem seine Mutter Katharina mit ihrem Rat zur Seite stand, die Witwe des großen Generals Quizquiz, und von dort nach Mailand, das noch kaiserlich war. Von da würde er zusammen mit ihnen in die Schweiz gelangen, wo er endlich vor der strengen Justiz in Sicherheit zu sein und ruhigere Tage in Genf, Basel oder Zürich verbringen zu können hoffte.

Das Schicksal jedoch wollte es anders. In der Gegend von Como trafen sie nämlich auf patrouillierende Quiteños, die den Norden Italiens besiedelt hatten und überwachen sollten, wer in den Fünften Reichsteil ein- und wer von dort ausreiste. Auch wenn unter der Regierung von Kaiser Karl Cápac Eintracht herrschte, gab es doch viele unter den alten Christen, die es ablehnten, mit den Söhnen der Sonne zusammen zu leben, und erst recht nicht bereit waren, sich ihrer Herrschaft zu unterwerfen, sodass manche von ihnen versuchten, nach Rom, Venedig oder Wien zu gelangen (und einige sogar nach Konstantinopel, wofür sie ins Feld führten, dass sie Mohammeds Lehre allemal der heidnischen Religion des Okzidents vorzogen, denn die Türken glaubten immerhin nur an einen einzigen Gott).

Seine Pilgerfreunde waren vor längerem zur Inti-Religion konvertiert und trugen an einer Halskette die kleine Goldsonne, die von ihrem Glauben zeugte, und so war es für sie nicht schwer, zu begründen, warum es sie dorthin zog. Doch das Schicksal, das alles nach seiner Laune lenkt, mischt und zusammenfügt, wollte nicht, dass das auch für den jungen Miguel galt, der zur Verwunderung aller keine kleine Sonne um den Hals hängen hatte und in dessen Tasche man obendrein ein Stundenbuch fand, das mit seinem Marienkult schlecht zu seinem Plan einer Pilgerfahrt an den Wittenberger Sonnentempel passte. Da er auch keinerlei Zeugnis oder Empfehlungsschreiben hinsichtlich des Motivs seiner Reise oder auch nur in Bezug auf seine Identität beibringen konnte, hielt man ihn für einen rückfällig gewordenen früheren Christen, der über die Schweiz nach Wien wollte, und schickte ihn, mit Fußeisen gefesselt, zurück nach Mailand.

Von Mailand nahm er den Weg nach Genua, an andere Häftlinge gekettet, die auf die Galeeren geschickt werden sollten, und er sollte mit dem nächsten Schiff nach Spanien überstellt werden, damit die Justiz dort seinen Fall aufkläre.

Sie waren zwölf Mann zu Fuß, aufgefädelt wie die Perlen am Rosenkranz, und trugen alle Handschellen. Zwei Mann zu Pferde und zwei zu Fuß begleiteten sie. Die Berittenen trugen Donnerbüchsen mit Radschloss, und die Fußsoldaten waren mit Piken und Schwertern bewaffnet.

Der junge Miguel, dessen Haut von den Eisen entsetzlich wundgescheuert war, war in seiner Seele noch viel mehr verwundet am Verzweifeln über sein schlimmes Los, als dem kleinen Trupp auf einmal ein Mann begegnete. Er war jung und wirkte recht gepflegt, von dezentem Auftreten, trug eine Halskrause und einen gut gestutzten Bart, war barhäuptig und ganz in Schwarz gekleidet, und an seinem Gürtel baumelten Trinkflasche und Messer. Als er an den Trupp herangekommen war, wollte er wissen, was die Unglücklichen denn verbrochen hatten, dass man sie dermaßen in Eisen geschlagen hatte, und stellte diese Frage in großer Höflichkeit ihren Bewachern. Einer der beiden Berittenen erwiderte, sie seien Häftlinge Seiner Majestät des Kaisers, das sei alles, was er dazu sagen könne, und er sagte ihm auch nicht mehr dazu. Als der Mann mit der Halskrause jedoch darauf bestand, indem er jede erdenkliche Höflichkeit an den Tag legte, mit einer Sprachfärbung, an der Miguel erkannte, dass er kein Italiener war, sagte ihm der andere Bewacher, er könne sie ebenso gut selbst befragen, sie würden es ihm schon sagen, wenn sie wollten.

Sie bekannten sich zu schrecklichen Verbrechen oder warben um Mitleid, indem sie ihre Unschuld beteuerten, oder zogen ins Lächerliche, wie ungeschickt sie sich angestellt hatten; nur einer, der noch schwerere Ketten trug, erregte bei allen Bewunderung und wohl auch Angst mit den Berichten von seinen schrecklichen Taten, die ich euch vielleicht ein andermal erzähle. Als Miguel an die Reihe kam, war er von seinem schlimmen Schicksal so mitgenommen, dass er stotterte, und niemand verstand nur ein Wort von seiner Geschichte, doch alle starrten ihn gebannt an und waren berührt von dem armen jungen Mann wegen seines bedauernswerten Gesichtsausdrucks und weil sie annahmen, sein Fall müsse furchtbar traurig sein, wenn er ihm nur in solch konvulsivischem Gestammel über die Lippen kam.

Da nutzte der Mann mit der Halskrause die allgemeine Aufmerksamkeit, die sich auf den tränenüberströmten jungen Miguel gerichtet hatte, und rief aus: «Was zählen ihre Verbrechen – sie sind Kinder Gottes!» Im selben Augenblick ergriff er den ersten Berittenen am Stiefel, riss ihn vom Pferd, sodass er mit dem Gesicht nach unten zu Boden ging, zog mit einer Geschwindigkeit, die alle Umstehenden verblüffte, sein Messer aus dem Gürtel und stieß es ihm in die Brust. Die anderen Wächter waren von dieser unerwarteten Tat erschrocken und standen unentschlossen herum; doch als sie sich ein wenig gefasst hatten, nahm der andere Berittene seine Donnerbüchse zur Hand und die Fußsoldaten ihre Piken, und sie fielen über den Halskrausenmann her. Der allerdings hatte inzwischen die Donnerbüchse des ersten Reiters aufgehoben, schoss damit auf den, der auf ihn zielte, und brachte ihn zu Boden, wo er röchelnd zusammenbrach. Blieben noch die beiden Wächter zu Fuß mit ihren Piken, gegen die der Halskrausenmann mit dem Messer nicht viel in der Hand hatte. Die Häftlinge sahen die Gelegenheit, sich zu befreien und versuchten, die Kette zu zerreißen, mit der sie aneinander gefesselt waren. Als sie merkten, dass ihnen das nicht gelingen würde, stürzte sich der mit den doppelten Fesseln deren ungeachtet auf den ihm näher stehenden Wächter und erdrosselte ihn mit seiner Kette. Der letzte Wächter wurde gleich darauf erschlagen, und so kam es, dass sie alle wieder die Freiheit erlangten, sobald sie sich aus ihren Fesseln befreit hatten.

Der Mann, dem sie diese unverhoffte Verbesserung ihres Zustands verdankten, hieß Domenikos Theotokopoulos, er war Grieche und stellte sich ihnen als ein Soldat Christi vor. Er schlug ihnen vor, sie könnten mit ihm in christliche Provinzen gehen und dort den wahren Glauben verteidigen, den Thronräuber bekämpfen und sich für ihr Seelenheil von ihren Sünden reinwaschen. Ihr Häuptling erwiderte: «Sei bedankt, Fremder, für die Gunst, die du uns erwiesen hast, uns unsere Freiheit wiederzugeben, aber wir haben zu sehr unter der Knechtschaft der Fesseln gelitten, als dass wir uns freiwillig irgendeiner anderen unterwerfen könnten, und wäre es auch der Dienst im Himmel selbst. Was das Reinwaschen unserer Seelen betrifft, so befürchte ich sehr, dass drei Leben nicht ausreichen – die lange Liste unserer Verfehlungen ist dir ja bekannt. Räuber sind wir, und als Räuber werden wir sterben. Unser einziger Stolz ist, uns niemals einem Gesetz oder einer Gewalt zu unterwerfen, außer den Regeln der *bandoleros*, wie unser Wahlspruch lautet: «Und zwei ist eins, und eins ist keins.» Nach diesen Worten verneigte sich der Bandit, hob die Donnerbüchse auf, sie war noch geladen, steckte zwei Schwerter in den Gürtel des einen Fußsoldaten, dem er auch Joppe und Stiefel abnahm, bestieg das bessere der beiden Pferde, gab ihm die Sporen und galoppierte von dannen. Die anderen Häftlinge stahlen sich davon und verkrümelten sich in den Hügeln. Einzig der junge Cervantes, allein, ohne Halt, auf der Flucht und nun wieder steckbrieflich gesucht in einem fremden Landstrich, wo er einen Toten und zwei Schwerverletzte zurückließ, entschied sich dafür, seinem Retter zu folgen.

Der Grieche schien die Gegend zu kennen wie seine Westentasche. Er wusste, wie man den Patrouillen auswich, indem man die meistbegangenen Straßen, die bevölkerungsreichsten Ortschaften mied. Er war strikt dagegen, noch einmal über Bologna zu reisen, und zog es vor, Wege durch die Wälder zu suchen und unter freiem Himmel zu übernachten. So gelangten sie nach Ancona und bestiegen ein Schiff nach Venedig, diese Stadt, an die, hätte die Welt nicht einen Atahualpa hervorgebracht, nichts und niemand heranreichte: Die Himmelsmächte mit ihren verschlungenen Wegen hatten das große Tenochtitlan in Mexiko wohl nur dafür erschaffen, um der Serenissima Venedig eine Rivalin gegenüberzustellen. Diese beiden berühmten Städte ähneln einander in ihren Straßen, die ganz aus Wasser sind: Die europäische wird von der Alten Welt bewundert, die in Übersee ruft bei der Neuen Welt Erstaunen hervor.

3. VON DER WILDEN, ERSCHRECKLICHEN SCHLACHT, DIE DIE VERGANGENEN, DAS GEGENWÄRTIGE UND DIE ZUKÜNFTIGEN JAHRHUNDERTE JEMALS GESEHEN HABEN UND SEHEN WERDEN, DIE ZUGLEICH DAS GRÖSSTE UNGLÜCK FÜR DEN ARMEN CERVANTES BEDEUTETE

Drei Dinge machen Männer groß: Kirche, Meer und Königshof.» Der berühmte Kapitän Diego de Urbina, den es durch Kriege und Schicksal von Guadalajara bis in diese venezianische Spelunke verschlagen hatte, in der er jetzt in Gesellschaft seines Freundes, des Griechen, die eine oder andere Flasche leerte, wandte sich mit diesen Worten an den jungen Cervantes, der sich zu ihnen an den Tisch gesetzt hatte: «Bei uns in Spanien gibt es ein Sprichwort, das meiner Meinung nach viel Wahres enthält wie all diese kurzen Sentenzen, die über lange Zeiträume hinweg aus einzelnen Erfahrungen zusammengefügt werden; und das lautet: *Iglesia o mar o casa real.*» Er hielt inne, um ein randvoll eingeschenktes Glas Bier leerzutrinken, und wohl auch, damit der junge Mann sich von dieser tiefen Wahrheit durchdringen lassen konnte; doch als der nicht zu verstehen schien, holte er zu einer Erklärung aus: «Wer es zu etwas bringen und reich werden will, soll sich entweder der Kirche zuwenden oder zur See fahren und die Kunst des Handels treiben oder am Königshof dienen, denn ebenso heißt es: ‹Ein Brocken aus des Königs Hand gilt mehr als Gunst vom Adelsstand.›»

Miguel hielt dem entgegen, dass Maximilian nicht König war, sondern Erzherzog, was ihm prompt einen Tadel des

Griechen eintrug: «Du sollst nicht lästern! Seine Majestät ist nicht nur König von Ungarn, Kroatien und Böhmen, sondern sein Großvater Karl der Fünfte war König von Spanien und Kaiser des Heiligen Römischen Reichs. So Gott will, wird sein Enkel das auch wieder werden.» Sprach's, bekreuzigte sich und bestellte noch eine Flasche.

Als Miguel sich wunderte, wie ein Grieche so flammend katholisch sein konnte, während er eher erwartet hätte, dass er der byzantinischen oder muslimischen Religion zuneigte, erzählte Domenikos ihm, wie er sehr jung sein Land verlassen habe, um nach Italien zu gehen, zuerst nach Venedig, wo er Malerei studiert habe, dann nach Rom, wo er in die Dienste von Kardinal Alessandro Farnese getreten sei, bevor er sich den Jesuiten angeschlossen habe und Soldat Christi geworden sei, und wie er in feindlichem Gebiet für die Sache des Herrn und der Kirche spionierte und Menschen anwarb.

Der Kapitän hatte die Geschichte entweder schon allzu oft gehört, oder er fand, dass sie nicht hierhergehörte, jedenfalls wurde er unruhig und wollte, nachdem er drei weitere Flaschen bestellt hatte, auf den Anlass ihres Treffens zurückkommen, nämlich auf die Zukunft des jungen Miguel: «Du bist jung, du kannst dich später immer noch der Kirche anschließen. Angesichts deiner Lage bietet sich eine Laufbahn als Kaufmann eher nicht an: Da du aus Spanien und dem Fünften Reichsteil verbannt bist, ist dir die westliche Route versperrt, und du könntest weder mit Mexiko noch mit Tahuantinsuyo Handel treiben. So bleibt dir nur die ruhmreichste aller Laufbahnen: das Militär.» Und um ihn endgültig zu überzeugen, setzte der Grieche hinzu: «Vergiss nicht, welche Ehre es ist, deinem Gott zu dienen, indem du auf Seiten der letzten Verteidiger der Christenheit kämpfst, denn ich bin zweifelsfrei überzeugt, dass du ein alter Christ und reinen Blutes bist.» Während er diesen Worten zuhörte, trank der Kapitän sein Bier aus und klopfte lauthals lachend Domenikos Theotokopoulos auf die Schulter. Und bei diesem Gelächter sagte Miguel ja, ohne dass ihm die Worte des Häftlings noch einmal in den Sinn gekommen wären.

So heuerte Miguel de Cervantes Saavedra im Heer von Erzherzog Maximilian von Österreich an.

Anfangs empfand er es als Abenteuer und hatte keinen Anlass zur Reue.

Sein Regiment führte ihn nach Polen, nach Schweden, ins deutsche Flachland, überallhin, wo Schlachten geschlagen wurden, wo der neue und der alte Kaiser, oder vielmehr ihre Söhne und Enkel, einander die Vorherrschaft in Europa streitig machten.

Karl Cápac hatte, wie schon sein Vater, stets darauf geachtet, mit den Katholiken schonend umzugehen, schließlich waren sie in der Überzahl im Reich, jedenfalls in Spanien und Italien, und es war ratsam, sie möglichst nicht unnötig zu ärgern. Sein Vater hatte übrigens nicht versäumt, ihn bei seiner Geburt taufen zu lassen, sodass er selbst ganz offiziell Mitglied der Römisch-katholischen Kirche war – wobei er natürlich nicht den Rang eines alten Christen beanspruchen konnte und ebenso wenig die Reinheit des Blutes, wie sie die Inquisition, die wieder von Rom gesteuert wurde, weiterhin forderte, so wie seinerzeit die katholischen Könige von ihr verlangt hatten, die Gläubigen zu überwachen und zu überprüfen und gegebenenfalls Ketzer zu verbrennen.

Dem Kaiser war bewusst, dass Rom gegen ihn intrigierte und dass Pius der Fünfte in regelmäßigem Austausch mit Österreich stand. Er hielt den Alten mit seinem stets freundlichen Auftreten für eine Schlange, vor der man auf der Hut sein musste. Die Nachricht von einem Bündnis der Heiligen Stadt mit den Türken traf ihn allerdings unvorbereitet; das hatte er denn doch für ausgeschlossen gehalten. Die Berichte der Spione, die er in Rom hatte, und das, was die Spione an der Hohen Pforte (sie waren die besten im ganzen Reich) nach Genua berichteten, waren jedoch eindeutig: Sie bestätigten ihm, dass eine Liga fürs Buch der Bücher (bei manchen christlichen Historikern ist auch von «Liga für die Heilige Schrift» die Rede) ins Leben gerufen worden war, die eine furchtbare Bedrohung für den Fünften Reichsteil bedeutete.

Aus diesem Grund hatte Karl Cápac Truppen nach Rom geschickt, damit der Papst von diesem wahrlich unchristlichen Bündnis absah.

Pius der Fünfte aber war auf diesem Ohr taub, und lieber, als seinem kaiserlichen Nachbarn in die Hände zu fallen, ergriff er die Flucht an Bord einer Brigantine, die ihn nach Griechenland brachte, wo Selim der Zweite ihm Asyl und Schutz gewährte.

Karl Cápac war wütend, seiner Meinung nach war diese Flucht ein Grund, ihn abzusetzen, und er verkündete die Amtsenthebung des Heiligen Vaters. Ein Konklave wurde einberufen, an dessen Ende Alessandro Ottaviano de' Medici zum Papst gewählt wurde; er nahm den Namen Leo der Elfte an. Dieser neue Papst, das braucht wohl kaum eigens betont zu werden, würde sich dem Kaiser gegenüber sehr viel verbindlicher betragen.

Pius der Fünfte jedoch war nicht gewillt, auf Titel und Amt zu verzichten, und verkündete, nach Absprache mit Selim, die Übersiedelung des Heiligen Stuhls nach Athen, das damit *de facto* zum neuen Rom wurde.

Die Christenheit unterstand also – außergewöhnlich, aber

nicht erstmals – zwei Päpsten. Das war fraglos einer zu viel, und Karl Cápac nahm dieses erneute Schisma zum Anlass, einen Kreuzzug nach seiner Art vom Zaun zu brechen, dessen vorgeschobenes Ziel hieß, Pius den Fünften in einem Eisenkäfig heimzuführen, dessen kaum verhohlener eigentlicher Grund jedoch war, den Fünften Reichsteil bis nach Griechenland auszudehnen, die Herrschaft über das Mittelmeer zu erlangen, die Türken aus Europa herauszuhalten und Maximilian in die Zange zu nehmen.

Ein halbes Jahr darauf standen sich die großartigsten Heere, die die Welt je gekannt hatte, inmitten des Mittelmeers gegenüber, im Golf von Lepanto.

Auf der einen Seite die türkische Armada unter dem Kapudan Pascha, die venezianische Flotte des alten Sebastiano Venier, die österreichisch-kroatischen Streitkräfte, an die sich spanische und römische Einheiten fern der Heimat angeschlossen hatten unter der Führung des flüchtigen Markgrafen von Santa Cruz, Álvaro de Bazán, beziehungsweise Marcantonio Colonna.

Auf der anderen Seite die inka-spanische Armada unter Inka Juan Maldonado, unterstützt von der mexikanisch-französischen Flotte des Admirals Coligny, verstärkt durch die portugiesische Flotte sowie durch die Genueser Galeeren des gewandten Gian Andrea Doria, eines Neffen des großen Admirals, durch die toskanischen Galeeren von Filippo Strozzi und vor allem durch die furchterregenden Barbareskenkorsaren des schrecklichen Uludsch Ali Fartach, dieses giftigen Renegaten.

Alles in allem fast fünfhundert Schiffe, darunter sechs venezianische Galeassen, schwimmende Festungen mit unerhörter Feuerkraft.

Die Schlacht der vier Reiche begann, und Miguel de Cervantes konnte sagen, er war dabei gewesen, unter dem Befehl von Kapitän Diego de Urbina. Die Gruppe von aufmüpfigen Spaniern hatte sich unter venezianischen Befehl stellen müssen, was nicht ohne Blessuren abging. Doch der Wille zum Kämpfen war bei niemandem so ausgeprägt wie bei ihnen.

Zu Miguels Überraschung traf er auf der Galeere seinen Freund, den Griechen, wieder, den er zuletzt vor fast einem Jahr in Venedig gesehen hatte. Was hatte er die ganze Zeit gemacht? Jedenfalls wirkte er ungeduldig, endlich kämpfen zu dürfen.

In der Nacht vor der Schlacht befiel Miguel ein Fieber, und da er am Morgen immer noch glühte, sagte Kapitän Urbina, er werde während des Angriffs auf seiner Pritsche bleiben. Doch der junge Cervantes, der Gefallen an der soldatischen Kameraderie gefunden hatte, wollte um nichts in der Welt gegen den Ehrenkodex verstoßen, den er sich zu eigen gemacht hatte. Er stand auf, nahm seine Waffen, schnallte sich den Gürtel um, ging mit den anderen an Deck und bahnte sich einen Weg ganz nach vorn.

Alle Chronisten haben diese Schlacht beschrieben: der gewaltige Stoß der Schiffe, die einander im Flammenmeer rammten, das knarzende und krachende Holz, das wie Knochen zerbarst, die Tapferkeit der Kämpfer, der Waffenlärm, die Männer im Wasser, die wie Thunfische abgestochen wurden, das vom Blut gerötete Wasser und der Geruch von Tod. Gian Andrea Doria war nicht so entschlossen wie sein Onkel, und sein zaghaftes Wesen im entscheidenden Augenblick des Angriffs kostete das Inkabündnis wohl den Sieg. Die weiträumig im Meer verteilten venezianischen Galeassen feuerten Tausende von tödlichen Gusseisengeschossen ab, deren kleinstes zwanzig Pfund schwer war. Coligny musste zusehen, wie dem jungen Condé-Bourbonen von einer dieser Kugeln der Kopf weggeschossen wurde. Sämtliche portugiesischen Galeeren wurden aufgebracht und versenkt. Maldonado musste den Rückzug antreten. Doch Uludsch Ali, der kühne Korsar mit Fortüne, sorgte im islamisch-christlichen Lager noch zuletzt für fürchterliche Verluste.

Die *Marquesa*, das Schiff, auf dem sich Cervantes befand, hatte den mexikanisch-französischen Angriffen standgehalten, fand sich aber nach einer Fahrt zwischen Skylla und Charybdis nun auf dem Kurs des Uludsch Ali, der mit teuflischer Geschicklichkeit kreuzte, um aus der Umklammerung herauszugelangen, in der ihn die Christen und die Türken gefangen hielten.

Der König von Algier (so sein Titel) hatte eben die Kommandogaleere von Malta versenkt, als sich die *Marquesa* vor ihn setzte und ihm die Durchfahrt versperrte; der Zusammenstoß schien unvermeidlich, Cervantes' Schiff würde entzweigeteilt und durch dieses Opfer die Ergreifung des Uludsch Ali ermöglichen. Doch die Geschicklichkeit des Renegaten grenzte ans Übernatürliche. Durch ein Wunder der Steuermannskunst, das zu erklären bis heute niemandem gelungen ist, konnte er seine Galeere längsschiffs zur *Marquesa* legen. Die Schiffe rieben aneinander, und es war ein langgezogenes Krachen zu hören.

Als die beiden Schiffe nun nebeneinander lagen, sprang der Grieche hinüber auf die feindliche Galeere, in einer Hand das Schwert, in der anderen die Pistole.

Ein Dutzend Männer folgten ihm mit beherzten «Santiago!»-Rufen, unter ihnen war Cervantes. Doch zum Unglück dieser tapferen Männer entfernte sich die Barbareskengaleere vom

Schiff der Angreifer, was die anderen daran hinderte, ihnen nachzukommen; sie blieben allein unter den Feinden, gegen deren Überzahl sie nichts ausrichten konnten, sodass sie gezwungen waren, sich schwerverletzt zu ergeben.

Der junge Cervantes war Ziel so vieler Schüsse gewesen, dass er nach Treffern an der Brust und an der Hand blutüberströmt war.

Und wie Ihr richtig vernommen habt, hatte sich der Uludsch Ali mit seinem ganzen Geschwader in Sicherheit gebracht, und die Überlebenden dieses unglückseligen Angriffs waren als Kriegsgefangene in seiner Hand.

Die Schiffe des Inkabündnisses, soweit sie gerettet wurden, fanden sich in Messina zusammen, beladen mit ihren Verletzten und in erbärmlichem Zustand. Man brauchte bloß hinzufahren und sie der Reihe nach im Hafen zu versenken, um das Kapitel abzuschließen. «Alle Inkas und ihre Verbündeten dort rechneten fest damit, dass man sie im Hafen umzingeln werde, und hielten ihre Habseligkeiten und ihre Schuhe bereit, um kampflos an Land zu flüchten, so groß ist die Angst, die sie vor unserer Flotte haben; doch der Himmel entschied anders, aber nicht wegen eines Fehlers oder einer Achtlosigkeit des Generals, der die Unseren befehligte», berichtete der Grieche, «sondern wegen der Sünden der Christenheit und weil es Gottes Wille ist, dass wir stets Schergen haben, die uns züchtigen.»

Das schlechte Wetter, die Verluste und Schäden auf Seiten der Christen, die geringe Neigung der Türken, einen Krieg im Westen fortzusetzen, da sie doch auch noch einen Aufstand auf der Krim befrieden mussten, wo sich die Tataren in ihrem Rücken stritten – all das führte dazu, dass damals eine Chance verpasst wurde.

So hätte Europas Schicksal beinahe eine andere Wendung genommen.

Als Cervantes nach mehreren Wochen Fieber wieder zu sich kam, war er am ganzen Körper mit Leinwand verbunden, seine linke Hand war verstümmelt ohne jede Aussicht, dass er sie eines Tages wieder würde gebrauchen können, und er saß fest in der Strafkolonie von Algier, wohin ihn der Uludsch Ali zusammen mit den anderen Gefangenen, Türken und Christen wild durcheinander, gebracht hatte.

4. FORTSETZUNG DER UNGLÜCKSELIGEN ERLEBNISSE DES JUNGEN CERVANTES

Der König von Algier hatte sich nicht von seinen Kriegsgefangenen trennen wollen, denn er hatte die Angewohnheit, sie durch Freikauf in klingende Münze zu verwandeln; das hatte Cervantes, den er als Halbtoten verschont hatte, wohl das Leben gerettet, eröffnete ihm aber kaum Hoffnung auf Wiedererlangung der Freiheit, denn der junge Mann verfügte über keinerlei Vermögen, und da es um seine Familie nicht anders bestellt war, hatte er niemanden, an den er sich hätte wenden können wegen des Geldes, um sich freizukaufen.

Seine Leidensgefährten und er waren völlig blank. Der Grieche erzählte ihnen von einem Gefangenen, der die ganze Dauer der Überfahrt in den Gemächern des Uludsch Ali verbracht hatte, sodass ihn niemand gesehen hatte und niemand wusste, wer er war: Man hatte ihn separat an Land gehen lassen, und in der Kolonie war er nicht zusammen mit ihnen untergebracht, sondern im Haus eines Mauren mit Fenstern zum Gefängnishof, die, wie bei Maurenhäusern üblich, eher

Löcher waren als Fenster, und mit dicken und dichten Läden verschlossen. Eines Tages blickten Cervantes und der Grieche, die im Gefängnishof auf einem Mäuerchen saßen und zum Zeitvertreib mit Kreiden, die sie aufgetrieben hatten, auf den Boden zeichneten, nach oben und sahen, wie jemand sie aus einem dieser kleinen Fenster beobachtete.

An den folgenden Tagen kamen sie wieder zum Zeichnen, und jedes Mal spürten sie, dass da jemand hinter dem Laden war.

Eines Morgens kamen die Wärter den Griechen abholen und brachten ihn erst gegen Abend zurück. Er war sehr aufgeregt und erzählte Cervantes Folgendes: «Mein Freund, die Vorsehung gewährt uns vielleicht die Möglichkeit, aus dieser Anstalt herauszukommen! Stell dir vor, ich wurde in das Nachbarhaus geführt, und man hat mir den Mann vom Fenster vorgestellt; es handelt sich um den Vorzugshäftling, von dem wir nicht wussten, wer er ist. Und das hat seinen Grund! Du wirst es nicht glauben, Miguel: Es ist der Heilige Vater höchstselbst, der in diesem Haus gefangen gehalten wird.»

Als man sich auf die Schlacht vorbereitete, hatten sich die Männer des Uludsch Ali tatsächlich nach Athen begeben und in aller Heimlichkeit Papst Pius den Fünften entführt und an Bord der Galeere des Renegaten gebracht.

Der Inka hätte viel dafür bezahlt, den von ihm seinerzeit abgesetzten Papst in seine Gewalt zu bekommen, doch der Uludsch Ali hatte es, aus der Überlegung heraus, dass Wien wohl noch mehr bezahlen würde, nicht für ratsam gehalten, seine Verbündeten über die Entführung ins Bild zu setzen.

«Seine Heiligkeit», fuhr der Grieche fort, «hat mich gefragt, ob es wahr sei, dass ich in Venedig ein Schüler von Tizian gewesen wäre, und als ich erwiderte, das sei in der Tat wahr, und der Meister habe keinen Anlass gehabt, mit mir unzufrieden zu sein, hat er mir die Gnade und die Ehre zuteilwerden lassen, ihn zu porträtieren. Hör zu Miguel, das Wunderbare kommt erst noch! Seine Heiligkeit hat mir versprochen, dass er zum Dank für meine guten Dienste das Lösegeld für mich bezahlen und mich mit nach Wien nehmen werde, sobald das Gold da ist. Doch weil es nicht in Frage kommt, dass ich dich allein und mittellos in dieser Hölle zurücklasse, was nun wahrhaft unchristlich wäre, habe ich Seine Heiligkeit so sehr mit Bitten überschüttet und geschworen, ich werde nie von hier weggehen ohne meinen Kameraden, bei dem ich in der Schuld bin (denn schließlich habe ich dich in dieses Abenteuer mit hineingezogen, dich, den ich seither als meinen Bruder ansehe), dass er zuletzt einwilligte, auch dein Lösegeld zu zahlen und dich ebenfalls mitzunehmen.»

Bei diesen Worten geriet der junge Miguel außer sich vor Freude, und die folgenden Wochen verstrichen damit, dass er jeden Nachmittag die Rückkehr des Griechen aus dem Maurenhaus erwartete, um ihn über die Fortschritte beim Porträt auszufragen.

Als es fertig war, sehr zur Zufriedenheit des Heiligen Vaters, denn es stellte ihn mit einem leutseligen Gesichtsausdruck dar, der seine Sittenstrenge und Hartherzigkeit nicht erkennen ließ, musste er immer noch warten, denn die geforderte Summe entsprach seiner Würde und war außerordentlich hoch.

Doch Wien zahlte, und endlich kam das Gold.

Eine Galeere wurde angemietet, die den Heiligen Vater nach Venedig bringen sollte; er schiffte sich ein, mit dem Porträt, aber ohne den Griechen und ohne Miguel.

Hatte er den Maler zum Besten gehalten? Hatte er sie vergessen? Hatte Wien sich zuletzt doch geweigert, die Lösegeldsumme aufzuschlagen auf den exorbitanten Betrag, den man für den Papst selbst hatte aufbringen müssen? Brach der Uludsch Ali sein Versprechen? Jedenfalls überließ Seine Heiligkeit sie ihrem Schicksal, ohne ein Wort des Abschieds für den Griechen, von dem er das Gemälde mitnahm, auf dem seine gehobene Hand nun plötzlich wie ein Abschiedsgruß wirkte.

So hatte, dank oder wegen der Habgier des Barbaresken, die Christenheit immer noch zwei Päpste, einen in Rom und einen in Venedig. Doch das änderte nichts am Los der Unglücksraben Miguel und Domenikos.

Um das Maß der Verzweiflung vollzumachen, teilte man ihnen mit, dass sie, da niemand das Lösegeld für sie aufgebracht habe und wohl auch nicht aufzubringen bereit sei, nach Spanien verkauft würden.

Als sie ihr Unglück den Mithäftlingen erzählten, wurden sie von denen aus Sevilla und Cádiz gewarnt: Tahuantinsuyo benötige Arbeitskräfte zur Ausbeutung der Silberminen, deren großartigste und unerschöpflichste Potosí hieß, dort seien die Arbeitsbedingungen so übel und würden die Sklaven so schlecht behandelt, dass sie nach wenigen Jahren oder Monaten starben. Es war sogar davon die Rede, dass manche es vorzogen, freiwillig in den Tod zu gehen. So oder so, Potosí sei der sichere Tod.

Wenn man sie nach Sevilla schickte, hätten sie vielleicht eine Chance, auf spanischem Boden zu bleiben, oder sie können dem inka-spanischen Adel als Sklaven dienen. Gelangten sie aber nach Cádiz, so wäre das die letzte Station auf ihrer letzten Reise.

Man brachte sie ans Ruder einer Galeere, die nach Cádiz auslaufen sollte.

5. VON DEN ABENTEUERN ZUR SEE, DIE KEINER JE GESEHEN ODER GEHÖRT HAT UND KEIN SEEFAHRER ODER STEUERMANN AUF DER GANZEN WELT MIT NOCH GERINGERER GEFAHR BESTANDEN HÄTTE ALS DER TREFFLICHE CERVANTES UND SEIN FREUND EL GRECO

Das Schicksal war allerdings in diesen unruhigen Zeiten, wo die Reiche im Krachen der Ruderstangen aneinandergerieten und einander in Gewitterstürmen verschlangen, so launenhaft, dass es noch ganz andere Überraschungen für unsere beiden Freunde bereithielt.

Die Galeere mit ihrer Ladung Gewürze und Gefangene segelte Richtung Cádiz. Miguel und der Grieche ruderten, schweigend, ungerührt von den Peitschenhieben, dem düsteren Schicksal ergeben, das sie erwartete.

Doch als sie sich der spanischen Küste näherten, war die ganze Belegschaft verblüfft von dem Donnergrollen, das in der Ferne zu hören war, obwohl der Himmel ganz frei war und die Sonne über ihren Köpfe schien.

Und während die Barbareskengaleere in den Golf von Cádiz einfuhr, erhob sich unter den Ruderern ein Raunen. «Drake! Drake!» Die Wächter waren blass geworden und verstärkten ihre Peitschenhiebe. «Backbord! Backbord! Nordwärts!», brüllte der Kapitän, ein Sohn des berühmten Korsaren Arudsch Barbarossa.

Doch die Rudersträflinge murrten. Miguel und der Grieche teilten ihre Bank mit einem spanischen Kapitän namens Hieronimo de Mendoza, der lange vor ihnen in Gefangenschaft geraten war. Er war dürr wie alle in seiner Familie, trug einen langen ergrauten Bart, seine Haut war sonnenverbrannt. Sein Blick aber war noch lebhaft, und seine Augen funkelten sogar in diesem Moment in ungewöhnlichem Glanz. Als seine beiden Gefährten ihn fragten, was los sei, sagte er, sie seien mitten in einen Überfall des berüchtigten Korsaren Francis Drake geraten. «Das Meer ist wie ein unermesslich großer Wald», sagte er, «der allen gehört und wo die Engländer ihr Glück machen wollen.» Seit England die gleichzeitige Landung der Mexikaner von Süden und den Einmarsch der Schotten von Norden hatte hinnehmen müssen, war Königin Elisabeth mit allen Männern geflohen, die einen schwimmenden Untersatz auftreiben konnten, Galeeren, Galioten, Schoner, Fregatten, Fleuten, Brigantinen, Briggs, Coracles, bis zum kleinsten Fischerboot, bis zur letzten Nussschale. Zuerst hatte sie in Irland Zuflucht gesucht, dann in Island. Dort hatte der berühmte Korsar Drake wieder eine Flotte ausgerüstet, mit der er im atlantischen Meer den Rahm abschöpfen wollte, verstärkt mit Überfällen auf die französische, portugiesische und spanische Küste. Heute hatte er wieder einmal eine Küstenstadt überfallen, er war noch weiter nach Süden vorgedrungen als je zuvor. Wenn die algerische Galeere nicht mit den Angreifern aneinandergeraten wollte, musste sie schleunigst das Weite suchen. Laut Hieronimo de Mendoza, der die Denkweise der Händler kannte, würden sie sicherlich, anstatt nach Algier umzukehren, versuchen, Lissabon zu erreichen, um dort ihre Ladung zu verkaufen und die Fahrt nicht umsonst gemacht zu haben. Die noch so ungewisse Aussicht auf Lissabon schien ihnen besser als Cádiz, denn das führte nicht geradenwegs nach Potosí.

Doch das Schicksal zog Lissabon nicht Cádiz vor. Als dem Kapitän klar wurde, dass eine englische Galeere sie entdeckt und sich vom Hafen abgewandt hatte, um die Verfolgung aufzunehmen, verstärkte er seine Ermahnungen, und je mehr die algerischen Wächter in Panik gerieten, desto mehr Peitschenhiebe hagelte es.

Als die Männer an den Rudern sahen, dass die englische Galeere sie aufbringen würde und sie schon fast erreicht hatte, ließen sie alle gleichzeitig die Riemen los, packten den Kapitän, der auf dem Achterdeck stand und ihnen zubrüllte, sie sollten schneller machen, und trieben ihn vom Heck bis zum Bug von Bank zu Bank und versetzten ihm so üble Bisse, dass, noch ehe er am Mast vorbei war, seine Seele schon zur Hölle fuhr: So groß war die Grausamkeit, mit der er sie behandelte, und so groß war der Hass, den sie auf ihn hatten.

Also empfingen die Rudersklaven die englischen Seeleute, die die Galeere in Besitz nahmen, mit «England lebe hoch! Drake lebe hoch!»-Rufen, denn diese Kaperung war für sie gleichbedeutend mit Freiheit. Die englische Flagge wurde am Großmast gehisst, und nach ein paar Tagen der Versorgung mit Wasser und Schiffszwieback segelte die Galeere Richtung Island, angetrieben von fröhlichen Ruderschlägen und den Gesängen von Häftlingen, die aus ihren Ketten befreit waren.

Leider aber geschah das große Unglück, dass die Galeere unterwegs einem schottischen Schiff begegnete. Die Wache hatte die Mannschaft mit «Schottenröcke!»-Rufen alarmiert, und die Ruderer hatten sich extra ins Zeug gelegt – der arme Miguel ruderte mühevoll wegen seiner gebrauchsuntüchtigen linken Hand –, aber sie konnten nicht verhindern, dass das schottische Schiff sie einholte und sie nach einer weiteren blutigen Kaperung, bei der der junge Cervantes sich trotz seiner Behinderung an der Hand erneut durch beachtliche Tapferkeit hervortat, gefangen genommen wurden.

Sie dachten, sie würden nun ins Königreich Schottland gebracht, wo Maria Stuart regierte, was ihnen noch das geringere Übel schien, aber diese Hoffnung gaben sie bald auf, als sie sahen, dass man sie zur französischen Küste rudern ließ und die Galeere in eine sehr breite Flussmündung einfuhr, die nur nach Bordeaux führen konnte.

Noch einmal hielt sie das Schicksal zum Narren. Die Schotten waren dabei, sie den Mexikanern auszuliefern, und diese Aussicht war, wenn man ihrem Banknachbarn Mendoza glauben sollte, schlimmer als Potosí.

Tatsächlich waren die Mexikaner nicht so sehr auf der Suche nach Arbeitskräften, sondern nach Menschenfleisch für ihre barbarischen Opferriten.

Miguel würde also nicht in einer Silbermine am anderen Ende der Welt ums Leben kommen, sondern auf der Spitze einer Pyramide in Frankreich, und als Letztes würde er den Anblick seines herausgerissenen und noch schlagenden Herzens ertragen müssen.

6. WIE DIE VORSEHUNG CERVANTES UND EL GRECO DIE MÖGLICHKEIT GAB, DEM SICHEREN TOD ZU ENTRINNEN, UND WIE SIE IN EINEM TURM ZUFLUCHT FANDEN

Der Hafen von Bordeaux lag halbmondförmig in eine Biegung der Garonne geschmiegt. Die Gefangenen gingen an Land unter Aufsicht von ruppigen gaskognischen Bauern, die sich über sie lustig machten und sie als Madensäcke beschimpften, was nichts Gutes für die Zukunft hieß. Cervantes ging über die Brücke und ertrug die Anzüglichkeiten schweigend, doch der Grieche, der nicht so duldsam war, zahlte den Wächtern heim und beschimpfte sie als Hurenböcke, schmähte all die Christen, die mit den Heiden kollaborierten, allen voran die Franzosen. Einer von ihnen hörte das und holte sofort mit dem Gewehrkolben aus, mit dem er ihm wohl den Schädel gespalten hätte, wenn nicht ein mexikanischer Offizier ihn angebrüllt hätte, er solle damit aufhören. Mendoza, der mit ihnen von Bord ging, konnte darin nichts Beruhigendes für seine Banknachbarn erkennen. «Sie wollen Opfer, die sich auf den Beinen halten können», flüsterte er ihnen zu.

Die Quais von Bordeaux waren genauso belebt wie die von Sevilla; in der Hafengegend war von früh bis spät das Rollen der Weinfässer zu hören, dazwischen die Rufe der Lastenträger, die die Gaskogner, die ihre Gefangenen in einer langen Reihe führten, mit Pikenstößen zur Seite trieben, um sich Durchlass zu verschaffen.

Ins Innere der Stadtmauer gelangten sie durch die Porte du Caillou, die mit Aussichtstürmchen gespickt war und direkt auf den Platz führte, wo die Mexikaner ihre Pyramide errichtet hatten. Als die Gefangenen an der unübersehbaren Spur von angetrocknetem Blut vorbeikamen, die sich bis an den Fuß der Stufen zog, entrang sich ihnen ein klagender Seufzer. Sie wurden in das Gefängnis des Palais de l'Ombrière geführt, wo sie ihr weiteres Schicksal abwarten sollten. Sie hatten die Hoffnung aufgegeben: Ihre Aussichten, zu entkommen, waren nicht größer als die der Weinfässer, die hier in die Neue Welt verschifft wurden. Wenigstens wurden sie gut ernährt: Jeden Morgen und jeden Abend bekamen sie Brot und Suppe. Sonntags wurden zehn von ihnen abgeholt und zur Folter geführt, und das laute Trommeln, das vom Platz zu ihnen herüberdrang, ließ ihnen das Blut in den Adern gefrieren. Sonntags stand jedem von ihnen ein Glas Wein zu. Der junge Miguel fürchtete sich nicht vor dem Tod, aber er wäre gern im Krieg gestorben. Der Grieche verausgabte sich mit wütenden Verfluchungen.

Eines Tages jedoch wurde die doppelte Anzahl Gefangene abgeholt, und auch die Trommler trommelten doppelt so laut. Ihre Wächter waren nicht mehr dieselben. In der Woche drauf kam niemand, und es gab kein Trommeln. Noch ein paar Tage später hörten die Wächter auf, ihnen etwas zu essen zu bringen. Aus der Stadt drang kein Laut mehr zu ihnen herüber. Sie blieben in ihren düsteren Kerkern, eingehüllt in Stille. Als Hunger und Durst sie zu quälen begannen, beschlossen sie, koste es, was es wolle, auszubrechen, schärften ihre Eisenlöffel und sägten damit ins Holz der Türen.

Als die Schlösser endlich nachgaben, fanden sie das Palais verwaist, die Waffen der Wächter in ihren Gestellen, und Dutzende von toten Ratten. Sie stürzten sich auf die Essensreste, die auf den Tischen liegengeblieben waren. Mendoza, der es von seiner langen Gefangenschaft gewohnt war, sich unter den anderen Gefangenen zu behaupten, griff nach einem Hähnchenschenkel. Cervantes und der Grieche waren nicht so erfahren und kamen zu spät und suchten, über die toten Ratten stolpernd, die überall auf dem Steinboden herumlagen, eilends das Weite.

Als sie draußen waren, verging ihnen der Appetit: Überall stiegen Rauchsäulen auf, ein pestilenzialischer Gestank vergiftete die Stadt, Raben stritten sich um menschliches Aas, von dem die Straßen voll lagen. Gespenstische Gestalten transportierten stöhnende Todgeweihte auf Schubkarren, andere schichteten Leichen auf Handkarren. Und überall lagen krepierte Ratten. Cervantes glaubte zuerst, er sei in ein gigantisches Höllenpurgatorium geraten, doch dann war kein Zweifel mehr möglich: Es war die Pest. Sie mussten die Stadt so schnell wie möglich verlassen, sonst drohte ihnen der Tod. Sie gingen zum Hafen, wo die äußerste denkbare Verwirrung herrschte: Wächter versuchten, die Leute an einer Flucht übers Meer zu hindern. Mendoza, der inzwischen zu ihnen gestoßen war, überzeugte sie davon, landeinwärts zu ziehen.

Sie durchquerten die mit dem Tod ringende Stadt. Wer noch nicht angesteckt war, warf in aller Eile seine Halbseligkeiten auf einen Karren oder ritt auf einem Maultier davon. Glücklich, wem ein Pferd zur Verfügung stand, auf dem er weggaloppieren konnte. Die Lage war so unübersichtlich, dass weder die städtische Wache noch die stationierten Soldaten unseren Ausbrechern Aufmerksamkeit schenkten. Doch der Weg nach Westen war abgeschnitten: Das Fort du Hâ, wo Soldaten stationiert waren, funktionierte noch als Wachtposten, und niemand kam auf dieser Seite herein oder heraus.

Also schlichen sie sich wieder zum Hafen. Der Grieche schlug zwei Wächter zusammen, vielleicht schlug er sie auch tot, das geht aus der Geschichtsschreibung nicht eindeutig hervor. Bei Anbruch der Nacht durchschwammen sie den Fluss und ließen das Klagen der Sterbenden hinter sich.

Es begann eine lange Irrfahrt durch die Ebenen um Bordeaux. Jedes Dorf, das sie sahen, empfing sie entweder mit Mistgabeln aus Angst, sie würden die Krankheit einschleppen, oder mit dem Stöhnen, wenn es bereits befallen war – um diese Dörfer machten sie einen großen Bogen. Mehrere Tage lang ernährten sie sich nur von Weintrauben, weshalb sie bald Durchfall bekamen, dem sie ungeniert nachgaben, sodass man sie leicht auf ihrer Spur hätte verfolgen können.

Schließlich erreichten sie auf ihrem Fußmarsch ein Schloss, das allem Anschein nach von seinem Eigentümer verlassen worden war. Nur eine Handvoll Bedienstete waren noch da, die ihnen zuerst das Asyl verweigern wollten. Einer von ihnen mit einem guten Herzen hatte so viel Mitleid, dass er ihnen eine Mahlzeit anbot, wenn sie versprachen, sich danach sofort wieder zu trollen. So konnten sie sich den Wanst vollschlagen und auf das Wohl ihrer Gastgeber trinken. Doch am Ende des Mahls bekam Mendoza plötzlich Brechreiz, was unter den Bediensteten Panik auslöste, sodass sie Fersengeld gaben und das Schloss fluchtartig verließen; am nächsten Morgen war Mendoza tot, und das Schloss endgültig verlassen. Cervantes und der Grieche verbrannten die Leiche im Hof und richteten sich häuslich ein.

Es gab zwei kleine Türme, die wohnlich eingerichtet und durch einen Wehrgang miteinander verbunden waren; einer von ihnen bot alle Annehmlichkeiten, um darin wie in einer Einsiedelei zu hausen, denn er enthielt ein Bett, eine kleine Kapelle, allen Komfort, ein paar Koffer mit Kleidung und, im oberen Zimmer, eine schöne reichbestückte Bibliothek mit Deckenbalken, in die lateinische und griechische Inschriften geschnitzt waren. Da das Schloss einen gutgefüllten Speicher hatte und einen Stall, in dem sie eine Eselin fanden, die Milch gab, fanden die beiden Freunde, es sei wohl am besten für sie, hier zu bleiben, und bezogen den Turm. Der Grieche entzifferte eine dieser Inschriften auf den Bibliotheksbalken, die in seiner Sprache verfasst war: «Mein Begehr: arm leben, aber ohne Leid.» Cervantes, der seine Lateinlektionen gelernt hatte, übersetzte eine andere: «Wohin mich der Wind auch trägt, ich bin ein Gast auf Erden.»

7. WIE CERVANTES UND DER GRIECHE MIT DEM EIGENTÜMER DES TURMS BEKANNTSCHAFT SCHLOSSEN UND EINE WEILE IN BESTEM EINVERNEHMEN MIT IHM LEBTEN

Es ging ihnen gut in dieser Klause, sie lasen viele Bücher. Obwohl der Grieche das Buch Kohelet im Prediger Salomo nicht besonders mochte, fand er doch die folgende in einen anderen Balken geschnitzte Sentenz beachtlich: «Alles hat seine Zeit. Sei heute fröhlich, denn du weißt nicht, was werden wird.» Und sie nutzten die Zeit, solange man sie in Frieden ließ, das heißt so lange, wie die Pest in der Gegend wütete, alle Besucher fernhielt und auch die Bewohner des Nachbardorfes, die sich, soweit sie nicht außer Landes geflohen waren, zu Hause verrammelt hatten.

Mehrere Wochen lang wagte sich niemand bis zum Schloss; die einzige Gesellschaft der beiden war die Eselin, von der sie Milch bekamen, und ein paar Hühner, die Eier legten – bis eines Tages ein kleiner Mann in der Bibliothek auftauchte. Er traf auf Cervantes, der einen Band der *Atahualpa-Chroniken* las, und den Griechen, der seinen Freund dabei mit einem Stück Kohle porträtierte.

Der Mann hieß Michel de Montaigne und kehrte zu sich nach Hause zurück.

Der Grieche war aufgesprungen, bereit, ihn zu erschlagen, doch Cervantes hielt es für klüger, ihm darzulegen, warum sie hier waren, und erzählte ihm deshalb die Abenteuer, die sie hierhergeführt hatten, ohne eine einzige Einzelheit auszulassen.

Monsieur de Montaigne war nicht besonders groß, fast glatzköpfig, trug Schnauzbart, Kinnbärtchen, Halskrause und Kleidung aus gutem Tuch, die aber von einer langen Reise verdreckt war. Er sah einen offen an und benahm sich freundlich. Er sprach recht gut Toskanisch, wobei ihm immer wieder lateinische Vokabeln mit hineinrutschten, und konnte sich seinen Gästen mühelos verständlich machen und sie ebenso gut verstehen, denn er verstand auch Griechisch und Spanisch. Er war Mitglied des Parlaments und Berater des französischen Königs Chimalpopoca. Als er seine Titel herunterbetete, wollte der Grieche ihm schon einen Brieföffner in die Kehle stoßen, doch Cervantes hielt ihn zurück.

Monsieur de Montaigne, dessen beweglicher Geist bereits alle Komplikationen dieser Lage ausgelotet hatte, bot seinen Gästen an, sich in seinem Turm zu verstecken, solange sie wollten, denn wenn er auch ein Freund der Einsamkeit war, schien ihm doch, dass sie ihm eine angenehme Gesellschaft sein könnten. Weder seine Frau, die im benachbarten Turm wohnte, noch seine Bediensteten würden über ihre Anwesenheit ins Bild gesetzt. Er werde Kissen und Decken in sein Studierzimmer legen lassen, so könnten sie sich dort ein Lager richten, und er werde darauf achten, dass sein Obstkorb und seine Weinflasche, die er ihnen zur Verfügung stelle, immer reichlich gefüllt seien.

Es blieb ihnen kaum eine andere Wahl, wenn sie nicht wie von einer Hundemeute gejagte Hasen querfeldein durch widriges Gelände laufen wollten, worauf sie wenig Lust hatten, und so nahmen sie an.

Das Studierzimmer hatte einen Kamin – den in der Bibliothek hatte er zumauern lassen, denn er fürchtete, ein Feuer könnte seine wertvollen Bücher verschlingen –, sodass es den beiden Freunden an nichts fehlte, ein wahres Glück, wenn man bedenkt, dass kaum zwei Monate vergangen waren, seit sie die Ruderbank der Barbareskengaleere verlassen hatten.

So verbrachten sie ihre Tage lesend, essend und in Gesprächen mit ihrem Gastgeber. Abends vor dem Schlafengehen tafelten sie, verließen aber nie den Turm, außer gelegentlich nach Einbruch der Dunkelheit, um sich im Schlosspark unter den Blicken der Nachteulen die Beine zu vertreten.

Monsieur de Montaigne war ein feinsinniger Geist, wissbegierig und hochgelehrt, was das Gespräch mit ihm sehr reizvoll machte, und da unsere Geisteskräfte am Austausch mit kraftvollen und strukturierten Geistern wachsen, unterhielt sich der junge Cervantes gerne mit ihm über Poesie, Theater und alle möglichen Themen, um das Vergnügen zu haben, ihn stets aufs gegebene Stichwort hin die Dichter der Antike zitieren zu hören, Vergil, Sophokles, Aristoteles, Horaz, Sextus Empiricus oder Cicero.

Doch was ihm noch mehr Freude machte, war, ihn mit dem Griechen streiten zu hören, denn das führte zwangsläufig zu Vorträgen von einer Wucht, wie es sie sonst nur in der Phantasie geben mochte. Gewiss mochte er es auch, sich der Lektüre von Büchern zu widmen, die er sich aus der Bibliothek holte, doch das Bücherstudium ist eine träge und matte Anregung, bei der man nicht warm wird, während Gespräch und Diskussion die fruchtbarste und natürlichste Übung unseres Geistes sind.

Als Soldat Christi und Jesuit machte der Grieche es dem Monsieur de Montaigne mit großem Eifer und ohne Rücksicht auf die Lage, deretwegen er ihm zu Dank verpflichtet war, zum Vorwurf, dass er sich auf die Heiden einlasse und so seine Glaubensgenossen verrate.

Der junge Cervantes versuchte, seinen Freund davon abzubringen, weiter in diese Richtung zu bohren, denn er befürchtete, ihr Gastgeber könnte beleidigt reagieren und ihnen seinen Schutz entziehen, doch es war vergebliche Liebesmüh; der Grieche kam immer wieder auf seine Vorwürfe zurück: «Verdammt sollen die Christen sein, die mit dem Treulosen paktieren!», wiederholte er unausgesetzt.

Doch weit entfernt, von diesen Vorhaltungen gekränkt zu sein, schien Monsieur de Montaigne ganz im Gegenteil auch die andere Wange zu bieten und sogar Spaß an der ruppigen Männer-Kumpelei zu haben, mit der der Grieche ihn anherrschte. «Keine Behauptung bringt mich aus der Fassung, und kein Glaube verletzt mich, sosehr er dem meinen zuwiderlaufen mag», sagte er, um die Befürchtungen des jungen Cervantes zu entkräften, «von früh bis spät könnte ich friedlich disputieren, solange dabei die Spielregeln eingehalten werden.» Und lachend fügte er hinzu: «Ich jedenfalls suche eher die Gesellschaft von Leuten, die mir den Kopf zurechtsetzen, als von solchen, die vor mir kuschen.» Und so war es: Indem man ihm widersprach, erweckte man seine Aufmerksamkeit, nicht seinen Zorn.

Der Grieche ließ sich nicht lumpen, ihn zufriedenzustellen, und bezichtigte ihn heute des Unglaubens und morgen der Barbarei, da er dem Thronräuber diene, der den Platz des frommen Königs von Frankreich eingenommen habe; nicht zufrieden damit, Anbetern der Gefiederten Schlange zu dienen, mache er sich auch noch gemein mit dem verabscheuenswürdigen Brauchtum der Menschenopfer, und zweifellos habe er aus Feigheit und Habgier diese Rolle eingenommen, anstatt auf Seiten der Vertreter des wahren Glaubens zu kämpfen.

Das nahm Monsieur de Montaigne zum Anlass, daran zu

erinnern, dass der fromme Franz der Erste damals nicht gezögert hatte, gegen seinen großen Rivalen, den katholischen König Karl den Fünften, ein Bündnis mit den Türken einzugehen, und dass es ihm selber, dem getreuen Beamten Michel de Montaigne, seither schwierig vorkam oder zumindest ungehörig, ihm anzukreiden, was der Papst einem so mächtigen König habe durchgehen lassen, denn man müsse daran erinnern, dass zwar der englische König Heinrich der Achte und der Mönch Martin Luther exkommuniziert worden waren, die doch nur die Kirche hatten reformieren wollen – eine Strafe, die den Süleyman-Freund nie getroffen hatte. Der Kelch sei übrigens, fügte er hinzu, auch an Atahualpa und Cuauhtémoc vorübergegangen, die, wie ihre Nachfolger, die Taufe empfangen hätten. Und das sei letztlich klug gewesen, wie man an dem neuen Bündnis zwischen Maximilian, Pius dem Fünften und Selim sehe.

Der Grieche nahm das zur Kenntnis und änderte seine Taktik; er hatte erkannt, wie sehr sein Gastgeber die griechischen Autoren mochte, und so beschwor er die Vaterlandsliebe, auf die sich einst bei den Thermopylen die Lakedaimonier beriefen und die Athener in Marathon, wo sie den einmarschierenden Persern trotzen mussten.

Montaigne war entzückt und wandte sich an Cervantes: «Du bist aus Kastilien, nicht wahr? Weißt du, dass Karl der Fünfte, als er sich des spanischen Throns bemächtigte, kaum deine Sprache sprach? Wie hätte er auch, schließlich war er in Gent geboren, also Deutscher. Kannst du mir vielleicht erklären, inwiefern er spanischer gewesen sein soll als der, der nach ihm kam?» Und als Cervantes sagte, Karl der Fünfte habe immerhin eine spanische Mutter gehabt, erwiderte Montaigne geistesgegenwärtig: «Und was für eine Mutter! Johanna die

Wahnsinnige, die er des Thrones entheben musste. Ein toller Sohn! Eine tolle Mutter!» Dann wandte er sich dem Griechen zu und fuhr fort: «Gewiss, Karl der Fünfte war Christ, das hinderte ihn aber in keinster Weise daran, im Jahr des Herrn alter Zeitrechnung 1527 die Heilige Stadt zu plündern. Was lag Clemens dem Siebenten daran, als er wie ein Hase in die Engelsburg flüchtete, ob die Landsknechte, die ihn beinahe erwürgt hätten, Christen waren oder nicht? Was liegt Pius dem Fünften daran, ob die Männer auf Selims Galeeren Christen sind oder nicht, solange er sie ihnen bereitstellt? Was ich wichtig finde, ist, dass diese Fremden aus Übersee den Religionsfrieden nach Spanien und Frankreich gebracht haben. Du musst wissen, Domenikos, dass ich selber Cuauhtémoc beraten habe, Friede seiner Seele, und dass ich aktiv beteiligt war an der Ausrufung des Edikts von Bordeaux, das nach dem Modell des Edikts von Sevilla formuliert war, wonach jeder die Religion seiner Wahl ausüben darf und niemand auf Frankreichs Erde Angst haben muss, verprügelt, verbannt, gehenkt oder verbrannt zu werden. Glaubst du nicht, Domenikos, dass das eine Tat ist, die mir am Jüngsten Tag gutgeschrieben wird?»

Der Grieche brauste auf: «Du sprichst von der Verbrennung von Christen, aber was sagst du dazu, dass deine mexikanischen Freunde auf ihren Pyramiden Menschenopfer bringen, denen sie die Brust aufreißen? Fühlst du dich nicht mitschuldig an diesen heidnischen Verbrechen?»

Montaigne räumte ein, dass er derlei Praktiken nicht gutheißen konnte, und versprach, er werde beim jungen König Chimalpopoca auf deren Abschaffung hinwirken.

Da grinste der Grieche höhnisch: «Gut für uns, dass die Pest da überzeugender gewirkt hat als du.»

Da füllte Montaigne, um die Sache zum Abschluss zu bringen, alle Gläser mit dem Wein von seinem eigenen Gut, und ließ sie fröhlich anstoßen mit den Worten: «Andere Länder, andere Sitten!»

Doch Cervantes fragte verschmitzt: «Und wenn die anderen Sitten ins Land kommen?»

Dann wandte jeder sich wieder seinem Buch zu.

Eines Tages, als Monsieur de Montaigne ausgegangen war, beobachtete Cervantes durch eines der Turmfenster eine junge Frau im Schlosshof beim Hühnerfüttern. Er konnte ihr Gesicht nicht genau erkennen, doch sie schien ihm hübsch und nach Haltung und Figur eine feine Dame. In ihrer Art, wie sie die Körner ausstreute, erkannte er eine besondere Anmut.

Am späten Nachmittag kam Montaigne heim und hatte ein Geschenk für den Griechen dabei: eine Staffelei, Pinsel und Farben, denn er hatte seine Begabung erkannt, als er ihm beim Zeichnen zusah.

So begann der Grieche Porträts von seinem Gastgeber und seinem Freund zu malen, und Gemälde nach der Landschaft um Bordeaux, wie er sie aus dem Fenster sehen konnte.

Gleichermaßen bezaubert wie erschrocken betrachteten Montaigne und Cervantes ihre Gesichter, wie aus der Erde erstanden, aus Lehm geknetet und auf die Leinwand gelegt.

Doch der Maler hörte auch jetzt nicht auf, mit Montaigne zu streiten, den er als Renegaten und als Sympathisanten des neuen Ketzertums ansah. «Man muss den Mut haben, auch auf der Seite der Verlierer zu bleiben», sagte er.

Da lachte Montaigne: «Tue ich nicht genau das mit euch?»

Dann hielt er ihm den folgenden Vortrag: «Schau, Domenikos, bald sind wir alle Nachkommen von Siegern und Besiegten. Die ersten Abkömmlinge beider Welten sind heute bereits erwachsene Männer und Frauen: unser Herrscher Chimalpopoca, der Sohn von Cuauhtémoc und Margarete von Frankreich, ist unser Adam. Margarete Duchicela, die Tochter von Atahualpa und Maria von Österreich, ist unsere Eva. Der König von Navarra, Tupac Heinrich Amaru, der Sohn von Johanna von Albret und dem Inka Manco, der Herzog von der Romagna Enrico Yupanqui und seine acht Geschwister, die Kinder von Katharina von Medici und General Quizquiz sind gleichermaßen Franzosen und Italiener wie Inkas und Mexikaner. Der Infant Viracocha Philipp, Sohn von Karl Cápac und Margarete Duchicela, Thronerbe von Spanien und König der Römer, ist der Abel der neuen Zeitrechnung. Atahualpa wird einst unser Aeneas sein: War Aeneas Römer? Vielleicht sind wir letztlich die Etrusker der Inkas und der Mexikaner.»

Während er zuhörte, erblickte Cervantes durch das Fenster, das zum Garten hinaus lag, die Dame, die er zuvor im Hof gesehen hatte. Diesmal ging sie ihre Tomatenpflanzung durch und schnitt ihre Avocadobäume. Seine Gefangenschaft und die lange Abfolge von Widrigkeiten, die ihn in diesen Turm gebracht hatten, hatten seine Phantasie beflügelt. Sein jugendliches Alter tat das Übrige. Er verliebte sich in sie.

Als er eines Abends in den Hof gegangen war, um eine Cohiba zu rauchen, sah er sie vors Fenster des anderen Turms treten, der genau gleich war wie seiner, Kerzenschein erhellte die Räume, offenbar die Gemächer der Dame. Da er im Dunkeln war und nicht befürchten musste, entdeckt zu werden, außer durch das glimmende Ende der Cohiba, die er deshalb sorgfältig in der hohlen Hand verbarg, blieb er lange und beobachtete die Bewegungen der jungen Frau am Fenster, und blieb auch noch, als es im Turm dunkel geworden war, sodass alles darauf hindeutete, dass die Frau sich schlafen gelegt hatte, da schlief auch er, an einen Baum gelehnt, ein.

Kurz vor der Morgendämmerung stieg der Grieche, beunruhigt, weil er allein und ohne eine Spur von seinem Zimmernachbarn aufgewacht war, die Treppe hinab, um sicherzugehen, dass der nicht von einem Bediensteten oder Dorfbewohner entdeckt worden war, und fand ihn schlafend an seinen Baum gelehnt, die Augen geschlossen, die Fäuste geballt. Er stupste ihn vorsichtig an, doch als Cervantes nicht aufwachte, drehte er ihn um und bewegte ihn, bis er sich endlich zu strecken begann, sich ganz verwirrt nach allen Seiten umsah und sagte: «Gott möge dir verzeihen, mein Freund, dass du mich von dem schönsten Anblick weggerissen hast, den je ein Mensch sich ausmalen kann.» Woraufhin der Grieche ihn auf die Wangen tätschelte, um ihn aus seiner Verwirrung herauszuholen, und es für angebracht hielt, ihn aufzuklären: «Ich nehme an, du sprichst von Madame de Montaigne, der Gattin unseres Gastgebers. Sie heißt Françoise.»

Sie stiegen ins Studierzimmer hinauf, das ihnen als Schlafkammer diente, und legten sich wieder hin, in Erwartung des ersten Hahnenschreis, doch Cervantes konnte nicht mehr einschlafen und verbrachte die Zeit bis zum Sonnenaufgang damit, sich die Dame seiner Gedanken im Bett neben sich vorzustellen, nur mit einem Nachthemd bekleidet.

Den Tag über stand er in der Bibliothek am Fenster zum Hof und träumte weiter, in der Hoffnung, die Dame seines Herzens und zugleich Ehefrau seines Gastgebers vorbeikommen zu sehen, während er zuhörte, wie Monsieur de Montaigne versuchte, den Griechen davon zu überzeugen, dass nicht alles verwerflich war, woran die Mexikaner glaubten: «Denn so glauben sie, genau wie wir, dass der Weltuntergang naht, und sehen sich darin bestätigt durch die Verwüstung, die die Menschen überall hinterlassen. Wer könnte leugnen, dass das nicht ein Zeichen ihrer großen Klugheit und Weitsicht ist, Domenikos?» So wie Montaigne das sah, war nicht minder beunruhigend, dass sowohl die Mexikaner als auch die Inkas glaubten, das Bestehen der Welt sei in fünf Zeitalter eingeteilt und in die Zeitspanne von fünf aufeinander folgenden Sonnen, von denen vier bereits ihre Lebensdauer hinter sich hatten, sodass sie jetzt von der fünften beschienen wurden. Montaigne hatte noch nichts darüber gehört, unter welchen Umständen ihrer Ansicht nach diese letzte Sonne erlöschen würde. «Doch wer sind wir», fragte er, «dass wir behaupten könnten, das, woran sie glauben, sei weniger wert als das, woran wir glauben?»

Als er das hörte, verschluckte sich der Grieche, der eine Cohiba rauchte, brüllte, das sei Gotteslästerung, und erwiderte Montaigne, der eine und einzige Gott habe nicht gewollt, dass die Ungläubigen in Lepanto siegen, und somit den untrüglichen Beweis seiner Überlegenheit über die aus Übersee gekommenen falschen Götter geliefert, und wenn es der Wille Gottes gewesen wäre, seine Kinder auf die Probe zu stellen, indem er ihnen diese Geißel von jenseits des Ozeans schickte, so könnte er die Christen ohne Zweifel mit dem Endsieg dafür entschädigen. «Wahre Christen verstecken sich nicht bei Widrigkeiten, sie sorgen für den Sieg des wahren Glaubens! Wo warst du während Lepanto, Michel? Wo warst du, als die Pest deine Stadt heimsuchte? Wenn Gott in seinem Erbarmen uns den Sieg zugesteht, und dessen bin ich mir gewiss, so trägst du kaum ein Verdienst daran.»

Montaigne ließ sich seine Gutmütigkeit nicht verderben und erwiderte mit gleichermaßen fester Stimme: «Mir gefällt diese Art nicht, unsere Religion aus dem Gelingen unserer Unternehmungen heraus bestätigen und rechtfertigen zu wollen.

Dein Glaube, Domenikos, ist anderweitig tief genug verankert, als dass er durch die Geschichte genehmigt werden müsste.»

Der Grieche, der Gotteslästerung allüberall sah, wollte ihn damit nicht durchkommen lassen: «Michel, ist dir klar, du hast gerade *dein* Glaube gesagt.»

«Damit will ich sagen», versetzte Montaigne, «dass euer ... das heißt der Sieg, von dem du sprichst (und der euch beide, dich und Miguel, so teuer zu stehen gekommen ist), ja eine schöne Seeschlacht gewesen sein mag, die in den vergangenen Monaten gewonnen wurde gegen das Inkareich und Frankreich – nebenbei bemerkt: unter Führung des Kapudan Pascha –, dass es aber Gott auch schon gefallen hat, so manches auf eure Kosten abzuhalten. Es hat Gott gefallen, Karl den Fünften in der Schlacht von Salamanca gefangen nehmen zu lassen. Es hat ihm auch gefallen, Franz den Ersten vor den Augen des mit den Engländern verbündeten Cuauhtémoc umzubringen. Es hat Gott gefallen, das Heilige Reich den Österreichern aus der Hand zu nehmen und der Atahualpa-Dynastie anzuvertrauen. Gott will uns zeigen, dass die Guten anderes zu erhoffen und die Bösen anderes zu befürchten haben als Glück oder Unglück dieser Welt, er lenkt und führt sie nach seinem unergründlichen Willen, und er lässt uns keine Handhabe, dies plump zu unserem Vorteil zu nutzen.» Dann merkte er, dass sein Vortrag in die Richtung von Ansichten ging, die in christlichen Ohren nach Ketzerei klangen, und zog es vor, das Thema zu wechseln.

Cervantes hörte ihn Horaz zitieren, um den Griechen zu warnen: «Gerecht wird ungerecht, und weise unweis', geht zu weit / das Streben, sittlicher zu sein als selbst die Sittlichkeit.» Man könne die Tugend allzusehr lieben und eine gerechte Handlung allzuweit treiben. Weiter hörte er nicht zu.

Da unser junger Freund Madame de Montaigne wieder über den Hof gehen gesehen hatte, verlor er jedes Zeitgefühl, indem er meinte, es seien mehrere Tage verstrichen – vielleicht stimmte das ja sogar –, als er mit seinen Gedanken wieder zu der Unterhaltung zurückkehrte, in der nun aus irgendeinem Grund von der Ehe die Rede war.

Der Grieche fand keine ausreichend kräftigen Worte, um die abscheuliche Angewohnheit der Herrscher in Übersee zu verurteilen, sich mehrere Gattinnen zu halten, und diesmal war Montaigne einer Meinung mit ihm. Welcher Herrscher, außer vielleicht Karl der Fünfte, sei so tugendhaft, ausschließlich mit seiner vor Gott Angetrauten zu verkehren und keine Freundinnen und außerehelichen Kinder zu haben, abgesehen von Jugendsünden? Hätten nicht sogar die Päpste Konkubinen und Bastarde, die sie großzogen und in den besten Positionen unterbrachten? Doch vor Gott sei es eine Sünde, das sehe er ein, seine Freundinnen zu heiraten.

In diesem Augenblick war Cervantes' Aufmerksamkeit hellwach.

Montaigne erläuterte die Gefahren der Liebe im ehelichen Zusammenleben, das seiner Meinung nach alle übermäßige Schlüpfrigkeit untersagen sollte und im Gegenteil Mäßigung und Enthaltsamkeit erfordere, denn das Ziel der Ehe sei nun mal die Fortpflanzung; er behauptete, ein allzu hitziger, wollüstiger und regelmäßiger Genuss schwäche den Samen und sei der Empfängnis hinderlich.

Er selbst brüstete sich damit, die Schlafkammer seiner Frau nur einmal im Monat aufzusuchen, mit dem einzigen Ziel, sie zu schwängern. Würde er erotischen Anwandlungen nachgeben, so bestehe für ihn kein Zweifel, dass die Wertschätzung, die sie einander gegenseitig bezeigten, und das gute Auskommen miteinander, das sie verband, unvermeidlich Schaden nehmen würden. Da die Ehe ein unauflöslicher Bund sei, so Montaigne, lohne der Liebesgenuss nicht den Preis der Freundschaft.

Und dann sagte er etwas über die Frauen, das Cervantes als direkt an sich gerichtet empfand, und eröffnete dem jungen Mann gefährliche Horizonte: «Sollen sie die Unanständigkeiten wenigstens von anderer Hand kennenlernen.»

Das Leben im Turm ging weiter. Montaigne las oder diktierte seinem Sekretär Briefe (währenddessen versteckten sich Cervantes und der Grieche in der Schlosskapelle), oder er fuhr nach Bordeaux und kümmerte sich um seine öffentlichen Ämter. Der Grieche malte, und um etwas zu tun zu haben, begann Cervantes, angeregt von seinen Lektüren in der Bibliothek, verschiedene kleine Texte zu schreiben, die er ihnen abends nach dem Essen vorlas. Nach Einbruch der Dunkelheit ging er nun täglich hinaus, um unter den Fenstern von Madame Françoise seine Cohiba zu rauchen. Manchmal hörte er sie ein Schlaflied summen, und dann seufzte er wie verzaubert von der Stimme der jungen Frau und bekam noch mehr Sehnsucht. Der Grieche, der befürchtete, er könnte von Leuten im Schloss entdeckt werden, fand das töricht und rügte seinen Leichtsinn.

Eines Abends hielt Cervantes es nicht mehr aus und ging über den Wehrgang, der die beiden Türme verband.

Der Grieche stand die ganze Nacht Höllenängste aus. Als Cervantes endlich wiederkam, war er so aufgekratzt, so zerzaust an Kleidung und Haartracht und redete so ungeordnetes Zeug, dass sein Gefährte erschrak. Der Verfasser dieses Berichts muss hier einfügen, dass er sich nicht für den Wahrheitsgehalt dessen verbürgen kann, was Cervantes seinem

Freund erzählte, aber dass er sich getreulich an seine Worte halten wird. Tatsächlich behauptete der junge Mann, er habe sich, nachdem er eine Stunde ratlos auf dem Wehrgang gewartet habe, entschlossen, vorsichtig an der Tür der Dame zu kratzen. Die dachte, es sei ihr Mann, denn gewöhnlich war er der Einzige, der diesen Zugang nutzte, und machte auf. Als sie den jungen Mann sah, entfuhr ihr ein kleiner überraschter Laut, doch irgendetwas gab Cervantes die Worte ein, vielleicht sei er ihr nicht unbekannt und sie habe ihn schon vor längerer Zeit im Hof gesehen oder wie er sie vom Fenster aus beobachtete. Wie dem auch sei, sie bat ihn, leise zu sein, um ihr schlafendes Kind nicht zu wecken. Es war eine Vollmondnacht, fast taghell. Vielleicht aus Sorge, es könnte Gerede geben, oder aus Angst, jemand könnte Alarm schlagen – Cervantes legte sich da nicht fest –, ließ sie ihn ein.

Als er den Rest seines Berichtes erzählte, regte sich der junge Mann so auf, dass der Grieche ihn bitten musste, leiser zu reden, denn, wie unglaublich es auch erscheinen mag, hier folgt die genaue Wiedergabe dessen, was er seinem Freund von der Szene berichtete: Madame de Montaigne hatte nichts weiter gesagt, und als er zögerte, schlang seine Angebetete ihren schneeweißen Arm um ihn und wärmte ihn mit sanfter Glut. Er fühlte sich mit einem Mal von einer vertrauten Flamme ergriffen; ein wohlbekanntes Feuer drang ihm bis ins Mark und durchzuckte seine bebenden Knochen. So wie sich, wenn sich der Blitz entlädt, ein Feuerspalt auftut und im Zickzack die Wolken durchzuckt. Schließlich gab er ihr, was sie erwartete, und überließ sich, auf ihrem Busen gebettet, dem Zauber eines süßen Schlafs.

Der Grieche, der in diesem außerordentlichen Bericht das Wahre nicht vom Falschen trennen konnte, wollte ihm den

Schwur abnehmen, nie wieder über den Wehrgang zu gehen. Doch Cervantes hatte sich schon hingelegt und war mit einem zufriedenen Lächeln auf den Lippen wieder eingeschlafen.

Noch eine Woche verging. Fünf Monate war es nun her, dass sie sich im Turm von Monsieur de Montaigne einquartiert hatten. Der junge Mann wäre gerne den Rest seines Lebens hier geblieben, doch eines Morgens klopften Bewaffnete an die Tür, die den Auftrag hatten, zwei Ausreißer festzunehmen, einen gewissen Miguel de Cervantes Saavedra und einen gewissen Domenikos Theotokopoulos. Sie fanden die beiden Freunde noch auf ihrem Lager im Studierzimmer und packten sie gleich am Schlafittchen. Cervantes war ganz verdattert und leistete keinen Widerstand, aber der Grieche, der sich von diesem garstigen Pack so misshandelt sah, ging, so gut er konnte, einem der Bewaffneten an die Gurgel, sodass der ohne die Hilfe seiner Gefährten wohl eher ins Jenseits als der Grieche ins Gefängnis gekommen wäre.

Monsieur de Montaigne war noch im Morgenrock und wollte sich dazwischenwerfen, aber es war nichts zu machen: Die beiden Ausreißer wurden festgenommen, in Ketten gelegt und wieder nach Bordeaux verbracht. Der Grieche ließ sich zu schrecklichen Flüchen hinreißen, in denen er ihren Gastgeber anklagte, sie an die Mexikaner verraten zu haben, während dieser, der nichts dafür konnte, die Bewaffneten zur Vernunft zu bringen versuchte, wobei er vergeblich seine Eigenschaft als Beamter und als Berater des Fürsten ins Spiel brachte. An der Seite seines Freundes verließ Cervantes in Ketten den Turm, unter den Blicken seiner Geliebten, der unvergleichlichen Françoise, die zusammen mit allen Bediensteten des Schlosses aufgeregt herbeigelaufen kam, um zu erfahren, was der Grund für die Aufregung war. Es war das erste und letzte

Mal, dass er sie bei Tageslicht, bei Sonnenschein aus solcher Nähe sah.

8. WIE CERVANTES SCHLIESSLICH DEN OZEAN ÜBERQUERTE

Die Rückkehr nach Bordeaux war schmachvoll, denn man warf sie erneut ins Gefängnis und ließ sie dort einen ganzen Monat in Erwartung, wie sie glaubten, ihrer Hinrichtung.

An dem Morgen, als sie abgeholt wurden, empfahlen sie ihre Seele Gott, denn sie dachten, ihr letztes Stündlein habe nun geschlagen. Gleich würden sie die Stufen erklimmen, die zur Spitze der Pyramide führten, dort würde der Henker sie erwarten mit seinem Ritualmesser, in dessen Griff ein Gesicht geschnitzt war, das Angesicht des Todes, und das würde das Ende ihrer Abenteuer und ihres Erdenlebens bedeuten, ein für alle Mal.

Stattdessen aber gingen sie, ohne anzuhalten, an der Pyramide vorbei und wurden bis zum Château Trompette geführt, der königlichen Machtzentrale mit einem gewaltigen steinernen Vorbau in die Garonne, und dort ließ man sie auf einem mit vergoldeten Schilden geschmückten Flur warten.

Die Wächter, mit Lanzen bewaffnete Mexikaner mit Federhelmen als Kopfschmuck, weigerten sich, auf ihre Fragen zu antworten.

Nach langem Warten führte man sie in einen Saal mit einem riesigen eisernen Kronleuchter, der wie eine Drohung über ihren Köpfen schwebte.

Vor einem mächtigen Tisch aus massivem Holz, auf dem Papiere ausgebreitet lagen, stand, mit dem Rücken zu ihnen, ein Mann mit schwarzem Barett und blickte aus dem Fenster auf den Hafen. Um diese Zeit (wie eigentlich zu jeder anderen Tageszeit auch) herrschte auf den Quais lebhaftes Treiben der Lastenträger.

Cervantes gab dem Griechen einen Rippenstoß: In einer Ecke des Saales hatte er einen Stapel Gemälde von seinem Freund entdeckt.

Ohne sich umzudrehen, ergriff der Mann das Wort: «Ihr könnt Euerm Beschützer dankbar sein, dass er mir Eure Werke hat bringen lassen, und Gott, dass er für Euch eine Bestimmung bereithält.»

An dem gebieterischen Ton war zweifelsfrei zu erkennen, dass es sich um eine wichtige Person handelte, und wirklich: Es war Admiral Coligny.

Als er sich endlich zu ihnen umwandte, nahm er die Papiere vom Tisch und hielt sie Cervantes unter die Nase: «Eine Konferenz mit sprechenden Hunden? Wirklich sehr lustig. Und dieses Stück mit dem Wunderaltar... Hat er Euch das vorgelesen, Herr Kunstmaler? Nein? Dann erzähle ich Euch, worum es darin geht: Zwei geschickte Kurpfuscher reden Dorfbewohnern ein, dass ein verzauberter Altar seine Schätze nur für die sichtbar macht, die alte Christen reinen Blutes sind, ohne jüdische oder maurische Vorfahren. Das ist natürlich nur Scharlatanerie. Aber was glaubt Ihr, was passiert? O Wunder! Jeder Dorfbewohner äußert sich mit lauten Ausrufen der Begeisterung über die vermeintlichen Wunder des Altars!»

Der Erste Königliche Berater lachte aus vollem Herzen. «Ist das nicht eine lustige Geschichte?»

Weder der Grieche noch Cervantes wagten etwas zu erwidern. Der Admiral spielte mit den Fingern an der dicken goldenen Kette, die er um den Hals trug: «Die großen Länder in

Übersee, das mexikanische Reich, unter dessen Schutz sich das Königreich Frankreich gestellt hat, ebenso das westliche Inkareich, das mit ihm, mit dem Fünften Reichsteil und mit uns treu verbündet ist, suchen Maler und Schriftsteller, denn Malerei und Literatur sind zwei Gebiete, auf denen sich diese großartigen Reiche – bei aller Macht, die sie haben – noch nicht in Überlegenheit über uns in der Alten Welt hervortun können. Ihr seid nicht ganz unbegabt, und deshalb werdet Ihr mit dem nächsten Schiff abreisen, zusammen mit den Abgaben, die Frankreich Mexiko schuldig ist. Dort werdet Ihr an den Meistbietenden verkauft und könnt Euch, wenn Gott will, freikaufen.»

Auf eine Handbewegung von ihm wurden die beiden von den Wächtern abgeführt. Am nächsten Tag waren sie an Bord einer mit Wein und Menschen beladenen Galeone mit Kurs auf Kuba.

Vorzeiten hatte ein alter spanischer Seemann zu Cervantes gesagt: «Willst du beten lernen, fahr zur See.» Die Überfahrt, die keine zwei Mondphasen dauerte, ging wie im Traum vonstatten.

An Bord lernten unsere beiden Freunde einen Schuhmacher aus Genf kennen, einen mexikanischen Kaufmann, einen Juden aus Saloniki, einen Tabakfabrikanten aus Haiti und eine Fürstin aus Cholula, die ihren Jaguar bei sich hatte.

Alle schwärmten ihnen von den Schönheiten der Länder in Übersee vor, von ihrer unendlichen Weite, von ihrer üppigen Natur, von ihrem Reichtum im Überfluss, und von den Möglichkeiten, dort sein Glück zu finden, solange man nicht in aufrührerischer Absicht komme.

Dann zeichneten sich am Horizont eines Morgens die Umrisse von Baracoa ab, der Hauptstadt von Kuba und dem

Drehkreuz der beiden Welten. Es war eine Stadt aus Palästen, Palmen und Lehmhütten, wo die Hunde mit den Papageien sprachen, wo die reichen Händler ihre Sklaven feilboten und ihren Wein ausschenkten, wo der Duft von unbekannten Früchten die Straßen erfüllte, wo feine Taínos nackt auf ihren chilenischen Vollblütern ritten, als einzigem Schmuck mit achtzehnreihigen roten Perlenketten bekleidet und mit Armreifen aus Schildpatt, wo selbst die Bettler aussahen wie heruntergekommene Könige mit Masken und Spiegeln aus Messing und Gold auf dem Kopf, wo die Geschäfte dermaßen von Waren überquollen, dass sich abends die Basilisken in die Straßen hevorwagten auf der Suche nach Kisten, die sie plündern konnten. Alle Sprachen wurden hier gesprochen, alle Frauen geliebt, zu allen Göttern gebetet.

Der Grieche war geblendet von dieser Farbenpracht, seine Nerven waren angespannt von diesem babylonischen Treiben, und so brach er in Gelächter aus, in das Gelächter eines Wahnsinnigen.

Cervantes hob den Blick zum Himmel, vergaß, wie ungewiss sein Schicksal war, bestaunte die Rotkopfgeier, die über ihm flogen, und glaubte, dass all die Geschöpfe auf dieser verzauberten Insel Hirngespinste waren, und ohne jeden Zweifel war auch er selbst nichts als ein Hirngespinst.

ANMERKUNG DES ÜBERSETZERS

Der Autor spielt nicht nur mit historischen Fakten, sondern auch mit historischen Texten, von denen es zeitgenössische und spätere Übersetzungen ins Französische wie auch ins Deutsche gibt. Für die deutsche Übersetzung verwendet wurden insbesondere:

Felix Niedner: *Islands Kultur zur Wikingerzeit*. Jena 1913: Diederichs (Sammlung Thule I)

Grönländer und Färinger Geschichten. Übertragen von Erich von Mendelssohn [1887–1913]. Jena 1912: Diederichs (Sammlung Thule XIII)

Das Tagebuch des Kolumbus von der Entdeckung Amerikas. Von Dr. Fr[iedrich Christoph] Förster [1791–1868], herausgegeben vom Dürer-Bunde. München 1911: Georg D.W. Callwey

Die Lusiade des Camoens. Aus dem Portugiesischen in Deutsche Ottavereime übersetzt [von Friedrich Adolph Kuhn und Theodor Hell]. Wien 1816: Anton Pichler

Ludovico Ariosto: *Der rasende Roland* (Orlando Furioso). In der Übertragung von Johann Diederich Gries [1775–1842], Textredaktion Susanne Eversmann. München 1980: Winkler

Niccolò Machiavelli: *Der Fürst*. Übersetzt von Gottlob Regis. Stuttgart und Tübingen 1842: Cotta

Thomas Müntzer: *Die Fürstenpredigt. Theologisch-politische Schriften 1521–24*. Herausgegeben von Günther Franz. Stuttgart 1967: Reclam

D. Martin Luther: *Biblia. Das ist: Die gantze Heilige Schrifft Deudsch*. Wittenberg 1545. Herausgegeben von Hans Volz unter Mitarbeit von Heinz Blanke. Textredaktion Friedrich Kur. München 1972: Rogner & Bernhard

Miguel de Cervantes Saavedra: *Der geistvolle Hidalgo Don Quijote von der Mancha*. Herausgegeben und übersetzt von Susanne Lange. München 2008: Hanser Klassiker

Michel de Montaigne: *Essais*. Erste moderne Gesamtübersetzung von Hans Stilett. Frankfurt am Main 1998: Eichborn

INHALT

ERSTER TEIL

✻

DIE SAGA VON FREYDIS ERIKSDOTTIR

7

ZWEITER TEIL

✻

FRAGMENTE AUS DEM TAGEBUCH DES CHRISTOPH KOLUMBUS

31

DRITTER TEIL

✻

DIE ATAHUALPA-CHRONIKEN

71

VIERTER TEIL

✻

CERVANTES' ABENTEUER

331